AMANTS

CHARLES FORAN

AMANTS

roman

traduit de l'anglais
par Dominique Issenhuth

LEMÉAC

Données de catalogage avant publication

Foran, Charles, 1960-

    [Butterfly Lovers, Français]

    Amants

    (Roman)

    Traduction de : Butterfly Lovers

    ISBN 2-7609-3198-6

    I. Issenhuth, Dominique. II. Titre.

PS8561.O633B814 1999   C843'.54   C99-940852-6
PS9561.O633B814 1999
PR9199.3.F67B814 1999

Nous remercions le Conseil des arts du Canada de l'aide accordée à notre programme de publication, ainsi que la SODEC pour son soutien à l'édition.

L'auteur tient à remercier le Conseil des arts du Canada pour son aide à la rédaction.

ISBN 2-7609-3198-6

Titre original :
Butterfly Lovers
© Charles Foran, 1996
First published in English by Harper Collins Canada

© Copyright Ottawa 1999 par Leméac Éditeur Inc.
1124, rue Marie-Anne Est, Montréal (Québec) H2J 2B7
Dépôt légal – Bibliothèque nationale du Québec, 3ᵉ trimestre 1999

Imprimé au Canada

VILLE DE MONTREAL

3 2777 0243 1710 4

Les histoires ne riment à rien si elles n'absorbent pas notre terreur.

DON DELILLO

Imaginez une pièce blindée, sans fenêtre, sans porte, une pièce d'où il serait virtuellement impossible de sortir. Imaginez dans cette pièce quelques personnes profondément endormies. Avant longtemps, elles vont toutes suffoquer. Autrement dit, glisser paisiblement d'un sommeil intense dans l'oubli, sans angoisse, sans être conscientes du sort funeste qui les attend. Supposons maintenant que vous passiez par là et que vous fassiez un grand tapage qui réveille quelques dormeurs au sommeil plus léger. Dans ce cas, ils iront à une mort certaine, pleinement conscients de ce qui va leur arriver. Diriez-vous que vous avez rendu service à ces gens-là ?

LU XUN

à Liu Junhui, « Julius »

I

Si un jour ma fille me demande de lui raconter
l'histoire de sa mère et moi, voici ce que je lui dirai :

Il était une fois un homme qui se débrouillait dans
la vie. Il s'appelait David. Il était marié avec une
femme qui s'appelait Carole, et ils habitaient avec leur
chien Potemkine dans une grande pièce haute de
plafond, avec de grandes fenêtres d'où l'on voyait tout
le quartier, dans une ville qui était sur une île. Ils
étaient heureux ensemble. David avait un travail qu'il
aimait, et une femme qu'il aimait plus encore. Carole
aussi avait un travail qu'elle aimait, et un mari qu'elle
trouvait convenable. Potemkine était là, lui aussi, qui
aboyait, bavait et pissait sur le tapis. C'était une famille. Dans une pièce. Qui se débrouillait dans la vie.

Un jour, on frappa à la porte. Personne n'avait
jamais rendu visite à David et Carole, jamais ils
n'avaient été dérangés dans leur vie tranquille. Qui
est-ce ? demanda David. Un messager, répondit la
voix. Quel est votre message ? Je suis venu vous dire
que vous et votre femme, vous êtes prisonniers dans
cette pièce. Prisonniers ? répéta David, interloqué.
Avez-vous jamais essayé d'ouvrir la porte ? poursuivit
la voix. David avoua que non. Le messager lui sug-
géra de tourner la poignée. Derrière lui, Carole souf-
fla : C'est un piège ! Le chien aboya dans son dos.
David essaya d'ouvrir. Impossible. Vous voyez ? fit la
voix. Alors il fut rempli de tristesse. Tout à coup, il

eut besoin de sortir. Pour aller où ? demanda Carole. Il ne savait pas exactement. Elle dit qu'il ne savait pas ce qu'il voulait, qu'il était du genre perpétuellement timide et indécis, par manque de confiance et d'estime de soi. Elle ajouta que les gens comme lui feraient mieux de ne pas ouvrir de portes. Qu'ils feraient mieux de continuer à croire ce qu'ils avaient toujours cru et de vivre où ils avaient toujours vécu.

Il y avait sûrement du vrai dans ses paroles. Pourtant il en fut irrité. Il voulait avoir une autre opinion de lui-même. Il ne voulait pas croire qu'il était étroit d'esprit ou borné. Évidemment, cela importait peu, puisque la porte était fermée à clé. C'est alors que la voix du messager se fit entendre : Je peux vous l'ouvrir. Vous pouvez partir. Tout de suite ? demanda David. Tout de suite, confirma la voix. Essayez pour voir. David fixa la porte. Sentant son courage sur le point de faiblir, il s'élança. Mais les paroles de Carole l'arrêtèrent. As-tu bien réfléchi ? demanda-t-elle. Réfléchi à quoi ? À ton problème. Mon problème ne regarde que moi. Moi aussi et Potemkine aussi. Qu'allons-nous devenir ? Le chien pouvait aboyer, baver et pisser dans la pièce jusqu'à la fin des temps, David s'en fichait complètement. Mais Carole était sa compagne, son seul amour. Allons-y ensemble, proposa-t-il. Ce sera plus facile.

La voix leur donna quelques conseils : Avant de tourner la poignée, regardez-vous bien l'un l'autre. Avec lucidité. Avec honnêteté. Carole et David l'entendirent, mais haussèrent les épaules. Après tout, ils vivaient ensemble depuis des années. Ils connaissaient le visage de l'autre aussi bien que leur propre image dans le miroir. Visiblement, la voix ne pouvait comprendre pareille intimité.

David ouvrit la porte. Ils la franchirent.

Et eurent un bébé. Une magnifique petite fille. Ses cheveux étaient blonds comme les blés. Sa peau, douce comme le miel. Et son nom ? Son nom, comme un bonbon dans la bouche de ses parents. Son nom ? Natalie, c'était toi.

— T'as bientôt fini ? me demande Ivan un après-midi au *Remys*.
— Mon café ?
Il fait signe que oui.
— Presque. Pourquoi, est-ce qu'on est pressés ?
— À peine.
— On va quelque part ?
— Manquerait plus que ça.
Je vide ma tasse quand même, marc compris, pour lui faire plaisir.
— Tu meurs d'envie de foutre le camp, hein ? lance-t-il d'un ton accusateur. Attends, laisse-moi formuler ça autrement : je meurs. Toi, tu fous le camp, tout simplement.
— C'est comme si tu parlais à un sourd, dis-je.
— *Quand le* bâton *va, tout va.*
Je le reprends :
— *Bâtiment,* Ivan.
— Bâton, David.
— Fiou, on se fait pas de cadeau aujourd'hui, dis-je en allumant une cigarette.
— Alors, comme ça, dans trois semaines, on se tire en Chine pour un an. Et on fiche le feu à la baraque, sans se soucier des assurances ? On s'en va tout bonnement en toussotant, les larmes aux yeux, et on oublie qu'y a encore quelqu'un dedans.
L'esprit traversé par une de ces images terrifiantes qui feraient perdre le sommeil à n'importe quel parent, je demande :
— Qui ?
— Moi !
— Oh...

— Ça te rassure ?

— Ouais, euh... je veux dire non, bien sûr.

— Mes poumons vont se remplir assez vite sans ça, ajoute-t-il, balayant ma fumée. Faut que tu t'y mettes en plus ?

J'écrase. Avec impatience, je l'admets. Il me pousse à bout. Je me plains :

— Autrefois, c'était le café le plus animé du Mile End. Tout le monde fumait, tout le monde buvait. Toi aussi, d'ailleurs. Y avait...

— Change pas de sujet.

— Quel sujet ?... dis-je d'un ton las.

— Une compagnie aussi macabre, je sais. Plus que vingt et un jours, et tu vas pouvoir tirer le rideau. Tout oublier.

— Je te regarde, dis-je.

— Déconne pas.

— J'essaie, au moins.

— Tu pars.

— En ce moment, je précise, en ce moment, je te regarde.

— T'as bientôt fini ?

— Presque.

Ivan a une théorie sur les gens. Il croit que nous finissons par devenir étrangers les uns aux autres parce que nous ne nous regardons pas vraiment. D'après lui, nous nous aliénons les visages les plus familiers ; nous percevons toute ressemblance physique avec nos proches comme une menace à notre identité ; nous fuyons les seules créatures de l'univers qui pourraient déchiffrer, voire aimer, nos expressions tendues ou contorsionnées. Le problème n'est pas dans la nature. Il n'est pas non plus inhérent au mystère de la psyché humaine. Nos secrets les plus sombres sont des panneaux d'autoroute. Nos impulsions les plus tenaces sont à la une du petit écran. Le problème, prétend

Ivan, c'est nos sales instincts de survie. On croit qu'il faut poser un verrou plus solide sur la porte, alors qu'aucun danger ne nous menace. On s'imagine qu'on doit renforcer les murs, alors qu'on ferait mieux de les abattre. Quant à la toiture, laissez tomber, pas la peine de la refaire. Le plafond s'effondrera de toute façon. Il va s'écrouler sur notre tête à tous.

Il n'y a pas de doute, Ivan se méfie des plafonds ces jours-ci. Il attend bel et bien qu'il y en ait un qui lui tombe sur la tête. Je comprends. Je maintiens néanmoins que je le regarde ; que nous ne sommes pas – et ne pourrions jamais être – des étrangers. Depuis quinze ans, Ivan Fodorov est mon meilleur ami. Quinze ans à flemmarder ensemble. Tous les deux, nous aimons les livres, nous aimons le café. Nous sommes même membres d'un club exclusif, qui va définitivement fermer ses portes. Je dois avouer qu'il y a entre Laurel et Hardy et nous une similitude malencontreuse, mais incontournable. Ivan a trente-quatre ans, comme moi. Grand et maigre, par contre, il a l'élégance sombre d'un mannequin. Il s'est toujours préoccupé de la mode. Vêtements noirs, gants Oliver Twist, lunettes cerclées de gris et boucle à l'oreille gauche. On se retourne toujours sur son passage rue Sainte-Catherine Est. Il est toujours superficiel et maniéré. Et il ressemble de plus en plus à ses parents. Il a le sourire de sa mère et le froncement de sourcils de son père. On retrouve en lui à la fois l'indulgence innée de Titania pour le genre humain et l'avarice tenace de Gregor. En d'autres termes, l'héritage est complexe, ce qui n'a rien de surprenant, car sa personnalité est compliquée, et intéressante.

Pas mal comme observation, hein ? Seulement, je ne suis pas censé en faire de ce genre. Après tout, Ivan et moi sommes des Groucho marxistes. Le club – ou mieux, notre chapitre, puisque nous supposons, bien que nous ignorions s'il y a d'autres membres, que la société est globale – notre chapitre, dis-je, a des exigences strictes sur ce point. Il faut ou bien qu'une personne soit foncièrement inintéressante, ce qui est difficile, ou bien qu'elle ne s'intéresse plus à rien, ce qui est facile. Ce à quoi nous sommes enclins à trouver le moins d'intérêt, c'est évidemment le marxisme. Donc ça marche. Beaucoup d'anciens marxistes finissent par devenir rasoirs et pompeux. Cela ne présente aucun intérêt, ça marche donc aussi. Imaginez par contre un Groucho marxiste dont les idées sont simplement embrouillées, qui n'a pas la foi, mais une soif immense, pas de réponses, mais des tas de questions. Ça ne marche pas. Pire, ça devient intéressant.

— Alors, pourquoi je pars un an en Chine ?

— Tu veux dire que tu le sais pas ?

— Mon cœur est une énigme pour moi-même, dis-je pour lui faire plaisir, encore une fois.

— Tu vas là-bas pour rattraper le temps perdu. T'obliger finalement à tout boucler et à faire tes paquets. Fuir les pensées qui te rongent. Trouver de nouveaux prétextes à ton désespoir.

— Pas mal jusque-là.

Il acquiesce avec un rictus.

— Tu vas dans un endroit aussi grand que ça pour te prouver que t'es pas si petit que ça, enchaîne-t-il, englobant la pièce d'un ample mouvement de ses bras longs.

— Amen.

Aucun doute, *Le Remys* est mon chez-moi quand je ne suis pas chez moi. Aucun doute non plus que c'est un endroit minuscule et fermé. Il peut bien manquer une apostrophe au nom de ce café – caprice de la langue québécoise, comme moi –, on ne risque pas de lui reprocher de manquer de personnalité. Quant à savoir si cette personnalité est marquante ou non, voire insignifiante, c'est une autre question. L'établissement se compose de deux pièces reliées par une arche et un passe-plat. Dans la salle où nous nous installons, Ivan et moi, dans notre stalle habituelle, il y a des tables, des chaises et un bar. Par l'arche, on aperçoit une table de billard, des jeux vidéo et un baby-foot qui semble décoller pendant les parties. Le sol est recouvert de tuiles, ce qui est plus ou moins indispensable à Montréal, à moins que les clients n'enlèvent leurs bottes à l'entrée ; le plafond aux panneaux beiges ringards a attrapé le cancer après des années de fumée de cigarette, et les murs sont peints en blanc. *Le Remys* est situé dans le Mile End, en bordure du Plateau-Mont-Royal, sur le côté nord-ouest. Le quartier abrite un mélange de familles portugaises et italiennes, de juifs sécularisés et de hassidim médiévaux, de yuppies francophones toqués de rénovations qui logent au-dessus de clans d'assistés sociaux de père en fils, sans parler des incursions croissantes de Vietnamiens et d'Indiens, ni d'une impressionnante lignée de Guatémaltèques à quelques portes de chez moi ; tous ces gens vivent dans le Mile End, mais peu fréquentent le café. Chez Remy Fidani, on rencontre surtout le boursier comblé et l'artiste radical qui subsiste grâce à son chèque du gouvernement et aux miettes du Conseil des Arts. Fumeurs de Marlboro et de Gauloises, buveurs de café au lait et de Brador au goulot, lecteurs du *Devoir* et des hebdos, de journaux introuvables sauf dans des boutiques au nom bizarre, du genre « Mal-Aise », et de livres expressément commandés aux librairies universitaires, qui n'ont jamais été acquis mais volés sur les rayons après que les commis eurent renoncé à trouver leurs prétendus acquéreurs. La clientèle de Remy compte beaucoup d'hommes en noir déçus par l'époque, arborant bouc et cadogan – c'est la dernière mode –, et beaucoup de femmes aux cheveux crépus, pas maquillées, déçues par les hommes. On y croise des types comme Ivan, et des têtes que j'ai déjà vues à McGill, à des manifestations, à des assemblées et que, sans aucun doute, j'ai observées en train de m'épier pendant des années.

—Y a une autre raison, poursuit Ivan. Tu crois que tu vas en Chine pour faire le bien. Pour aider ces gens-là. Tu crois que peut-être, juste peut-être, tu peux changer...

Je lui coupe la parole :

— Pas du tout.

— Oh ?

— C'est pour moi que j'y vais. Parce que j'en ai besoin. Ça n'a rien à voir avec le fait d'être bon ou d'aider qui que ce soit. Aucun rapport.

— Alors, après tout, tu feras guère de mal, dit-il, bien que j'en sois pas si sûr.

Je lui demande de s'expliquer. Il se contente de lâcher un énorme soupir qui veut en dire long sur la capacité qu'on a de s'illusionner et, cela va de soi, sur notre manque d'attention. En temps normal, la suffisance d'Ivan ne me dérangerait pas. C'est un type bien, enfermé – comme moi – dans une prison qu'il s'est construite. Il est coincé entre un détachement ironique à l'égard d'à peu près tout et de tous, et un besoin authentique de s'attacher aux personnes et aux choses. Réserve, cynisme, mépris hystérique pour les réalisations d'autrui sont, je le sais, les contre-attaques classiques des anxieux. Aujourd'hui, cependant, je cherche un peu de soutien. Non que l'année que je vais passer à l'étranger me laisse perplexe. Au contraire. Bien que je me sois décidé très vite et que mon esprit ait oscillé entre des arguments rationnels et l'urgence inconsciente de foutre le camp, j'ai plus confiance dans cette décision que dans n'importe quelle autre que j'ai prise depuis des années. À vrai dire, j'imagine que je doute de ma confiance. C'est quelque chose qui ne me vient pas naturellement.

Je réfléchis là-dessus. Pendant un bon moment, sûrement, parce qu'Ivan, hypersensible à mes silences en public – j'expliquerai bientôt –, me tapote le bras et demande :

— Ça va ?

Je m'étire pour gratter un hublot dans le givre de la fenêtre. Par ce trou de serrure, j'observe les rafales de neige sur le trottoir. Des gens avancent, penchés, tête baissée dans la bise, mains croisées sur la gorge ; seuls les yeux sont exposés. Les gaz d'échappement des voitures s'évaporent ; des panaches de fumée sortent des bouches et des nez. Le ciel est couleur de cendre. Les flocons ne tombent pas de la brume, ils se matérialisent soudain dans la lumière, obstruant l'air comme un essaim d'abeilles. Je jette un coup d'œil à ma montre, ce qui est une erreur. Il est trois heures et demie de l'après-midi.

— Il faisait nuit quand je me suis réveillé ce matin, dit Ivan. J'ai eu l'idée de faire semblant de rien et d'essayer de dormir jusqu'à demain.

Je renchéris :

— J'ai repensé à une histoire que j'ai étudiée au secondaire. Tu veux l'entendre ?

— J'ai le choix ?

— À moins que tu préfères sortir, dis-je en montrant la fenêtre.

— Raconte-moi ton histoire, David.

J'attrape machinalement mon paquet de cigarettes.

— Un homme habite une ferme avec sa femme, quelque part dans les Prairies. C'est l'hiver, et l'homme doit faire plusieurs kilomètres à pied pour aller voir son père. La veille au soir, il a vu un halo double autour de la lune, signe de mauvais temps, mais il se met en route quand même. Pendant son absence, sa femme peint la porte de leur chambre. Elle reçoit ensuite la visite d'un voisin séduisant pour qui elle a un faible inavoué. Bientôt le blizzard se déchaîne. Impossible pour le mari de revenir à la maison. Impossible pour le voisin d'en sortir. L'homme et la femme finissent par aller au lit ensemble.

— Du sexe, commente Ivan, quel soulagement.

— Ils s'imaginent qu'ils seront tranquilles. Le mari n'oserait pas revenir par un temps pareil. Ils peuvent baiser toute la nuit, il n'en saura jamais rien. D'ailleurs, ils sont seuls tous les deux : la vie est dure, dépourvue de sensualité...

Je m'interromps sur ce mot, drôle de choix. Ça me démange, je me gratte l'avant-bras si fort que mes ongles y laissent des zébrures. Puis je mets une cigarette entre mes lèvres, frotte une allumette, et c'est alors seulement que je remarque son regard fixe et farouche. L'allumette s'éteint. La cigarette, que je désire – dont j'ai même besoin –, va la rejoindre dans le cendrier.

— Pendant la nuit, la femme rêve que son mari entre dans la chambre et s'approche si près qu'elle pourrait presque le toucher. Elle se réveille et se rend compte que le type qui ronfle comme un sourd dans le lit vaut vraiment moins que lui. Regrettant son infidélité, elle se jure d'être désormais une épouse dévouée. Mais le lendemain, ils découvrent le cadavre du mari dans la neige. Détail bizarre : le corps se trouve à l'*autre* bout de leur terre ; sans doute aveuglé par la tempête, l'homme avait dépassé sa maison. Seule la femme remarque la peinture sur ses mains.

— Ah.

— Tu piges ?

— Ouais.

J'explique quand même :

— Il *était* venu dans la chambre, avait trouvé sa femme avec un autre, et il était retourné dans la tempête pour mourir.

Ivan souffle en dégonflant ses joues.

— Typique, lance-t-il. Fable répressive pour culture réprimée.

— Pardon ?

— La femme cède à sa passion. Résultat ? Honte et culpabilité perpétuelle. L'homme se trouve confronté à un faux code d'honneur mâle. Résultat ? Il choisit de se supprimer plutôt que de braver les convenances.

— Mais c'est une tragédie.

— Pure farce.

— Il s'agit du destin.

— À d'autres.

Je ne cache pas ma colère.

— Fais pas attention à moi, ajoute-t-il de mauvaise foi. J'ai toujours pensé qu'Othello était un macho merdique. Qui plus est, sûrement homophobe.

Il me demande de payer son café et de laisser un pourboire à Chantal, la serveuse sexy qui ne sourit jamais. Je lui rends ce service. Depuis que Chantal a été embauchée, il y a un mois, elle n'a pas adressé le moindre sourire à un seul client, ni à un seul collègue, ni même à Remy. D'accord, son accoutrement rétropunk et ses décorations faciales – oreille bordée de clous argentés, yeux beurrés de mascara – sont faits sur mesure pour le dénigrement. Mais cela mis à part, elle a le visage parfaitement dessiné pour sourire. Résolument ovale : mâchoire en fer à cheval et bouche charnue, yeux de pleine lune sous des sourcils en croissant. Teint méditerranéen basané, peut-être italien. Un sourire épanoui, découvrant deux bordures de perles, éblouirait et la rendrait d'autant plus attirante. Je la désire, naturellement, comme je désire la plupart des habituées du café. Au cas où j'aurais l'air tout à fait pitoyable, permettez-moi d'ajouter qu'en 1987 j'ai attiré au lit Masha Cloutier, serveuse de longue date du *Remys*, qui a déménagé à Québec peu après, sans donner de raison. En novembre 1987, pour être précis, il y a vingt-cinq mois. Guère de quoi se vanter. À vrai dire, guère de souvenirs non plus ; nous étions gelés tous les deux. Tout ce que je me rappelle, c'est avoir brûlé son pain au petit-déjeuner, le lendemain matin.

Malgré tout, Ivan et moi, on a conclu un pacte : on va faire sourire Chantal avant Noël. Il ne reste plus que huit jours, d'où l'urgence de la blague que j'adresse à Chantal, en français :

— Ça prend combien d'anglophones pour faire l'amour ?

— Ta monnaie, répond-elle.

— Quatre, dis-je.

Elle me fixe. Un éclair d'intelligence dans le regard, mais pas de chaleur. De la méfiance, c'est sûr. Peut-être de la fureur.

Je donne à Ivan des coups de coude nerveux.

— Pourquoi quatre anglos ? demande-t-il sans l'enthousiasme promis.

— Deux dans le lit et deux en dessous pour secouer les montants.

Aucune réaction.

— David veut te faire sourire.

Sans sourire pour autant, elle prend un air guilleret. Plusieurs clients ont d'ailleurs fait des commentaires du genre : la nouvelle serveuse n'a de temps que pour Ivan Fodorov. Ivan présume qu'elle est lesbienne, et opte pour l'ironie. D'autres la prennent pour une aventurière bisexuelle. Je suis trop décontenancé pour avoir une opinion.

— Pas géniale, sa blague, lui dit-il.

— Quelle blague ? répond-elle.

Je m'éclipse. Sur le mur près de la porte, le dernier chef-d'œuvre de Remy Fidani. Non content de servir l'élite créatrice, Remy se targue d'être un artiste émérite. Son médium : le fusain ; son sujet : la métamorphose. Il expose une demi-douzaine de ses croquis dans la grande salle. Chacun représente un corps humain à genoux ou accroupi surmonté d'une tête d'animal : chats arborant une moustache en forme de note de musique, chiens aux oreilles tombantes comme des crêpes, chevaux aux yeux de citrouille, porcs aux naseaux de champignon. Remy parcourt le règne animal à la recherche de modèles. Le dernier dessin présente une habile variation : sur un corps de félin lustré, une tête humaine démesurée. Le visage, bien que ballonné, ressemble à celui de Michelle D., l'une de ses plus fidèles clientes.

Sur le trottoir, l'air pique au vif. Ivan joue à l'épouvantail. Je frappe mes mains gantées l'une contre l'autre ; on dirait le bruit d'un tapis battu avec un bâton.

— Tu r'viens ce soir ? demande-t-il.

— Je peux pas. Cours de chinois.

— Le bon petit visiteur étranger, hein ? Qui déforme ses deux cents mots de vocabulaire. Se goure dans les temps de verbes. Mélange les genres. Tout le monde se fiche de lui, le traite d'abruti à force de l'entendre répéter comme un perroquet, avec le même sourire niais collé à la face.

Je le regarde.

— Je suis amer, fait-il en haussant les épaules.

— Pas possible.

Il s'approche. Avec son mètre quatre-vingt-quinze, il me dépasse de presque une tête. Dans la conversation, il se sert de sa taille pour créer une intimité en se courbant vers l'interlocuteur ou pour l'intimider en le dominant d'un air menaçant. Le choix trahit son humeur.

— Tu me laisses mourir ici, dit-il entre ses dents.

— T'attendras que je revienne.

— Tu reviendras jamais.

— Bien sûr que si.

— Pas en ce qui me concerne.

— Tu divagues, dis-je doucement.

— Désespère, répond-il.

Je ne devrais pas le retenir plus longtemps – nous avons le visage marqué au fer rouge par le froid – mais je ne peux m'empêcher de lui demander :

— Crois-tu que le gars de l'histoire est resté assez longtemps dans la chambre pour scruter le visage de sa femme une dernière fois ?

—J'me gèle !

— Ah oui ?

— Y a un gros hic dans ton conte, dit Ivan. Il devait faire nuit noire dans la chambre. Il n'aurait pas pu voir ses propres mains, alors tu parles que son visage à elle...

— La lune a dû sortir.

— En plein blizzard ?

Sans tenir compte de son objection très valable, je continue :

—Je pense tout le temps au visage de Natalie. Je sais que c'est pas pareil. C'est seulement une enfant. Mais j'ai toujours...

Une rafale nous fait chanceler. Aussitôt mes plombages me font mal.

—J'ai toujours cette image d'elle à l'esprit, comme d'autres parents l'ont dans leur portefeuille. Elle avait à peu près deux ans et elle s'était endormie, la lumière allumée. C'était après que nous, je veux dire après que Carole m'ait demandé de...

— La chute, oui, oui. Fais vite.

— J'étais descendu à Longueuil pour souper et je suis allé la voir dans son berceau. Elle était couchée sur le côté, une couverture remontée jusqu'au cou. J'ai dû la contempler une bonne minute avant de remarquer comment elle avait placé ses animaux en peluche. Elle s'était entourée d'un mur fait avec ses oursons, ses chats et son lapin. Carole m'a dit que des cauchemars l'avaient réveillée plusieurs fois. Et qu'alors elle lui avait bâti une forteresse pour qu'elle soit en sécurité à l'intérieur et que les choses méchantes restent dehors.

— Et alors ?

— Elle avait deux ans !

— Qu'est-ce qui t'a dérangé au juste là-dedans ?

Il le sait déjà. Moi, soudain, je ne veux plus en parler.

— L'idée qu'elle était déjà blessée par la vie, je pense. Déjà meurtrie.

— Et alors ?

— Merde.

Il attend. Je marmonne :

— Que j'étais à l'extérieur, moi aussi. J'étais un de ceux qui causaient la blessure, je faisais du mal.

— Que tu te *sentais* en dehors.

— C'est pareil.

— Je crois pas.

Je veux argumenter là-dessus. Je veux qu'on arrête cette discussion. Ivan, qui en est conscient, sans aucun doute, coupe court à toutes les palabres en montant la rue Bernard dans la direction opposée.

Je veux argumenter ; je veux qu'on arrête cette discussion. Je veux faire valoir mes opinions ; je veux garder un silence digne. Je veux coucher avec une femme ce soir ; la pensée d'un simple flirt avec une femelle adulte, sans parler de lui faire des avances sexuelles, me fait couler des gouttes de sueur le long de l'échine. Je ne veux plus jamais être blessé comme je l'ai été ; je veux me plonger dans les vieux souvenirs chaque soir avant de m'endormir, histoire de favoriser les anciens rêves. Je veux être à nouveau le mari de Carole ; je veux qu'elle trouve un gars qui a l'allure et l'odeur du succès. Je veux, plus que tout le reste, être pour ma fille tout ce que les pères traditionnels devraient être : fumeurs de pipe en pantoufles, cadres dans l'industrie. Je veux que la petite n'ait *pas* un papa comme moi.

La tempête se déchaîne cet après-midi et, plutôt que de geler à mort ou de cannibaliser un confrère explorateur, je file chez moi. J'habite exactement à deux coins de rue du *Remys*, pourtant je réussis à me perdre dans une rêverie. L'histoire de la porte peinte, qui évoque si bien les charmes de l'hiver canadien, me trotte dans la tête. Quand j'arrive au coin de la rue Jeanne-Mance, le Mile End n'est plus qu'une prairie et moi, un fermier prisonnier de la tourmente. La neige efface le paysage, annule toute distinction verticale et horizontale entre ciel et terre. Le froid mord, mais le plus terrifiant est la quasi-cécité : ne pas voir plus loin que ses pieds, n'entendre que les sifflements et les hurlements du vent. Seul repère : une ligne de piquets de clôture aux trois quarts recouverte. J'enfonce dans des amoncellements, trébuche dans des ornières de chasse-neige, essuie ma barbe encroûtée. Ma respiration s'affole, comme prise de panique. Aucune ferme en vue. À peine me suis-je mis en route que mon point de départ a disparu. De tous côtés, ce n'est que poudrerie, lumière ouatée, blancheur âpre et mordante.

La question, quand elle finit par m'effleurer au coin de ma rue, est d'autant plus agréable que la réponse n'est pas évidente. Quel est mon rôle dans l'histoire : le mari trompé qui, intentionnellement, cherche l'oubli – interprétation conventionnelle – ou le célibataire qui s'achemine vers le lit de sa voisine ? Le simple fait que je me sente capable de tenir ce rôle-ci est réjouissant. David LeClair, séducteur ! L'île de Montréal glousse rien que d'y penser.

II

C'est stupéfiant : je n'ai pas de répondeur et pourtant, chaque fois que je rentre à l'appartement, je vais droit à mon téléphone à cadran et je le fixe, comme si le récepteur allait se dresser d'un coup sur ses pattes de derrière et décliner les noms de ceux qui ont appelé. Encore plus stupéfiant : je mentionne périodiquement à Ivan, à Carole et même à ma mère que finalement j'envisage d'acheter un répondeur, que je suis sûr qu'ils vont être soulagés d'apprendre que je vivrai bientôt avec mon époque, eh bien aucun d'eux, même paqueté de bière ou de vin ou – dans le cas d'Adèle – de cognac, n'a jamais dit : *Dieu merci, David. On est vraiment soulagés. Maintenant tu vas voir comme on essaie de garder le contact, comme on se soucie de toi !*

Je ferme la porte d'entrée et me dirige vers le téléphone. Il repose sur le ventre, inerte, conspirateur. Je décroche, compose un mauvais numéro, souffle dans mes mains et recommence. Le sempiternel message diffuse son venin :

— Ici Adèle Guy. Votre appel est filtré, soyez donc circonspect. Si vous donnez un numéro, assurez-vous qu'il est correct. Si vous laissez un message, assurez-vous qu'il dure moins d'une minute et qu'il est pertinent.

Mère ne décroche jamais. Par précaution, dit-elle à tout le monde : comme tout intellectuel digne de ses idées, elle a des ennemis à l'université et dans les médias, au sein du gouvernement et de ses organes. Mais son numéro, comme celui de tout socialiste digne d'une purge, figure sur une liste. Elle recherche les contacts filtrés, sollicite les réponses pertinentes. J'ai passé les dix-huit premières années de ma vie avec cette femme. À l'époque où les répondeurs n'existaient pas, elle me faisait répondre et rituellement nier sa présence dans le fauteuil à côté du téléphone ; son regard – et la fumée de sa Gitane – me mettaient en larmes tandis que je gribouillais les messages. Je me faisais réprimander pour mon manque de sang-froid. Elle avait le ton acerbe, comme si ma nervosité confirmait quelque amère vérité sur les enfants, dont un la blessait personnellement. Mère ne s'inquiétait jamais de mes larmes, et moi, trop perturbé par mes émotions impétueuses, je n'ai jamais tenté de les lui expliquer. Je croyais, il me semble, qu'elle finirait par saisir, qu'au moins elle *essayait* de comprendre. Voulez-vous que je vous dise ? Jusqu'à ce jour, jusqu'à cette heure même – 4 h 45, le 17 décembre 1989 –, j'ai eu l'impression de croire qu'Adèle essayait de déchiffrer le mystère du comportement téléphonique de son jeune fils.

Lamentable. Cela explique pourquoi je ne rends pas souvent visite à la maison condamnée de mes souvenirs d'enfance. Et promets de ne pas faire ressurgir trop de réminiscences bizarres.

Elle est là, j'en suis sûr, en train de morigéner le récepteur de son regard fixe. Pas question que je la supplie de me répondre. Commencer mon message par un soupir théâtral peut passer, cependant, comme le fait de parler anglais, par dépit.

— Mercredi après-midi, Adèle. Je quitte le Québec dans trois semaines. Y a-t-il une chance que je te voie avant ? Ça pourrait être bien, le soir de Noël. Je promets de ne pas t'acheter de cadeau. Rappelle-moi, s'il te plaît, ou écris-moi un mot... Ah oui, j'ai besoin de ton aide pour avoir une carte de crédit. La banque ne veut pas m'en donner, mais elle pourrait donner son accord si tu es co-signataire. Professeur titulaire, auteur publié, etc. As-tu remarqué que je ne t'ai pas appelée « Mère » ? C'était pour t'amadouer. J'espère que ça a marché. J'espère que ma minute n'est pas...

Trois sonneries, la ligne est coupée. Je replace le récepteur un peu trop fort. Mes oreilles brûlent. Le cœur me cogne.

Miroir, miroir sur le mur ? Aucune beauté à l'horizon. Une figure trop ronde, même dans l'enfance, trop molle et trop avide. J'ai toujours été grassouillet et j'ai toujours voulu perdre trente livres, plus pour mes traits que pour ma taille. Avec l'allure que j'ai, ce n'est ni une frange ni une barbe hirsute qui peuvent détourner l'attention des joues de marmotte et des lèvres gonflées, ni du nez crochu réaligné autrefois dans une mésaventure au baseball, paraît-il, quoique je ne me rappelle pas avoir pratiqué ce sport étant petit. Les gens disent que j'ai l'air irlandais. C'est à cause des cheveux carotte qui frisent par temps humide. Mes yeux, par contre, sont brun Gange, pas tout à fait « pur celte ». Hommes et femmes indifféremment leur ont attribué des épithètes variables, tels doux ou attirants – le mot « chambre » n'a jamais été mentionné, remarquez bien –, et il est vrai que ces prunelles boueuses et ce blanc veiné de rouge sont un de mes plus grands charmes, au même titre qu'un rire abdominal explosif, mais avunculaire, favorisé par une bedaine qui se trémousse comme du Jello sous l'effet d'un commentaire cocasse ou d'un sourire d'enfant. Adèle, avec ses yeux d'aryenne, soutient que je suis le portrait de son père, un Franco-Ontarien qui battait sa femme, travaillait comme briseur de grève et parlait anglais dans les manufactures de Saint-Henri pour se moquer de ses voisins et faire honte à sa famille. Enrôlé dans l'armée canadienne en 1943 – encore un acte contesté –, il est mort sur une plage de Normandie quand elle était adolescente. Un héros pour certains, dit-elle en haussant les épaules.

Je crois que je ressemble pas mal à un millier d'autres types qui circulent à Montréal, Toronto, Londres ou Paris. Vous savez de quoi on a l'air, je parie : des gars dans la trentaine à la peau blanche et à l'allure de baril monté sur des saucisses, qui, autrefois parés d'une certaine grâce taurine, ont exercé une certaine séduction masculine, mais n'ont pas donné dans l'engouement pour la forme physique, ou bien ne peuvent combattre les gènes familiaux, et muent donc en marche arrière : ce qui était gros devient gras ; ce qui était ferme, flasque ; ce qui était assuré, traînant. Des types dont les joues n'arrêtent pas d'enfler, si bien que le visage se réduit à des lignes, malgré une barbe gardée expressément pour donner une illusion d'angles, et dont le cou persiste à élargir, comme si on faisait des poids et haltères. Dont le cul, autrefois deux pommes dures, s'est transformé en plumpudding, et dont l'estomac fait croire aux gens qu'on a renoncé à le rentrer, alors qu'on essaie toujours, comme des forcenés, d'ailleurs.

Et les vêtements ? Passe-partout, comme vous remarquerez. De plus en plus râpés, autant le dire. Adèle, encore elle, déclare que j'ai à la fois le physique de son père et son mauvais goût vestimentaire. Ce qui est sûr, c'est que les vêtements n'ont pas d'allure sur moi. Les chemises, passe encore : amples des manches et si serrées à la poitrine que les boutons tirent ; à part cela, elles vont parfaitement. Les pantalons, par contre, sont un vrai désastre, avec le cul décrit plus haut, des cuisses comme des jambons et des mollets rebondis d'alpiniste suisse – allez savoir pourquoi. Les pantalons habillés font poche à l'entrejambe et en arrière ; quant aux jeans soi-disant ajustés, peu importe l'ajustement, ils ne vont jamais.

C'est drôle, Mère a toujours fait des comparaisons avec son père, pas avec le mien. Il est vrai que Jacob LeClair n'habite pas la maison où j'évite d'aller. La demeure de mon père a été dévastée quand j'étais petit. Il s'est fait incendier, bombarder, envoyer faire sa malle. Vilipendé, déclaré en faillite, il a été relégué au dépotoir de l'histoire. Ne devait être remplacée par aucune habitation semblable non plus. Tout simplement abolie.

Zuo Chang a besoin d'un moment pour se remettre. Mon professeur de mandarin enlève son blouson et son chandail, sa tuque et son bandeau, ses foulards et ses mitaines ; il retire ses bottes et une deuxième paire de chaussettes, qu'il plie, fait tomber les glaçons de ses sourcils et les larmes gelées de ses joues, sans rien manifester. Facile à déchiffrer sur son beau visage, ce manque d'expression traduit le choc, l'effroi, la détermination héroïque mais chancelante de survivre à ce cauchemar. Un hôte plus désobligeant que moi dirait : Bienvenue au Canada, Zuo. Je me contente de :

— Salut.

Il fait un signe de tête.

— Trop gelé pour parler ?

Nouveau signe de tête.

— Je vais faire le thé.

Le rituel est pris. Pendant que Zuo Chang se met à l'aise et se lisse les cheveux devant le miroir de l'entrée, je prépare le thé au jasmin. Puis nous nous asseyons dans le salon, de part et d'autre d'une table basse, et sirotons notre thé dans des tasses de céramique. Zuo – il semble que les hommes chinois appellent leurs amis uniquement par leur nom de famille – aime son thé brûlant et le lampe vite, avec bruit, en pinçant le bord de la tasse entre ses doigts. Je préfère tenir la mienne entre mes paumes et tester, par habitude stupide, ma tolérance à la chaleur. Ce n'est qu'après avoir vidé une première tasse que nous commençons la leçon. Zuo Chang profite de la pause pour examiner les lieux ; j'en profite pour finir mon thé aussi vite que possible, sans ménager ma gorge échaudée.

Je suis conscient de l'allure qu'a mon appartement aux yeux d'autrui. Je suis conscient de celle qu'il a à mes propres yeux. Dernièrement, j'ai constaté que la conscience de soi est un terrible fardeau pour qui est convaincu que sa situation ne reflète ni son véritable destin ni ses espérances. C'est comme le fait d'être immigrant. Adulte instruit et raffiné, travailleur qualifié débordant d'enthousiasme et d'idées, vous parlez une langue avec charme et esprit, et pourtant, en vertu d'un simple glissement de vos plaques tectoniques personnelles, vous voilà métamorphosé en homme tribal, montagnard ou vulgaire coureur des bois. Victime d'un système, de l'époque, de toute cette histoire merdique que nous avons si subtilement évitée ici – d'accord, il y avait aussi une part de chance –, vous devenez une fiche gouvernementale dans une pile qui monte jusqu'au plafond, une tête de photomaton sur fond de ciment gris. Vous n'êtes pas celui que vous étiez jadis et vous ignorez votre future identité. Au moins, ce que vous êtes actuellement est on ne peut plus clair. Vous n'êtes personne, et vous le savez.

Serais-je hypersensible ? Il n'y a peut-être aucun jugement de la part de Zuo qui examine mon appartement à la hâte. Deux doutes me harcèlent. Tout d'abord, c'est un bordel. Je paie 270 $ pour un trois-pièces non chauffé et, même à Montréal, c'est étonnamment bon marché. Les voisins du dessus raffolent des disques de Jacques Brel et des relations sexuelles sur leur table de cuisine ; ma voisine du dessous, Lena Buber, souffre de flatulence et aime bavarder avec son défunt mari en prenant son bain. En ce qui me concerne, les intestins fonctionnent bien et je n'ai pas de raison de me branler dans la cuisine ; toutefois, il est vrai que j'argumente assez souvent avec la radio et que, lorsque je suis étendu sur le divan tard le soir, aussi incapable de dormir là que dans la chambre surplombant la rue, j'échange des salutations nocturnes avec les pigeons pelotonnés sur le rebord de la fenêtre. *Cou cou*, entend-on dans le voisinage. Musique angélique, même pour celui qui n'a pas d'oreille.

Quoi d'autre ? C'est le mauvais côté de l'avenue de l'Esplanade pour le soleil, l'idéal pour l'ombre froide et déprimante. Les tuyaux courent le long des murs extérieurs, la peinture s'écaille à souhait pour des tests de Rorschach. Un plancher de bois franc, plein de soupirs et de gémissements, et deux portes – l'une menant à l'escalier principal, l'autre au balcon arrière – avec des mezouzas sur les montants. Des toilettes et une baignoire sur pattes. Des boiseries ouvragées et de faux piliers dans la chambre. Pas de stéréo, un téléviseur que j'ai pêché dans les ordures de quelqu'un pour servir de pied de lampe, et des étagères à livres. Six étagères en tout, de cinq tablettes chacune portant vingt-six livres en moyenne, moins si la tranche est reliée. À part cela, bien que j'habite ici depuis près de trois ans, je n'ai pas arrangé grand-chose. Le mobilier est signé Sally Ann. La décoration, Zellers.

Mon deuxième doute concerne Zuo Chang. Il n'est pas comme mes invités habituels. En fait, je n'*ai* pas d'invités habituels, mais si j'en avais, il serait tout de même exceptionnel. Je crois le cerner un peu. C'est un être raffiné, soigné, dense, aux traits distingués et aristocratiques qui se durcissent vite quand il se fâche ; ses yeux rétrécissent alors et disparaissent complètement.

Il s'arrête périodiquement pour consulter le miroir de l'entrée et, d'un geste élégant, rejette en arrière les cheveux qui lui tombent sur le front. Se met de l'eau de Cologne et se préoccupe beaucoup de ses ongles. Intelligent et doué, un cran au-dessus de la plupart des profs à la pige. À vrai dire, c'est un artiste, probablement respecté – voire renommé – dans son pays. Finalement, j'en déduis qu'il jette sur mon appartement un regard détaché et lutte pour ne pas se sentir diminué d'avoir à enseigner dans un tel cadre, à un tel niveau, à quelqu'un comme moi.

Il est coincé, bien sûr. Encore une de ces histoires humanitaires qui envahissent les pages des journaux libéraux et que les conservateurs-et-bien-pire-encore brandissent aux conférences de presse comme exemples du déferlement de la marée immigrante, de l'avenir coloré draineur de fonds publics. Mais, au moins, Zuo Chang a eu l'avantage non pas tant d'être chinois – ce qui n'est pas vraiment un atout, si on étudie notre histoire nationale – que d'être réfugié de la place Tiananmen. Les images sont encore fraîches. L'outrage blesse encore à vif. D'autres événements internationaux de la fin du millénaire, telles la chute du Mur de Berlin et la débâcle de l'Union soviétique, ne font que confirmer l'inflexibilité de la Chine, la perversité des gérontes de Beijing ; renforcer la réputation qu'ont les Canadiens d'agir à bon escient, de donner le bon exemple, puis de s'envoyer des bourrades amicales dans leurs larges dos de nordiques.

Zuo est arrivé à Montréal en avril pour donner des conférences sur la peinture traditionnelle dans une université francophone. Pour son voyage de six semaines, il avait reçu l'approbation et du collège de Beijing où il enseignait le français, et du gouvernement de son pays. Le raisonnement était le suivant : il avait femme et enfant ; la détente s'amorçait en Chine ; il reviendrait probablement. Les événements atterrants qui se sont déroulés au printemps dans la capitale de son pays l'ont fait hésiter. D'autres Chinois de Montréal lui ont conseillé de voir venir. Zuo Chang a attendu, avec un malaise croissant, alors que la contestation étudiante traînait en longueur ; puis il a vu, à la télé, avec un effroi grandissant, tandis que les autorités ripostaient au processus de détente, il a vu des chars et des auto-chenilles place Tiananmen, des combats le long des principales artères, des soldats tirant sur les foules. La déesse de la Démocratie démolie. « L'ordre » restauré. Le soir suivant, Zuo a pu communiquer avec son collège. Sa famille allait bien, mais un collègue avait été blessé, deux étudiants étaient morts et vingt autres avaient disparu. Sa femme lui avait dit : *Reste là-bas pour le moment. Ici tout est atroce.*

À nouveau, on lui a donné des conseils : demande l'asile politique, accepte qu'on te prenne en charge, attends encore. Avant septembre, Zuo avait les papiers nécessaires, il était hébergé par un prof de l'UQAM, envoyait des demandes d'emploi et présentait son portfolio un peu partout. Les écoles de la ville ont été subitement inondées de CV d'instructeurs mandarins hautement qualifiés ; les galeries ont commencé à renvoyer, sans les avoir examinées, les soumissions bourrées de peintures de chutes d'eau et de tiges de bambou, de feuilles de calligraphie qui semblaient avoir été faites à la hâte mais étaient apparemment artistiques et expressives. Il a fini par donner des cours de langue privés à 12 $ l'heure et un cours de calligraphie par semaine au Y[*] de la rue Stanley. Ce

---

[*] YMCA (Young Men's Christian Association) ou YWCA (Young Women's Christian Association) : Union chrétienne de jeunes gens ou de jeunes filles, qui offre des cours et des activités de loisirs en Amérique du Nord. (NdT)

n'était pas grand-chose, et il ne restait pas un dollar à envoyer chez lui. Mais il pouvait disposer de tout son temps, Montréal était une ville propre, où il n'y avait pas foule – à part les pigeons et les écureuils –, et l'automne était superbe, l'air doux, la lumière pure, et le mont Royal, un éventail multicolore.

— Regarde, dis-je en sortant une lettre d'une enveloppe, je l'ai reçue hier.

Zuo jette un coup d'œil sur la feuille.

— Je ne lis pas l'anglais, dit-il.

Je traduis en français :

Le 4 décembre 1989

Cher monsieur David,

J'ai le plaisir de confirmer offre pour vous d'enseigner à notre Collège des langues étrangères, au département d'anglais. Nous vous demandons d'être à Beijing d'ici le 21 janvier, et d'enseigner cours de traduction pour le chef de département Feng Ziyang. Le Collège vous donnera chambre dans Pavillon des experts étrangers et salaire de mille yuans par mois.

Veuillez me téléphoner bientôt avec date où vous désirez quitter le Canada. Un billet d'avion sera envoyé par poste.

Salutations sincères !
Zhou Hong

Zuo souffle.

— Elle se trompe toujours dans l'ordre des noms occidentaux, dit-il en français. Je lui répète sans cesse que le nom de famille est le deuxième.

— À qui ?

— Zhou Hong.

— Zhou Hong est une femme ?

— C'est ma femme.

Il dit le mot en chinois. Sans sourire, sans se détendre. Bien que je pense reconnaître le terme, je lui en demande la traduction. Zuo la donne. Ébahi, je recule sur le divan. J'ai envoyé mon CV à une demi-douzaine d'écoles de Beijing au mois d'août, suivant le conseil d'un jeune homme que j'ai rencontré une fois, au *Remys*. Il revenait de Chine après avoir rompu son contrat avec une université de la capitale. La plupart des enseignants étrangers de sa faculté avaient fui avant le massacre, avait-il expliqué ; les rares qui restaient étaient partis dans les jours qui avaient suivi le 4 juin. Presque aucun n'avait l'intention de reprendre ses fonctions à l'automne. Par conséquent, il y aurait des postes à revendre à Beijing. Si des candidats ordinaires n'offraient pas rapidement leurs services, prédisait le gars, les collèges seraient forcés d'embaucher des *régénérés*[*]. Les organismes chrétiens étaient en train de mettre sur pied à Hong Kong une véritable armée de fantassins et de bombarder les établissements d'enseignement de demandes d'emploi. Une fois dans la place, les fondamentalistes se mettraient au travail : prosélytisme dans les parcs publics, baptêmes dans les toilettes, vente du Rêve américain style Waco. Les Chinois, d'après l'homme, étaient au courant de la manœuvre mais, si personne d'autre ne se présentait, ils devraient malgré tout donner les emplois à ces gens-là. La lettre que je joindrais à mon CV pourrait prendre la forme d'une confession d'extrémisme politique ou de dysfonctionnement sexuel, d'asociabilité ou de

---

[*] Les *born-agains* ou *born-again Christians*, « chrétiens nés de nouveau » ou « régénérés », sont des chrétiens convaincus qui, à l'âge adulte, ont pris un engagement personnel envers le Christ. Leur nombre ne cesse d'augmenter aux États-Unis, particulièrement dans le Sud et au Colorado. (NdT)

décrépitude physique ; je pourrais m'en tirer comme maniaco-dépressif, cas désespéré ou même suicidaire, et réussir à décrocher un contrat, pourvu que je ne mentionne ni Dieu ni le sida.

J'ai posté les lettres. Peu après, j'ai remarqué dans un magasin d'aliments naturels une annonce pour des cours privés de mandarin. Il s'est trouvé que mon prof faisait partie du corps professoral d'un des collèges où j'avais envoyé mon offre de services, et il a proposé d'écrire une lettre de recommandation. Zuo Chang m'a seulement dit qu'il connaissait quelqu'un qui s'occupait de l'embauche au Bureau des Affaires étrangères de ce collège. Pas un mot sur sa femme, encore moins sur son métier. Je lui demande :

— Le mot que tu as écrit pour moi en septembre, il était destiné à qui ?

— Zhou Hong.

— C'est bien ta femme ?

— C'est ça.

— Alors, il faut vraiment que je te remercie.

— Pas nécessaire, répond Zuo, qui envoie promener ma gratitude comme une sale guêpe.

— Mais c'est sûrement grâce à toi que j'ai eu l'emploi.

— Tu es un ami. Je t'aiderai chaque fois que ce sera possible, répond-il en chinois.

— Moi aussi, si je peux.

— Bien sûr.

Je ris nerveusement. Pas lui. Il est sérieux à mort. Toujours.

Revenant au français, il me demande :

— Sais-tu quelle est la définition d'un ami en Chine ?

— Quelqu'un qui vous aime ?

— Quelqu'un qui peut faire quelque chose pour vous.

Je médite là-dessus. Zuo et moi restons souvent silencieux pendant les cours, et je n'ai pas encore pu déterminer si ces moments sont empreints de gêne ou non. Tout en reservant du thé, j'allume une cigarette. Depuis un mois, j'ai réduit mes heures de cours au Collège du Plateau, où je suis le seul prof à temps partiel qui enseigne à la fois le français et l'anglais aux débutants, et qui étudie le mandarin avec une frénésie inégalée depuis ses premières années d'université. Chaque jour, je mémorise vingt-cinq idéogrammes et cinquante mots pinyin. J'avance aussi d'un chapitre dans le cahier d'exercices et repasse sans arrêt la cassette conçue pour me faire entendre – et émettre – les quatre tons permettant de distinguer des concepts qui s'épellent de la même façon et se prononcent à peu près pareil. L'écriture chinoise exige un long apprentissage. La langue orale est beaucoup plus simple, mais néanmoins d'une subtilité exaspérante. Bien que j'aie une bonne mémoire, mon oreille n'est pas développée, à cause, j'imagine, d'une enfance mal nourrie du point de vue musical. Les gens de l'extérieur de Montréal n'en reviennent pas : comment se peut-il qu'une personne bilingue, qui parle les deux langues officielles sans accent et rêve dans une marmelade linguistique entièrement libre, ait de la difficulté à apprendre une troisième ou une quatrième langue ? Ma réponse – que je n'ai pas eu à « apprendre » l'anglais ou le français, qu'ils étaient en moi à la naissance, comme la couleur de mes yeux ou celle de mes cheveux – n'est jamais convaincante.

La fumée de ma cigarette monte vers le visage de Zuo. Il recule sur son siège. Je lui demande en mandarin :

— Est-ce que ça te dérange ?
— Dis-moi le mot.

Je prononce le verbe. Il me fait répéter jusqu'à ce qu'il soit satisfait.

— Tu ne fumes pas, Zuo ?

— Les intellectuels fument rarement.

— Ah bon ?

— Les ouvriers et les paysans, oui. Du moins les hommes. Et quelques professeurs du collège, parmi les plus âgés, ceux qui ont été persécutés pendant la Révolution culturelle (il donne ces deux termes en français), eux sont dépendants et fument encore des cigarettes locales bon marché. Feng Ziyang est un fumeur invétéré, et il aime bien recevoir des Marlboro en cadeau.

— Feng...

Il désigne la lettre sur la table en précisant :

— Ton chef de département. Il a quarante-six ans, c'est une victime du président Mao. J'en ai trente-huit et je suis moins démoli. Aucun de mes amis ne fume. C'est mauvais pour la santé.

J'écrase une cigarette parfaitement bonne, encore une fois.

— Zhou Hong est unique en son genre, déclare-t-il soudain. Personne ne lui ressemble. Elle fait tout ce qu'il faut pour cela.

— Pardon ?

— Ses erreurs au travail, comme avec ton nom, sont typiques. Des détails, des choses stupides, mais qui comptent. Elle n'aime pas trop... (Je ne saisis pas le mot.) Et elle donne trop d'elle-même. Elle se fait critiquer. Les gens abusent de sa gentillesse.

Je sais par expérience que lorsqu'un professeur devance trop ses étudiants, il se retrouve seul en piste. Une mer de visages ahuris le regardent courir. Curieusement, Zuo semble ne jamais remarquer ma perplexité. Je lui demande de ralentir. Son expression indique clairement qu'il s'est exprimé en chinois sans s'en rendre compte.

— Elle est passionnée de musique, continue-t-il en français. Surtout les compositeurs occidentaux du XIXᵉ siècle. Dvořák et Mendelssohn, les *Nocturnes* de Chopin et tout Schubert. Mais elle a reçu une formation en anglais, pas en musique. Et même ses compétences en anglais n'ont pas d'importance : c'est une administratrice. Ses intérêts sont chimériques. D'aucune utilité pour réussir sa carrière.

Je me garde bien de commenter. Habituellement détendu et maître de lui, Zuo est agité ce soir. La sueur perle sur son front. Il a les yeux rouges de fatigue.

— Elle ne survivra pas longtemps en Chine, ajoute-t-il, troublé par ses propres paroles. Il lui manque les aptitudes nécessaires.

Cette fois, la gêne s'installe, il n'y a pas de doute. Je feuillette mon cahier d'exercices. Quand je lève les yeux, je le surprends en train d'examiner le grain des pages.

— On veut que j'enseigne la traduction, dis-je en français, abandonnant le cours. Je ne suis pas vraiment qualifié.

— Tu as publié des traductions ?

— Quelques-unes, surtout dans des revues.

— Alors, tu es traducteur, réplique-t-il. Capable d'enseigner ton art aux autres.

— Mais je ne l'ai jamais étudié, mon « art ». Je n'y ai même jamais pensé. Les langues sont mêlées dans ma tête. Je n'ai pas besoin de traduire quoi que ce soit.

Zuo Chang sourit, rasséréné.

— Tu es traducteur parce que des gens t'ont chargé de traduire des documents importants pour eux. D'autres ont fait des démarches pour te recommander. Tu travailles fort et tu es consciencieux. Officiellement, tu *es* professeur de traduction. C'est pourquoi, automatiquement, tu inspires le respect.

— Mais moi je sais que je ne suis pas professeur de...

— Peu importe ce que tu sais en privé.

— Et Zhou Hong doit avoir lu mon CV. Elle sait que je ne suis pas vraiment qualifié.

— Elle sait que tu es diplômé et que tu as travaillé dans ton domaine. Elle est à l'abri de la critique. Tu as présenté tes certificats au collège, et on t'a attribué des fonctions correspondantes. Tu es à l'abri aussi.

— On ne va pas me critiquer ?

— Pas ouvertement.

J'ai envie de rire. Mais est-ce que Zuo se moque du système, du concept d'ouverture ou de moi ? Je demande :

— Et toi, tu es à l'abri aussi ? Tu m'as recommandé de bonne foi ?

— Bonne quoi ?

— Sur l'évaluation que j'étais un professionnel.

— Oui, répond-il, l'air malheureux, je suis à l'abri aussi.

Il me donne dix pages à faire dans le cahier d'exercices et consent à un autre cours pendant le week-end. Près de la porte, j'attends qu'il soit rhabillé pour lui glisser une enveloppe.

— Tu as dit que tu n'as pas à traduire du français à l'anglais, poursuit-il en empochant l'argent. Ou vice-versa, j'imagine. C'est un concept qui m'est étranger. Quelle est ta langue ?

— Ma langue ?

— Ta race. Ton identité.

— Je n'en suis pas sûr.

— À Beijing, tu seras mieux vu si tu parles anglais. Surtout si tu as l'accent américain.

— Je l'ai, enfin, il me semble.

— Bon, c'est l'américain qui domine. Toutes les formes d'anglais sont respectées. Il vaudrait mieux que tu te présentes comme anglophone.

— Encore une fausse impression ?

— Une impression, répond Zuo. Si elle est bonne, qu'elle soit vraie ou fausse n'a pas d'importance.

— Mais toi, tu enseignes le français ?

— Le français n'arrive qu'en quatrième ou cinquième position comme langue étrangère en Chine. Quand j'étais étudiant, je n'ai pas eu le choix, on me l'a imposé. Maintenant, je suis réaliste. À Toronto ou à New York, je ne serais qu'un immigrant silencieux et stupide de plus. Au moins, au Québec, je peux lire les journaux et regarder la télévision. Je peux me servir de la langue pour convaincre les gens de me traiter avec respect. Cela doit me satisfaire. Pas toi.

— Je veux être respecté, dis-je, retrouvant ma gravité habituelle, mais pas au prix de la domination.

— Cela revient au même.

Quelle remarque catégorique ! Comme s'il s'agissait d'un fait et non d'une opinion, d'une sagesse universelle et non d'une vision dure de la société.

— Peut-être que je parlerai seulement français à Beijing.

— Ce serait peu réaliste.

— Peut-être que je ne *veux* pas être réaliste.

— Une erreur émotive, ajoute Zuo à la porte. Et passionnelle. Une faiblesse.

Ses réprimandes me cinglent, et je me promets de m'en souvenir.

III

La crise – ma première depuis un mois – me prend au dépourvu. Je suis en train de ranger après le départ de Zuo quand ma vision s'obscurcit. Émerge du brouillard la perspective habituelle : un précipice débouchant sur un gouffre béant, étroit, sans fond, comme dans les dessins animés de Road Runner, et un œil interne qui fonce sans arrêt sur l'escarpement, vire au-dessus de l'à-pic, puis recule. L'impression d'épuisement s'envole, fait place à une sensation de vide. Saisissant. Comme lorsqu'on essaie de rester éveillé au volant d'une voiture, ou qu'on se réveille pour esquiver la fin d'un cauchemar. Pour surmonter la crise, je dois me mordre la lèvre. Pour ne pas la surmonter, je n'ai qu'à attendre que l'objectif de la caméra, toujours plus téméraire, plus dément, effleure l'à-pic de trop près, balaie trop loin, et je plonge.

Au moins, je n'ai que ma détresse pour compagne ce soir. Les crises en public, même inaperçues, sont toujours humiliantes. Ivan m'a décrit une fois ce qui se passe. Je peux être assis à une table avec des gens et m'affaisser subitement sur ma chaise, en plein milieu d'une conversation. Mon visage se vide de toute expression. Mes yeux ont tendance à se dilater, mais aussi à se mettre graduellement en veilleuse, comme les phares d'une auto qui s'éloigne. Un jour, je me suis renversé du café sur la main sans broncher. Une autre fois, j'ai pris le sucrier pour un marteau de commissaire-priseur.

L'absence dure une minute ou deux, mais elle est perçue, s'est-il empressé d'ajouter, comme un simple retranchement, une bouderie, la rumination de quelque offense présumée ou d'une intime souffrance. Rien d'extraordinaire pour un habitué du *Remys*.

C'est un bon ami, Ivan. Je ne le crois pas.

À dix-huit ans, on a découvert que j'étais atteint d'épilepsie. Psychomotrice : le petit mal. Pas de convulsions par terre, ni d'écume, bref, pas de grave danger pour ma personne. Un simple état, des ratés dans les synapses qui, s'ils sont déclenchés par la fatigue, le stress ou, dans mon cas, un mélange d'anxiété d'adulte et de rage d'adolescent, peuvent provoquer de brèves pertes de conscience. Le petit mal se soigne facilement avec du Dilantin, trois cents milligrammes par jour. J'ai pris du Dilantin pendant douze ans. Pas de crise donc pendant ces années d'indépendance, de succès scolaires, de mariage et de paternité. Puis j'ai arrêté. Je ne voulais plus avaler des médicaments comme les gamins avalent des bonbons. Je ne voulais plus cacher les comprimés quand nous avions des invités, ni mentir sur les formulaires de demande d'emploi. Je ne voulais plus, du reste, avoir l'impression de mettre un couvercle sur un aspect de mon être, comme un puritain qui se flagelle pour se punir de désirs naturels. Lorsque quelqu'un – Carole, probablement – a fait remarquer que l'épilepsie *n'était pas* un aspect de mon être, mais plutôt une anomalie à corriger, je suis resté abasourdi. Longtemps avant d'avoir reçu le diagnostic officiel, j'ai su que j'avais quelque chose qui me bourdonnait dans le cerveau. Je n'ai jamais songé à le traiter comme un défaut. Réaction d'enfant face au monde, j'imagine : comment puis-je être bizarre ou dans l'erreur, alors que tous ceux qui m'entourent sont d'une bizarrerie absolue, fascinante, et complètement, dangereusement dans l'erreur ? Depuis que j'ai laissé tomber les médicaments, j'ai l'impression que je recommence à croire cela. En fait, pas à y croire, plutôt à le percevoir, à l'observer, et à sentir que c'est la vérité. En somme, des inepties qui font bien mon affaire, ne manqueraient pas de dire certains – d'abord et avant tout mon ex-femme.

Je suis couché sur le divan, les yeux fermés, les bras croisés. Je m'enfonce les ongles dans la chair. Une minute passe. Compter les palpitations de mon cœur n'a rien de rassurant ; par contre, écouter les pigeons sur le rebord de la fenêtre me tranquillise. *Cou cou*, j'écoute leur murmure à mes pieds. Est-ce qu'ils se gèlent ? Probablement. Est-ce que la chaleur qui filtre par le châssis les réchauffe ? Difficilement. Ne devrais-je pas intervenir ? Je l'ai fait une fois, par une nuit comme celle-ci, j'ai entrouvert la fenêtre pour que la chaleur sorte davantage. Les oiseaux affolés ont décollé pour ne revenir que plusieurs jours après.

Le tournoiement ralentit, le vide se comble peu à peu. Je combats la crise et je gagne. Cette fois-ci.

Au menu : haricots en boîte sur pain grillé, part de tarte du magasin, cigarette devant la fenêtre qui donne sur la rue. Je guette Lena, bien que je ne puisse croire qu'elle ose s'aventurer dehors. Ma voisine de quatre-vingt-trois ans sort de son appartement une fois par semaine pour acheter des provisions chez l'épicier, à l'intersection des rues Saint-Viateur et de l'Esplanade. Le magasin est à un coin de rue de notre immeuble, soit dix minutes de marche pour Lena en été, vingt quand il y a de la neige. Elle est déjà tombée sur la glace, s'est tordu la cheville – j'ai fait ses courses pendant un mois en janvier dernier et encaissé son chèque de retraite à l'épicerie –, et elle revient souvent chez elle avec une toux si déchirante qu'elle me réveille à l'étage supérieur. Qu'à cela ne tienne, Lena Buber, qui juge les trottoirs trop dangereux, tire son chariot en plein milieu de la rue jusqu'au magasin. Elle remplit deux sacs avec des boîtes de sardines, du lait condensé et des oignons, puis revient par le même chemin, traînant son chargement, sans honte, sans compagnie. J'insiste, au moins en hiver, pour l'aider, même s'il ne s'agit que de marcher à ses côtés, prêt à la retenir quand elle glisse. C'est pourquoi elle m'appelle son boy-scout et répète, comme un mantra, sa parabole des jeunes gens exemplaires qui faisaient traverser les rues de Bucarest aux vieilles dames, non par respect pour les personnes âgées, mais pour s'insinuer dans les bonnes grâces des fonctionnaires et accélérer leur ascension dans la société. La comparaison est si ridicule que je ne m'en vexe pas.

Même Lena se garde bien d'aller faire des courses ce soir. Pas moi. J'endosse diverses pelures synthétiques, et je me retrouve avec des tubes de plastique en guise de jambes et un couvre-chef de volontaire de l'IRA revu et corrigé par une princesse arabe. Je manque encore de débouler l'escalier. Marcher face au vent me donne toujours l'impression d'être en quelque sorte du mauvais côté d'une sableuse. Destination : trente mètres plein nord. À mi-chemin, je pleure. Au carrefour, j'ai les joues à vif et la vue embrouillée. Le feu est rouge. Je traverse.

« *Câlisse*[*] ! » grommelé-je en ouvrant la porte du magasin. À peine suis-je dans l'encadrement que le vent me pousse à l'intérieur et claque la porte. Je reste là un moment, étourdi, sous la lumière. Mon regard accommode, balaie le comptoir, rencontre un sourire narquois. Je louche pour confirmer l'identité du propriétaire.

— Tu t'en tires, Firoz ?

— À peine, mon ami.

---

[*] En joual dans le texte. (NdT)

— Les temps vont changer.
— Pour le meilleur ?
Je hausse les épaules.
— Bienvenue chez moi, dit-il.

Firoz Velji est propriétaire et exploitant de l'une des deux petites épiceries – appelées *dépanneurs* au Québec – situées au coin des rues Bernard et de l'Esplanade, un des quatre magasins implantés dans le même pâté de maisons, un des douze à fournir le même service aux mêmes résidents du Mile End. Non que Firoz doive se soucier d'un dépanneur à une rue de là ; il a assez à faire avec sa concurrente immédiate, Lee Hue-Sook. Sook et son équipe – un mari taciturne qui ne parle que coréen, deux fils en âge d'aller au collège qui parlent couramment l'anglais américain, et une fille trilingue absorbée presque tous les soirs dans des calculs d'intégrales derrière le comptoir – mènent bien leur affaire. On trouve là les plus beaux fruits et légumes, le plus grand assortiment de fromages et de viandes froides et, chaque matin, des baguettes et des pains indiens frais du jour. Les prix sont compétitifs. Pas de camelote. La boutique est claire, impeccablement tenue, l'air embaume les bouquets de fleurs que Sook arrange pendant les heures creuses. C'est là que je fais presque toutes mes courses, en catimini, après m'être assuré d'un coup d'œil de l'autre côté du carrefour que Firoz ou, pire, sa femme, ne m'ont pas vu.

Je ne suis pas fier de ce subterfuge. Firoz est un ami et il a besoin de vendre. Mais son commerce est un fiasco : légumes pourris et pain rassis, boîtes de céréales ensevelies sous des écheveaux de poussière. C'est à peine si les clients peuvent franchir la porte à cause du comptoir en saillie qu'il a construit lui-même ; et quiconque dépasse un tant soit peu la taille normale – Firoz mesure un mètre soixante et a tout conçu en

Indien – doit s'accroupir pour payer, de peur de s'assommer contre le présentoir de cigarettes vitré qui surplombe la caisse. Les allées sont obstruées par des piles de boissons sans marque, que personne n'achète, et des boîtes de papier hygiénique mexicain payées comptant à un type qui conduisait un camion de location. Vous voulez de la bière froide ? Il faut vous frayer un chemin jusqu'au fond de la boutique. Vous êtes novice ? Faites-vous guider personnellement par Firoz ou Zera pour trouver le lait ou le beurre.

Malgré ce fouillis, les Velji se débrouillaient autrefois, grâce aux clients dévoués, qu'ils connaissaient souvent par leur nom.

—Je vends à des gens, pas à des ethnies, m'annonçait un Firoz fier, je crois, de l'idéal implicite dans cette déclaration. Peu leur importaient le lino déchiré, les néons, les heures irrégulières – Firoz n'étant pas matinal – et les jours de fermeture intempestifs, l'odeur de camphre et de curry qui imprégnait la boutique. Ces clients-là savaient que la famille habitait au-dessus, deux adultes et cinq enfants dans quatre pièces, et qu'on avait donné à Hanif, le fils aîné, le petit appentis pour l'empêcher de partir, pour qu'il continue à aider au magasin pendant les repas ou quand son père était souffrant. Ces clients-là n'avaient pas été rebutés par la radio du garçon, ni par le téléviseur installé derrière le comptoir pour aider à supporter les journées de seize heures, ni même par le caractère de Zera.

Mais beaucoup sont partis maintenant. Ils ont déménagé ou trouvé un travail convenable et un niveau de vie plus élevé. Le coin est devenu trop respectable et, est-il besoin de le dire, trop compétitif pour un magasin comme celui des Velji. Le commerce s'est donc enfoncé dans une pauvreté et une pagaille encore plus criantes. J'achète toujours ma bière et mes cigarettes chez Firoz. Guère plus. Je n'en ai pas les moyens.

Prenant ma place traditionnelle sur un tabouret près du comptoir, je lui demande :

— Quel est le score ?

— Les Rangers mènent.

— Deuxième période ?

— À peine commencée.

J'achète ma bouteille de bière rituelle et un paquet de Craven A. Je laisse la bière dans son sac de papier brun et déchire la cellophane qui entoure les cigarettes. Firoz me rend la monnaie sur un billet de dix dollars. Rien que des pièces blanches. Ses prix sont affolants.

— Fait froid ? demande-t-il.

— Épouvantable.

— Ta cigarette te réchauffe ?

— Ce soir, un feu de joie n'y arriverait pas.

— Avec un temps pareil, souligne Firoz, beaucoup de gens aimeraient mieux avoir faim que s'aventurer dehors pour faire des courses. Mais pas toi, hein ? David, mon plus fidèle client.

Frêle, les jambes arquées, Firoz Velji a quarante ans, les yeux globuleux et un perpétuel sourire gêné. Ses cheveux grisonnent depuis longtemps, ses joues pendent, et il a les maniérismes ralentis que j'ai souvent remarqués chez les hommes d'origine indienne. Commerçant depuis son arrivée au Canada en 1976, il avait un père négociant prospère qui est mort dans la pauvreté, Firoz me l'a répété à maintes reprises, après que le gouvernement eut « nationalisé » l'entreprise familiale à Dar es-Salaam. Il fait remarquer que, bien que sa famille ait été victime d'une expérience socialiste africaine bâclée, il reste malgré tout un homme de gauche, profondément engagé. Il présume que c'est un lien entre nous, et c'est vrai. Mais il ne suffit pas d'avoir le commerce dans les gènes pour hériter de la perspicacité. Dans son cas, le handicap est le tempérament. Quand des adolescents dévalisent le magasin, il leur demande de sortir tout bonnement, d'une voix aiguë. Si des représentants l'interpellent froidement, il les invite à disposer leur camelote près de la porte d'entrée. Il souhaite la bienvenue aux grossistes qui l'ont roulé la semaine précédente, et leur offre une boisson sans marque. Même les voleurs à l'étalage réapparaissent, sortant avec parcimonie des pièces subtilisées – à coup sûr – dans les poches de pantalon ou le sac à main de leurs parents, pour acheter des cigarettes à l'unité et des friandises qui ont dépassé depuis longtemps un délai de consommation pourtant généreux.

En d'autres mots, il est trop gentil, trop bon. Sa douceur, sa foi dans les gens, ses idéaux me touchent. Même sa timidité, on le devine, sa grande sentimentalité jouent difficilement contre lui en tant qu'être humain. Chose certaine, presque tout le monde *est* contre lui, dit du mal de lui, le traite de faible et d'inefficace, mais pas moi.

Je l'observe, cependant.

Une femme entre dans la boutique, réclame *Le Devoir*, que les Velji n'ont pas, et s'enquiert de la partie de hockey. Puis c'est un adolescent, vêtu d'un simple blouson de jean, qui essaie d'acheter un pack de six bières. Quand Firoz, rougissant, lui demande une preuve de son âge, il se fait conter une histoire : la bière est pour son père, qui est déjà saoul, et qui s'est cassé la jambe il y a deux ans en essayant de descendre leur escalier verglacé depuis le troisième étage. Firoz me regarde, je hausse les épaules. Son histoire est si pitoyable qu'elle a l'air vraie. J'ouvre la porte au garçon.

Ruminant encore ma conversation avec Zuo Chang, je lui demande :

— Tu n'es jamais allé en Inde, hein ?

— Jamais.

— Mais tu es indien.

— Absolument.

— Comment ça se fait ?

— Mes parents étaient indiens. Ma femme est indienne et mes enfants aussi sont indiens. Canadiens aussi.

— Et toi ?

— Plus ou moins. Ça dépend des ingrédients, ajoute-t-il, souriant pour lui-même.

J'attends.

— C'est comme les currys de Zera. Des fois, elle trouve tous les ingrédients indiens, alors la nourriture est presque comme chez nous. D'ailleurs, c'est pas vraiment chez nous non plus, dit-il, les yeux pétillants. D'autres jours, elle n'arrive pas à trouver tel ou tel produit et elle improvise. Alors, le curry devient plutôt un mélange, devient comme *ici*, si on peut dire. Toujours délicieux quand même. Toujours de la bonne nourriture.

— Je pige, dis-je, même si c'est faux.

— Ceux qui se soucient des ingrédients vont se faire du souci, mon ami. Ils veulent rien que la pureté, cent pour cent approuvée. N'acceptent jamais de compromis, jamais la réalité. Seront jamais satisfaits.

Je hasarde :

— De leurs dîners ?

— De tous leurs repas, précise-t-il.

J'avale une grande lampée de bière. J'ai encore le goulot à la bouche quand je la sens derrière moi. La présence soudaine d'une odeur – mélange de muscade et de curry – la trahit. Zera Velji aime surgir subrepticement du fond de la boutique. Nous prendre au dépourvu, surprendre un commentaire incriminant fait naître un sourire d'exception sur son visage.

— Vous voulez nous faire arrêter, David ?

— Salut, Zera.

— La police entre et vous voit boire de l'alcool sur place, dit-elle en rejetant sa tresse par-dessus l'épaule. Qu'est-ce qui arrive ? Notre magasin est fermé et Firoz va en prison.

— Fichtre ! dis-je en lâchant le sac brun dans la poubelle à côté de la porte.

— C'est peut-être *toi* qui iras à ma place, propose Firoz.

— Tu serais content, hein ?

— Ils ont un sari spécial en prison. Bleu et gris. Très sexy, j'en suis sûr.

— Tu es sûr ?

— Qu'est-ce qui est drôle ?...

Elle s'interrompt. L'effort est presque tangible : elle recule d'un pas et baisse la tête. Le geste est hypnotisant. Bien qu'elle m'intimide, je la trouve élégante. Peau cuivrée, chevelure charbon. Les traits sont fins, mais la bouche, charnue, même si elle pince trop souvent les lèvres. Les mains, expressives, ne soulignent pas ce qu'elle dit, mais ce qu'elle pense. Quand elle est inquiète, elle les frotte en l'air ; quand elle est en colère, elle met un poing dans l'autre main et serre, comme pour se punir. Lorsqu'elle est heureuse, elle étend la main et la pose sur l'avant-bras de Firoz, dans un geste d'intimité. Une fois, par distraction, elle l'a posée sur le mien. Ce contact d'une fraction de seconde m'a déclenché un frémissement le long de l'échine et rempli la tête d'images : un ventre rond, des replis de douce chair brune.

Traditionaliste, Zera refuse de se couper les cheveux ou de porter un pantalon. Elle rejette à nouveau sa tresse par-dessus son sari, approuve de la tête la sagesse de quelque conseiller intérieur, puis relève les yeux. Je lance :

— Au moins, j'ai acheté quelque chose ce soir. De la bière et des cigarettes.

— Quelqu'un d'autre est venu ?

— Un garçon, c'est tout.

Je précise :

— Firoz lui a vendu six bières.

— Firoz !

— Je blaguais, dis-je à la hâte.

Trop tard : la culpabilité se lit déjà sur son visage. Elle va nous décocher quelque chose. Nous nous raidissons tous les deux. Elle le remarque, bat en retraite.

— Regardez votre hockey, dit-elle, faussement offensée. Je vais me coucher.

Son mari en pleure presque de reconnaissance.

— Laisse-moi de la place, ma femme, dit-il, je ne veux pas te pousser dans le noir.

Elle s'en va sans dire bonsoir.

— Petite consolation, constate Firoz, impressionné par sa propre présence d'esprit. Un lit bien chaud quand il fait si froid dehors. Petite consolation, mais ça suffit pour un homme comme moi.

Les Canadiens gagnent la partie, et je demande à Firoz de ranger les Craven A derrière le comptoir. J'en planque aussi au *Remys* et dans mon bureau à l'école de langues, officiellement pour m'astreindre à fumer moins, officieusement parce que je suis le genre de gars qui cache son gant dans l'appartement d'une femme qu'il espère revoir. Près de la porte, je m'excuse pour ma bourde au sujet de la bière.

— Pas besoin d'excuses. Tu es mon ami.

— Les amis peuvent quand même faire des gaffes, Firoz.

— Pas d'excuses, répète-t-il.

Le sommeil me fuit cette nuit-là. J'entends Lena tousser. Je les entends faire l'amour là-haut. Plus brutalement, plus maladroitement que d'habitude, comme si les partenaires étaient nouveaux – une épouse solitaire, un voisin prédateur. Dehors, la lune est voilée. Dehors, les piquets de clôture sont ensevelis.

Dehors, des camions ont descendu la rue toute la soirée, klaxonnant à tue-tête pour avertir les gens de déplacer leurs voitures avant qu'elles soient remorquées. Maintenant, des mastodontes à la gueule digne des moissonneuses-batteuses de la Saskatchewan engloutissent les bancs de neige et les soufflent dans des camions qui vont aller se vider à une décharge au bord de la Voie maritime du Saint-Laurent. Ces bataillons passent dans les ténèbres avec un bruit de tonnerre, défoncent l'asphalte avec leur chargement, ébranlent les escaliers et ouvrent les portes mal fermées. Que mes concitoyens arrivent à dormir malgré ces invasions me dépasse. Moi, je me réveille toujours en sursaut et ne replonge dans le sommeil qu'après avoir longuement évoqué Natalie dans sa salle de jeux avec son papa, dans son arrière-cour avec sa maman et son papa. Cette nuit, cela ne marche pas ; je vois constamment la petite dans son berceau, avec un mur d'animaux en peluche en guise de défense, combien pathétique, contre les cauchemars, les monstres et des parents qui ne veulent pas rester ensemble, même pour elle.

Une fois les ébats calmés là-haut, je vais à la fenêtre en tee-shirt et en slip et je fume – au nom des amants – une cigarette post-coïtale. De l'autre côté de la rue, sur un balcon parallèle, un homme en tuque et en manteau tire lui aussi sur un bâton à cancer. Son pantalon de pyjama et ses pantoufles dépassent du manteau. Il affiche son air habituel de bravade muette et d'humiliation furtive. Il est quatre heures du matin et, d'après les informations de minuit, il fait moins vingt-cinq dehors. Pourtant, il est là, engoncé comme un soldat trop épuisé pour esquiver correctement le feu ennemi. Je ne connais pas ce type, mais je l'aime déjà. Je connais, si l'on peut dire, son histoire. Pendant des années, lui et sa compagne ont fumé. Puis elle a arrêté. Elle a toléré sa faiblesse, en a fait sa croix, qu'elle a portée bravement, et son atout, qu'elle a joué habilement, du moins quelque temps. Car il devenait évident que cet homme n'avait pas l'intention de se corriger. Qu'on lui montre la voie à suivre ne l'intéressait pas, il ne désirait pas voir la lumière. C'était évidemment un réprouvé. Elle n'a pas cessé de l'aimer pour autant – elle n'était pas aussi superficielle que *cela* –, mais elle ne le respectait plus comme avant. Comment l'aurait-elle pu, étant donné qu'il se respectait si peu lui-même ? Difficile de reconquérir des qualités perdues. Impossible, en réalité. Il fut donc banni sur le balcon, d'abord quand elle était à la maison, puis tout le temps : les meubles empestaient et les plantes étaient empoisonnées. Il va de soi qu'elle va lui demander de partir. Qu'il va s'en aller, sachant très bien que jamais – malgré toute l'envie qu'il en a – il ne pourra partir de lui-même comme elle l'exige.

IV

En cette veille de Noël, Remy a décidé de fermer de bonne heure. Les clients sont furieux. À vrai dire, je suis furieux et, au mépris des apparences, je ratisse la salle pour rallier des partisans d'une prolongation. Remy Fidani, les bras croisés, s'appuie au comptoir et me suit d'un regard narquois. Il porte son col roulé habituel et son pantalon à taille haute qui fait ressortir la courbe de ses cuisses et la bosse de son sexe. Il a la peau olive et le cheveu noir clairsemé. On le soupçonne d'astiquer en secret sa tonsure. Père de famille – sa femme accablée et sa bande de garçons font des apparitions éclair dans le café pour s'en faire chasser illico, avant qu'elle ait pu émettre une plainte ou eux, casser un verre –, Remy est également un loup dans le poulailler de ses employées, une équipe de jolies jeunes femmes qui rêvent de chanter sur scène ou de publier en livre de poche. Les rumeurs l'associent à au moins une serveuse par saison ; quelques aperçus d'attouchements à la cuisine, de jambes en l'air dans l'arrière-boutique ajoutent une note de désinvolture au brouhaha quotidien des percolateurs qui rotent et des queues de billard qui claquent contre les boules.

Bien entendu, les personnes que je questionne ont un endroit où aller : un réveillon, un souper, une invitation à décorer le sapin avec des êtres chers.

— Désolé, David, dit Remy.

— Et vous êtes fermé toute la journée demain ?

Ivan me prend le bras.

— Faut pas lui en vouloir, dit-il au patron. Il a un petit problème.

— Pas de baise ?

Je rectifie :

— Pas de bouffe chez moi.

— Je ferme à dix heures pile. Arrêtez de me supplier, s'il vous plaît. Ça me met les nerfs en boule.

— En pelote.

— Il ne vous embêtera plus, promet Ivan qui me reconduit à notre table.

Je me plains :

— J'ai une vie, tu sais, complètement...

— Foirée ?

— *Le mot juste**, dis-je dans un soupir.

— Pense que Remy a une famille. Une femme qu'il a engrossée au secondaire et des gosses qu'il engendre à qui mieux mieux pour remplir un banc d'église. Il faut qu'il s'en occupe. Plus la maîtresse actuelle, avec qui il va faire un joyeux repas de Noël. Il va avoir une nuit bien remplie.

— Chantal pourrait fermer.

— Chantal ? répond-il brusquement. C'est sa dinde. Il est sa farce.

— Quoi ?

Il hausse les épaules, mais la colère n'en brille pas moins dans son regard. Je fixe le comptoir d'un air hébété. Ce patron qui se rengorge, avec la serveuse punk ? Impensable. Cependant, comme pour donner la réplique, Remy se glisse derrière elle à côté du percolateur, où elle est en train de passer un contenant de lait à la vapeur, et se met à frotter un robinet, de bas en haut, de haut en bas. Il lui murmure à l'oreille. Si ce sont des petits riens charmants, ils doivent sentir

_____
* En français dans le texte. (NdT)

l'aigre, car le visage de Chantal reste de marbre. Son langage corporel aussi manque de douceur, à voir sa raideur et ses minces épaules rejetées en arrière. Ses bracelets tintent. Ses lunettes à lui réfractent la lumière. Je hasarde :

— Ça se peut pas.

— Et comment donc, répond Ivan qui joue avec une cuiller. N'importe quand. S'attaque à la plus faible. Comme un vrai trou du cul.

Et, ce disant, il m'envoie à travers la table la cuiller qui a pris la forme d'un huard. La déformation des ustensiles passe pour être mon tic nerveux. Remy m'a déjà exclu de son établissement pendant une semaine pour avoir déformé ses cuillers. J'ai plaidé la frustration sexuelle, et ma sentence a été réduite à vingt-quatre heures. Je suis venu ce soir avec l'intention de faire des dégâts ; bien que nous n'ayons commandé que des bières, j'ai demandé des couverts à Chantal, qui les a apportés, évidemment, impassible, sans commentaire. Pour dire comme mon humeur était noire, je lorgnais le couteau. Selon moi, les cuillers sont bonnes pour les enfants. Avec les fourchettes, il faut faire preuve de prudence, mais de peu d'astuce ou de force. Les couteaux, eux, mettent vraiment un homme à l'épreuve. Je me promets d'en réduire un à l'allure de bréchet de volaille, sinon j'essaierai de m'infliger un mois d'exclusion.

Je veux parler de mon humeur avec Ivan. Le soir de Noël n'est pas l'occasion rêvée, mais il est célibataire, lui aussi, et nous pouvons toujours prétendre que cette fête n'est qu'une farce clinquante, que ses vraies valeurs sont enfouies sous une avalanche de tactiques destinées à faire magasiner les foules. Même maintenant, je n'arrive pas à savoir quoi faire de ma rage. Je l'appelle mienne parce que personne, du plus loin qu'il m'en souvienne, ne m'a hypnotisé, ensorcelé ou bâillonné de sorte que je devienne, de temps à autre, la proie d'une colère sauvage, sans but précis, jumelée à l'impulsion de ruer. Ce n'est pas facile à exprimer. Comme la plupart des gens, je préférerais jeter le blâme sur les suspects habituels pour tous les aspects malheureux de ma personnalité. Mais cela ne paraît pas m'avoir été enfoncé dans le crâne par la famille/ l'Église/la société ; cela semble, je le dis à regret, naturel. Peut-être pas naturel au premier degré, mais au deuxième ou, à la limite, au troisième.

Ivan et moi avions l'habitude de plaisanter là-dessus. « Niaiseries de gars », ainsi avions-nous baptisé cette rage, ou du moins les manifestations de sa folie : guerres et pillages, conquêtes et défaites, meurtres et viols. Pendant des années, nous n'avons jamais fait le lien entre notre expérience de cette contingence et la faillite publique persistante des gouvernements et des groupes – principalement, sinon exclusivement, mâles en apparence – à appliquer avec succès un système dont nous étions persuadés qu'il améliorerait la société. Pendant toutes ces années, jamais nous n'avons établi de rapprochement entre le fait que notre motivation à penser et à agir de telle ou telle façon était souvent, sinon toujours, fondée sur des critères entachés, pour m'exprimer en termes choisis, de caprice et d'irrationalité, et le fait que maintes fois les tentatives de mise en pratique des idéaux socialistes ont été victimes de ce qui s'est révélé être une conduite capricieuse et irrationnelle chez leurs promoteurs. Les niaiseries de gars n'étaient qu'un exemple du genre de complication qui perpétue la nature insaisissable de la pureté idéologique – ce que Friedrich Engels appelle la « fausse conscience » –, mais c'était celui qui raillait le plus ouvertement nos propres convictions. Il ne faut pas oublier que, contrairement aux générations précédentes de Rouges, dont les idéaux s'enracinaient dans des préoccupations domestiques telles que de meilleurs salaires et un programme national de santé, nous, on s'éclatait avec les journaux de l'avant-veille et l'attrait de l'ailleurs. L'oncle Ho combattant l'Amérique impérialiste. Le Che radicalisant en béret coquin. Le président Mao nageant dans le Yangzi. Le président Mao brandissant son Petit Livre rouge. Confluence de la propagande et du chic radical. De la politique de gauche et du kitsch culturel. Nous étions transportés. Nous faisions mine d'y croire à fond. Nous prétendions aussi ne pas être qui nous étions et vivre ailleurs. Agir comme nous étions probablement destinés à le faire aussi. Comme des enfants avec des fusils-jouets qui font semblant de libérer un Burger King et qui s'attardent le temps de manger des frites et de boire un lait frappé.

Mais ce n'est pas ce dont je veux parler à Ivan. Tout cela, c'était il y a une éternité ; nous avons fait notre autocritique depuis ; nous sommes des Groucho marxistes. Ce soir, il y a urgence : je suis dans une fureur aveugle et cherche conseil pour savoir quoi faire. Pas comment dissiper mes instincts meurtriers – il sera aux cent coups ! –, plutôt comment les canaliser : sans devenir tueur ou violeur, être quelqu'un de dynamique et d'anguleux, qui vaille la peine qu'on l'ait à l'œil.

Seulement c'est Ivan qui rage. À propos de Remy, manifestement, et de Chantal, la serveuse. Il s'est lancé dans une interminable diatribe et fulmine tant qu'il me vient enfin à l'esprit de lui demander des nouvelles de Denis.

— C'est un nom qui me dit quelque chose..., répond-il enfin.

C'est le nom de l'homme avec lequel Ivan a vécu pendant les six derniers mois. Bien que je l'aie rencontré plusieurs fois, dans des bars bruyants et à un déjeuner, je ne peux pas dire que je lui ai vraiment parlé. En tout cas, nous ne nous sommes rien dit d'important. Il a affecté à mon égard un intérêt poli, sans plus. Ivan a toujours été très discret sur sa vie sentimentale, surtout depuis la mort de son compagnon de vieille date, Jacques Turcotte. Les récents amants d'Ivan, tour à tour, ont maintenu ses amis – les hétéros du moins – à distance.

— Ça va, ça vient, dit-il.

— Qu'est-ce qui s'est passé ?

— Les conneries habituelles.

Je répète ma question, Ivan se passe la main sur la figure, la referme sous le menton, geste inusité, comme pour resserrer la peau distendue, puis tend le bras vers ma cuiller. Il porte un complet soigné et une mince cravate de soie. Ses cheveux ont l'air plus foncés qu'à l'ordinaire, sans doute à cause du gel ; ses yeux, brillants, ont rétréci de moitié. À moins que je ne me trompe, il les a soulignés d'eye-liner et s'est mis du fard sur les joues.

Avant de lui passer ma cuiller, je jette un coup d'œil à mon portrait qui s'y reflète inversé, celui d'un homme hideux, inélégant, fort comme un cheval.

— Denis avait promis de m'aider à mourir, dit-il. Il a changé d'avis et a foutu le camp avec le magnétoscope, tout notre linge et Max.

— Le chat ?

— Pédé !

— Il a pris Max ?

— Pas la peine de prendre un air aussi choqué.

— Mais ?...

— C'est pas tout à fait la même chose, David.

— La même que quoi ?

Ses yeux sont exorbités. Petit à petit, je fais le rapprochement. Et je me mets à transpirer et, il me semble, à me colorer un peu moi aussi.

— Je suis sûr d'avoir le droit de visite les week-ends, ajoute-t-il. Nos avocats vont arranger ça.

— Je suis désolé pour Denis.

— C'est correct.

— Comment ça, correct ?

— D'accord, ça l'est pas, se reprend-il. En fait, c'est sacrément écœurant. Comme ce que t'a fait Carole. Comme ce que Remy fait à Chantal.

Je dois être rouge comme une tomate.

— Pas si vite. Qu'est-ce que Carole m'a fait ?

— Elle t'a quitté, dit-il en haussant les épaules.

La seconde cuiller a vite fait de se transformer en bretzel.

— Mais tu prenais sa défense à l'époque. Tu disais qu'il fallait qu'elle le fasse. Tu as même dit, espèce de salopard, qu'à long terme ce serait la meilleure solution pour tout le monde !

— Il a bien fallu qu'elle le fasse. Ce sera la meilleure solution pour tout le monde à long terme. Si elle vivait avec toi, c'est parce que ça faisait son affaire, et si elle est partie, c'est aussi parce que ça faisait son affaire. Elle l'a jamais dit, elle l'a probablement jamais pensé, mais elle a tout de même agi de cette façon-là. À la fin, Carole était plus capable de pas être ce qu'elle est en réalité, c'est-à-dire pragmatique et distante, on l'a vu. Même chose pour Denis, seulement lui, il est faible dans le fond. Remy est un profiteur, et il est cruel. C'est le pire.

J'allume une cigarette.

— Maudite habitude écœurante, crache-t-il avec un venin peut-être superflu.

Soucieux de ne pas le provoquer davantage, mais tout aussi écœuré des injures, j'éteins doucement ma cigarette en l'écrasant par le bout dans le cendrier. Elle se casse quand même.

— Bien fait, commente-t-il.

Remy annonce que le café va fermer dans dix minutes, sans prolongation, sous aucun prétexte. Je demande à Ivan :

— Bientôt fini ?

— Amen, répond-il.

Il s'enroule autour du cou une écharpe noire aussi longue que lui.

— C'est l'heure de *réveillonner* avec Gregor et Titania. Ça ressemble à *réveiller*, tu trouves pas ? *Sonne le réveil**, Ivan sort pour Noël.

Quel drôle de cours de langue. Son français est presque aussi bon que le mien et son russe, nettement supérieur. En fait, c'est un linguiste talentueux qui devrait avoir un emploi de traducteur professionnel, pas de serveur dans un restaurant rue de la Montagne. Ses parents, qui ont gardé la coutume de fêter vraiment Noël début janvier, comme les Russes orthodoxes, habitent toujours l'appartement où il a grandi. L'immeuble est à cinq minutes de marche du café et à moins d'un kilomètre de son logement, près du parc Jeanne-Mance. Il va les voir...

Je répète d'une voix forte :

— Tu sors ?

Il hurle :

— Réveille-toi, maman ! Réveille-toi, papa !

Et aussitôt jette un regard circulaire pour voir si quelqu'un l'a remarqué. Puis il prend la cuiller bretzel et essaie de défaire son travail.

Nous en avons parlé une centaine de fois. Nous sommes toujours arrivés à la même conclusion : ne leur dis pas. Les Fodorov, qui approchent des soixante-dix ans, sont des gens pieux, de l'Ancien Monde, homophobes. Ils consentent à ignorer la vérité si elle dépasse leur faculté de compréhension ou, surtout,

---

* En français dans le texte. (NdT)

d'acceptation. Mensonges à propos des petites amies. Mensonges à propos du célibat.

Je cherche à savoir.

— J'vais les préparer à des révélations ultérieures.

— Le soir de Noël ?

— Ils s'en remettront, conclut-il avec une grimace. Moi pas.

Son projet est désastreux. Pire, autodestructeur. Je le sais, il le sait. Il sait que je le sais. Alors maintenant, tout le monde le sait. Et savez-vous ? Cela n'empêchera pas ce qui doit arriver. Je crois que c'est ce qu'on appelle une tragédie. Que certains y voient le destin.

Au moins, ma rage a diminué. Rien de tel qu'une forte évocation de la mort pour calmer les esprits.

Nous nous approchons du comptoir où Chantal est seule. Je murmure :

— C'est maintenant ou jamais. Tente quelque chose.

— Regarde.

Elle fait sonner le total à la caisse.

— Je t'échange un baiser contre un gros pourboire ? lui demande-t-il en français.

La serveuse s'illumine. Ses yeux s'agrandissent, sa bouche s'arrondit. De près, elle a l'air moins dur et plus nerveux. Elle semble aussi plus jeune – une vraie enfant. Elle a des bagues à presque tous les doigts et des tas de bracelets au milieu de l'avant-bras gauche. Une minuscule croix d'or se blottit au creux de son cou, la chaîne presque invisible sur sa peau basanée.

— J'ai apporté du gui, lance Ivan qui présente un bouquet de boules en plastique.

Chaque année, Remy décore le rebord des fenêtres qui donnent sur la rue avec des lumières de Noël et du gui artificiel. Chaque année, il « oublie » de brancher les lumières.

— Juste pour toi, dit-elle à Ivan.

— Et David, alors ?

— Quoi, David ?

Mon rictus se fige.

— C'est pas mes boules, Ivan ? demande Remy. Il se rapproche de son employée par derrière et, de toute évidence, se colle contre les fesses de la jeune fille.

— Je sais pas, Remy. Est-ce qu'elles sont si petites que ça ?

Le patron lui lance un regard furibond.

— Ivan veut un baiser pour Noël, m'écrié-je.

— Vas-y, Chantal, dit Remy. Donne-lui un bec. Il va pas te *frencher*, je te le garantis.

Elle se penche par-dessus le comptoir, autant, probablement, pour éloigner son postérieur du boss que pour embrasser Ivan. Elle pince les lèvres, cependant, et ses yeux brillent de malice. Ivan se penche, attend un bec, peut-être quelques petits mordillements. Il reçoit toute une pelle : Chantal lui passe la langue sur les lèvres puis la lui enfonce dans la bouche. Remy applaudit de joie. Les clients frappent leurs cuillers contre leurs verres.

— Douze dollars et cinquante cents, plus un gros pourboire, dit-elle avec calme.

— Oui, madame, répond Ivan.

Il lui donne un vingt sans attendre la monnaie. Il avoue :

— Ça me démange partout.

J'ajoute :

— Moi aussi.

Elle sourit presque.

— Bonsoir, les gars, les filles, annonce Remy en montrant la pendule sur le mur. Le voyant contourner le comptoir pour débarrasser notre table, je pousse

Ivan à travers la porte. Nous n'évitons pas pour autant la fureur du patron qui vocifère :

— Maudit ! mes cuillers !

Il neige. La météo annonçait qu'il faisait trop froid pour des précipitations, mais depuis une heure une averse typique du temps des Fêtes ajoute une autre couche de blanc au bronzage d'hiver de la ville. Nous remontons la rue Bernard vers l'avenue du Parc. Un arbre artificiel, planté dans la vitrine d'un nettoyeur, clignote rouge et vert. Une boulangerie portugaise expose une crèche comestible, éclairée elle aussi. Des airs de Noël, chantés par une chorale, s'échappent d'un appartement situé au-dessus des boutiques. Je finis par lui demander :

— T'es sûr que c'est une bonne idée ?

— Je suis sûr que c'est une idée terrible. Ça sent à coup sûr l'autodestruction et même l'apitoiement sur soi. Je suis sûr de deux choses, David : la décision de le dire à mes parents *sera* catastrophique, et je ne *serai* plus en vie pour la regretter.

— C'est gai, hein...

Il met du temps à me renvoyer la balle :

— Oui, gai, oh là là !

Au carrefour, je dois changer de sujet. La banalité de mes préoccupations me fait honte.

— Le guichet automatique a avalé ma carte cet après-midi, et je n'ai plus un sou, dis-je. Pourrais-tu me prêter soixante dollars ?

— A avalé ta carte ?

— Je l'ai mise dans la fente, j'ai pitonné mon code et attendu. Au bout d'une minute, l'écran m'a dit de contacter ma succursale. Puis tout s'est éteint.

— Ça doit être quelque chose que t'as dit.

— As-tu la tienne ?

À la banque de l'avenue du Parc, le guichet automatique se trouve dans une pièce vitrée, brillamment éclairée, où l'on glisse dans la neige fondante. Une caméra plongeante nous surveille. Ivan retire l'argent. De retour dehors, je commente :

— Moi et le plastique, on ne fait pas bon ménage. Ma banque refuse de me donner une carte de crédit, à part ça.

— Même si Adèle cosigne ?

— Je n'ai pas encore pu lui demander. Demain, il va falloir que Mère passe à l'acte.

Pour une raison quelconque, Ivan se renseigne sur mon appartement.

— J'essaie de le sous-louer pour l'année. Tu connais quelqu'un qui cherche un logement ?

— Ça se peut.

— Qu'il ou elle m'appelle.

— N'importe quand ?

— Je suis facile à joindre.

C'est une blague entre nous, mais c'est aussi la vérité. Je suis connu dans certains cercles pour mes idées bizarres sur la culture des répondeurs. Le fait est, pourtant, que je suis beaucoup plus facile à contacter que la plupart de mes amis, Ivan inclus, qui ont des répondeurs et laissent des messages enregistrés à l'intention des demandeurs, dans au moins deux langues en général et dont le caractère varie du baroque au sérieux, de l'allègre au morose. Les gens sont étonnés de la vitesse à laquelle je décroche. Absolument ahuris. Et portés à me plaindre : Quoi, ce type est toujours chez lui, il ne sort jamais ! Mon explication est simple. Je suis chez moi, je présume, aussi souvent que n'importe qui. Quand le téléphone sonne, je décroche. Je dis « Oui/ *hello* » et j'attends que la personne se manifeste. Je ne suis jamais importuné quand on m'appelle, jamais dérangé au beau milieu d'une activité excessivement importante – d'accord, une vie sexuelle débridée me ferait peut-être changer d'avis –, ni assez vaniteux ou paranoïaque pour devoir connaître l'identité de l'interlocuteur et la teneur de son message avant de décider si il ou elle mérite mon attention. Peu importe si on me sollicite : je refuse poliment. Peu importe si on me relance sèchement pour quelque dette ou obligation : je promets d'y remédier. Je me fiche pas mal qu'on m'injurie, qu'on me souhaite une mauvaise santé ou une mort prochaine : je leur souhaite la pareille. Ce qui compte pour moi, c'est le contact. Dans bien des cas, il suffit à me faire plaisir.

Est-ce que cela aussi fait de moi un être pathétique ? Si c'est le cas, eh bien pour une fois prenez-vous-en à l'époque plutôt qu'à l'individu. Désolé, je ne suis pas névrosé. Désolé, je ne suis pas au bord de la crise de nerfs.

J'ai faim, cependant, et après avoir souhaité bonne nuit à Ivan, je descends l'avenue du Parc jusqu'à un restaurant grec de la rue Saint-Viateur. Il est fermé, mais en face il y a une boutique de bagels ouverte jour et nuit toute l'année. Un poêle à bois alimenté par des bûches amoncelées à côté de sa gueule, comme des cure-dents, réchauffe et embaume la pièce. Le seul employé, un homme au tablier blanc maculé, relève la tête derrière le comptoir.

— Excellent avec la dinde, hein ? dit-il en remplissant de bagels un sac en papier.

Je lui souhaite un joyeux Noël.

Le long de ma rue, les balcons croulent déjà sous la neige. Révélatrice de la précocité de l'hiver, elle n'atteint généralement pas ce niveau avant février. On dirait un pain qui a levé et pris sa forme de dôme en cinq minutes au lieu de trente. Comme toujours, les balcons éveillent des souvenirs. Un souvenir, plus précisément un tableau. Je sais que j'ai promis de ne pas m'y complaire. Je sais que j'ai dit, ou sous-entendu, que cela ne servait à rien. Mais ce souvenir-là est différent. Il ne donne pas l'*impression* de dater de vingt-cinq ans.

Adèle a toujours refusé de déneiger le balcon avant de notre appartement rue Clark. Les raisons qu'elle invoquait étaient bancales ; tout se réduisait probablement au fait que les mères du voisinage chaussaient leurs bottes et sortaient leur balai – raison suffisante pour qu'elle ne le fasse pas. Si moi, garçon de huit ou neuf ans, je n'avais pas ouvert en forçant chaque matin la porte-moustiquaire pour dégager un éventail dans la neige, le balcon aurait été condamné jusqu'au printemps. J'avais mes raisons. Début janvier, la neige atteignait la balustrade, et je m'étais empressé de l'évider avec un transplantoir pour me faire une caverne où je pourrais me coucher. Le danger de la caverne était d'y geler ; sa beauté, l'intimité. Personne, même pas Mère s'étirant le cou derrière la fenêtre, ne pouvait voir à l'intérieur du trou. Elle qualifiait le monticule de cercueil ouvert, ce que je ne comprenais pas vraiment. Je m'y sentais en sécurité. Le soir, surtout, sous un ciel nébuleux et un voile blanc comme une mariée, je restais étendu une heure sans bouger, sans penser à rien. Ni même me souvenir, sauf de fragments d'images, comme d'avoir été balancé dans les bras de quelqu'un puis fourré au lit, et des odeurs disparues d'after-shave, de lotion capillaire, de chemises amidonnées qui empestaient la fumée de cigarette. La plupart du temps, j'étais tout simplement immobile et silencieux. Flottant sur l'eau, blotti, comblé.

Dans cette sorte d'igloo, je me rendais compte de ce qui autrement m'échappait. Je voyais ma mère assise à côté du téléphone presque tous les soirs, une Gitane entre les doigts et un troisième cognac sur le guéridon, regarder distraitement un livre et prétendre ne pas attendre de coups de téléphone, soupirer d'exaspération feinte quand il finissait par sonner, m'obliger à prendre le message. Je la voyais, quand elle était fatiguée, frustrée ou simplement saoule, jeter sur son unique enfant un regard clinique glacial. Je voyais qu'à l'école les professeurs me percevaient comme un pauvre garçon, un garçon triste. Que, pour une certaine raison, je m'imaginais être le lutin Ferme-l'Œil sillonnant la ville. Sans jamais bouger le petit doigt, je filais à travers les rues du Mile End, criais aux fenêtres, frappais aux portes. Les enfants sont couchés ? Il est plus de huit heures !

Que s'est-il passé encore ? Quelque chose qui a marqué ce temps-là. Quelque chose qui persiste. Je repense à la caverne maintenant, un quart de siècle plus tard et je suis persuadé que, oui, tout a commencé là, pendant ces nuits d'hiver où, dans un sens, j'étais tout seul.

V

Je m'éveille au chant des pigeons. C'est plutôt *peurrt peurrt* ce matin, comme si une nuit de réjouissances leur avait donné une voix âpre et essoufflée. Comment ai-je fait pour me rendre du lit au divan ? Mystère. Qui a bu les bouteilles de bière alignées sur la table basse ? Ce n'est pas très clair non plus, quoique les élancements dans ma tête et une langue terriblement chargée fournissent de sérieux indices. Dans la salle de bains, où j'avale de l'aspirine et me brosse les dents, attentif à ne pas échanger plus d'un coup d'œil hostile avec mon miroir, j'entends par le conduit d'aération commun des bruits d'éclaboussement mêlés au marmottement de Lena Buber qui s'adresse à son mari Yehiel en yiddish. J'avais prévu de me *boy-scouter* jusque chez elle pour lui rendre la seule visite qu'elle aura probablement à Noël. Mais je suis déjà en retard. Dans vingt minutes, c'est le brunch avec Adèle, et ensuite je dois prendre le métro jusqu'à Longueuil. Carole ayant expressément omis de m'inviter à dîner, je serai donc de retour au Mile End en fin d'après-midi. Le bain de Lena et l'étrange monologue devraient être terminés.

Marcher jusqu'à l'appartement de ma mère prend dix minutes, mais en réalité nécessite, la plupart du temps, toute une vie ou plus. Le Mile End est un quartier ouvrier, peuplé d'immigrés, mal entretenu. Outremont est élégant, professionnel et, en grande partie, français pure laine. Le Mile End est plein de laveries, de magasins à un dollar et de mini-parcs sans arbre ni herbe. Outremont s'enorgueillit de cafés et de chocolateries, de parcs dignes de propriétés princières. Le Mile End a un problème d'ordures, un problème d'effractions, un problème d'intégration des habitants. Outremont s'irrite pour des fissures dans ses terrains de tennis, des hausses de taxes foncières, et ne sait trop quelle conduite adopter à l'égard des propriétaires qui ne ramassent pas les crottes de leurs chiens. Le Mile End est l'endroit où la majorité d'entre nous vit et meurt. Outremont, celui où naissent certains privilégiés. Oh, bien sûr, on peut y parvenir par d'autres moyens, une situation prestigieuse ou un mariage astucieux, autrement on n'a qu'à s'accroupetonner dans le voisinage, dans les zones périphériques qui se dégradent, où les autobus ébranlent les lits à chaque passage et où des voisins se font coffrer au petit matin, à moins d'être un hassidim en manteau noir, avec barbe à la Walt Whitman – une nation, sinon une enclave historique en soi –, mais en général on ne s'installe *pas* à Outremont, parce que c'est une question d'accent, de morphologie et de vision du monde impartis par le destin, et que la plupart des êtres humains ne peuvent changer de classe qu'à l'école.

En sonnant à sa porte, je repense à la façon dont Adèle est arrivée ici. Elle habite dans un petit immeuble de briques, en face du hall d'entrée, c'est-à-dire que par la vitre je peux voir en même temps la porte qui mène à son appartement et entendre les coups de sonnette résonner à travers le rez-de-chaussée. Après la quatrième sonnerie, un voisin montre le bout du nez et déclenche l'ouverture de la porte extérieure. Il sait que je suis le fils d'Adèle Guy et il sait, comme moi, que ma mère cache une clé de secours au-dessus de sa porte. Je me réjouis un instant à la pensée qu'elle a eu une syncope et qu'elle s'est affalée sur son lit. Non que je sois morbide : la maladie constitue un solide alibi pour ne pas venir répondre à la porte. La mort en est un plus incontournable encore. L'absence, cependant, comme lorsqu'on-invite-son-fils-au-brunch-de-Noël-et-qu'on-accepte-une-invitation-ailleurs, est beaucoup trop révoltante – aucun jury n'avalerait ça.

L'appartement ne renferme aucun cadavre. Par contre, il pue la cigarette, signe encourageant – elle est peut-être allée faire quelques achats de dernière minute – jusqu'à ce que j'inspecte les mégots dans le cendrier à côté de son fauteuil. Froids, ils datent d'hier. Dans celui de sa chambre se dresse, tel un avion de chasse le nez planté dans le sable, une carcasse à demi consumée, la tête légèrement tiède. Ça, c'est mauvais signe : elle s'est habillée à la hâte, sûrement en retard une fois de plus, elle est sortie précipitamment, sans préméditation ni intention particulière. Tout ce travail de détective m'a rendu nerveux, j'en ai les mains qui tremblent, je fouille, je finis par trouver un paquet de Gitanes dans le porte-revues, près des toilettes. La fumée agit comme un mot doux susurré par un père ou une mère à l'oreille d'un enfant tourmenté. Je suis calmé. Je suis content. La lumière oblique qui pénètre dans le salon nimbe le mobilier disparate et le désordre de livres et de papiers de teintes trop douces pour le décor : les bruns et les ors de l'érudition fervente, les blancs radieux du style de vie austère. L'arrivée d'Adèle à Outremont, je suppose, s'explique assez facilement : elle a rejeté le Mile End et moi avec. Quand le lien avec Jacob LeClair s'est amenuisé – j'ai de moins en moins ressemblé à mon père à partir de huit ans, paraît-il –, elle l'a remplacé par un autre, avec le quartier. Imaginez un peu : un enfant condamné par sa mère à cause de l'endroit où ils vivent. Comme si j'avais une carte de la rue Clark imprimée sur la figure.

Comme si je transportais ce lieu partout où j'allais et que j'étais responsable de son état.

L'enchaînement des événements est capital. En 1974, à l'âge de dix-huit ans, j'ai annoncé à Adèle que j'allais déménager pour m'installer avec des copains du cégep dans un appartement de la rue Saint-Urbain. Elle n'a fait aucune objection. Comme elle l'a dit suavement : il était grand temps. Bien sûr qu'il était temps, cela faisait plus d'un an que je sentais chez nous une tension dans l'air et, une fois le coup encaissé, j'ai cherché à m'organiser. Moins d'une semaine après mon départ, elle avait acheté l'appartement d'Outremont. Le premier soir où je suis allé la voir dans son nouveau logement – c'était, assez à propos, la veille de Noël –, elle a déclaré que son exil de deux décennies dans le désert avait pris fin. Elle a cité des dates : en mai 1956, Khrouchtchev dénonçait Staline, ébranlant un Parti communiste canadien déjà lézardé, et désarçonnant un de ses membres les plus ardents, quelques semaines seulement avant la naissance de son enfant ; en juillet 1974, elle emménageait rue Querbes et rencontrait un nouveau voisin, un producteur de télévision nommé Pierre, qui ne tardait pas à devenir son ami et son amant, le conseiller de sa carrière et de son bien-être. Pour Adèle Guy, toutes ces années de trahison, de malheur personnel et d'entropie intellectuelle étaient révolues. Plus vite elle les oublierait, mieux cela vaudrait, tel était le conseil de Pierre.

Sauf que Mère voulait se rappeler son exil. Pour elle, cette période était l'archétype de la dérive, à la fois privée et publique, d'une époque qu'un individu ou une société devait traverser pour en sortir plus avisé, mieux préparé. Sa carrière est soudain devenue florissante. Elle a obtenu à l'université un poste dont des collègues vindicatifs l'avaient écartée pendant dix ans. Elle a publié son livre. Ses articles ont commencé à paraître non pas dans des journaux ou des bulletins universitaires, mais dans les pages éditoriales des quotidiens. Elle a été invitée à des émissions de télévision et y fut bientôt à demeure, parfaite dans le rôle de l'animatrice intellectuelle qui gesticule, fume cigarette sur cigarette, exprime des visions globales et des critiques cinglantes, de l'érudite – elle avait vécu tellement de choses ! – engagée à fond pour le Québec.

Qu'avait donc vécu Adèle Guy ? Elle me l'a également expliqué. Trois transformations, a-t-elle déclaré. Il y avait d'abord eu l'adolescente qui avait milité pour le député communiste Fred Rose, travaillé avec Raymond Boyer après le schisme désastreux du Parti, participé à l'organisation du syndicat du vêtement à Hochelaga et s'était colletée avec la police au cours d'une marche de protestation contre l'ordre d'exécution des Rosenberg aux États-Unis. Ensuite, en 1956, la jeune femme responsable des lettres à *La Presse* et au *Devoir* qui dénonçait publiquement les crimes de Staline, tandis qu'intérieurement elle bouillait de rage. Les lettres que cette même femme avait envoyées aux mêmes journaux en octobre, où elle s'insurgeait contre l'invasion de la Hongrie par les Soviets, n'avaient constitué une humiliation finale que trop publique, et elle s'était retirée de la politique pour terminer son doctorat et élever son fils. Les années qu'elle avait consacrées à ces tâches, celles de la « dérive », n'ont mérité qu'une phrase sommaire. La troisième et dernière transformation avait impliqué Pierre et l'appartement d'Outremont, et l'émergence de la « vraie » Adèle Guy, l'ancienne staliniste en passe de devenir ancienne maoïste, la partisane de Castro et d'Allende. La nationaliste qui abhorrait les nationalismes ; l'adepte des mouvements de masse qui ne participait à aucun. L'iconoclaste aux idées orthodoxes et conventionnelles, comme elle le dit elle-même – de tout temps, elle a été d'une honnêteté presque agressive. Ah oui, l'ancienne mère avec, d'aussi loin qu'il m'en souvienne, un ancien fils qu'elle a finalement réussi à inviter à souper dans son nouveau logement six mois après qu'ils soient partis chacun de son côté.

Comme je l'adorais ! Sa fougue et sa passion, sa confiance et sa détermination. Jamais d'hésitation, jamais le moindre doute. Elle pouvait donc crier ses opinions et chanter ses credos. Jeune homme, je n'aspirais qu'à la confiance, mais je me suis retrouvé uniquement avec les credos. Pire, je me suis retrouvé avec des credos spécieux et tendancieux : le Petit Livre rouge, le salut des Panthères noires, Mai 68 à Paris et le charabia felquiste. Récemment, ils étaient aussi devenus les repères d'Adèle, et elle s'en était trouvée moins crédible ; mais au moins l'étayage de ses convictions politiques des années 1970 était l'exercice personnel urgent qui avait formé la jeune femme. Elle était authentique dans la mesure où elle restait, pour le meilleur ou pour le pire, quelqu'un d'animé par des idéaux. Moi, je me suis envoyé en l'air avec les affiches barbouillées de rouge et les poings serrés, le sexe et l'autosatisfaction, pour *ensuite* essayer d'acquérir les convictions. Non par l'expérience, d'ailleurs – passer des hivers à bâtir des écoles au Nicaragua n'était pas mon style –, mais par l'étude. Inauthentique ? Ce serait injuste. En tout cas, c'était inéprouvé, abstrait, de tout repos. Et voilà le bouquet : j'ai poursuivi des études en histoire du marxisme – « Foi et trahison dans le mouvement spartakiste » –, je me suis fixé pour but le professorat mêlé d'activisme, j'ai même épousé une femme qui partageait ces convictions, tout cela, je m'en doute maintenant, dans le but de me faire aimer davantage d'Adèle, de ne pas être classé au nombre de ses déceptions.

Si cette vérité n'est pas de taille à pousser un homme à fumer deux cigarettes en même temps, je ne sais pas ce qui le sera.

Effectivement, j'allume le reste du paquet. Avec son briquet, je mets le feu à onze cigarettes, tire une bouffée de chacune avant de les déposer dans plusieurs cendriers et sur les bords de l'évier. En quelques minutes, on se croirait en plein brouillard londonien. Pris d'une joie hystérique, je circule d'une pièce à l'autre en agitant les bras pour faire circuler le smog, inspirant à pleins poumons, pour mieux empuantir mes vêtements et empoisonner mon haleine ; pour faire chier ma mère quand elle va revenir, épouvanter Carole quand je vais arriver à Longueuil, et peut-être raviver en elle le souvenir du soir où je suis rentré du café assoiffé d'amour et où elle m'a repoussé à cause de l'odeur de fumée dans mes cheveux et dans ma barbe – aussi forte, avait-elle dit, que le parfum d'une autre femme.

Le manteau de nouveau sur le dos, la bouche puante et les jambes branlantes – j'sais, j'ai la gueule de bois –, je m'arrête devant le répondeur. La lumière rouge est allumée, elle attend donc des messages. Contraste flagrant avec l'état des autres gadgets d'Adèle : un radio-réveil qui n'a jamais indiqué l'heure ni émis d'autre son que des parasites sur le FM, un téléviseur non branché, et une grosse boîte sur son bureau, identifiée « ordinateur » mais remplie de livres, je suppose. Bien entendu, ces technologies ne sont pas directement reliées à la lutte qu'elle a menée toute sa vie contre sa nature. Le répondeur, par contre, si.

J'appuie sur le bouton mémo.

— Adèle, c'est moi. Dans ton appartement, près de ton fauteuil, en train de fumer tes cigarettes. Merci pour le brunch de Noël. Les saucisses étaient bonnes, mais les œufs un peu coulants à mon goût. Pas grave, c'est la compagnie qui comptait. Merci de t'être donné tout ce...

Je perçois le sarcasme sous-jacent et la déception dans ma voix. La diction brusque, le tremblement à la fin des phrases, elle va instantanément les détecter, et ma faiblesse va la disculper. Je passe au français pour stimuler mon courage.

— Il fallait que je te parle. Pas de la carte de crédit, bien que ce soit important. De quand j'étais petit. Quand j'étais couché dans ces cavernes sur le balcon d'en avant. À quoi je pensais là-dedans ; ce qui se passait dans ma tête. Tu ne l'as jamais demandé à l'époque, c'est pas maintenant que tu vas le faire. Alors, je vais tout simplement prendre les devants et...

Trois bips, coupé. Soudain dans les vapes, j'assaille la cuisine. Le réfrigérateur est vide, à part une laitue détrempée, et le congélateur présente un assortiment de mets congelés – tourtières, repas TV, un reste non identifiable –, mais j'ouvre et referme sans cesse la porte, au cas où quelque chose m'aurait échappé. J'avise un pain non moisi sur le comptoir, j'en fais griller deux tranches. Adèle n'a pas de beurre, mais trois pots de marmelade dans son placard. Je casse chaque tranche en quatre et j'enfourne les morceaux.

Maintenant, le répondeur clignote. Mère va détecter le signal depuis la porte d'entrée et, avec l'impatience d'une mariée de guerre devant sa boîte à lettres, se précipiter vers le guéridon avec son chapeau, ses gants, et ses bottes qui vont faire une flaque sur le plancher.

Je reviens à la vivacité de l'anglais.

— J'ai oublié une chose. Je faisais probablement des crises sur le balcon. T'ai-je dit que je suis atteint d'épilepsie psychomotrice ? Il me semble que ça n'est jamais venu sur le tapis. Il me semble aussi que tu n'as jamais manifesté un grand intérêt pour mon corps ou mon esprit. D'ailleurs, avons-nous jamais parlé de l'échec de mon mariage ou du fait que Natalie aussi est élevée par un seul de ses parents ? Je crois que ça n'est jamais venu sur le tapis non plus. Ah oui, et Jacob, je veux dire mon père. Est-ce qu'on a jamais vraiment parlé de lui ? Comme, par exemple, de ce qui lui est arrivé ? Où il est parti, avec qui ? Je crois que tu l'aimais, Adèle. Je crois que c'est la seule personne que tu aies jamais aimée. Avec, je veux dire à part, Pierre et...

Sauvé par les bips ? Ça se peut bien. Fidèle à mon personnage du lutin Ferme-l'Œil, je fais un tour rapide des fumoirs, éteignant les cigarettes dans les cendriers, l'évier, le lavabo. Difficile de ne pas être dégoûté de soi en pareille circonstance. Commencer relax et ironique, finir plaintif et indigent. Évidemment, je pourrais effacer le message, ne laisser que les brûlures de cigarettes et les fenêtres embrumées. Je pourrais falsifier la preuve de sorte qu'Adèle ne puisse être qu'impressionnée par ma vengeance méditée. Mais je suis un enfant du Watergate, après tout. Que subsistent les traces !

Brinquebalant, avec une légère odeur de graisse, le métro s'engouffre dans le tunnel sous la Voie maritime du Saint-Laurent.

J'ai un wagon pour moi tout seul et je suis assis, les yeux fermés, les mains croisées sur le ventre. À chaque fois, quitter l'île de Montréal me perturbe étrangement. Je n'ai jamais été un grand voyageur, j'en conviens – un mois en Europe pendant mes études, quelques voyages en train à Toronto pour consulter les archives de l'Université York –, et j'ai toujours vécu dans le Mile End. Toutefois, un trajet de vingt minutes vers une banlieue de la Rive-Sud semble un motif un peu mince pour qu'on se sente transplanté. Pour contrer cette sensation, je réfléchis à un point de grammaire chinoise. À l'oral, les verbes ont un seul temps, le présent. Les locuteurs doivent faire comprendre clairement s'ils parlent d'une action passée ou d'une intention future ; l'emploi de concordances précises, appelées marqueurs de temps, est essentiel. Zuo Chang l'a illustré une fois par un curieux exemple. « À Beijing, dit-il, je vis avec Zhou Hong. À Montréal, je vis avec Suzanne. » Dérouté, je lui ai demandé si le verbe « vivre avec », comme dans *cohabiter*, était identique au verbe « rester avec », comme dans *partager un appartement*. Zuo n'a pas compris ma question. Il a enchaîné : « Avant, mon épouse est Zhou Hong. Maintenant, je suis sans épouse. » J'ai dû l'interroger encore pour savoir quelle était la différence entre « avoir » une épouse, comme dans *être marié* et être « avec » son épouse, comme dans « ensemble ». Il n'a tenu aucun compte de cette question. « Plus tard, a-t-il résumé, j'ai une épouse à nouveau. » « Tu veux dire quand Zhou Hong viendra au Canada ? » ai-je aussitôt demandé. « Non », a-t-il immédiatement répondu. « Tu veux dire qu'elle ne *va pas venir* au Canada ? » Là-dessus, il a froncé les sourcils et expliqué : « C'est ta grammaire qui est mauvaise. Pas ce que tu dis – comment tu le dis. »

Étrange, cette manière qu'ont les adultes de trouver le moyen d'obscurcir jusqu'aux règles de la langue par une ambiguïté qui les arrange. Que l'intention soit de railler, d'embrouiller ou carrément de tromper, le résultat est le même : on ne peut pas se fier à ce qui est énoncé. Impossible de se fier aux mots. Quant à l'interlocuteur, notre confiance en lui ou en elle devra être instinctive, faute de mieux, malgré les apparences. Les enfants, par contre, abordent le langage avec un émerveillement tel que Dieu doit se sentir rajeuni. Les premiers mois où Natalie a commencé à parler, pour moi, furent analogues aux sept jours de la Création. Elle avait environ dix-huit mois. Chaque matin, à cinq heures et demie précises, elle ouvrait les yeux, se dressait dans son berceau et commençait à nommer les choses. Au lever du soleil, elle avait épuisé les objets dans son champ de vision et réclamait qu'on la transporte. À la grande surprise de Carole, moi qui auparavant étais comme un ours hibernant quand venait le temps de se réveiller, je sautais du lit pour lui servir de coolie. Chevauchant mon épaule, le bras droit tendu et le doigt pointé, telle une variante de la gravure de William Blake, Natalie désignait les objets les uns après les autres et leur collait une identité, une signification. Son vocabulaire n'était pas étendu. Pourtant, que ne faisait-elle pas avec ce peu de ressources ! J'essayais d'aider, soufflant les mots manquants qui iraient se nicher dans sa mémoire après quelques répétitions. Cela a duré au moins un mois, et les levers matinaux qui m'épuisaient m'importaient peu. Vous êtes-vous déjà glissé la nuit dans la chambre d'une enfant pour l'embrasser sur la joue et la regarder sourire dans son sommeil parce que son papa est tout-puissant et la protège ? Quel est l'effet de cette expérience sur *votre* compréhension du monde ? Avez-vous déjà servi à une fillette maussade ou affamée son repas de poulet au riz ou de pâtes avec sauce à la viande et – à la regarder vider son assiette, à voir revenir les couleurs sur ses joues et la rapidité dans ses gestes – senti grandir en vous une fierté primale, tout à fait irraisonnée ? Ma fille mange ! Elle est en bonne santé, pleine d'énergie ! Et, plus tard, au cours de la même soirée, tandis que vous n'arrêtez pas d'agacer votre femme parce que vous voulez vous réchauffer une tourtière congelée, alors qu'elle propose de vous préparer une omelette, vous vous rendez compte qu'à quinze ou à cinquante ans votre fille cherchera encore le réconfort du poulet au riz ou des pâtes avec sauce à la viande, parce que c'était cette nourriture-là qui l'apaisait. Qu'est-ce que ces constatations nous indiquent sur notre destinée ? Dans notre narcissisme, nous avons tendance à considérer l'éveil de notre sexualité comme la découverte la plus fracassante. Qu'on me permette de ne pas être de cet avis. S'éveiller au fait d'être parent – comparer l'être que nous étions autrefois, et la nature de notre protection, avec celui que nous sommes devenu, et la raison de notre responsabilité – constitue un véritable geyser à côté de cette petite giclée.

Ce n'est pas que la paternité ou la maternité nous rende meilleurs, plus accomplis ou plus en harmonie avec les forces naturelles. Le fait d'être parents ne nous met pas en résonance avec les matières fécales, l'urine, la fureur et la peur, avec la faim, la soif, la tristesse et l'extase, avec le lien et la rupture, l'attachement et la séparation ; avec la quantité de choses que nous maîtrisons et pouvons influencer, et celle encore plus vaste devant laquelle nous sommes impuissants et à laquelle nous devons nous soumettre. Non, le fait d'être parents nous confronte plutôt aux forces naturelles, nous indique notre vraie place dans l'Ordre universel et nous dit : Là, fais de ton mieux. Comparé à notre vie dans cette jungle, notre premier véritable orgasme se réduit à une matinée passée auprès des fauves de l'animalerie d'un centre commercial.

Le métro ralentit et s'arrête à une station souterraine bien éclairée. Terminus. Début de la terre ferme. C'est idiot, mais sur le quai je regarde si quelqu'un est venu m'attendre. Vous voyez la scène : papa descend du train, met un genou en terre, pile pour recevoir dans ses bras la fillette à la queue-de-cheval, radieuse. Il se relève, serrant son trophée, pour saluer son épouse tout aussi rayonnante.

— Une cravate, David ?

— Elle ne te plaît pas ?

— Je m'en souviens, dit Carole. Tu l'avais pas déjà avant notre mariage ?

— Excuse ma question.

— Tu as l'air bien.

— Et toi, je demande, à genoux dans le corridor, comment tu la trouves, la cravate de papa ?

La fillette penche la tête avec une perplexité feinte. Les yeux bleus de Natalie sont ronds comme des pièces de monnaie ; son sourire, quand il est serein, est aussi large que celui d'un clown. Recevoir un sourire sans nuage, au lieu d'un échantillon de son répertoire d'expressions expérimentales ou réticentes, aide à me dégeler.

Elle tire sur la cravate.

— Ridicule ! dit-elle, en filant vers l'escalier du sous-sol.

— Tu me donnes pas un bec ?

— Non !

Je la suis jusque sur le palier. Les mots m'échappent avant que j'aie pu les compliquer correctement :

— Hé, tu m'aimes pas ?

L'escalier est sombre, j'appuie sur l'interrupteur. En bas, une silhouette s'élance hors de la zone éclairée avec un petit rire nerveux. Je répète :

— Tu m'aimes pas ?

Je sens Carole derrière mon dos et j'entends sa sœur, Lise, près de la cuisinière. Je ne me retournerai pas. Non, je vais attendre, les mains agrippées au montant de la porte, l'air détaché – j'espère – et détendu.

— Oui ! répond Natalie d'en bas.

Je me tourne.

— Bien sûr qu'elle t'aime, David, dit Carole.

Elle me regarde dans les yeux. Je réponds d'une voix égale :

— Ça sent bon, Lise.

En fait, la nourriture sent si bon et j'ai si peu mangé depuis vingt-quatre heures que les odeurs m'étourdissent. Comme d'habitude, mon esprit s'emballe depuis mon arrivée. Il n'y a pas de doute, la maison de Carole est un logis convenable, dans un quartier comme il faut. Aucun doute, c'est le genre de demeure que je n'ai pu, que je ne peux toujours pas offrir à Natalie. Ce qui m'en convainc, ce ne sont ni le parc au coin de la rue avec son nouveau gymnase aménagé en jungle, ni la bibliothèque locale garnie de cassettes vidéo pour enfants, ni les camarades de jeux des bungalows voisins, ni la cour arrière clôturée de Carole. Non, ce qui me convainc que mon ex-femme a créé un environnement positif pour notre fille est le simple fait que leur situation ne déclenche aucun souvenir de ma propre enfance. Tout ce qui n'évoque pas Adèle et la rue Clark représente une image positive de la famille. On m'appelle. Je répète en me lissant la barbe :

— Ça sent bon, Lise.

— Merci. Mais je me demandais comment tu vas.

— Bien. Ça va. Pas mal.

— Est-ce qu'on doit choisir ?

— David s'est *ex-îlé*, dit Carole à sa sœur. Il est tout chamboulé.

— *Je ne sais pas sur quel pied danser**, j'en conviens.

En anglais, j'aurais dit : *Fish out of water*, comme un poisson hors de l'eau. Mais, actuellement, je parle français avec les femmes de ma vie. Natalie ne s'est pas encore frottée à l'anglais, ce qui ne serait pas arrivé si elle avait passé les trois dernières années dans le Mile

---

* En français dans le texte. (NdT)

End, polyphonique, au lieu de Longueuil, monophonique. Passé, veux-je dire, les trois dernières années avec moi et avec sa mère, dans le quartier où elle est née. Au train où vont les choses, elle ne commencera pas l'anglais avant la quatrième année, ce qui est bien trop tard. Carole et moi avions l'habitude de naviguer librement d'une langue à l'autre, suivant les domaines consacrés à Montréal : l'anglais pour les affaires ou, dans notre cas, la politique, et le français pour l'amour ou, dans notre cas, les disputes. Aucune caractéristique de la personnalité de cette ville ne me réjouit autant que cette schizophrénie linguistique. Aucune représentation formelle de sa dualité ne peut égaler le désordre palpitant, unique des deux langues en collusion et, à l'occasion, collision quotidienne. Les gens qui se plaignent de la cacophonie, ou qui souhaitent qu'une langue soit prépondérante pour une fois, comme dans le bon/dur vieux temps, ces gens-là ne semblent pas comprendre le principe premier de toute personnalité dynamique : sa fragilité. Ils ne saisissent pas non plus les imbroglios que cela provoque, et dans les villes et chez les êtres humains. Que ce qui complique enrichit aussi ; que ce qui nous rend inconstants nous rend également irrésistibles.

Du moins, je l'espère.

Maintenant, Carole et moi communiquons presque exclusivement en français, en partie, j'imagine, à cause de notre fille. Cela m'est égal. En tout cas, il n'y a pas de quoi se plaindre.

Les deux sœurs se tiennent à côté de la cuisinière. Elles ont deux ans de différence, mais pourraient passer pour jumelles. Même visage rationnel, mêmes cheveux couleur sable et même coupe pratique, mêmes taches de rousseur, même sourire pincé, mêmes yeux bleus désormais ponctués de rides. J'ai épousé la plus vieille. Si on m'interrogeait, cependant, je serais le premier à admettre que Carole Lapointe, candidate au doctorat à McGill, fumeuse enragée qui a son franc-parler, m'a choisi parmi une brochette de barbus interchangeables siégeant au Comité d'action sociale du syndicat des diplômés, qu'elle m'a invité à coucher, puis a suggéré la cohabitation, pour, en fin de compte, aborder la question du mariage, à condition que nous soyons tous les deux d'accord pour ne pas prendre cette institution au sérieux. À l'époque, je n'en revenais pas de la chance que j'avais. Sans blague, même après tout ce qui est arrivé, un mot aimable de mon ancienne compagne ou un câlin de ma fille suffisent à me convaincre qu'un jour j'ai eu de la chance.

Lise Lapointe, toujours célibataire, dirige une maison de retraite près du Stade olympique. Sa sœur a débuté comme intervenante en toxicomanie dans un centre géré par un hôpital du centre-ville, mais elle est actuellement responsable des ressources humaines dans une compagnie de placements – propriétaire de centres commerciaux et de dépanneurs – dont le siège social est à Longueuil. L'amant actuel de Carole, un dénommé Jean-François, travaille dans un autre secteur de la compagnie. À en juger par l'odeur qui imprègne un fauteuil du boudoir, le type se baigne dans l'eau de Cologne. D'après la cravate souvent accrochée à la porte de la salle de bains, il a bon goût en matière de vêtements.

Natalie appelle du sous-sol. Je suis soulagé d'avoir une excuse pour ne pas parler avec Lise, mais je ne veux pas que ce soit trop évident. Bêtement, je transmets les vœux d'Adèle.

— Comment s'est passé le brunch ? demande Carole.

— Pas mal.

— Qu'est-ce qu'elle a préparé ?

— Des saucisses et des œufs – on ne peut plus à la bonne franquette.

— C'est bien son style, approuve Carole.

Carole a toujours aimé Adèle Guy. Elle continue à l'inviter chez elle de temps en temps. Mère accepte toujours les invitations, reste toujours tard et fait souvent sur moi, Carole l'admet, des commentaires aiguisés par l'alcool, quand Natalie est au lit. Le professeur Guy fume aussi un paquet de Gitanes à chaque visite, et la puanteur imprègne le divan et les rideaux pendant des semaines. Dernièrement, Carole a commencé à s'inventer des prétextes pour être à Outremont le samedi. Ainsi, elle et Natalie peuvent rencontrer Adèle dans un bistrot de la rue Bernard, où la fumée se dissipera avant d'atteindre les poumons de l'enfant.

— Plus économe que jamais, dis-je.

Je n'ai aucunement l'intention de leur dire ce qui s'est passé.

— Ta mère est une penseure importante, annonce Lise, une fan.

— Assez étourdie quand même.

— En ce qui te concerne...

— Aucun rapport, je suis de votre avis.

— C'est pas de ta faute si tu...

— Tu *sens* vraiment le fils d'Adèle Guy, interrompt Carole. T'es-tu roulé dans un cendrier ce matin ?

— C'est une nouvelle eau de Cologne. Tu aimes ?

Lise traverse la pièce et me jette son coup d'œil le plus glacial.

— Pas autant que tes yeux, dit-elle.

Ce à quoi je réponds, embarrassé :

— Ah bon.

Natalie appelle de nouveau.

— Il faudrait que je descende.

— Et comment va Ivan ? demande la sœur de Carole.

Je m'arrête un instant devant cet autre champ de mines.

— Ivan a ses problèmes, dis-je.

— Rien de grave ?

— Denis est parti.

— Tu veux dire qu'il est mort ?

— Non, Jacques est mort. Denis s'est contenté de prendre le magnétoscope et le chat, et il a décampé.

— Je n'étais même pas au courant pour Denis, dit Lise.

Ce genre de remarque, typique de Lise Lapointe, est déconcertant. Bien qu'elle n'ait jamais hésité à montrer son impatience envers le mari (puis l'ex) de sa sœur, ni sa désapprobation d'ailleurs, elle a cependant manifesté un intérêt constant, apparemment réel, pour les détails de ma vie et celle de certains de mes amis.

— Il a pris Max ? demande Carole.

— C'est l'époque qui veut ça.

Elle aussi me fixe jusqu'à ce que, repentant comme il convient, je baisse les yeux.

— J'ai toujours aimé Ivan, dit Lise.

— Beaucoup de femmes l'aiment.

— J'ai pas voulu dire dans ce sens-là, David.

— Moi non plus. Il plaît à beaucoup de femmes. À beaucoup d'hommes aussi. C'est un type populaire.

Je me tourne vers l'encadrement de la porte.

— Je regrette de ne pas pouvoir te demander de rester à souper, lance soudain Carole : c'est que...

— Je suis pris.

— Ah oui ?

— *Please*, Carole.

— Je veux dire : bon. J'espère que...

Le bruit de mes pas dans l'escalier couvre la fin de sa phrase.

J'ai deux raisons de ne pas raffoler du sous-sol de mon ex-femme. J'ai été élevé dans un appartement au deuxième étage et je me suis toujours débrouillé depuis, quelle que soit la précarité de mes finances, pour garder mon lit au-dessus de la ligne de gel. J'ai trop d'amis qui logent dans des sous-sols. À force d'avoir constamment dû lever la tête pour contempler le monde, comme les habitants des cachots dans les histoires pour enfants, et de n'avoir vu que des voitures de bébé et des roues de bicyclettes, des chevilles enflées et des chiens crotter, leurs attitudes, sinon leur vie, finissent toujours de mal en pis. Généralement impropres à l'habitation, les sous-sols de banlieue ont tendance à être encore plus souterrains. Par conséquent, lorsqu'on s'en sert pour ranger la plupart des artéfacts – chaises et commodes, tapis et lampes, un divan portant encore les marques de la folie de Potemkine – d'une vie antérieure, une vie passée avec un ex-mari mal aimé, dans un quartier jadis aimé de cette ville, dans des conditions rétrospectivement jugées malheureuses ; quand, en outre, on laisse intentionnellement se dégrader ce musée de pacotille –, raison de plus pour le détester.

Les yeux ajustés à la pénombre, je contourne mon passé mis au rancart jusqu'à un endroit proche de la chaudière, où Natalie est assise sur un tapis devant une maison de poupée assez grande pour qu'elle y dorme. Elle me tourne le dos, et le ronronnement de la chaudière couvre mon approche. Ma fille a un ruban rouge dans ses cheveux verge d'or. Sa robe aussi est rouge, et elle porte des bas blancs et des souliers noirs avec des dessins de Père Noël sur les orteils. L'ensemble est un peu précieux, mais Natalie l'est aussi. Je dis cela avec l'ironie paternelle la plus douce qui soit ; elle a quatre ans, elle est belle et intelligente et tout le monde, moi inclus, le lui répète sans cesse. J'aurais envie de lui embrasser les oreilles – j'avais l'habitude de lui mordiller les lobes jusqu'à ce qu'elle fasse pipi de rire – mais je risque de l'effrayer. Même chose si je l'étreins par derrière : mes mains sont glacées et enverraient un message trompeur. Alors, m'agenouillant par terre, les yeux fermés, les épaules détendues, j'embrasse le haut de sa tête et inhale l'odeur de shampoing de ses cheveux. Jusqu'à ce qu'elle dise quelque chose. Jusqu'à ce qu'elle commence à se tortiller.

La maison de poupée est en réalité une étable et les figurines que tient la fillette, des personnages de la Nativité. Je me souviens très bien de cette monstruosité ; c'est le père de Carole qui l'avait construite, et elle avait décoré la pelouse devant la maison des Lapointe, à Laval, pendant plusieurs décennies. Puis Jean et Lucy Lapointe avaient emménagé dans un condo à Fort Lauderdale et, pris d'un accès de remords – et de sens pratique – provoqué par leur désertion, avaient distribué (avec parcimonie) la plupart de leurs biens matériels à leurs enfants. Pour des raisons inconnues, sauf peut-être le fait qu'elle était enceinte, Carole, la fervente athée, avait hérité de la crèche. Dans le Mile End, nous la rangions dans la salle de chauffage, en arrière de l'appartement ; à Longueuil, l'étable est allée rejoindre notre mobilier dans l'obscurité du sous-sol.

— Tu joues avec la maison de poupée ?
— Maman ne veut pas que je la monte en haut.
— Pourquoi ?
— Elle dit que la maison est laide.
— C'est vrai.
— Mais un bébé naît dedans !
— Tu sais qui c'est, ce bébé ?
— Grand-maman me l'a dit.

À part une bulle de souvenirs qui entoure son voyage annuel en Floride, Natalie ne connaît pas vraiment ses grands-parents maternels. Pour elle, grand-mère signifie une seule personne, Adèle. Elle semble sincèrement attachée à ma mère, mais je ne peux sonder ce sentiment, pas même chez une enfant. Je lui demande :

— Tu veux que je te raconte l'histoire du bébé ?

— Non.

— Tu vas voir, ce sera amusant.

— On va jouer à autre chose, dit-elle en se levant.

— La Belle au bois dormant ?

Natalie aime interpréter sa légende favorite. Dans le rôle de la Belle – quel autre pourrait-elle bien jouer ! –, elle se pelotonne sur le tapis dans un sommeil centenaire jusqu'au moment où moi, le Prince, désigné pour un rôle qui ne me convient pas, je pose un genou en terre et lui donne le baiser requis. Son réveil, merveille d'exagération et de ravissement, est un spectacle à ne pas manquer. « Quel beau prince tu es ! », commente-t-elle chaque fois.

— Pas ça, décide-t-elle aujourd'hui. Au papa et à la maman. Toi, tu es le papa.

— Je suis papa, fais-je remarquer bêtement.

— Dans l'histoire, niaiseux !

Elle me conduit à travers la pièce jusqu'aux meubles, dont la plupart sont disposés, je le remarque à présent, comme dans un simulacre de salon. Sont disposés, plus précisément, comme dans notre ancien salon : la table basse avec ses taches d'eau, le fauteuil acheté 20 $ que nous avions l'intention de faire recouvrir, le fameux divan. Sous mes pieds, le faux tapis persan, usé jusqu'à la corde, que quelqu'un avait abandonné dans la ruelle un été. Sur un guéridon, branlante, la lampe que nous avions trouvée dans une vente de garage le dernier printemps que nous avons vécu ensemble, avec son abat-jour de rectangles de verre multicolore. Apparemment, même lui n'était pas assez beau pour aller en haut. Ni la lampe, ni la demi-douzaine d'affiches encadrées du Musée des Beaux-Arts et du MET de New York, ni le portrait du clan des Lapointe du Lac Saint-Jean datant de 1922, que ses parents nous avaient offert comme cadeau de mariage. Carole n'a trouvé aucune de ces affaires digne de sa cabane de banlieue ? Abasourdi, je reste planté là, les bras ballants, et j'attends les directives. Natalie m'envoie sur le divan.

— Va fumer dehors, s'il te plaît, dit-elle.

— Quoi ?

— Et arrête d'essayer de sauver le monde !

J'écarquille les yeux.

— Tu joues le rôle de maman ?

— Tu trouves pas que notre bébé est le plus beau bébé de l'univers ? dit-elle, berçant l'enfant dans ses bras. Tu trouves pas ?

— Bien sûr.

— Il sera beau. Elle va s'appeler... Mmm, comment on va appeler notre bébé ?

Je propose :

— Jacob.

— Si elle est un garçon. Mais imagine qu'il est une fille ?

— Natalie ?

— Bien. Natalie, c'est un beau nom pour un beau bébé fille. On va appeler lui Natalie.

— Elle, tu veux dire. Si c'est une fille.

— Lui est une fille, papa. Tu sais bien.

— Je sais.

J'acquiesce, abandonnant la leçon pronominale. Le temps menace de s'écrouler autour de moi. Le musc du chien, la sensation du tissu du divan, la présence d'une réplique miniature de Carole, de l'autre côté du tapis, même l'impression étrange de mon propre rapetissement, comme si maintenant moi aussi je mesurais un mètre et que j'étais un enfant intimidé par les dimensions des choses des grandes personnes. Tout s'additionne pour me plonger dans les eaux frisquettes de la mémoire, eaux de surface, eaux souterraines, désagréables. Mesquin, j'émerge :

— Qu'est-ce qu'elle dit encore quelquefois, maman ?

Assise, les jambes ballantes dans le fauteuil, elle se tape les orteils ensemble.

— T'as jamais aimé Po-kim, hein, papa ?

— Bien sûr que si, ma chérie.

Mes paroles ont un goût de cendre.

— Tu étais méchant avec lui.

— Il n'arrêtait pas de faire des trous dans le divan.

— C'était un petit chien.

— Il n'avait jamais été bien dressé. Sa place était dans une ferme, pas dans un appartement.

— Tu as tué Po-kim.

— Je ne l'ai pas...

— C'était un bon toutou.

Par l'une des nombreuses blessures non cicatrisées qui marquent l'arrière du divan, gratification du Potemkine amplement mythifié, je tire distraitement des touffes de bourrure. Natalie me gronde.

— Excuse-moi.

— C'est bien toi, soupire-t-elle.

Ravalant ma honte, je demande :

— Jean-François parle de quoi avec maman ?

— Il a jamais connu Po-kim.

— De quoi parle-t-il maintenant ?

Elle réfléchit.

— As-tu vu ma cravate, Carole ? Je suis en retard.

Je fais un signe de tête.

— Il dort pas ici, ajoute-t-elle. Il dort dans la chambre de maman.

Une pensée à la fois terrible et prodigieuse me traverse l'esprit.

— Crois-tu que je dors ici, en bas, Natalie ?

Ma fille prend un air ahuri ; c'est sa façon de réagir à des concepts ardus, troublants. Ses yeux deviennent non pas des murs, comme chez les adultes, mais des fontaines claires, sans fond.

Je hasarde :

— Le soir, est-ce que tu imagines quelquefois que je dors sur ce divan ?

— Quelquefois, répond-elle d'une petite voix.

— Ne t'en fais pas. N'aie pas peur de le croire. C'est vrai.

— C'est vrai ?

— Je suis ici, en bas.

— Dans ma tête ?

— Si tu as besoin de moi, je suis ici, dis-je. Ne sois jamais inquiète de ne pas avoir de papa.

Même moi, je me fais tout petit après ce commentaire. Je me demande aussitôt si je peux convaincre Natalie de garder secrète notre conversation. Mais tout à coup elle glisse du fauteuil et me plante un baiser sur la joue.

— O.K., dit-elle, et elle remonte l'escalier en bondissant.

Cinq minutes s'écoulent, peut-être dix. Je suis paralysé : si je bouge, ma joie va s'évanouir ; si je ne bouge pas, ma sensation de perte ne diminuera jamais. Finalement, une voix m'appelle d'en haut. Je réponds que j'arrive.

— Que faisais-tu ? demande Carole dans la cuisine.

— Je jouais à la maison de poupée.

— Mais Natalie est remontée il y a un quart d'heure.

Je hausse les épaules.

— Il faudrait vraiment que je me débarrasse de cette affaire-là, dit-elle. C'est lâche d'attendre que mon père meure pour la bazarder.

— Un peu de respect, dis-je.

— Tu voulais laisser la crèche dans la ruelle le jour même où ils nous l'ont envoyée !

— On ne peut pas faire ça aux gens.

Elle me jette un regard inquiet.

— Je crois que je vais aller fumer une cigarette.

Carole m'indique la porte coulissante qui donne sur le patio arrière. De larges bandes givrées obstruent la vue ; par endroits, on discerne la neige qui, du sol, s'envole vers le ciel.

— Fais ça vite, me conseille-t-elle.

Je vais prendre mes bottes dans l'entrée, mais laisse mon blouson. Qu'elles me regardent souffrir. Qu'elles se sentent mal. Quels que soient leurs sentiments, je souffre pour de bon : en moins d'une minute, le vent me cingle et le froid me plie en deux. Une foule s'est rassemblée pour assister à ma flagellation. À part Carole, Lise et Natalie, qui colle ses lèvres sur la vitre, il y a un homme en pantalon gris et chandail de laine. Je manque d'avaler ma cigarette. L'espace d'un instant, je revois l'appartement de la rue Clark, et les hommes qu'il m'arrivait d'entrevoir le soir dans le salon ou le matin dans la cuisine : des adultes mal rasés aux yeux baissés, enveloppés d'une aura de Pall Mall, qui m'ébouriffaient les cheveux et avalaient des tasses de café noir avant de partir. Immanquablement, ils partaient, presque toujours pour ne plus revenir. L'homme dans la cuisine de Carole ne me rappelle pas ces visiteurs. Il n'est pas plus grand que moi et, je le déclare en toute franchise, il a une bedaine semblable quoique, si tant est qu'on puisse les différencier, plus tombante. Ses traits non plus, on ne pourrait pas les qualifier de finement ciselés. On les dirait plutôt enduits de mastic pas tout à fait sec. Pire, son visage, ouvert et amical, tire même sur le chiot. Ma confusion est grande, ma détresse physique l'est encore davantage.

Je fais signe à Carole d'ouvrir la porte.

Tout de suite, une main se tend.

— Ravi de vous rencontrer, dit l'homme.

Je me crispe intérieurement : l'accent est parisien.

— Désolé pour ma main.

— Je vous demande pardon ?

— Ma main doit être comme de la glace. C'est le froid. C'est que j'ai été chassé de ma propre maison.

— Jean-François ne parle guère anglais, David, dit Carole. Et qu'est-ce que c'est que cette histoire de...

— Je parlais anglais ?

— C'est ce que tu fais toujours, commente Lise en me foudroyant du regard encore une fois. Même quand tu parles français.

— Je parle peu l'anglais mal, dit Jean-François dans cette langue.

Il a un sourire correct, de belles dents, blanches sans être aveuglantes, et je suis sûr qu'elles ne sont pas fausses. Sa poignée de main ferme est agréable aussi. Par contre, son eau de Cologne est pas mal forte, et je ne doute pas que son chandail soit en cachemire et ses chaussures, italiennes. Tout cela n'a aucun sens.

— David s'est exilé, dit Carole, me pardonnant mon impair. Il n'est pas dans son assiette. Pas vrai ?

— Hein ?

— Natalie, va montrer à Jean-François ce que le Père Noël t'a apporté.

La petite prend la main du visiteur et, radieuse, l'accompagne dans le salon. Il faut que je m'assoie. Lise se retire.

— Du thé ? me propose Carole.

— Du café. Si tu avais aussi quelque chose à manger.

Elle verse deux tasses de café, attrape une assiette de gâteau aux fruits sur le réfrigérateur et s'installe avec moi à la table de la cuisine. Je sais ce qui vient ; ce que je vais devoir écouter ; ce que, secrètement, je suis venu entendre. Je commence par demander :

— Qu'est-ce qu'elle a, Lise ?

Son froncement de sourcils est la réplique de celui de sa fille. Elle jette un coup d'œil vers la porte du salon et baisse le ton :

— Lise n'est pas très heureuse. Elle a une vie, tu sais...

Je fais un signe de tête, ignorant tout.

— Ce n'est pas de la malveillance. Surtout avec toi. D'ailleurs, elle peut se comporter de la même façon avec moi.

Après une pause respectueuse, pendant laquelle elle fixe un point au-delà de mon épaule gauche – signe certain que la conversation va dévier –, Carole lance son ouverture classique :

— Alors, David, comment *vas*-tu ?

— Très bien.

— Ça m'intéresse.

— Je pars pour la Chine dans treize jours.

— Et alors ?

— On s'éloigne encore davantage.

— Pas la peine d'être désobligeant.

— Ça ne marche pas ?

— Ça te ressemble pas.

J'ai failli dire : *J'ai tué le maudit chien, c'est bien ça ?* Mais je suis trop fatigué pour ouvrir le feu. Quand je me penche sur la table pour prendre un morceau de gâteau, ma main tremble comme un oiseau abattu.

— En allant là-bas maintenant, tu n'as pas peur d'accréditer la version du gouvernement chinois sur ce qui s'est passé au printemps dernier ?

Je souris.

— C'est drôle ? demande-t-elle.

— Oui, pas mal.

— Accepter un billet d'avion et prendre cet emploi, n'est-ce pas transmettre le message que le monde a convenu d'oublier ce qui s'est passé place Tiananmen ?

Son accusation est si prétentieuse qu'elle déclenche immédiatement ma bonne humeur. Je me recule sur la chaise. Carole écarquille les yeux pour m'inciter à répondre. Alors, des images de nous deux au lit surgissent dans ma tête. Aucun aspect de notre séparation ne me paraît plus faux que ce déni de l'intimité passée. Est-ce un lien si fugace, si voué à l'oubli ? Pas pour moi. Mon ex-femme ne transpire absolument pas la sexualité, comme on le dit des starlettes dans les revues. On la trouverait généralement d'allure et de manières trop brusques, avec sa coupe de cheveux pratique, son uniforme de femme d'affaires, sa diction tranchante et sa poignée de main vigoureuse. Mais moi, je sais qu'elle a les épaules couvertes de taches de rousseur, les bras musclés, et je revois la sueur perler dans le creux de son cou, la forme sculpturale de ses cuisses. Je sais que, chaque soir, elle se gratte comme un chat avant d'aller au lit, jusqu'à se donner la chair de poule, et qu'elle fond – excusez le vocabulaire Harlequin – quand on lui masse le cuir chevelu. Je sais ce que ça lui fait quand on lui suce le bout des doigts. Qu'on joue avec la plante de ses pieds.

Ses mains sont posées, paumes ouvertes, sur la table. Jusqu'à il y a vingt-neuf mois, mon devoir aurait consisté à glisser mes mains entre les siennes, à entrelacer nos doigts et à serrer doucement. Cela aurait été un échange valable. Un témoignage d'amour. Maintenant, je ne sais quoi faire de mes membres, ni de son offrande irréfléchie.

106

— Je n'attire pas les foules, Carole. Je ne fais pas tourner les têtes. Tu ne l'as encore jamais remarqué ?

— Chacun est unique.

— Chacun est important.

Mon rire est joyeux, bien qu'un peu fabriqué. On dirait un gloussement râpeux ; ma bedaine tressaute bel et bien.

— Comme j'aime ce rire, soupire Carole. Je crois que c'est ça qui me manque plus que tout le reste peut-être.

— Pour Lise, ce sont mes yeux.

À présent, c'est à son tour de rire aux éclats. Pour quelqu'un de raide et qui se domine si bien par ailleurs, mon ex-femme a un rire curieusement détendu, voire un rire de petite fille.

— Oui, c'est vrai, dit-elle.

— Il y a encore bien des parties du corps qui ne sont pas réservées.

— Tu sais ce qu'on veut dire.

Je le sais.

— Toute ta personne va manquer à Natalie, dit-elle pour me faire plaisir.

— Elle remarquera à peine que je suis parti.

Gaffe. Je m'en rends compte instantanément et fais des pieds et des mains pour l'empêcher de réagir :

— T'es pas obligée de...

— La petite est toute perdue.

J'attends.

— On ne peut pas s'attendre à ce que les enfants comprennent ces choses-là. Elle sera bien mieux avec un père au lieu d'un et demi.

Cette remarque me fait l'effet d'un aiguillon dardé dans la cage thoracique. Aucune consolation dans les yeux de Carole. J'ai ouvert la porte, et elle en a profité. Tendant le bras vers l'assiette, je me bourre de gâteau avant de demander :

— Qui c'est, le demi ?

Elle soupire à nouveau.

— Une année à ne voir que Jean-François comme figure paternelle lui fera du bien. Elle pourra se considérer comme une enfant ordinaire, comme les autres enfants du quartier. Elle ne sera plus aussi déroutée.

— Est-ce qu'il va emménager ?

— C'est pas vraiment de tes affaires.

— Pas besoin de faire la boss avec moi. Je ne suis pas un de tes subalternes au bureau.

Elle serre les poings.

— Vas-tu demander la garde exclusive pendant que je serai en Chine ?

— Tu m'offenses.

— Tu viens de me traiter de demi...

— Arrêtons ça.

— Vas-tu essayer de la prendre...

Cela me tombe dessus d'un seul coup. J'aurais dû aller ailleurs pour manger un morceau. J'aurais dû demander un sandwich à Carole. Dans cet état, la panique m'envahit, et je ressens un urgent besoin de me lever, de faire des moulinets avec les bras, et aussi un épuisement total, un désir de me coucher par terre. Je ferme les yeux.

— David ?...

Je reste silencieux.

— Es-tu...

— Chut.

Je l'entends reculer, bouger sur sa chaise puis se repencher en avant. Quand elle parle, c'est pour me dire d'une voix radoucie :

— Je t'en prie, ne t'inquiète pas. Natalie sera toujours ta fille. Va aider ces gens-là. Tu en as besoin. Je le comprends. J'ai toujours compris cette impulsion chez toi.

Bien que je ne sois pas encore sûr d'avoir maîtrisé ma crise, il faut que je réponde.

— C'est pas ce que tu crois, dis-je lentement. J'y vais pour moi-même. Personne d'autre. Je m'en fiche complètement d'aider les Chinois.

Le silence s'éternise tellement que je finis par la regarder. Ses traits se sont relâchés. Je reconnais cette expression – elle est en train de se détester – mais je n'en suis pas moins déconcerté. Elle promène sur la cuisine un regard absent, comme si elle désapprouvait sa propre maison.

— Nous étions des personnes différentes autrefois, dit-elle. Le contexte était différent. L'époque aussi.

Carole Lapointe a toujours été une matérialiste en chambre, incapable de voir, au fond d'elle-même, la propriété comme un vol, la prospérité comme une exploitation. Incapable même, je le soupçonne, de souscrire pleinement aux idéaux après lesquels nous courions, alors de là à les vivre... Pendant toutes les années que nous avons vécues ensemble, ces contradictions ont miné sa résolution, sapé sa conviction. Pendant toutes ces années, j'ai exploité son ambivalence au cours des querelles domestiques, tout en sachant très bien qu'elle était, à sa façon, aussi engagée que n'importe qui. Maintenant, évidemment, dans son impuissance à exprimer sa soumission à des abstractions, je vois le signe d'un intellect sain. Je me sens aussi plus ou moins hypocrite de critiquer sa conduite. Devrais-je le lui dire ? Curieusement, à présent, elle a besoin d'être rassurée.

— Je te connais, lui dis-je.

— C'est pas vrai. Peut-être autrefois. Mais plus maintenant.

— Alors, je te vois.

— Merde. Tu vois celle que j'étais. Tu vois celle que tu voudrais encore que je sois.

— Carole !

— Désolée, David. C'est la pure vérité.

Tous ces faux-fuyants sont étourdissants. Devinettes et semi-intuitions, malentendus et blessures calculées, pas étonnant que les gens voient en leur chien leur meilleur ami.

Natalie appelle dans le salon.

— Juste une minute, chérie ! répondons-nous tous les deux. Les mêmes mots, en même temps, avec la même inflexion. Naturellement, nous rions encore. Alors, elle tend les mains par-dessus la table et recouvre les miennes. Tout simplement.

— Ils nous sont seulement confiés, de toute façon, n'est-ce pas ? demande-t-elle, les larmes aux yeux.

Je ne sais pas ce qu'elle veut dire. Honnêtement, je ne sais pas à quoi rime tout ceci. Pourtant, je hoche la tête.

Dans l'entrée, je remercie Natalie pour son cadeau – un guide de voyage en Chine – et l'aide à enfiler les doigts dans une marionnette de Kermit la grenouille que je lui ai offerte. Pour ne pas gâcher l'atmosphère de la visite, je refoule mes larmes tout en me repaissant de la pure beauté de mon enfant, de sa luminosité naturelle, de son émerveillement inné. Je demande un baiser. Elle me donne un bec. Je réclame un câlin. Elle lève les yeux au ciel, exactement comme Carole, puis fait une grimace pareille – non – à celles d'Adèle. Impassible, je répète ma requête. Elle consent.

— Embrasse Kermit aussi, demande-t-elle.

— Tu veux que je la change en prince ?

— Niaiseux. C'est une grenouille.

J'embrasse la marionnette.

Carole et Lise, debout, bras croisés dans le corridor, approuvent ma galanterie. Jean-François, gêné, en retrait, dit que c'est comme un conte de fées.

— Alors, ça doit finir bien, tranche-t-il.

Nous acquiesçons tous.

— Dis bonjour à Adèle de ma part, ajoute Lise, tandis que je me retrouve face au coucher de soleil glacial.

À six heures, je frappe à la porte de Lena Buber. Elle devrait être en train de se fricasser un morne festin de Noël à cette heure-ci : kipper, œufs, thé au lait condensé. J'ai un gâteau aux fruits dans mon frigo. Je vais insister pour qu'on l'entame dans sa cuisine et qu'on se serve un verre de cognac de la bouteille que j'ai piquée dans l'armoire d'Adèle ce matin. Lui suggérer qu'on attende dans le courant de la soirée, quand on aura fini de manger tous les deux. Je lui demanderai la permission d'écouter Radio-Canada pour égayer nos festivités avec de la musique.

Je frappe encore deux fois.

À mi-chemin dans l'escalier qui monte chez moi, j'aperçois une lettre qui dépasse de ma boîte. Je reconnais l'écriture. J'ai du mal à me retenir de l'ouvrir dans le noir. À peine le pied dans l'entrée, je déchire l'enveloppe, la tuque encore sur la tête, le manteau sur le dos, la porte ouverte.

Son écriture est tordue, son français précis. J'entends sa voix enfumée-alcoolisée dans chaque mot :

David,

Je t'en prie, achète un répondeur. Marcher jusque chez toi avec cette note va probablement me clouer au lit. Tu sais comme ma toux peut empirer.

D'accord, j'ai oublié. Mon emploi du temps a été démentiel dernièrement, des tas de réunions et d'échéances. Ce ne sont pas des raisons, cependant, et je m'excuse. Quel dommage, en plus : j'ai passé la journée avec de sombres professeurs de la faculté, un tandem mari-et-femme qui se consacre à toutes les bonnes causes imaginables, dont certaines dépassent mes compétences intellectuelles limitées. Ces gens-là sont les nouveaux fondamentalistes. Ils n'ont pas d'enfants, mais ce sont des experts en éducation. Pas d'animaux domestiques, mais ce sont de stricts défenseurs des droits des animaux. Ni l'un ni l'autre n'ont jamais couché à droite et à gauche, mais tous deux s'insurgent contre les courailleurs et soupirent devant le déclin général de la moralité. Sans être jamais allés à l'étranger, sauf pour étudier l'espagnol au Guatemala, ils parlent avec autorité de la démence des politiques de la Banque mondiale, des maux de l'impérialisme économique américain. Ils ont leur fax, leur modem, leur réseau informatique, et sont reliés à leurs semblables. Ce sont eux qui de plus en plus donnent le ton, dominent le discours, sans jamais VOIR quoi que ce soit, sans jamais être poussés à la modestie par l'étrangeté de l'expérience, la simple différence de couleur de peau.

Au moins, ma génération avait des enfants. Des animaux domestiques. Voyageait quand c'était possible. Au moins, nous fumions, buvions, baisions ! On devrait vivre d'abord, et ensuite échafauder des théories sur la façon de vivre comme il faut.

Je discours. Sûrement pour détourner l'attention de ma dérobade de ce midi. Mais tu ne seras pas dupe, n'est-ce pas ?

Tu m'as mise au courant de ta maladie pour me punir de mes péchés, c'est bien ça ? Pauvre garçon, encore à pourfendre des ombres. Si Carole ne m'avait pas confié son désarroi à la suite de ta décision d'arrêter le traitement en 1987, je n'aurais jamais rien su. Imagine la mortification d'une mère qui apprend bien des années plus tard que son

112

unique enfant est affligé de cette maladie. Si cela peut te consoler, tu m'as ulcérée. Très viril de ta part.

Tu veux en savoir plus sur Jacob ? Sur la seule personne, prétends-tu, que j'aie jamais aimée ? Petit salaud, tu es vraiment son fils. Je te le dirai bientôt, promis.

Joyeux Noël, David. Essaie de ne pas fumer autant que ce matin. Et vas-y doucement avec le cognac, tu auras mal à la tête pendant plusieurs jours.

Adèle

P.-S. As-tu un exemplaire du Marxisme et la forme de Jameson parmi tes bouquins ? Je ne retrouve pas le mien. Laisse un message sur le répondeur.

Remarquable : je traverse la pièce en direction des étagères, effrayant les pigeons dans ma hâte, et je promène mon regard sur les titres. Toujours le manteau sur le dos, dégoulinant de neige fondante sur le plancher de bois franc, j'empoigne Fredric Jameson et fonce au téléphone. Il me faut une certaine force de caractère et beaucoup d'invectives contre moi-même pour faire attendre Mère jusqu'au lendemain matin, et qu'elle l'ait, son livre.

VI

Zuo Chang s'acharne à frotter le miroir de l'entrée avec son mouchoir. Saisi par le froid à deux rues de chez lui, il a couru le reste du chemin, sans prendre garde à l'effet de l'air glacial sur ses poumons. Il lui a fallu cinq minutes pour retrouver son souffle. Davantage pour que ses joues et ses lobes cessent de le brûler. Il se frictionne les oreilles en se lissant les cheveux, qu'il attache maintenant en queue de cheval, et reste planté là, ahuri, devant le miroir, comme si la buée tenace le troublait. Il porte une élégante chemise Nehru et un pantalon de flanelle gris. Le parfum de sa lotion après-rasage est pénétrant et son mouchoir, repassé.

En cinq mois, mon professeur a tout à fait changé d'allure. Au premier cours, en septembre, il était apparu dans la mise typique du Chinois-en-exil : chemise à carreaux mal ajustée, pantalon trop court en polyester sanglé par une ceinture, chaussettes de sport blanches. Cette tenue – symbole de pauvreté, non de mauvais goût – m'avait tout de suite mis à l'aise. J'avais eu de la sympathie, de l'empathie pour cet homme ; nous étions du même genre. Maintenant, j'éprouve une sorte de gêne. Zuo Chang est devenu quelqu'un d'autre, de sophistiqué, de rigoureux, ou bien il a, plus vraisemblablement, retrouvé sa stature et son allure naturelles. Montréal est une ville très accueillante : adoptez un personnage reconnaissable, jouez un rôle, vous serez le bienvenu. Pour Zuo, il est facile de jouer celui d'artiste, de professeur distingué, d'élégant immigré qui parle français : il lui suffit d'être lui-même.

Maintenant, il n'a plus besoin de ma compassion.

— Dernier cours, dis-je. Après, il faudra que je coule ou que je surnage tout seul.

— Surnage ?

— Plutôt coule.

Il fronce les sourcils. Je lui explique le mot et j'en profite pour servir le thé.

— Zhou Hong s'intéresse beaucoup aux expressions anglaises, dit Zuo en mandarin. Elle en a rempli un carnet qu'elle a toujours sur elle.

Nous avions à peine commencé un des derniers cours qu'il avait déjà fait au moins une allusion à Zhou Hong. Pour un homme par ailleurs discret sur sa vie privée, il est étrangement prompt à parler de sa femme. Ses jugements sur elle sont si marqués, si sévères que je fais appel à un tas de clichés tout droit sortis de mauvais films : reine de glace asiatique, fumeuse d'opium et de cigarettes fines, furie lanceuse de vases Ming. Leur relation semble loin d'être idéale. Même à onze mille kilomètres, Zhou Hong réussit à agacer son mari tous les jours. Certains soirs, quand il arrive dans le Mile End, on dirait qu'il sort d'une querelle avec sa femme à Beijing Ouest.

J'enchaîne :

— C'est sans doute qu'elle aime cette langue.

M'exprimer en mandarin m'oblige à des constatations brèves et banales.

— Mais ce n'est pas son domaine, l'anglais. Ni l'anglais, ni la musique. Elle travaille au Bureau des Affaires étrangères. Pourtant, elle se comporte comme si elle était toujours étudiante : apprendre plus de vocabulaire, acheter des nouvelles cassettes de musique.

— Elle parle l'anglais à son travail ?

— Seulement avec les étrangers. Ses collègues le parlent tous très mal. Mais personne ne s'en soucie. Ce qui compte, c'est la politique. Tout le monde le sait, sauf elle ; tout le monde passe son temps à se faire des alliés et à combattre ses ennemis. Zhou Hong est la seule à vouloir parler aussi bien qu'une Américaine et à se consacrer à ses fonctions. Les gens lui reprochent son manque de sérieux.

Est-ce qu'il plaisante ? J'ai peur que non. Chose tout aussi surprenante : dernièrement, je me suis mis à défendre cette inconnue. Je réplique, en français :

— L'anglais est la langue étrangère dominante en Chine. Tu l'as dit toi-même. Peut-être qu'améliorer ses compétences l'aidera vraiment dans sa carrière.

Il me regarde d'un air soulagé à l'idée que c'est bel et bien le dernier cours, et ajoute :

— Tu comprendras quand tu seras là-bas.

L'avertissement résonne dans ma mémoire. En novembre dernier, je suis allé dans une galerie de la rue Sherbrooke voir deux tableaux de Zuo Chang dans une exposition collective intitulée « Pinceaux de feu – Artistes chinois de Tiananmen en exil ». C'était un événement bizarre. Bien que le catalogue de la galerie et le critique de la *Gazette* qui en avait rédigé la présentation y aient vu une protestation contre le massacre du 4 juin à Beijing et la suppression consécutive des droits de l'homme en Chine, je n'ai pas vraiment trouvé trace de politique dans ces œuvres. Une immense toile présentait un collage de bicyclettes écrasées, tentes déchirées, bannières en lambeaux et banderoles criardes barbouillées d'idéogrammes rouge sang. Là, j'ai vu le rapport. Pareil pour un tableau peint par une femme, où un cordon de police formé de jeunes Chinois, hommes et femmes, se détachait sur un fond de soleil levant dont le rouge, là encore, était étrangement sombre, tirant sur le pourpre. Leur langage corporel était languissant, traduisez : provocant ; l'expression de leur visage, neutre, traduisez : aliénée. La demi-douzaine d'exposants, y compris Zuo, avaient couvert leurs toiles et leurs parchemins des traditionnels bambous inclinés, crabes en fuite et montagnes coniques couronnées de brume. Chaque tableau était bordé de colonnes d'idéogrammes noirs, mais, d'après ce qu'il m'avait dit, c'était habituellement des poèmes qui dataient de plusieurs siècles ou des aphorismes qui glorifiaient les beautés de la nature. En référence à des maîtres disparus, certains tableaux portaient des titres comme *Après Qi Baishi* et *D'après Xu Beihong*. Quand je lui ai expliqué maladroitement que je ne savais quoi penser du « feu » des coups de pinceaux, il n'a pas répondu avec brusquerie, comme je m'y attendais ; il a souri, l'air patient, et a dit en français :

— Ces tableaux-là sont peints suivant les aspirations de notre cœur et de notre âme. C'est-à-dire suivant la perception que les artistes ont d'eux-mêmes en tant qu'individus, et aussi en tant qu'héritiers des grandes traditions. Leur politique consiste à n'en faire aucune. Leur protestation publique réside dans leur intimité. Nous sommes seuls dans notre chambre quand nous travaillons, loin des tracas et heureux, fiers d'être Chinois.

Jamais je n'avais entendu Zuo Chang s'exprimer de façon aussi détendue. Je le lui dis et il sourit à nouveau.

— Tu comprendras pourquoi je suis comme ça quand tu seras en Chine.

Puis il enchaîne :

— Ton histoire, raconte-moi la.

Mon travail pratique final consistait à inventer une histoire. J'ai passé des jours à chercher les verbes, à agencer les phrases, et même à peaufiner l'atmosphère du texte. Maintenant, sans raison valable, je doute soudain de la sagesse de mon conte. Je commence :

— Un homme vit avec sa femme dans une ferme de la province du Heilongjiang. Son père habite une autre ferme, à dix kilomètres de là. Un matin, il décide d'aller voir son père. C'est l'hiver et le temps est mauvais. Il met ses vêtements les plus chauds pour se protéger du vent et de la neige. L'homme est parti toute la journée. Sa femme cuisine et nettoie. Elle peint aussi la porte de leur chambre. Plus tard...

— Peint leur quoi ?

Je répète le mot.

— Un fermier de la province du Heilongjiang n'aurait pas de porte à sa chambre, répond Zuo. Seulement un morceau de tissu, peut-être. Pareille intimité n'est pas permise.

— Pas possible ?

— Pas permise.

Je continue :

— En tout cas, plus tard dans la journée, un voisin vient en visite. C'est un homme attirant. Le temps se détériore. La femme invite le voisin à souper. Ils sont d'avis que le mari ne pourra pas revenir cette nuit. Pas avec le froid et la neige, la noirceur. Alors ils vont au lit ensemble.

— Au lit ?

Je m'attendais à des ennuis, rendu là.

— Partagent le lit ?

— Sexe.

— D'accord.

— Pendant la nuit, la femme rêve que son mari entre dans la chambre. Le lendemain matin, ils trouvent son corps près de la ferme. Il est mort de froid. Seule la femme comprend vraiment. Elle voit les traces de peinture sur ses doigts.

Je lève les mains en me frottant les doigts.

— Il était entré dans la maison, l'avait trouvée avec le voisin et avait touché la porte ? demande Zuo.

— Exactement.

— Et puis il s'était tué ?

— Plus ou moins.

Le visage de Zuo est particulièrement beau quand il est pensif. Les plis disparaissent, les lignes s'adoucissent. Les yeux aussi, qui reflètent souvent la fatigue ou l'anxiété, débordent d'émotion, d'un vide attirant.

Changeant de langue encore une fois, je lui demande :

— Si tu avais été le mari et que tu aies découvert ta femme au lit avec un autre homme, serais-tu retourné dans la tempête pour mourir ?

Il répond aussitôt :

— Oui.

Interloqué, je poursuis néanmoins :

— Et si tu avais été le voisin, tu aurais essayé de séduire la femme ?

— Elle était belle ?

— Leur vie était dure et solitaire. Ils habitaient un endroit inhospitalier. Et cette nuit-là était tout ce qu'ils auraient ensemble. La seule occasion d'explorer leur sensualité.

Le mot est lâché ! Pour un concept sur lequel je médite rarement, à vrai dire il m'échappe plutôt souvent.

— Je l'aurais séduite, répond Zuo.

— Pourquoi ?

— Le destin.

— Même si un dénouement tragique est probable ?

Il s'arrête pour réfléchir. Je suis ébahi qu'il trouve mes questions non seulement sérieuses mais valables. J'étais persuadé qu'il les trouverait ineptes.

— Une tragédie fait partie du destin, répond-il simplement.

— Et la femme, dis-je, si tu avais été à sa place, qu'aurais-tu fait ?

— La femme ?

— Tu aurais laissé le voisin te faire des avances ? Tu en aurais peut-être fait toi-même ?

— Comment répondre ? réplique Zuo avec une irritation soudaine. Je ne peux pas parler en son nom.

— Mais suppose que tu sois elle. Que tu saches ce qu'elle savait du passé et de l'avenir. Suppose que tu aies eu l'occasion de...

Il se lève, déclare que la question n'a pas de sens et que le cours est fini. Je le suis dans l'entrée.

— Désolé si je t'ai offensé, dis-je avec hypocrisie.

Il secoue la tête. Je le regarde enfiler son manteau de laine neuf et lui demande :

— Tu ne devais pas m'apporter quelque chose ?

— Je ne crois pas.

— J'avais proposé d'emporter un paquet à Beijing pour ta femme et ta fille. Tu te rappelles ?

Il bat des paupières.

— Pas besoin de cadeaux pour Ying. Elle va bientôt me rejoindre ici.

— Oh ?

— Les démarches sont commencées de ce côté-ci. Tout ce que Zhou Hong doit faire, c'est s'occuper de son passeport et du visa.

— Elle peut voyager toute seule ?

— Pourquoi pas ?

Je me sens obligé d'ajouter :

— Elle a cinq ans.

— Les étrangers seront attentionnés pour elle, dit Zuo sans même sourciller.

— Et Zhou Hong ?

— Quoi, Zhou Hong ?

— Quand est-ce que ses papiers seront prêts ?

Je regrette que l'ampoule de l'entrée soit de quarante watts. Je voudrais le voir mieux. Après une pause, il dit :

— C'est vrai, j'ai un paquet pour ma femme. Ça m'était sorti de la tête. Tu pars quand ?

— Après-demain.

— Demain soir, j'essaierai de...

Je l'interromps :

— Je peux passer le prendre. L'appartement de ton amie est bien près de la rue Saint-Laurent ?

— Oui, mais...

— Je passerai un coup de fil avant.

Dans l'entrée à peine éclairée, le visage de Zuo est impénétrable.

— Le type mentait, dis-je à Ivan. Sur toute la ligne : ses sentiments, ses motifs ; sur ce qu'il allait faire, comment il allait se comporter.

— Tu lis dans ses pensées ?

— À peine.

— Alors ?...

— Alors, dis-je, d'après ce que je t'ai expliqué, dis-moi ce qu'il va faire.

— Il va s'occuper de lui.

— Mais pas de sa femme ?

— *Sauve qui peut**, lance-t-il, furieux, en haussant les épaules. C'est l'époque.

— Je l'emmerde, l'époque.

— C'est pas moi qui régis les mœurs, David.

— Mais tu t'y conformes ?

— Si par « conformes » tu veux dire passer un an à soigner Jacques qui était mourant, ensuite m'abaisser à supplier Denis de ne pas me quitter, et maintenant

---

* En français dans le texte. (NdT)

122

consacrer quasiment toute mon énergie à m'occuper de ma propre disparition, alors j'imagine que oui, je suis esclave de l'époque. Comme je dois être conventionnel. Comme je dois être faible et superficiel.

— D'accord, dis-je.

— Et toi, ajoute-t-il, les mœurs actuelles, y en a pas que tu suis au pied de la lettre ?

— J'ai dit d'accord.

— Regarde comment t'as réagi à tout ce qui t'est arrivé, disons, de pénible. Enfant typique d'une famille brisée. Prototype de la victime d'un parent indifférent. Cliché du mari abandonné. Stéréotype du père affligé dont...

— Je m'excuse, Ivan, dis-je en m'essuyant le front, toutes mes excuses.

— Excuses acceptées.

Nous restons pensifs. *Le Remys* partage notre silence. Autour de nous, le café est vide, à l'exception d'un barbu qui lit un livre dans un coin, et de Chantal, au comptoir, qui jette un coup d'œil aux journaux francophones. Presque tous les après-midi, la salle de billard est pleine d'hommes qui suçotent leur bière tiède et leurs clopes, avec l'espoir que Remy va aller s'étendre quelques heures ; ainsi, ils ne se feront pas flanquer dehors avant de réintégrer, vu qu'aucun emploi ne les attend, leur morne appartement de la rue Saint-Urbain où s'entassent femme, enfants et grands-parents, la télé allumée. Guatémaltèques, Péruviens, Antillais, même quelques décrocheurs locaux, grecs et italiens, qui bavardent, rient et crient dans la petite salle. Le silence, surtout l'absence du choc des boules ou du crépitement du baby-foot, n'est pas naturel ici. On dirait un film sans le son. Le café pue toujours la fumée – c'est son odeur *sui generis* – et une bonne partie du mobilier semble avoir été remisée pour des travaux de rénovation. Cet air d'expectative, d'amélioration imminente, mais perpétuellement ajournée, est, je crois, typique du style de Remy Fidani.

C'est l'air qu'Ivan et moi respirons depuis si longtemps que je me demande si nous pourrons nous adapter à d'autres conditions atmosphériques. Bien que l'analogie soit loin d'être évidente, elle s'impose à moi constamment : prisonniers, nous sommes confrontés à la possibilité d'une libération conditionnelle. La Chine incarnant ma liberté ? La mort, la sienne ? Pensée retorse. Je fais mieux de la garder pour moi. Cependant, la conversation, qui avait débuté sur un ton léger – par des blagues sur le démembrement des Groucho marxistes, des conseils à mon sous-locataire sur le point de s'installer au-dessus d'une octogénaire grincheuse et en dessous de sexomanes s'ébattant sur leur table de cuisine –, s'est alourdie tandis que l'après-midi tire à sa fin et que les bouteilles de bière vides, soigneusement ignorées par Chantal, transforment notre table en piste de quilles après un lancer foireux.

— C'est normal si ça me dérange que tu te préoccupes plus du sort de la femme et de la fille de ton prof chinois que du mien ? me demande Ivan.

— Je me préoccupe pas plus de la famille de Zuo.

— Tu parles que de ça.

— Ça m'inquiète.

— Ça t'obsède.

— C'est terrible, ce que Zuo est en train de faire. Il va déchirer sa fille et détruire son...

— Merde, tu connais même pas ces gens-là ! hurle-t-il, les yeux exorbités.

— Calme-toi, dis-je.

— Est-ce que je fais une scène ?

— Ivan...

— Tout sera bien vite fini, cher. Fatigue pas ta belle petite tête avec ça.

— Ç'aurait été utile que je puisse te joindre ces deux dernières semaines, dis-je entre mes dents. T'as pas eu mes messages ?

— Est-ce que mon répondeur a enregistré ta voix ?

— Comment veux-tu que je le sache ?

— Devine.

— Sans doute.

— Alors, j'ai dû les avoir, hein ? Je les ai eus, ouais, mais j'ai décidé à qui je voulais parler – personne, en fait – et à qui je voulais pas, c'est-à-dire tout le monde, toi inclus. J'ai choisi une ligne de conduite et je l'ai suivie. J'ai décidé de mon propre sort.

— T'es saoul, dis-je.

— J'suis Terry Fox.

Je dois avoir l'air surpris.

— Tu vois pas le parallèle ? bredouille Ivan. Un jeune homme, malade lui aussi. Décide de braver la mort. De la défier.

Je souligne :

— Terry Fox avait le cancer. Et une seule jambe.

— Je sais.

— Il a traversé le Canada en joggant...

— Moi, j'vais dépérir au lit dans ton appartement.

— Pardon ?

— Mon défi à la mort, ajoute-t-il, comme pour clarifier. Mon acte de bravoure.

— Moisir dans un sinistre appartement du Plateau ?

— Crois-tu que les médias vont suivre chacun de mes gestes ?

— T'es gelé.

— J'suis un héros national.

Je digère cette affirmation. Puis, pour relancer la conversation, je l'interroge :

— Qui d'autre t'as pas rappelé ?

— Devine donc.

— Denis ?

— Avec Max qui se lamentait derrière. Il le torturait sans doute. Quelle merde !

— Le chat ?

— La tapette.

— Et tes parents ? Pas de nouvelles depuis ?...

— Aucune de Gregor, fallait s'y attendre. Titania essaie bien de me laisser des messages, mais ils sont noyés dans les larmes et un patois russe que j'ai du mal à suivre. Elle dépose de la nourriture devant la porte de mon appartement tous les après-midi, comme si j'étais en quarantaine.

Je lui pose une question stupide.

— Niaiseux, répond Ivan, en frottant ses yeux de raton laveur. Tu connais pas ton Ancien Testament ? La déchéance est toujours permanente. Et actuelle. Une fois qu'on a commencé, on s'arrête jamais vraiment.

Quand il s'est assis à la table, il y a trois heures, je l'ai observé avec une certaine acuité, du moins m'a-t-il semblé. Nous ne nous étions pas vus depuis le soir de Noël, quand Denis venait de partir et que lui se plaignait de la grippe. Entre-temps, grâce au seul coup de téléphone auquel il a répondu par inadvertance – il attendait les résultats d'analyses d'un laboratoire médical –, j'ai appris que la révélation qu'il avait faite à ses parents s'était soldée par un éclat. Moins d'une heure après avoir levé son verre de vodka avec eux, Ivan, refoulant ses larmes, s'emmitouflait dans son écharpe et proclamait dans un russe métissé de français que, contrairement aux affirmations de son père, c'était eux, en fait, qui étaient morts, ou tout comme. Ivan Fodorov, lui, était vivant, ne leur en déplaise, mais orphelin – naturellement déshérité. Titania avait fondu en larmes en entendant cette pointe lancée en guise d'adieu ; Gregor avait lancé un verre à la tête de celui qui n'était plus son fils. Ivan avait craché sur la porte qu'on avait claquée, et il était rentré chez lui en traînant les pieds pour se retrouver dans un appartement vide, à brailler comme un gosse qui a perdu ses parents dans un accident de la route ou une invasion ennemie. Malgré tout ce que je savais et tout ce que je devinais, je n'avais accordé qu'une attention fugace à mon meilleur ami, parce que, pour dire les choses carrément, j'étais trop occupé à ressasser les dernières paroles échangées avec Zuo Chang, trop occupé à évaluer la conversation que j'avais eue avec Carole deux semaines plus tôt, trop occupé à penser – Dieu sait pourquoi – à l'été précédent, quand Natalie, qui suivait un cours de natation au Y de la Rive-Sud, avait finalement rassemblé son courage, à la deuxième tentative, pour garder la tête en bas et le derrière en l'air et traverser le petit bain avec l'instructeur qui marchait à côté d'elle ; et moi, comme tous ces *parents-là*, j'avais applaudi, sifflé et déclaré qu'elle était la fille la plus courageuse du monde. Ma fille ne se noierait pas ! Telle avait été ma conclusion saugrenue. Elle vivrait éternellement ! Si ma mémoire est fidèle, c'est ainsi que j'avais jaugé Ivan à ce moment-là : d'une maigreur élégante, distant avec préméditation et peut-être – peut-être – un peu fatigué.

Voilà de quoi il a vraiment l'air maintenant : épuisé et affamé, si préoccupé par la mort qu'une silhouette encapuchonnée tenant une faux pourrait être assise à ses côtés et lui demander un cendrier pour allumer un autre cigare. Parce que ses jeans et sa chemise sans col ne cachent pas, comme ses amples vêtements habituels, un estomac si concave que les hanches font saillie, tel un squelette de laboratoire. Parce que ses joues creuses forment un pli permanent et que les poches violet-noir sous ses yeux sont prêtes à crever à la moindre piqûre d'aiguille. Parce qu'il n'a pas le teint terreux des Montréalais en hiver – en janvier, nous ressemblons tous à Bela Lugosi – mais que sa peau est plutôt tachée, marquée de légères cicatrices, comme nimbée de taches de rousseur qui auraient explosé il y a un million d'années.

Tous ces changements depuis les treize derniers jours ? Allons donc ! Disons plutôt les douze derniers mois. Seulement je n'avais pas remarqué. Je m'en excuserais bien auprès de lui, je lui demanderais volontiers pardon, si ça n'allait pas avoir l'air stupide et déclencher – avec raison – les railleries habituelles sur notre éloignement intentionnel.

Mais Ivan est doué de seconde vue, ou bien c'est que je l'ai fixé trop longtemps. Car il pose les avant-bras sur la table, le menton dans le creux des mains, et se met à pleurer. Non qu'il soit atterré par mon évaluation de son apparence, je ne crois pas ; c'est simplement un geste, une façon de s'exprimer. Les larmes coulent le long de ses joues, hésitent sur le bord abrupt de sa mâchoire avant de tomber à la verticale. Notre position près de la fenêtre masquée par une jalousie le soustrait aux regards. Le jour qui décline dessine des zébrures sur son visage. Je suis pétrifié par ce déclin et par son immobilité : il ne s'effondre pas, ne tremble pas. Son attitude est digne, et je me sens flatté, honoré même, par cette marque de confiance.

— Je me souviendrai, c'est promis.

— T'es un sans-cœur de me quitter, dit-il sans rancune.

— Est-ce que Jacques te manque encore ?

— Est-ce que Carole te manque encore ?

— Pas elle. C'était probablement inévitable. Mais perdre Natalie, petit à petit, anniversaire après anniversaire, ça, c'est un cauchemar. Ça n'a pas de sens. J'ai rien fait pour mériter ça.

— Amen, dit Ivan en s'essuyant les joues.

On met notre argent en commun pour payer les bouteilles éclusées. À cause d'un ordinateur irritable, je n'ai toujours pas de carte bancaire. Ivan a ce qu'il faut, par contre, et nous nous préparons à assaillir le comptoir, et Chantal avec. Je demande :

— Est-ce que j'essaie une autre blague anglo ?

Il se frotte encore les yeux :

— De quoi j'ai l'air ?

— D'une merde.

Il se lisse les cheveux.

— Tu cherches à impressionner qui ?

— Regarde.

Nous nous approchons du bar. J'examine la serveuse. Bien qu'elle porte encore l'uniforme punk – la mode se propage, me dit-on – elle respire la propreté, cheveux lavés, vêtements blanchis, et le bonheur, même si elle ne sourit pas. Le regard embué, qui alimentait la spéculation sur un éventuel abus de drogue, est absent. Aucune trace d'agressivité, âpre comme une odeur de mouffette la nuit, ni de colère fruste. Chantal, je l'ai appris récemment, n'a pas vingt ans. Au moins son attitude présente est-elle plus en accord avec son âge : mouvements vifs, pied alerte. Les bracelets cliquettent à ses poignets. Ses bagues tambourinent sur le comptoir au rythme d'une cassette de jazz.

Ivan paie l'addition, puis fait quelque chose d'étrange : il pose une main, paume en l'air, sur la caisse. Chantal glisse une main dans la sienne, la serre et la retire aussitôt. L'échange a duré une seconde, personne ne l'a remarqué, sauf moi. Je scrute leur visage. Lui est impassible mais elle, oui, elle sourit. Timidement. De travers. Révélant des dents saillantes et jaunies, le reflet, sinon la source d'une honte profonde et profondément injuste que la jeune femme doit ressentir.

Ivan lui dit :

— Montre-lui le dernier chef-d'œuvre de Remy.

Remy dessine souvent pendant les heures creuses, surtout si le sujet est dans la salle. Je l'ai remarqué au comptoir la semaine dernière, un carnet de croquis ouvert, me dévorant des yeux, et j'en ai conclu que mon portrait allait s'ajouter à la collection. Chantal prend le carnet posé sous le percolateur, vérifie que le « tas de merde » n'est pas dans les parages, puis feuillette les pages.

Mon visage me fixe. C'est toute une tronche, en effet : les gros sourcils noirs du mastoc, la bouche triste du vaincu, la barbe infestée d'oiseaux de l'exilé social. La ressemblance est réelle, hélas, bien qu'outrée et malveillante. Mais cette caricature n'est rien auprès de la représentation de mon anatomie. La tête penche au-dessus d'un corps affreux. Pas de cou, pas de bras ni de jambes, rien qu'un torse tubulaire, remarquable par ses touffes de poils raides comme des aiguilles de pin. Je dois demander :

— Je suis quoi au juste ?

— Un ver, répond Chantal.

— Une chenille, rectifie Ivan.

La serveuse et moi, on examine encore le dessin. Doués d'une volonté indépendante, mes sens affamés se concentrent sur Chantal : le lobe clouté de son oreille, son long cou, l'os saillant de son épaule, la cicatrice du vaccin encore visible sur son bras. Sa peau ambrée et ses taches de rousseur. Son odeur – parfum ou peut-être seulement déodorant – et sa douce chaleur corporelle. Mes sens anarchiques, surtout l'odorat, la vue et le toucher, ne désirent rien de moins que la monter. Je m'imagine son ventre nu révélant les muscles et la chair, le nombril ressorti et la surface lisse en dessous. J'ai l'arrière des genoux qui flageole, l'aine qui me démange. Mais je me redis qu'elle est si jeune, quel effort représente pour elle le simple fait d'être là, à côté de moi, de participer à cet échange. Et je remarque au-dessus de son œil gauche une cicatrice pas si petite que ça qui ressort, quand elle s'anime, sous des sourcils fortement – et intentionnellement, je le devine à présent – tracés au crayon, et qui mine son masque sévère de punk, du fait qu'elle porte une blessure ancienne.

Est-ce que nous communiquons ? Probablement pas. Je voudrais qu'elle sache que je suis un gentleman. Je l'imagine me répondant : J'ai confiance que vous êtes correct. Ce à quoi j'ajouterais que, comme toujours en ce qui concerne les hommes, on ne perçoit ni la retenue ni la douceur comme des qualités ou des atouts, mais comme des défauts ou des entraves au succès. Les types bien se classent derniers. Les meilleurs manquent totalement de conviction. Terrain bourbeux et ombreux, s'il en fut, et qui fait outrageusement bien mon affaire. Telle est la présomption du monde, pourtant, telle est la prétendue vérité sur les hommes. On a beau s'en moquer, la défier, chercher une auto-définition plus saine pour la gent masculine ; mais supposez que l'ancienne définition malsaine, imprégnée de testostérone, de machisme et – d'après Ivan – d'impulsions homoérotiques refoulées, règne encore en maîtresse ? Jette encore de la poudre aux yeux ? Séduise encore les filles ?

— Au moins, je ne suis pas un ver, lui dis-je avec gentillesse, avec retenue.

— Ce dessin m'aidera à me souvenir de toi, répond-elle lentement en français.

Pendant quelques secondes, je n'arrive pas à comprendre pourquoi ces mots me bouleversent tant. C'est en franchissant la porte que je saisis : je n'ai encore jamais entendu Chantal dire une phrase complète.

Sur le trottoir, je somme Ivan de s'expliquer. L'air finit de nous dégriser. J'ai mal à la tête.

— Trop froid.

— Explique !

Il semble prêt pour la momification : parka de duvet gonflé par deux chandails, écharpe démesurée, bandeau sous la tuque. Il n'y a que les immigrants des climats plus chauds – c'est-à-dire partout sur la planète – et les malades pour s'habiller ainsi à Montréal. Il exhale des volutes de fumée et dit faiblement :

— Elle m'aime. Quoi dire d'autre ?

— Il me vient une ou deux choses à l'esprit. Par exemple, que tu es gai.

— Remy l'a traitée comme une merde. Presque tous les hommes l'ont traitée comme une merde. Je veux pas la fourrer. Je veux pas la posséder. Je lui ferai pas grand mal.

— Je pige pas.

— Moi non plus...

— Alors quoi, ça va être ta blonde ? Vous allez vous balader bras dessus, bras dessous dans le Mile End ? Répondre « nous » quand vous accepterez des invitations à des soirées ?

— Sois pas ridicule.

— Alors ?...

Ivan grimace sans ironiser, signe qu'il rumine ma question, et que les effets de l'alcool se font sentir.

— Elle dit qu'elle m'aime. Qu'elle veut s'occuper de moi. Je lui dis qu'elle est cinglée. Que ça n'a pas de sens. Mais elle insiste...

Il s'arrête, se mord la lèvre. Je lui fais remarquer gentiment que c'est injuste.

— Elle te fait encore bander ?

Je hausse les épaules.

— Pauvre David.

— Chanceux, Ivan.

Avant de faire nos adieux, raides comme des piquets – nos parkas s'étreignent, pas nous – je lui donne le double des clés de mon appartement et quelques tuyaux sur le chauffe-eau et les pigeons visiteurs de ma fenêtre. Quand Ivan m'avait redemandé, au cours de notre conversation téléphonique, si mon appartement était toujours libre, et que je lui avais offert de le sous-louer, sur le coup, j'avais été surpris, sans plus. Après que j'ai eu raccroché, la vérité m'est apparue : il se rendait compte qu'il ne pourrait bientôt plus travailler, qu'il devrait économiser et réduire ses dépenses au minimum. De mon côté, j'étais obligé d'en conclure que mon ami avait l'intention de mourir en mes lieu et place, pour ainsi dire, « chez moi », tel quel.

— Est-ce que Chantal va...

— Elle emménage le lendemain de ton départ. Je vais la rejoindre à la fin du mois.

— Encore un environnement sans sexe, dis-je à la blague.

— Sans fumée non plus.

— Je vais m'assurer qu'Adèle passera te voir.

— Elle ira fumer sur le balcon.

Nos adieux sont écourtés par l'arrivée d'une demi-douzaine de Latinos emmitouflés dans des vêtements bon marché superposés sans bon sens. À leur air frigorifié et malheureux, on se doute qu'ils accepteraient d'être rapatriés sur-le-champ, sans se préoccuper du généralissime enragé ni de la junte déchaînée qui les attendent dans leur patrie. Dans leur hâte d'échapper à l'hiver canadien, ils s'insèrent entre Ivan et moi, marmottant des excuses en plusieurs langues. Nous acceptons le schisme et partons chacun de notre côté.

VII

Personne au bercail. Tous sortis. Tous ceux que je connais dans le Mile End, sur le Plateau, en ville ou dans la banlieue sud. Pour être exact, tous ceux que je connais à droite et à gauche font la sourde oreille. Il se pourrait fort bien que plusieurs soient chez eux, dans leur maison, leur appartement ou leur chambre. Même que plusieurs soient à l'écoute. Mais tous filtrent les appels et décident de ne pas répondre, de ne pas communiquer. Pour être encore plus exact, tous filtrent mes appels, jugent ma voix, la valeur de mon message, et décident de ne pas répondre, de ne pas communiquer. Décident, j'imagine, contre moi. Paranoïaque ? Les faits sont là. Carole aurait dû quitter le bureau il y a une heure, prendre Natalie à la garderie et être rentrée depuis longtemps – en train de lire son courrier et de faire le souper. Mais je tombe sur son répondeur. Adèle, modérément contrite après ce qui s'est passé à Noël, m'a garanti qu'elle serait chez elle ce soir – ma dernière nuit sur le continent – pour une éventuelle petite visite ou au moins une bonne conversation. Encore le répondeur. Ivan, lui, je sais, est de service quelques heures au restaurant, mais j'ai laissé un message à son patron qui m'a dit qu'il ne s'était pas présenté au travail. Plus tôt, j'avais essayé à plusieurs reprises de contacter le sous-directeur qui m'avait promis d'étudier ma demande de carte de crédit sans garant, et aussi l'agent de réservations qui m'avait assuré une place sur un autre vol. Échec sur toute la ligne : la banque n'a jamais rappelé, la compagnie aérienne m'a fait poireauter dix minutes avant de raccrocher. Même les tentatives de communication plus traditionnelles, comme passer au café ou faire un saut dans une boutique du quartier, n'ont pas abouti : Remy était parti baiser quelque part et Chantal avait sa journée de congé ; Zera surveillait le comptoir et ne pouvait ou ne voulait pas dire où était Firoz. J'avais si désespérément envie de parler avec quelqu'un que j'ai sauté dans l'autobus 80 jusqu'au Collège du Plateau, où je me suis heurté à une nouvelle réceptionniste qui m'a barré le chemin de la salle des profs. Quand j'ai réussi à passer outre, je suis tombé sur un inconnu, assis à mon bureau, qui corrigeait les examens de mon cours d'anglais. Un type avec une barbe et une bedaine, un mariage brisé et un roman inachevé dans son ordinateur.

Alors imaginez ma joie hystérique quand j'ai aperçu Lena Buber, invisible depuis bien avant Noël, qui sortait son petit chariot sur le trottoir. Lena en manteau de fourrure noire et toque de fourrure à la Dr Jivago, bottes rouges en caoutchouc, avec sa canne inutile, le visage impassible et l'air d'envoyer paître tout le monde dans la rue, et, le plus surprenant, les mains obstinément sans gants devenant tour à tour roses, blanches comme l'albâtre puis livides. Lena, la silhouette voûtée des contes pour enfants – Natalie a tout de suite su que c'était la Vilaine Sorcière, et elle me demande encore des nouvelles de mon infâme voisine –, qui trotte menu avenue de l'Esplanade en direction des magasins, indifférente aux klaxons, aux injures et aux menaces d'appeler la police, sauf lorsque, de temps en temps, elle se retourne, montrant à ses détracteurs un masque de taches et de plis et des yeux laiteux de cataracte d'où fuse un regard intraitable, pour lancer une huée dédaigneuse avec sa canne, comme si elle chassait un chien errant.

Qui pourrait demander meilleure compagnie ? J'enfile mon manteau à la hâte et, sautant par-dessus un banc de neige, la rattrape.

— Vous allez faire des courses, Lena ?

— Mon boy-scout, répond-elle.

Elle n'a jamais l'air surprise de mes interventions. Elles sont inévitables, je suppose, comme la dégénérescence du siècle.

— La rue est verglacée, dis-je.

— Et alors ?

— Voulez-vous que je vous prenne le bras ?

— Comme vous voulez.

— Ça ne vous dérange pas que je marche avec vous ?

— Si vous y tenez.

Comme je veux, s'il le faut, si j'y tiens, tels sont les mantras de non-obéissance et de non-gratitude de Lena. Sans doute font-ils ressortir l'intérêt personnel qui se camoufle sous la plupart des gestes courtois. Sans doute a-t-elle raison d'être cynique. Sans doute est-elle aussi une vieille femme aigrie. On peut même douter qu'elle ait jamais été une jeune femme particulièrement douce. Les tempéraments ne sont pas forcément immuables, ils ne sont pas éternellement changeants non plus, en particulier, j'imagine, chez des gens originaires de ce que « de ce bord-ci » on appelle « l'autre bord ». Aucun doute là-dessus, ma voisine vient de l'Ancien Monde : née et élevée en Roumanie, elle a été emprisonnée, à l'âge adulte, d'abord en Union soviétique, puis dans un camp de la mort nazi, avant de devenir quelque temps pionnière dans une Palestine en pleine métamorphose et, finalement, à quarante et un ans, immigrante au Canada, bien qu'en réalité elle ne soit pas allée plus loin que Montréal. Yehiel Buber était déjà mort quand j'ai rencontré sa femme. Elle était déjà archi-vieille il y a trois ans ; elle en a marre, elle veut en finir, ne plus souffrir. Me l'a souvent dit, spontanément. Marre de passer ses journées à écouter la radio anglaise – sa connaissance de l'anglais est superficielle, mais le français appris dans son enfance est oublié depuis longtemps – et à coudre des robes depuis 1952 pour la même femme du boulevard Saint-Laurent ; marre de manger la même chose et de dormir aux mêmes heures, sans jamais rêver : pas une seule fois depuis la mort de Yehiel, m'a-t-elle confié. Je suppose que son corps acquiescerait à la demande de son esprit. Surtout pendant l'un de nos hivers qui durent six mois, quand la claustration et l'isolement passent de la réalité temporelle à la condition métaphysique. Mais Lena continue à vivre, dans un état d'affaiblissement stationnaire et de décrépitude stabilisée. Et son esprit ? Alerte comme il y a dix ans, soupire-t-elle. Alerte comme il y a vingt-cinq ans, soupire-t-elle de plus belle. Je plaisante sur son désir subconscient de dépasser la fin du siècle. C'est à qui sera le plus coriace ou le plus rusé des deux. Un pari à mort. Elle hausse les épaules en guise de réponse, m'appelle « mon boy-scout » en guise de raillerie.

Au carrefour, une enfilade de véhicules lancent des panaches de fumée dans notre sillage. Nous obliquons vers le trottoir. Lena manque de tomber sur la glace noire, l'appui habituel de sa canne n'étant d'aucun secours, bien au contraire. Je lui tiens le bras jusqu'à la porte de l'épicerie, où elle se dégage de mon emprise. Elle a les yeux qui pleurent malgré elle et le nez qui coule.

—Je pars demain pour la Chine, dis-je.
—Je sais.
—Je vous l'ai dit quand ?

— En décembre.

— Vous m'avez manqué le jour de Noël, dis-je bêtement. Vous avez été malade récemment ?

— De l'hiver, oui. Des gens, oui. De vivre, ça oui. Mais à part ça, je vais bien, désolée de vous le dire.

J'ouvre la porte et, ma bonne volonté se dissipant, lui annonce :

— Un ami va habiter mon appartement. Ivan Fodorov. Il va vous plaire.

— C'est un boy-scout, lui aussi ?

— Je ne crois pas.

— Bon.

— Au revoir, Lena.

Elle me renvoie d'un geste de sa canne. Pas de bon voyage, ni de poignée de main ni, Dieu m'en garde, de bise sur la joue. Un peu froissé, je renonce à la suivre dans l'épicerie pour m'acheter de quoi dîner. Je préfère remonter la rue Saint-Viateur jusqu'au dépanneur suivant. C'est un commerce désespérant, toujours mal approvisionné et mal tenu – peu importe, semble-t-il, le propriétaire du moment. J'y passe une fois l'an pour me rappeler que l'échoppe de Firoz Velji est loin d'être le bas de l'échelle. Il me faut essuyer la poussière pour lire le prix sur une boîte de soupe et, pour payer, endurer les regards inquisiteurs et furibonds de l'adolescent installé à la caisse. Le garçon, qui a l'air libanais, met ma boîte dans un sac, prend mon argent, me rend la monnaie sans se départir de son hostilité inexplicable doublée d'une peur tout aussi mystérieuse. Aucune envie d'engager la conversation avec lui.

Vingt minutes plus tard, la soupe mijote sur ma cuisinière, le magnétophone émet un chœur de voyelles chinoises sorties d'une basse-cour – *waaa... uuuh... waa-uuh-laa* – que j'imite, le maxillaire descendu jusqu'au torse pour articuler les sons graves, lorsqu'on frappe à la porte. J'espère que c'est Ivan ; je crains que ce ne soit Adèle. C'est la police. La police de la Communauté urbaine de Montréal, pour être précis. Trois uniformes de la CUM encombrent le palier enneigé. Photo à saisir sur le vif pour illustrer la nouvelle force multiculturelle : l'équipe se compose d'un type ordinaire aux petits yeux, d'un jeune flic de couleur dont la nuance vernissée évoque l'Amérique du Sud et, étonnamment, d'une blonde décolorée. Bien qu'impressionné par le déploiement, je me méfie. Les flics, du moins les flics de Montréal aux petits yeux, tabassent des innocents, quelquefois sauvagement, et les tuent parfois, toujours accidentellement.

— Vous venez d'acheter une boîte de soupe chez un dépanneur sur Saint-Viateur ? me demande l'un des flics en français.

— *Tomato soup.*

La réponse sort en anglais. Pourquoi ? Mon instinct me dit que c'est prudent.

Mais les policiers en profitent pour avancer dans l'entrée. La femme et l'allophone se faufilent derrière moi. Leurs mains semblent s'affairer. Je suis sur le point de donner une version française de ma réponse quand le flic le plus âgé m'attrape les bras et me les croise dans le dos. Trop surpris pour réagir, je me laisse lier les poignets sans rien dire : traction, serrage.

— Le propriétaire du magasin vous a identifié.

— Quoi ?

— Vous êtes arrêté pour vol à main armée.

— Moi ?

Brillante remarque : il est clair que je suis arrêté, clair que j'ai fait quelque chose de répréhensible. Malgré mes années d'activisme dans la rue, incluant les inévitables manifs qui dérapent, je ne me suis encore jamais retrouvé avec les menottes, ni devant la perspective d'aller en prison. C'est à ça que je devrais réfléchir. Le métal s'enfonce dans ma peau – puissant mécanisme de concentration —, pourtant mon esprit vagabonde. L'agent aux petits yeux parle un français stupéfiant, alourdi de joual et d'anglicismes, entraîné par des *rrr* et des *grrr* d'une telle amplitude que sa bouche se tord pour les cracher. Classe ouvrière, certain, de l'Est de la ville ou peut-être de Verdun. Le plus pur idiome local qu'on puisse imaginer. Un accent que je connais intimement – jusqu'à présent Adèle y a eu recours pour exprimer sa solidarité à la télévision ou à la radio – mais que toute ma vie j'ai renié. Et remplacé par un français pour ainsi dire sans idiome, caractérisé par la diction et le rythme de quelqu'un qui l'a appris étant petit, mais dont les attaches sont ailleurs en définitive. Ces liens sont-ils si contraignants ? Chose certaine, je ne sens aucun attachement pour mon vrai père, que j'ai à peine connu. Il semble toutefois que, contrairement à ce que j'ai dit à Zuo Chang, j'ai *choisi* sa langue plutôt que celle de ma mère et que j'y demeure très attaché, et réciproquement.

Les choses se précipitent.

— Où est le fusil ? demande le flic joual.

— *The what ?*

— Parle français.

Je traduis :

— Le quoi ?

— Laisse faire, dit-il, en me poussant vers la porte. On r'viendra le chercher.

Soudain, se raidissant tandis que le bruit monte, l'allophone dégaine. Le geste est si brusque et si terrifiant – il braque le canon du revolver en direction du salon – que j'ai un mouvement de recul. Ça aussi, c'est une erreur. Ses acolytes m'assènent des coups derrière la tête et dans le postérieur, et j'atterris le menton sur le plancher. Mes dents s'entrechoquent avec un craquement sinistre.

— Y a quelqu'un d'autre, dit le type au revolver.

— Qui c'est ?

Je ne me rends pas compte qu'on s'adresse à moi avant de recevoir un coup de botte dans l'épaule gauche. Je réponds :

— Personne.

— Écoutez !

Tout le monde prête l'oreille.

— *Waaa... uuuh... waa-uuh-laa.*

— *Tabarnac !*

J'interromps, m'adressant au plancher :

— C'est une cassette. Dans la cuisine. Dans le magnétophone.

— *Checkez-la**, ordonne le chef.

Je mentionne la soupe sur la cuisinière ; le jeune agent veut bien aller éteindre.

Ensuite le téléphone sonne. Première fois depuis soixante-douze heures. Je calcule en silence. Fait curieux, les policiers ne font pas attention à la sonnerie. Pendant qu'on me remet debout, je compte les coups : 5,6,7. Qui peut bien être aussi patient ? Pas Ivan. Ni Adèle. Ça doit être Carole. Le récepteur collé à l'oreille et Natalie à côté d'elle : la fillette regarde sa mère et attend qu'on lui dise de prendre le téléphone pour dire allô à son papa, lui faire ses adieux et même lui souhaiter *zaijian,* l'expression chinoise que je lui ai apprise.

— Hé, mon gars, dit le flic aux petits yeux, t'es gelé ou quoi ?

Je replonge dans le vif du sujet.

— Vous vous trompez.

C'est tout ce que je réussis à sortir. Il s'y attendait.

---

* En joual dans le texte. (NdT)

— Pas d'erreur, dit-il. Vol à main armée, deuxième tentative. On l'a sur vidéo.

— Vidéo ?

— On sait qui t'es.

Pour me glisser sur la banquette arrière de la première auto-patrouille (elles sont deux qui bloquent la rue), je suis les directives : baisser la tête et relâcher le torse, laisser la femme me guider dans l'encadrement de la portière. Pour éviter les élancements dans l'épaule en position assise, il faut que je fasse constamment porter mon poids sur les jambes. Le moindre changement provoque la douleur. Le problème, c'est l'espace. Le siège avant a été reculé : mes genoux se trouvent rabattus contre ma poitrine. J'essaie de ne pas bouger. Je jette un coup d'œil par la vitre. Mal m'en prend : deux maisons plus bas, le vieux couple d'Italiens voit tout du pas de sa porte. De l'autre côté de la rue, le fumeur-du-balcon, penché par-dessus sa balustrade, affiche, au lieu de son air habituel de sinistre résolution, une mine d'un fatalisme ironique : un autre fauteur de troubles de coffré.

Et nous voilà partis, sans sirène, mais avec les girophares qui clignotent, à travers les rues du Mile End. La voiture de tête ralentit aux panneaux « Arrêt/Stop » et accélère quand les feux de circulation changent. Manifestement, les policiers transportent une cargaison dangereuse. Si j'étais sur le trottoir à observer la procession, j'aurais une sensation agréable, un aperçu des vies vécues en marge. Vue de la banquette arrière de l'auto-patrouille, la scène ne correspond à aucune réalité à laquelle je puisse m'identifier. Ce n'est pas vrai. Ça ne se peut pas.

Je ferme les yeux jusqu'au poste.

La salle d'accueil est éblouissante. On m'enlève les menottes et je me retrouve au milieu d'une mêlée d'uniformes, dont ceux des trois qui m'ont arrêté. Le plus âgé, encore plus grisonnant en pleine lumière, réclame mes chaussures et mon chandail, ma montre et ma ceinture. Derrière un comptoir, une femme note mes nom, âge, adresse, profession et langue maternelle.

— L'anglais ? demande-t-elle. Avec un nom comme LeClair ?

— Il parle français, ajoute le policier.

Je réponds :

— Mon père est anglophone. Juif de Montréal. C'est lui qui m'a appris l'anglais.

— Un Juif qui s'appelle LeClair ?

Je mens :

— C'est le nom de ma mère.

— Qu'est-ce qu'elle est, grecque ?

— Elle est morte quand j'étais petit.

Heureusement que la préposée ne note pas ce renseignement. Elle se frotte le sourcil avec le bout de son crayon. Elle a la forte ossature et le large sourire de la parenté d'Adèle qui vit à Saint-Henri. Je lui fais confiance : ce genre de visage est franc et ouvert. Cette femme a l'air fatiguée. A sans doute un mari et deux enfants. Aimerait sûrement être avec eux à la maison en ce moment.

— Conneries, lance le flic joual. C'est un francophone. C'est not' gars.

— J'peux téléphoner ?

Je pose la question pour la simple raison qu'en Amérique du Nord on regarde des émissions policières à la télé.

— Vous avez un avocat ?

— Non.

— Feriez mieux de les appeler, me conseille la femme.

Elle me montre une pancarte de l'aide juridique.

— J'ai pas besoin d'avocat.

— Mais si.

J'enchaîne :

— Vous avez un vidéo des hold-up ? Regardez-le. Je suis pas votre gars.

Aucune réplique. Elle se concentre sur ses formulaires et se contente de m'indiquer le téléphone.

Évidemment, personne ne décroche. Et moi, je suis planté là, agrippant mon pantalon de la main gauche pour l'empêcher de tomber, tandis que de la droite je jongle avec deux opérations siamoises : maintenir le combiné collé à mon oreille et appuyer sur les touches. Appuyer, devrais-je ajouter, malgré un tremblement prononcé. Je suis déçu par mon manque de sang-froid, preuve immanquable de culpabilité. Mais je suis épouvanté par le souvenir qui inonde ma rétine, telle une brèche dans une digue qu'aucun jeune Hollandais ne pourrait matériellement colmater : Adèle, assise dans l'appartement de la rue Clark, me fixant de son regard de Méduse, pendant que je me dépatouille tant bien que mal pour garder le lourd téléphone noir collé à mon oreille tout en gribouillant un numéro et un nom. Mes mains mal assurées sont parcourues de spasmes quand la voix est masculine – peut-être surtout une certaine voix masculine – tandis que mon esprit d'enfant est assailli par un surcroît d'images de la caverne : un tonique capillaire dans l'armoire à pharmacie et des flacons bleu-vert de lotion après-rasage, des cendriers débordants et des piles de revues de boxe, un couple dansant sur une musique sortant d'un poste de radio couleur noyer ; un club de golf – non, un bâton de baseball – balancé à travers une pièce. Malgré cette réminiscence, c'est Mère que j'appelle d'abord. Je montre le récepteur à l'employée de police pour qu'elle entende le message acerbe, mais elle refuse. Ensuite, je compose le numéro d'Ivan, mais je raccroche dès que j'entends le répondeur se mettre

145

en marche. Pas question d'appeler Carole. Pas question de lui fournir des armes. Complètement paniqué à présent, je compose un numéro sans trop savoir à qui il correspond.

C'est Zuo Chang qui répond.

— Zuo ? dis-je, passant avec réticence au français. C'est David. David LeClair.

— Oui ?

— J'ai été, c'est-à-dire, ça se peut que je sois en retard pour passer prendre le paquet ce soir.

— Quel paquet ? demande-t-il en chinois.

— Le paquet !

Il répète la question.

Encore plus à contrecœur, le regard rivé sur le comptoir, je passe au mandarin pour tenter de lui dire :

— Tu sais de quoi il s'agit : les choses pour ta femme. Mais je ne peux pas vraiment te parler maintenant. J'ai quelques ennuis. Dans quelques heures, je...

Il m'interrompt :

— Quel genre d'ennuis ?

En apprenant de quoi il s'agit, il change de ton. Je l'imagine reculant de dégoût, comme si on lui agitait une chaussette sous le nez, et repoussant une mèche de cheveux noirs vers le sommet de son crâne. Évidemment, je sens aussi la peur à l'autre bout du fil, la peur instinctive, saine de l'immigrant, peur non pas de l'autorité en tant que telle, mais de l'usage arbitraire de l'autorité envers ceux qui sont vulnérables. À cet instant, levant les yeux, j'aperçois au-delà de la policière une série de moniteurs sur le mur. Les écrans présentent une vue plongeante des cellules. Je continue :

— Il y a erreur. Ils croient que je suis quelqu'un d'autre. Je devrais être libre...

La voix étrangement étouffée, Zuo m'interrompt encore :

— S'il te plaît, pas question que je sois impliqué.

146

— Je te le demande pas. Je voulais juste savoir...

— Il faut que je te quitte.

À présent, la policière me fixe, bouche bée. Je reconnais une fois de plus l'expression de la parenté d'Adèle, mi-étonnée, mi-amusée. Je sais aussi pourquoi elle me regarde. Ce qui malheureusement ne m'incite pas à rester calme, bien qu'en ce moment ma colère soit dirigée contre Zuo.

— Qu'est-ce que c'était que cette langue-là ? demande-t-elle dès que je raccroche.

— C'est de mes affaires.

— Comme vous voulez.

— Et je suis anglophone.

— Peu importe, rétorque-t-elle avec un haussement d'épaules.

Ma cellule mesure deux mètres cinquante sur un mètre vingt-cinq. Elle est équipée d'un banc de bois, d'une cuvette de toilette en acier chromé et d'une caméra vidéo encagée sous le plafond. Les surfaces sont rutilantes. Les murs, le plafond et le banc, même le sol de béton, tout est peint en rose vif, la couleur favorite de ma fille. Il ne manque que le papier peint avec des ballons ou des oursons. La porte rose est plaquée de plastique. Les murs roses sont décorés de graffiti. La plupart des dessins, gravés avec les ongles, sont indéchiffrables. Je distingue quand même un svastika, un œil humain, un pénis en érection.

Le policier qui m'escorte à ma cellule m'informe que je devrai attendre que le détective de service ait fini de souper. Un repas convenable, j'en suis sûr : viande et pommes de terre, salade et pain. Le chef aura fini dans une heure ou deux, ou au petit matin. Pendant ce temps, je n'ai qu'à réfléchir à mes crimes et rédiger ma confession. En plus d'écouter mes gargouillements d'estomac. Et avaler mes rots provoqués par la faim.

Persuadé que je n'ai qu'à tuer le temps, je me couche sur le banc, les mains croisées sur la poitrine, les yeux résolument fermés à ce rose que j'imagine propice aux confessions. Mon cœur bat la chamade et mes pensées tourbillonnent comme un journal sur un quai de métro, mais à part cela, je me sens assuré, maître de moi – pas du tout près de craquer. Le silence de la cellule est plutôt agréable, et le manque de choix m'oblige à faire ce qui est probablement le mieux : relaxer, me calmer. Dans ma tête résonne le bruit des lentilles de la caméra qui avance sur son support tandis que les autorités font un zoom sur ma figure pour découvrir des indices. Ils ne doivent rien voir – quand les yeux sont fermés, il n'y a rien à examiner sur un visage –, car un raclement de chaussures dans le couloir a vite fait de m'arracher à mon repos. On insère une clé. La porte s'ouvre.

— Sortez, m'ordonne-t-on.

Le détective s'identifie :

— Jean Desjardins.

Il identifie aussi son suspect peu après s'être assis à une table en face de moi, dans un bureau situé à l'étage, au bout d'un autre couloir. Le bureau n'est pas plus grand que la cellule. Pas de couleur rose, aucune décoration non plus, à part deux posters sur les murs. Par un curieux hasard, ces posters vantent les plaisirs touristiques de la Chine. L'un reproduit une photo des gorges du Yangzi, l'autre le Temple du Ciel à Beijing. Jean Desjardins est dans la quarantaine, il a les cheveux collés au crâne et une pomme d'Adam qui monte et descend avec une régularité mécanique. Il ne devrait pas avoir le visage aussi flétri, ni tousser de la sorte, ni loucher ainsi en lisant un dossier. Ses mains devraient être plus fermes et, assurément, il ne devrait pas allumer deux cigarettes en cinq minutes. Il lit en français :

— Votre nom est Pierre Clermont. Vingt-neuf ans, un mètre soixante-dix-sept, soixante-dix-sept kilos. Jeune contrevenant. *Bum* à l'école de réforme. Drogué et petit voleur. Deux fois le même soir, vous avez braqué le même dépanneur sur Saint-Viateur, pour prendre seulement des cigarettes et de la bière. Pas très brillant, Pierre. Pas très ambitieux.

Je réponds en anglais :

— J'ai trente-quatre ans. Je mesure un mètre soixante-dix et je pèse quatre-vingt-dix kilos. Avez-vous regardé dans mon portefeuille ?

— Vous n'aviez qu'une carte d'assurance-maladie.

— Alors ?

— C'est une identification facile à falsifier. Pas de cartes de crédit, hein ?

— J'ai un passeport chez moi.

Le détective Desjardins incline le dossier.

— Pourquoi vous avez besoin d'un passeport ?

— Pour voyager à l'étranger.

— Quoi ?

Je répète ma réponse, en français cette fois.

— Vous voyez, dit le flic, vous parlez français.

— Mais pas comme première langue.

— Conneries, affirme-t-il, continuant à lire son papier. C'est écrit ici que Pierre Clermont est unilingue. Vous ne parlez même pas l'anglais, alors de là à prétendre que c'est...

Je l'interromps :

— Je ne parle pas anglais ?

— Pas d'après le dossier.

— Mais je suis...

— Lâchez-moi ce sourire.

J'efface le sourire. Deux facteurs m'y incitent fortement : le muscle qui tressaille dans la mâchoire du détective quand il commence à s'énerver, et sa proximité absolue, qui lui permettrait de me décocher un coup de poing sans avoir à étirer le bras. Il a l'air tendu, mais apparemment pas prêt à cogner. C'est plutôt qu'il lui faut absolument une autre cigarette.

— Vous ne parlez pas anglais et vous n'avez pas de passeport au nom de LeClair, résume-t-il. À moins qu'il soit faux lui aussi.

— Vous n'avez qu'à regarder le vidéo, dis-je.

— C'est ce qu'on a fait.

— Alors, vous savez que c'est pas moi.

— Mais c'est vous.

Je lâche en français :

— Quoi ?

Jean Desjardins recule sur son siège. Délibérément, il tape son paquet de cigarettes jusqu'à ce qu'il en sorte deux. Il en met une entre ses lèvres et me jette l'autre à travers la table. Je garde les mains sur mes genoux. La cigarette rebondit sur mon avant-bras et tombe par terre.

— Je fume pas.

Pendant les deux heures suivantes, je médite sur l'idiotie de ce mensonge. À la rigueur, je peux cacher le fait que ma mère vit encore et qu'elle est à Outremont. Mais une habitude de deux paquets par jour ? Assurément, je dégage une odeur de cendrier. Oui, et j'ai aussi l'air d'un cendrier. Avec mes doigts jaunis, mon teint plombé et mes vêtements infects – hormis un bras tatoué de marques de piqûres –, difficile de camoufler dépendance plus flagrante. Il me faut absolument une cigarette maintenant. Il n'y a pas de doute, la cellule est en train de me saper le moral.

Mes efforts pour recouvrer le calme zen que j'avais avant le premier interrogatoire échouent. Ceux que je fais pour ne PAS être submergé par le rose cafouillent aussi. Quant à ma tentative de pisser sous l'œil de la caméra, elle se termine par un désastre. Je commets la bêtise de ne pas laisser tomber mon pantalon : ça tournerait au vaudeville de bas étage. Je baisse donc la fermeture éclair et tiens le vêtement d'une main, le zob de l'autre. Alors, je m'aperçois que les lentilles, telle une divinité de la chapelle Sixtine, se braquent sur le point de mire. Je lève les mains pour bloquer la vue. Mon pantalon s'effondre comme une tente. Le zob s'affole comme un tuyau d'arrosage qui s'élance.

Penser à Natalie m'empêche souvent de me repaître de mes obsessions. Bien des Montréalais que je connais reportent à plus tard, ou même passent outre, le fait d'avoir des enfants parce qu'ils sont suffisamment occupés par les diverses facettes de leur moi : le sexuel, l'émotionnel, l'intellectuel, etc., persuadés que ce sont là de bons compagnons. Ils sont heureux d'appartenir à des clubs qui veulent bien d'eux. Les enfants, croient-ils à juste titre, font de vous une piètre compagnie, ils vous font renvoyer des clubs et, par surcroît, cherchent querelle à vos précieux compagnons intimes : l'émotionnel se retrouve emberlificoté, l'intellectuel usé à la corde, le sexuel mis K.O. Ils vous laissent groggy. Ont tôt fait d'extirper votre moi. Pour nombre d'adultes, le combat est inégal, les dés sont pipés. Ils ne l'ont pas vu venir. Ils n'étaient pas préparés comme il faut. Pour moi, le principal attrait d'un enfant consistait précisément à me faire flanquer une râclée de ce genre. Mes divers moi étaient si inadéquats que j'aspirais en secret à me faire sonner les cloches, à repartir à zéro. Ainsi, le bébé et le parent pourraient découvrir le monde ensemble.

Seulement, j'ai oublié une chose. J'avais trente ans quand Natalie est née et, même quand on le lui demande poliment, le passé ne cède pas volontiers la place au présent. Pleine de conneries et des mêmes vieux griefs, ma conscience pré-paternelle se cramponne dur, me défie de prétendre être un tant soit peu différent, et se raille de mes résolutions de changement. Malgré tout, si on ne peut jeter le manteau, on peut du moins le reléguer de temps en temps à la penderie. Rêvasser à ma fille me permet ce genre de réflexions. D'habitude, elles font déferler en moi des images évoquant le flux, la fragilité et la beauté éphémère de toute relation humaine. La plupart du temps, j'emprunte les sentiments aux chansons et aux histoires. Faux : j'emploie ces sources pour dévoiler le moi qui est là, je le sais. Étant de ceux qui ont tenté de prétendre que le passé était révolu, je suis prêt à déclarer que mon véritable problème est peut-être tout simplement l'accumulation. Les traumatismes quotidiens de la vie – actions, déceptions, erreurs et méprises – s'accumulent au fil des années – comme dans un sous-sol les affaires dont on ne veut plus – et tendent même à obscurcir ma capacité de reconnaître que toute vie est magnifique. Ce moi estompé, je le déclare, est le vrai moi : c'est celui que je serais, le gâchis mis à part. Un poème que j'ai étudié au secondaire décrit un garçonnet dansant avec son père dans une cuisine. Il se laisse entraîner à travers la pièce sur les pieds de son père ivre, et malgré la boucle de ceinture qui érafle son oreille, malgré la rudesse, voire la violence, de l'homme, il est transporté de joie. Absolument. L'amour inconditionnel d'un enfant pour ses parents est bouleversant. Sa foi fait chavirer le cœur. Parce qu'il ne peut en être autrement, pas vrai ? La perspective, la relation, tout est figé dans le temps, perdu à tout jamais. Cette image me tire des larmes. Couché sur le banc de la cellule, de grosses gouttes me coulent jusque dans la barbe. Je pleure non pas dans ma manche ou derrière l'éventail de mes doigts, mais en plein dans le champ de la caméra, le visage probablement crispé.

Je me souviens d'un passage similaire dans une chanson entendue il y a des années : une jeune fille, se remémorant elle aussi son enfance, évoque la vision de son père qui sourit en la faisant tourner dans ses bras. Pour moi, ce tableau est aussi porteur de tension, peut-être de menace. Le père est très tendu, sa fille, toute douceur. Malgré les complications, ils virevoltent ; malgré le gâchis, ils sont beaux ensemble. Cette chanson ne manque jamais de me faire craquer. J'ai fait tournoyer Natalie ainsi. Avant que Carole me quitte ; avant que la petite ait deux ans. Elle était comme une plume. Elle était – pardonnez-moi – angélique. Dans la grande salle haute de plafond, rue Waverly, pendant les après-midi ponctués de querelles conjugales où nous nous occupions d'elle, je la hissais sur ma bedaine, lui recommandais de serrer fort les jambes autour de moi – « tu as la lune dans ton ventre, papa ! » – et je me mettais à tourner, tourner comme une toupie. Nos corps collés. Nos regards rivés. De plus en plus vite, je tournais, la pièce et l'appartement s'estompaient comme des feux arrière dans un rétroviseur, jusqu'à ce que nous soyons véritablement seuls : père et enfant à la dérive dans quelque océan primal. Nous n'étions plus des êtres faits de chair et d'os, de cheveux et de peau, mais de rêves, de désirs et d'aspirations désespérées.

Sommes-nous à la fois si grands et si petits ? L'univers est-il si infime qu'il puisse être contenu dans notre imagination, mais le cosmos trop vaste pour s'apercevoir même de notre existence ? Je ne peux concilier ces contradictions. Je ne peux me représenter ma place nulle part.

Alors je braille, geins, renifle et m'essuie sur ma manche. Au diable, la caméra ! Au diable quiconque porte un jugement !

— *Crisse*, t'es t'une belle épave ! commente le détective Desjardins.

Nous sommes revenus dans le bureau. La pause n'a guère contribué à améliorer son apparence. Encore moins à me faire apprécier cette farce.

— Tu te pisses dessus, tu chiales comme un bébé.

À ma grande surprise, je réplique :

— Mêlez-vous de vos affaires.

— Tu penses pas ?...

— Vous m'avez sur vidéo, oui ou non ?

Son petit sourire suffisant, qui n'a jamais été particulièrement convaincant, s'évanouit.

— Je viens de le regarder.

— Et je suis en train de voler ce dépanneur ?

— T'achètes une boîte de soupe.

— Tomate.

— Le jeune dans la boutique nous a dit que ses parents avaient des enregistrements des vols précédents. Quand nous avons demandé à les voir, il a prétendu qu'ils étaient perdus. Puis il a admis que son père avait installé une caméra seulement *après* le dernier hold-up.

— Est-ce un crime grave d'acheter de la soupe ?

— Le garçon est certain que c'est toi, dit le détective en se passant la main dans les cheveux. Les parents sont certains que c'est pas toi. Moi, je suis sûr que ça ferait des maudits témoins inutiles.

— Je peux partir maintenant ?

Mais le flic, apparemment, a besoin de parler. Il s'allume une autre cigarette, dont il grille le quart en tirant une seule bouffée.

— Ce magasin s'est fait voler cinq fois au cours des trois dernières années, poursuit-il. Toutes les épiceries locales y ont goûté. Toute l'île est hors de contrôle. Trop de drogués et de punks. Trop d'étrangers.

— Où habitez-vous ?

— À Longueuil.

— Ma femme et ma fille habitent là-bas, dis-je, passant finalement au français.

— Ouais ? Tu devrais aller les rejoindre.

— Elles ne m'ont pas invité.

Le détective Desjardins hoche la tête et enchaîne avec un mime : il montre son annulaire gauche, fait mine d'en retirer un anneau et de le jeter par-dessus son épaule.

— C'te job-là, dit-il d'une voix triste.

On me ramène sous escorte, sans menottes, à la réception. La même femme me rend ma ceinture et mon chandail, ma montre et mon portefeuille. Je demande au détective :

— Est-ce que Pierre Clermont a des enfants ?

— Quoi ?

— Est-ce que le dossier mentionne des enfants ?

Il relouche sur le papier :

— Un gars et une fille. Ex-femme vit à Hull. Pourquoi ça t'intéresse ?

Je hausse les épaules.

— À part ça, vous croyez vraiment qu'il a des cartes de crédit ?

La policière me demande de signer un formulaire. Je devrais refuser, ou bien étudier attentivement le document, mais je ne fais qu'emprunter son crayon.

— Voulez-vous bien me dire quelle langue vous parliez au téléphone tantôt ? demande-t-elle.

— L'anglais de la reine.

— Coopératif, commente-t-elle.

À la porte, tout à coup, Jean Desjardins me saisit le bras.

— Penses-tu que c'est une *joke* ? demande-t-il avec brusquerie.

— Vous m'avez arrêté pour...

— Un petit conseil, mon ami, dit-il en me meurtrissant la peau. La prochaine fois, niaise pas avec nous autres. On parle français ou anglais avec tous ceux qui rentrent ici. Pas de problème avec ça. Mais viens pas nous raconter des menteries sur ta première langue parce que tu penses qu'on est trop épais pour se débrouiller en anglais.

Doucement, respectueusement – le muscle de sa joue ondule comme un serpent d'eau –, je lui fais remarquer que je ne mentais pas.

— *Bonsoir, monsieur LeClair*[*], ricane-t-il en me relâchant.

---

[*] En français dans le texte. (NdT)

VIII

Bien sûr, je reconnais que j'ai de la chance. J'écris ces lignes le 14 janvier de l'année 1990. Je sais que les dissidents chinois, des jeunes pour la plupart, ont écopé d'une peine de trois à quinze ans pour leur insurrection pacifique du printemps dernier et qu'ils sont en train de moisir en prison. Je sais que le professeur qui, sur la place Tiananmen, a lancé des œufs remplis d'encre sur le portrait du président Mao a été condamné à la prison à vie. Je sais que ces personnes ont été reconnues coupables par des tribunaux irréguliers, chapeautés par un système judiciaire qui n'est qu'un mécanisme de contrôle entre les mains de l'État. Je sais qu'en Roumanie les prisons de Ceauşescu vont bientôt commencer à se vider, et que des milliers de citoyens, leur vie sens dessus dessous, regarderont d'un air dubitatif la lumière du jour hors les murs et contempleront sans œillères de vastes horizons pour la première fois depuis de longues années. Je sais que l'Union soviétique, même avec Gorbatchev et la *glasnost*, garde probablement encore des légions de citoyens dans ses prisons et ses goulags : des individus coffrés il y a des lustres, sous les prétextes les plus absurdes – acheter de la soupe à la tomate, tenez –, puis expédiés par rail à l'issue de quelque procédure bidon et finalement largués dans une baraque ou un cercueil vertical dans un camp aux abords du cercle arctique. Je sais que Nelson Mandela n'est toujours pas libre ;

que les ayatollahs espèrent garder Salman Rushdie prisonnier dans un hôtel jusqu'à ce qu'un fidèle, un fervent parvienne jusqu'à lui. Je sais un peu ce qui se trame là-bas. Je le sais, en partie par ce que j'ai lu, vu à la télé et par les gens à qui j'ai parlé. Je le sais également à cause des citoyens d'*ici,* de cette ville, de ce pays, citoyens qui sont nés ou ont grandi dans la terreur dans leur propre ville, leur propre pays et ont dû s'enfuir, s'installer ailleurs. Je sais où vivent la plupart des gens. Et, ne voulant pas faire l'autruche, j'accepte que des incidents scandaleux se produisent parfois dans les postes de police et les prisons de Montréal.

Pourtant, la menace ne m'atteint pas vraiment en profondeur. Pas jusqu'à la racine des cheveux, ni jusqu'au creux de l'estomac. C'est peut-être parce que je suis Blanc et que je devrais appartenir à la classe moyenne. Je crois que de mauvaises choses peuvent se produire n'importe où, mais je ne crois pas que les choses en soi puissent être complètement, irrémédiablement mauvaises. Un ex-marxiste qui remet en question la pourriture du système ? Pire, un humaniste qui doute que les États puissent engendrer un mal collectif ? Demandez à Andrei Sakharov. Demandez à Wei Jingsheng.

Ou à Zuo Chang ? Après tout, je suis en train de me diriger en toute hâte vers chez lui. Il est environ minuit, il fait −22 °C ; boulevard Saint-Laurent, le vent souffle les rafales d'un goulag arctique. Et moi, je m'en vais réveiller mon professeur chinois pour quoi ? Chercher un paquet de savonnettes et de parfums et peut-être quelques cassettes de musique ?

J'ai appris l'adresse par cœur et je compte les numéros des immeubles-à-deux-étages-sans-ascenseur jusqu'à ce que j'arrive à celui que j'espère être le bon. Suzanne, le professeur de l'UQAM, est propriétaire de l'immeuble dont elle occupe le rez-de-chaussée, m'a expliqué Zuo. Je frappe à la porte, doucement, pas comme les policiers. Je frappe à nouveau, pas encore comme eux, mais comme quelqu'un qui se gèle sur le seuil. Le troisième fois que je cogne pourrait passer pour l'une de leurs sommations nocturnes. Mais, intérieurement, je prie pour avoir bien compris : 23, rue Villeneuve. Je prie car à peu près en face se trouve le numéro 32, et c'est aussi un immeuble-sans-ascenseur avec un appartement au rez-de-chaussée.

La porte s'ouvre. Dieu merci, le visage qui m'accueille est bien le sien, encore que c'en soit une version renfrognée. Zuo porte une robe de chambre blanche et des pantoufles. Il a les cheveux en bataille, les yeux lourds de sommeil. Pas trop lourds, cependant : avant de me saluer, il ferme une porte derrière lui, restreignant ma vision au vestibule.

— Je ne croyais pas que tu viendrais, dit-il.

— J'ai été retardé.

Comme s'il venait de se rappeler notre conversation téléphonique de ce soir, il fixe la rue derrière moi.

— C'était une erreur, Zuo. Tout a été tiré au clair.

— Tu as été arrêté ?

— L'affaire est classée.

— Impossible, dit-il.

— Quoi ?

Une voix appelle de l'intérieur. Je reconnais Suzanne d'après le message sur son répondeur. J'en déduis immédiatement qu'il vaut mieux que je continue à battre la semelle, car on ne m'invitera pas à entrer.

— Reviens te coucher, ordonne-t-elle.

— Une minute, répond-il d'un air qui est loin d'être impénétrable.

Sans attendre d'y être invité, j'entre dans le vestibule. Zuo peut difficilement s'y opposer, car le vent relève sa robe de chambre. J'aimerais beaucoup examiner sa physionomie, mais lui examine attentivement le plancher.

— Le paquet est dans la cuisine, dit-il doucement. Reste ici, je te prie.

Il est si distrait, et peut-être si embarrassé, qu'il ferme mal la porte intérieure. L'appel d'air la rouvre, et je me faufile dans la pénombre. Un couloir de cinq mètres de long à peine visible, c'est assez, avec de l'expérience, pour jauger l'appartement. Il y avait là jadis une enfilade de pièces, comme des boîtes, donnant sur un long couloir, qui abritaient une marmaille juive ou catholique d'avant la Révolution tranquille. L'appartement d'antan a été récemment rénové par un baby-boomer. On a abattu les murs pour convertir les chambres d'enfants inutiles en aire ouverte, mis à nu et rejointoyé la brique originelle, sans avoir à redouter les marques de craie ou de crayon. Le plancher de bois franc, fatalement abîmé par des talons et des jouets qu'on fait crisser dessus, est un miroir verni. Au beau milieu, la cuisine a été conçue sans égard pour les petites mains et les ronds de cuisinière brûlants, ni crainte excessive du danger pour quiconque s'approcherait trop de la cheminée centrale. À part celle des maîtres, indépendante, la seule chambre est un petit bureau à l'arrière. L'idéal pour des invités de week-end. La lumière de la rue éclaire un raffinement de décoration sélect. Beaucoup de gadgets électroniques aérodynamiques et chromés. Beaucoup de belles choses rapportées de voyages à l'étranger.

Où dormira la petite Zuo Ying, qui n'a que cinq ans ? Ses premiers jours au Canada, loin de Beijing et de sa mère, dans la maison d'une femme avec qui elle ne peut pas communiquer, mais qui est manifestement importante pour son père, et par conséquent pour elle : où cette petite fille désemparée posera-t-elle la tête ? Sans doute que le professeur Suzanne lui offrira volontiers son bureau. Avec plaisir, dira-t-elle. La pauvre enfant doit être si désorientée. Qu'elle se sente chez elle dans cette chambre et dans l'appartement. Pour le moment, du moins. Jusqu'à ce qu'on s'organise autrement...

— Je n'ai pas eu le temps de l'envelopper, dit Zuo en me tendant un sac de plastique noué.

Nullement impressionné, je soupèse le sac.

— Des trucs pratiques, explique-t-il. Qu'elle ne peut pas trouver facilement en Chine.

— Tu veux dire le sac ?

Il a un petit sourire forcé.

— Y a une lettre dedans ?

— Nous nous téléphonons.

— Je peux attendre, dis-je.

— Pourquoi ?

— Que tu écrives une lettre.

— Pas besoin.

— Pas besoin ou pas envie ?

— Prends ce qui est là, je te prie, dit Zuo.

Il resserre la robe de chambre sur sa poitrine. Je devrais le laisser retourner auprès d'elle. Je devrais laisser tomber. Mais, encore sous le coup de l'arrestation, je suis d'humeur féroce :

— On n'a jamais parlé de la place Tiananmen, vrai ? Pas une fois pendant tous ces mois. Tu as dû être horrifié par ce qui s'est passé.

— On ne peut pas discuter de ça ce soir, répond-il en s'avançant vers la porte entrebâillée.

— Bien sûr que si.

— Il est tard. Je suis très...

— Ton opinion m'intéresse. Je voudrais absolument l'entendre, dis-je en me barricadant dans le vestibule.

Zuo Chang soupire. Tout d'un coup, et pour la première fois, il porte réellement ses trente-huit ans.

— J'étais horrifié, mais pas surpris, dit-il. C'est ce qui arrive habituellement dans mon pays.

— Oh ?

— Quand des individus essaient de faire quelque chose. Je veux dire quelque chose qui n'est pas personnel. Quelque chose d'autre que ce qu'ils peuvent organiser pour eux-mêmes, pour rester heureux, pour oublier. Quand ils essaient de changer la société. Ils se font blesser et quelquefois tuer.

— Ça n'était que ça ?

— Quand quelqu'un est arrêté en Chine, ajoute-t-il, son regard croisant finalement le mien, l'affaire n'est jamais classée. Sa vie n'est plus jamais la même. Plus jamais normale.

J'encaisse la remarque sans broncher.

— Si tu avais été à Beijing pendant le mouvement étudiant, aurais-tu participé aux manifestations ?

— La plupart des professeurs de mon collège ont défilé une fois ou deux. Surtout les plus jeunes, ceux qui n'étaient pas encore adultes au moment de la Révolution culturelle. Un jour, les enseignants ont conduit le contingent de l'école sur la place Tiananmen en brandissant des pancartes et en criant des slogans.

Ni triomphant ni condescendant, le ton de sa voix est résolument neutre, comme s'il décrivait des actualités télévisées.

— Et alors, tu y serais allé, toi aussi ?

— Bien sûr.

— Et tu serais retourné en ville le 4 juin pour affronter l'armée ?

Il fait un bruit de ballon qui laisse échapper de l'air.

— Seulement quelques professeurs et membres de la faculté y sont allés.

— Des fous ?

— Des fous courageux.

— Mais pas toi ?

Il secoue la tête. Je ne peux m'empêcher de lui demander :

— Pourquoi pas ?

— Ce sont de bonnes questions, David. Un peu simplistes et cruelles, mais bonnes. Dommage que tu ne les poses pas en mandarin.

— Ça ne te vise pas personnellement, dis-je.

— Absolument pas.

Un sourire effleure ses lèvres. Ou bien est-ce seulement le froid, car une bourrasque s'engouffrant dans le vestibule nous fait tressaillir. Soudain, je me sens las, dérouté par ma propre agressivité – poussé à exiger qu'il sorte pour qu'on se batte tous les deux comme il faut – et je décide que je ferais mieux de rentrer chez moi avant de commettre un crime pour de bon, avant de mériter un interrogatoire salé et une cellule rose.

L'appartement des Velji à l'étage est plongé dans l'obscurité, mais une lueur éclaire la boutique. Ce n'est pas un néon, cela fait plutôt une tache jaunâtre près de l'entrée. À moins d'un coin de rue, je vois dans cette lueur la chandelle de bienvenue à la fenêtre d'une ferme isolée. Mon premier coup à la porte reste sans réponse. Le second aussi. Je suis sur le point de tambouriner à la vitre quand il me vient à l'esprit que Firoz a sûrement une bonne raison de ne pas répondre au milieu de la nuit. Je l'appelle par son nom. Je m'identifie. La porte s'entrebâille. Une tête sort.

— Mon ami, dit Firoz, affable.

— L'inventaire de minuit ?

— Entre, répond-il.

La lumière émane d'une lampe posée sur le sol près de la caisse enregistreuse. À côté, un lit improvisé sur un matelas attire mon regard. L'odeur du curry envahit mes narines, tandis que mon estomac émet les grognements sourds d'un chat qui se hérisse devant un chien.

— Banni de mon propre lit, dit-il. Exclu de la maison de ma femme et de mes enfants.

— Qu'est-ce qui s'est passé ?

— Rien de très inattendu.

Firoz porte son chandail et son pantalon flottant habituels. Son expression reste douce, mais son sourire est fragile, et il baisse constamment les paupières – de honte, je suppose.

— Vous vous êtes disputés, Zera et toi ?

— Elle en a eu assez d'un incompétent et d'un raté comme moi. La pauvre femme. Comme elle doit souffrir.

— Mais c'est toi qui dors dans le magasin !

— Chut !

Tous deux, nous jetons un coup d'œil vers la porte et l'escalier qui mènent à l'appartement. Moi, du moins, je maudis en silence notre réflexe.

— Considère sa situation, dit Firoz en réarrangeant une pile d'essuie-tout qui n'a pas diminué depuis le mois d'octobre. Vingt ans investis dans un mariage, dans un homme. Qu'est-ce qu'elle a à montrer en échange ?

— Quatre enfants, dis-je avec colère, une maison, un commerce.

— Les enfants, oui. C'est un cadeau du ciel.

— Et un mari qui n'est pas en prison. Qui s'active, qui aide et fait de son mieux. Qui endure sa femme et son...

Je m'arrête prudemment. Firoz me remercie d'un signe de tête.

— La récession va bientôt finir, dis-je.

— Pas assez tôt.

— Tout le monde a de la misère à s'en sortir.

— Peu importe tout le monde.

Je remarque l'âpreté du ton qu'il prend pour me répondre. Et qui est malheureusement exceptionnelle.

— Tu es une bonne personne, dis-je avec sincérité. Je t'admire. J'ajoute à part moi, avec une égale sincérité : *Et tu te fais probablement fourrer.*

Il hoche la tête avec résignation. Vaincu une fois de plus par l'épuisement et la faim, je ne trouve rien à ajouter. Je pose une main molle sur son épaule.

— Elle va peut-être me quitter.

— N'y pense pas.

— Est-ce que ta femme n'est pas...

— Si.

— Ça peut arriver, ajoute-t-il, à des hommes comme nous.

Ma main glisse. Je me raidis peut-être un peu. Je dis adieu à Firoz – en une année, des bouleversements surviendront dans la famille Velji, je le prédis – et je retourne dans le froid.

IX

Le lendemain matin, je laisse tomber. Pas envie de téléphoner aux gens, d'écouter le hoquet redouté de la sonnerie, d'attendre le début de « Vous êtes bien au... » ou « *You have reached...* » avant de raccrocher, déçu et frustré. Non que je sois heureux de partir en silence. Bien au contraire, je meurs d'envie de parler de mon arrestation à des amis. Maintenant que l'épopée s'est bien terminée. Il faudrait que Carole entende ça, qu'elle sympathise et répète tout à Lise, sa sœur taciturne, qui finira peut-être par trouver une bonne parole pour son ex-beau-frère. Mais il faudrait aussi que Carole me laisse raconter l'histoire à Natalie, comme le font tous les pères, en exagérant et en grossissant les faits proportionnellement à l'épanouissement de son sourire et à l'assombrissement de ses yeux, jusqu'à ce que le récit soit truffé de héros, de méchants et d'aventures périlleuses. Et Adèle, l'ennemie-née des flics, des soldats et de l'autorité en général, serait à coup sûr ravie d'avoir l'anecdote à sa disposition pour illustrer, dans son prochain article ou sa prochaine intervention télévisée, qu'ici et maintenant des gens ordinaires sont piétinés, ridiculisés par un système qui prétend être à leur service, mais en réalité sert les intérêts de... Et ainsi de suite. Le plus exaspérant est de rater l'occasion de le dire à Ivan. La cellule rose nous ferait bien rire. Le comportement du flic n'aurait pas de quoi le surprendre, on voit ça tous les jours à

Montréal. Ce qui l'intriguerait dans l'aventure, par contre, c'est la question de la culpabilité collective : comment, tandis que je languissais dans la cellule, j'ai réussi à pondre une petite liste de « crimes » – de méfaits, plus vraisemblablement – dont j'étais coupable, et pour lesquels je méritais une sorte de « châtiment ». Il se délecterait à opposer la justice divine et la justice humaine avec tout ce qu'un tel énoncé comporte de vérité maladroite, à jongler dans tous les sens avec ce concept, jusqu'à ce qu'une fois de plus on en revienne à la question de notre impuissance à nous examiner nous-même, ou l'un l'autre, et à accepter la réalité.

Mais ce que j'aimerais vraiment lui dire au sujet de l'arrestation, c'est... Bon, allons-y, pourquoi pas ? Sachant que ses amis ont la langue bien pendue, je suis sûr que son répondeur est réglé sur le mode message illimité ; au moins, je ne me ferai pas couper.

Évidemment, l'inévitable blabla s'enclenche : « C'est Ivan, mais je suis absent... » Je le laisse se dévider.

— Ivan, es-tu là ? Si oui, décroche, s'il te plaît... Bon, écoute, il s'est passé quelque chose d'intéressant hier soir. J'ai été arrêté, on m'a accusé d'être un voleur minable appelé Pierre, avec une femme et des enfants à Hull. Personne ne m'a rudoyé, j'ai seulement dû passer quelques heures dans une cellule décorée par une vraie duchesse. Mais c'est pas ça le plus ahurissant. J'ai finalement compris, tu vois – en ce qui me concerne, mon départ pour la Chine... Je me suis rendu compte que si j'avais voulu, j'aurais facilement pu convaincre les flics que j'étais ce type qui a cinq ans de moins, mesure dix centimètres de moins et pèse vingt kilos de moins que moi, et qui ne parle même pas anglais. J'aurais pu les convaincre parce qu'ils voulaient être convaincus. Ils voulaient que je sois quelqu'un d'autre.

Je fais une pause pour reprendre mon souffle et ordonner les pensées qui déferlent de ma bouche.

— Cet après-midi, je pars pour Vancouver. Demain matin, je continue sur Tokyo. Qui va débarquer de l'avion à l'aéroport de Beijing ? Les Chinois s'attendent à voir un distingué professeur de traduction. Très bien. Je serai cet homme-là. Je veux voir un autre moi, quelqu'un de confiant, qui garde son sang-froid, qui fait se réaliser les choses, qui respire le succès. Parfait. Parce que je serai dans une autre ville, dans un autre pays, sur un autre continent, eh bien, moi aussi, je serai autre.

Je m'habille et j'attends ; remplis deux valises et attends ; range l'appartement et attends ; j'échange même des roucoulements matinaux avec les pigeons, j'attends, mais le téléphone ne sonne toujours pas – pas une seule fois. Avec la vague impression que mes neurones se préparent à foirer, je termine mes préparatifs sans respecter la promesse que je m'étais faite de ne pas ouvrir le paquet que Zuo m'a confié. Dans le sac de plastique, il y a trois slips et deux soutiens-gorge, des bâtons de rouge à lèvres, un tube de crème pour le visage et une boîte de Tampax. Sous ces articles, un livre de poche intitulé *Apprendre l'anglais en trois mois*. Comme cadeau, ce livre est une énigme. Les passages explicatifs sont écrits en français et non en chinois. Zuo peut lire le texte pour comprendre comment corriger les fautes en anglais, mais n'est pas capable de détecter les fautes elles-mêmes. Sa femme, par contre, va reconnaître ses fautes d'anglais dans les passages en italique, mais n'aura pas les connaissances nécessaires en français pour savoir à quoi les imputer. En somme, un futile exercice mutuel de perfectionnement linguistique. Une mauvaise blague du Village global. Moi, bien sûr, je maîtrise parfaitement *Apprendre l'anglais*. Mais je pars aussi pour un pays où mon aptitude à communiquer sera réduite à celle d'un enfant de deux ans, ce qui équilibrera sainement les choses.

J'éparpille le contenu du sac sur la table de la cuisine et l'examine comme des feuilles de thé, cherchant dans les achats de Zuo ne serait-ce qu'une trace d'affection, un vestige de respect. Un élan de sympathie pour Zhou Hong – oui, pour une femme que je n'ai jamais rencontrée – se mue en colère devant l'insensibilité de son mari, et, calculant le temps qui me reste, j'enfile un manteau et marche jusqu'à l'avenue du Parc. L'autobus 80 lâche des bouffées de fumée à l'intersection ; j'embarque et descend quatre arrêts plus loin. Dans un magasin de musique de la rue Laurier, je demande au vendeur de choisir six cassettes de musique du XIXᵉ siècle, de préférence du Dvořák et quelques œuvres moins connues de Schubert. Je lui donne l'argent que je m'étais réservé pour un ultime repas au restaurant et rentre à l'appartement pour une dernière tournée de bagels et de fromage à la crème, repas qui ne me manquera sûrement pas. Je refais aussi le paquet, qui est maintenant un peu plus épais, et le glisse dans ma valise.

Et j'ai une crise. Sur le plancher du salon, peu après midi. D'abord la sensation paralysante dans les membres. Puis la nausée. Le gouffre surgit de nulle part, comme l'œil de caméra d'un hélicoptère qui, d'un vol rapide à basse altitude, fond sur le Grand Canyon. La terre disparaît sous le choc ; ébahi, le ciel s'ouvre. Du haut du précipice, je tombe sans résistance, sans grande inquiétude. Je pense brièvement à Carole, mais davantage à Natalie, tandis que dans la descente je perds mes nom, âge, taille, poids, profession et langue. Je sens mes mains bouger, je suis conscient de ma chance de ne pas tenir une tasse ou une fourchette, de ma prudence de m'être couché au milieu de la pièce, loin des meubles, dès que je l'ai sentie venir. Tout ce que j'ai à faire, c'est le vide. Respirer lentement, que les battements deviennent réguliers.

Plus tard, j'ouvre la fenêtre à côté des étagères à livres et, comme dans un film que j'ai vu étant petit, je déclare aux pigeons : « Envolez-vous ! », « Soyez libres ! » Aucune de ces propositions ne les intéresse ; au contraire, ils trillent de peur en hérissant leurs plumes. Les oiseaux exigent plus ou moins que je ferme la fenêtre et que je les laisse tranquilles.

C'est ce que je fais avant de me recoucher par terre. Quelques minutes plus tard, le taxi klaxonne dans la rue. Étendu à même le sol dur, je me lève, brosse la neige et la glace, et me mets en route à travers le champ gelé. Le soleil est une tache jaune d'œuf. Un halo double encercle la lune.

X

— En Chine, dit Zhou Hong sur un ton confidentiel, les gens ne disent pas ce qu'ils pensent. Pas même ce que les autres veulent qu'ils pensent. Ils disent ce qu'il faut dire pour s'affranchir des pensées dangereuses.

— S'affranchir de toute pensée ?

— Seulement des pensées dangereuses.

J'évalue cette distinction, impressionné par le talent de Hong qui, malgré l'environnement, a réussi à me faire cette recommandation *sotto voce*, en aparté. Je m'étonne :

— Alors, vous n'en avez pas déjà trop dit ?

Elle rit spontanément, l'air détaché.

— C'est notre secret, promis, dis-je.

Elle s'éloigne. Nous sommes douze à table, et il faudrait qu'on la voie parler avec tous les invités, y compris ceux dont elle ne partage pas la langue. Le professeur soviétique, par exemple, femme personnellement ravagée, publiquement dépassée, dont l'unilinguisme, et le mépris pour les autres langues, y compris celle du pays hôte, sont presque pathétiquement autodestructeurs. *Je suis fichue.* Son apparence et son comportement le crient. *Versez-moi à boire.* Un banquet à l'école – comme celui-ci, qui sera suivi de plusieurs autres cette semaine, mon dixième en deux mois – est un cérémonial rigoureusement chorégraphié. Chacun a un rôle à y jouer. Chacun, une fonction à remplir. La mienne, je l'ai appris, est de sourire tandis qu'on me sert des limaces de mer et des tendons de bœuf ; j'ai le rôle du professeur étranger multilingue au rictus figé. Malgré son statut officiel de seule représentante du Bureau des Affaires étrangères qui s'intéresse aux étrangers, ou supposément à leurs affaires, Zhou Hong a une fonction principale purement interne lors des banquets : divertir les fossiles de la table d'honneur. Son erreur est d'être belle et vive ; sa disgrâce, je présume, de pouvoir converser avec n'importe qui et n'importe quoi – mammifères ou autres.

Autres justement sont les fossiles. Il y a neuf semaines, j'aurais pu qualifier ces vieillards d'importants vestiges des jours hardis de la Révolution. Peut-être aux dents un peu longues. Peut-être légèrement réticents à passer les rênes. Mais à part cela, oui, des piliers, des sages, de l'histoire vivante. Avec le temps, l'endormi que j'étais s'est éveillé. La somnolence a été de courte durée, je l'admets. Ranimée par des conversations, des observations et des faits d'une âpreté saisissante, ma vision s'est vite ajustée : de l'écarquillement révérencieux du béat, je suis passé au clignotement de l'effaré, puis au strabisme de l'outragé et enfin, pour boucler la boucle, à l'imperceptible clignement d'œil du cynique. Fut-ce une perte ? Je ne crois pas. Un gain ? Pas davantage. Rien que l'émergence du qui-vive et, je l'espère, d'une acuité salutaire.

Prenez les vétérans du collège. Comment ne vous laisseraient-ils pas sceptique ? Ces anciens, tous vice-présidents, présidents et coordonnateurs de comités divers, dans le meilleur collège de langues étrangères de Beijing, tous réunis en ce jour pour accueillir un nouvel étranger au sein du corps professoral, ne parlent aucune langue étrangère. La moitié d'entre eux, jeunes paysans homologués sous Mao ou Deng Xiaoping, ont la réputation d'être aussi inintelligibles en mandarin, tant leurs accents locaux sont profondément enracinés. Ils n'ont pas davantage mis le pied hors de leur pays. Le plus piquant, c'est de les voir manifester en toute occasion une franche hostilité à la simple idée de rencontrer un professeur étranger, alors pour ce qui est de l'accueillir au collège... Eux aussi sont venus au banquet pour se faire servir des limaces de mer et des tendons de bœuf, et pour être divertis – c'est-à-dire flattés – par Zhou Hong et ses pareilles. Les fossiles sont des hommes, après tout, et il est clair que Hong, contrairement à quelques camarades plus âgées, est une femme. Non qu'ils risquent de se lancer dans des avances lubriques. Leur énergie, jadis exclusivement consacrée au sexe et au pouvoir, semble à présent canalisée dans une seule direction : éviter la mort. Cette génération d'anciens militaires inefficaces et de fonctionnaires tout aussi inefficaces, nommée à d'absurdes postes universitaires dans toute la capitale par de hauts dignitaires du parti qui escomptaient son aide pour mourir – d'ennui, très probablement –, cette génération, dis-je, mange le plus possible, boit le moins possible et dort quand et où elle le peut, uniquement pour se cramponner, pour ne pas mourir ; pour que jamais, au grand jamais, le pays ne soit dirigé par quiconque n'est pas un fossile de son espèce ou un de ses protégés, du genre de ses rejetons dans la cinquantaine. Quant aux jeunes, comme Zhou Hong, ils sont extrêmement suspects. Ce sont des fauteurs de troubles, comme pendant le Grand Dérangement, et ils se comportent de manière irrévérencieuse, comme pendant le même Dérangement. Mais elle, au moins, n'est pas une infecte universitaire. Elle, au moins, ne manifeste pas le désir de renverser le gouvernement, ni de réduire le pays au chaos. Sa beauté mise à part, ce n'est qu'une administratrice dont l'efficacité et le bilinguisme éveillent les soupçons, et dont le mari a mis les voiles l'année dernière à cause de Tiananmen.

Si les fossiles sont l'arbre et le personnel étranger l'écorce, Zhou Hong est coincée entre les deux. S'extrayant de la table d'honneur, le sourire aux lèvres, elle s'en va rallier en riant les trois tables de professeurs étrangers culturellement désorientés pour nous revigorer par des paroles réconfortantes sur les boulettes d'herbes et le gras de poulet frit, et nous promettre des excursions supplémentaires à la Grande Muraille. Pour nous amadouer aussi avant le spectacle imminent d'un discours fossile. Car, avant la fin des festivités, il va nous falloir écouter, dans un mandarin approximatif, le même laïus ânonné par un autre vieillard tremblotant et dûment traduit par la même Zhou Hong – malgré une indifférence intentionnelle, m'a-t-elle confié, à l'égard des remarques improvisées dans la langue originale. Les paroles seront appropriées : le vice-président est très honoré d'accueillir un nouveau distingué professeur étranger au sein du personnel enseignant ; de tels échanges non seulement enrichissent la vie intellectuelle du campus, mais prouvent par surcroît que l'amitié peut facilement enjamber la Grande Barrière.

Zhou Hong entame la conversation avec le professeur allemand assis à côté de moi, avant de poursuivre, à la cantonade cette fois-ci :

— Le professeur David est déjà célèbre. Le professeur Mueller me dit qu'elle tient l'histoire de ses étudiants.

Je demande modestement :

— Quelle histoire ?

— Vous dites à vos étudiants que vous n'êtes pas l'Amérique, dit le professeur Mueller.

Pour inciter Hong à se pencher, je la reprends à voix basse :

— J'ai dit que je n'étais pas un boy-scout. Le premier jour de classe, j'ai écrit scout au tableau et j'en ai expliqué le sens. Puis j'ai raconté à mes étudiants la fois où des scouts ont ratissé Montréal pour gagner des points de mérite en aidant les vieilles dames à traverser les rues. À tous les carrefours ce jour-là, on a vu des personnes âgées tirées malgré elles, parfois face à la circulation, par des jeunes en uniforme. Quelques-unes, croyant qu'on les molestait, ont riposté. L'une a mordu un jeune au bras.

Je marque un temps d'arrêt pour ménager mon effet.

— J'ai expliqué à ma classe que, dans le fond, cela n'intéressait pas les scouts d'aider les personnes âgées. Tout ce qu'ils voulaient, c'était gagner des points de mérite et des badges. J'ai dit que je n'étais pas un scout et qu'ils n'étaient ni vieux, ni démunis. Qu'ils étaient des étudiants et que j'étais leur professeur. Avec un cours à donner, pas un message à faire passer. Des idées, mais pas d'idéologie. Qu'ils devraient traverser la rue tout seuls.

— Vous n'êtes pas l'Amérique, répète le professeur Mueller.

Cette femme ne me plaît guère.

— Je n'ai jamais songé à voir cette parabole de cette façon-là, dis-je.

— Mais c'est évident.

Zhou Hong intervient en se rattachant les cheveux. Enroulant des mèches folles entre ses doigts, elle les accroche derrière son oreille droite. Toujours la droite, ai-je remarqué. Comme sa façon de passer la langue sur sa lèvre supérieure quand elle s'impatiente, sur l'inférieure lorsqu'elle est mal à l'aise. Et celle de cligner des yeux rapidement quand elle parle, mais lentement et en cadence lorsqu'elle écoute, comme au rythme de son cœur.

— Les étudiants se souviennent tous de l'histoire, résume-t-elle, ils la répètent dans les dortoirs. C'est ce qui rend David célèbre dans le campus ! lance-t-elle avec un rire forcé.

— Hum, fait le professeur Mueller.

Zhou s'excuse. Ne m'excusant ni auprès de Mueller d'un côté ni auprès du professeur Ishikawa de l'autre, je traverse la salle à sa suite. Je m'inquiète un instant de ce que le plus vieux fossile du collège, Wu Tong, me fixe. Il passe pour avoir été un ami intime de Mao Zedong avant la Libération et, incontestablement, une victime à répétition du Président après 1949. Assurément, ses yeux antiques, aqueux, semblent suivre mes mouvements. Je m'apprête à changer de direction pour aller aux toilettes quand Hong, qui s'est arrêtée à quelques pas devant moi, me fait signe d'approcher.

— Aveugle, dit-elle.

— Quoi ?

— Le camarade Wu est aveugle.

— Bizarre, on dirait qu'il est...

— Depuis de nombreuses années, ajoute-t-elle. On l'a nommé vice-président du collège pendant la Révolution culturelle pour le protéger des purges dans l'armée.

D'ordinaire, je questionne tout de suite. Je sais que je ne devrais pas. C'est comme demander des nouvelles d'un membre de la famille interné depuis longtemps. D'abord, vous vous assurez qu'il n'est pas mort. Ensuite, vous demandez discrètement s'il est toujours fou. Et s'il le restera. Aujourd'hui, pressentant la sagesse des tournures indirectes, je tente de formuler la bonne question :

— Est-ce que le camarade Wu voyait avant d'arriver au collège ?

— C'est ce qu'on dit.

— Et il est devenu aveugle pendant la Révolution culturelle ?

Elle opine de la tête, le regard ailleurs, comme si nous étions des étrangers à un arrêt d'autobus.

— Il a perdu la vue pendant un interrogatoire ?

— C'est ce qu'on dit, répète Hong.

Elle cligne des paupières. J'essaie de compter les battements, consulte ceux de mon cœur pour discerner une correspondance.

— Comment va-t-elle aujourd'hui ?

— Qui ?

J'attends.

— Bien, ment-elle.

— Des nouvelles de ?...

Elle m'interrompt :

— Pas besoin qu'il appelle. Tout est réglé pour la petite.

— Il s'en est assuré ?

— Bien sûr. Il ne reste plus que trois jours.

— Et en tant que père, dis-je, Zuo Chang veut évidemment ce qui est le mieux pour...

Elle m'interrompt encore :

— Nous *tous*.

Cette fois, elle me défie du regard. Je capitule. Mais Hong rattache encore ses cheveux. Sauf qu'aucune mèche ne lui tombe sur les yeux, et qu'elle se lisse du vent derrière l'oreille. Je lui demande bêtement :

— Est-ce que ça va ?

Elle sourit toujours. Son expression signifie à présent : *Toute la salle nous observe.*

— Merci, Zhou Hong, dis-je pour la galerie.

De retour à ma place, j'entends son rire jovial à la table derrière moi, j'imagine sa physionomie animée.

— Êtes-vous au courant pour le professeur Wang Hua ? me demande le professeur Mueller. De ce que les gens disent de lui ?

— Qui ?

Elle refait « hum ». Elaine Mueller a tout un répertoire de « hum », « peuh » et « euh-ah » qui prétendent communiquer une diversité de sentiments, mais ne traduisent en fait qu'une arrogante incrédulité. Son arrogance, bien que déplaisante, a une raison d'être ; par contre, il est difficile de croire à son incrédulité. Après tout, cela fait six ans que le professeur Mueller enseigne au collège et plus de trente, avec des interruptions, qu'elle vit en Chine. Quel nouvel enfer pourrait-elle bien affronter en 1990 ? Jeune léniniste, elle est arrivée pour la première fois à Beijing, alors appelée Pékin, dans les années 1950. Son rôle consistait à servir la Révolution en tant que camarade internationale ; sa fonction : enseigner à des mandarins sélectionnés la langue allemande, importante bien que bourgeoise. Ont suivi dix années fertiles en événements. Au début de la Révolution culturelle, on lui a fortement conseillé de partir. Elle a refusé et incité les enquêteurs publics à lui infliger les mêmes peines qu'à ses frères chinois. Cette requête lui a valu quatre ans de travail disciplinaire dans un atelier de construction mécanique de Beijing *plus* un ordre d'expulsion en 1972. Pure parodie. Après quoi elle a passé plus de dix années frustrantes en exil. Mais son retour dans la nouvelle Chine de Deng Xiaoping s'est avéré décevant. Pas seulement à cause de la corruption, du matérialisme et du vide intellectuel. Ce qui l'a le plus tourmentée, c'est l'étiolement graduel de l'idéologie officielle qui, de locomotive-nationale-chauffée-au-charbon, était devenue antiquité reléguée au musée. Quand, dans les années 1980, sa frustration a atteint un point d'ébullition, Elaine Mueller a commencé à présenter à ses étudiants de deuxième cycle d'autres livres des célèbres révolutionnaires allemands du XIXe siècle. C'était une limite qu'elle n'aurait pas osé franchir du vivant de Mao, en dépit des gigantesques portraits de Marx et d'Engels qui décoraient la place Tiananmen tous les 1ers mai. Elle avait une excuse – qu'ils écrivaient un excellent allemand – toute prête à fournir, session après session, année après année. Mais personne ne critiquait son choix. Ni son doyen, envoyé en délégation prolongée, depuis 1983, dans une université de Francfort, ni son vice-doyen, employé à plein temps dans une entreprise allemande de la ville, ni ses étudiants, dont les questions portaient essentiellement sur la possibilité qu'ils auraient ou non d'étudier des traductions de Ian Fleming ou de Stephen King.

Maintenant dans la soixantaine, triste et amère, Elaine Mueller n'a aucun endroit où aller, où se sentir chez elle. Bien entendu, je l'ai reconnue : Adèle Guy, avec, en plus, un côté aventurier. Je comprends qu'elle ait été offensée par la sanction peu rigoureuse qu'on lui a infligée pendant la Révolution culturelle, et qu'elle soit encore profondément blessée par l'absence de critique de sa rébellion intellectuelle. Je comprends que l'on consacre sa vie à des idéaux. Je comprends ce qu'on peut ressentir quand on voit sa vie ridiculisée et jugée « à côté de la plaque ». Et le hasard veut que les racontars qu'elle souhaiterait propager sur le compte du professeur chinois Wang Hua m'intéressent au plus haut point. Elle le sait aussi, voilà pourquoi elle fait « hum ». Mais cette femme ne me plaît pas, voilà tout.

XI

Dans le miroir de ma salle de bains apparaît le visage que j'affiche depuis mon atterrissage à l'aéroport Capital en janvier. Ce qui frappe, c'est qu'il est rasé de près. En rade une nuit à Vancouver, j'ai émoussé deux rasoirs et ensanglanté un lavabo en essayant d'effacer sur un coup de tête seize années de croissance et de soins. Après quoi, les yeux rivés sur le miroir de l'hôtel, la main effleurant la peau marquée de roséole et la mâchoire brusquement enflée, j'ai dû m'appuyer au comptoir. L'espace d'un instant, j'étais redevenu adolescent, et la salle de bains était celle de l'appartement de la rue Clark. L'espace d'un instant, l'avenir m'appartenait clairement, le passé était bel et bien enterré, et je n'étais pas malade. J'émergeai assez vite de cet état, mais décidai pourtant que le fait de me raser chaque matin pendant mon séjour en Chine concourrait à affermir la suprématie du présent malléable. Le rejet de l'indélébile. L'engagement à avoir mon propre style. D'autres moyens de m'affirmer furent envisagés – me teindre les cheveux en noir ou me les faire tondre –, mais j'optai finalement pour une coupe tue-boucles et un tube de gel dont l'odeur déclencha aussitôt le souvenir tenace du Mile End : le Vitalis dans l'armoire à pharmacie, la bouteille d'Aqua Velva au-dessus du lavabo, un blaireau dans une tasse et une demi-douzaine de peignes dans un verre.

Le visage qui a vu le jour à Vancouver est celui d'un professeur de traduction à Beijing, un non-fumeur qui porte des lunettes de soleil. Costaud mais fringant – quinze livres en moins et arborant toujours une cravate en public –, il a un peu l'air d'un tison de discorde, voire d'un taquin. Ce professeur a commencé son premier cours par une parabole, et il interrompt souvent ses classes, sous le couvert de traduire des expressions élémentaires et des opinions reçues, pour méditer sur la société de consommation et le collectivisme, les gérontocraties et l'État militaire. Il dit plus ou moins ce qui lui passe par la tête, mais avec une nonchalance étudiée, sachant pertinemment qu'il est à l'abri des conséquences. Ses étudiants, par contre, se comportent souvent comme si le simple fait d'écouter de tels blasphèmes allait leur attirer des ennuis. Devant leurs froncements de sourcils et leurs tortillements, leurs simulacres de sourires et leurs regards scandalisés, il se contente d'un rictus et, rajustant sa cravate, déclare n'être qu'un modeste conduit acheminant les matériaux requis par le discours intellectuel. Pour favoriser la réflexion. Élargir l'esprit. Aucun baratin ni credo là-dedans, souligne-t-il. Aucun boniment ni gavage.

Quant au passé politique de ce professeur, il est sans rapport avec la situation. Ici, la théorie politique semble être un moyen de parvenir au pouvoir ; la pratique politique, l'art de garder ce pouvoir. Confronté à des réalités – ou peut-être simplement au concret – d'une dureté inimaginée à Montréal et, selon lui, inimaginable pour la plupart des Canadiens, il est moins avare de paroles sur ses anciennes convictions qu'il n'en a honte et, plus va, plus sa mémoire s'embrouille. Il devrait s'étonner de voir comme l'oubli est facile. Cela devrait à coup sûr l'inquiéter davantage. Une idéologie complexe rasée avec moins d'effort qu'une barbe ? Sauf que, à la différence de sa mère, il n'a jamais véritablement adhéré à aucun système de croyances. Ses poils, par contre, étaient bien à lui.

En privé, je suis le jouet des émotions, la proie des impulsions. J'allume cigarette sur cigarette pour compenser et je me frotte le menton à vif par habitude. Tels des fusibles défectueux, les synapses me court-circuitent le cerveau. Ce n'avait jamais été aussi grave depuis l'accident avec Potemkine et la rupture avec Carole. Les crises se produisent presque chaque jour, généralement en soirée, après trop de nourriture et de bière. Par conséquent, je sors rarement le soir et je garde mes distances par rapport à la communauté étrangère. Je prétexte l'assiduité intellectuelle ; les autres présument sans doute l'alcoolisme, à voir la quantité de bières que j'achète tous les jours à la cantine de la résidence ou au magasin, de l'autre côté des grilles sud. Seules deux personnes viennent régulièrement dans mon appartement, chinoises toutes deux, toutes deux compromises par notre amitié. L'un m'a appris le comportement à adopter ; l'autre, je l'espère, la sollicitude. L'un me procure le plaisir familier, bien qu'horripilant, d'une compagnie masculine ; l'autre, la joie et l'éternelle tension d'une présence féminine. Avec l'un, je peux bavarder comme on le fait partout entre hommes. Avec l'autre, malgré son excellent anglais, il est souvent difficile de trouver une langue commune, et c'est généralement moi le problème. Quant à savoir ce que ces personnes retirent de cette amitié, c'est moins clair. L'un, fauteur de troubles à tous crins, affiche une attirance provocante pour mon logis. Voire un amour pour ma télé, mon magnétophone et pour les mets délicats de la cantine et les bouteilles de Qingdao que je lui apporte. Malgré son air doux et sa loyauté incontestée, l'autre court réellement le plus grand risque, joue encore plus dangereusement avec le feu. Je sais que ça a l'air tiré par les cheveux – et j'ose à peine y croire moi-même –, mais il est possible qu'elle m'aime.

Le doyen du département d'anglais, Feng Ziyang, raffole des Marlboro. Des cigarettes, oui, et des paquets, bien entendu. Et des cartouches complètes ? Il les préfère à sa collection de macarons du président Mao. Et à sa femme. À Montréal, Zuo Chang m'avait prévenu que le doyen est un intellectuel-qui-fume-comme-une-cheminée, un survivant-de-la-Révolution-culturelle. Je ne conteste pas la première partie de cette affirmation : vingt minutes dans le bureau de Feng égalent au moins trois cigarettes, chacune partiellement inhalée, partiellement saupoudrée sur ses manches et ses documents, et le reste écrasé dans des cendriers pour ponctuer des points obscurs, réfuter – dans la mesure où je m'en rends compte – des accusations non formulées. Pour ce qui est du « survivant » de la Révolution culturelle, j'ai des doutes. Manifestement, cet homme dirige toujours son département, en dépit de « problèmes de santé » chroniques antérieurs au printemps dernier, mais qui, au dire de tout le monde, n'ont jamais été aussi graves. Manifestement, il est toujours marié et père de famille. Mais, il a la folie de l'admettre ouvertement, il se sent physiquement comme une épave et spirituellement comme une coquille vide. Même l'étiquette d'« intellectuel » ne tient plus. Une fois, il s'est décrit à moi en ces termes : « intellectuel non pratiquant ».

Je rencontre le doyen dans dix minutes. À la porte d'entrée de la résidence, je relève le col de mon veston, chausse mes lunettes et salue un matin de printemps pékinois. Le ciel est bas et barbouillé, l'air sent le soufre et goûte la craie. Sous mes pieds, le trottoir s'anime de motifs de poussière rouge. Une brise légère, l'air déplacé par des frottements de pieds effacent les formes existantes ; une accalmie ou l'immobilité totale ont vite fait d'en recréer d'autres. La poussière sur le sol est une chose. La poussière qui vous obstrue le nez, vous dessèche la bouche et vous écorche la gorge en permanence en est une autre. La poussière dans le nord de la Chine, c'est le désert de Gobi dévalant du cœur de la Mongolie pour couvrir de rouille la capitale, offrant le spectre de brisants qui déferlent sur les champs et explosent contre les édifices. À Beijing, poussière égale printemps, à ce qu'on me dit. Par conséquent, l'été chaud et humide, infesté de moustiques, dont les gens de la région parlent avec tant de désespoir, n'arrivera jamais assez tôt.

Pour aller au département d'anglais, qu'abrite un bâtiment de briques rouges, je dois traverser un champ – ou plutôt un terrain de sports. Je fais le voyage à cheval sur le bord d'une vague, tête baissée, le pantalon plaqué contre les jambes. À l'abri d'un mur, j'expectore un énorme crachat et me mouche. Mon mouchoir devient rouge sang.

Les bureaux du département occupent le dernier étage d'un bâtiment qui en compte cinq. Toujours à bout de souffle, je grimpe méthodiquement les marches et ma toux résonne dans la cage d'escalier. La secrétaire Shen est assise, seule dans la pièce. Elle salue le « Professeur David » – elle ne confère, avec raison, le titre de *jianshi*, aîné, qu'aux professeurs plus âgés ; nous autres, nous sommes des *jiaoshi*, des juniors – avant de m'annoncer dans son pseudo-anglais que le doyen Feng sera de retour dans un moment, puis elle me désigne une chaise près de son bureau. Les grands efforts de la secrétaire pour parler anglais seraient plus touchants s'ils n'étaient le reflet de sa conviction profonde que je ne parle, ni ne comprends, le mandarin. Sa certitude s'envole devant quelques preuves flagrantes, par exemple quand elle m'entend converser en chinois avec d'autres membres du personnel ou interrompre ses commentaires avec le doyen Feng pour éclaircir un point. Mais sa conviction repose sur une base plus rigoureuse. En deux mots, elle est persuadée qu'aucun étranger, quels que soient son talent ou son application, ne peut apprendre le mandarin. Sa raison ? Elle l'a avouée une fois, à contre-cœur, à son patron exaspéré. C'est un modèle de clarté et, en quelque sorte, un principe : les gens de l'extérieur, prétend-elle, ne peuvent pas parler la langue chinoise parce qu'ils n'ont pas assez souffert.

Maintenant dans la soixantaine, Shen a débuté sa carrière professionnelle en 1949 avec l'apprentissage du russe et une année d'études à Moscou. Son séjour à l'étranger lui a valu l'étiquette de réactionnaire pendant la première campagne anti-droitiste. Elle a donc été congédiée de son poste d'enseignante et envoyée à la campagne pour être rééduquée. Une fois réhabilitée, elle a troqué la langue russe, alors tombée en disgrâce, pour le coréen, subitement devenu vital. Son aisance en coréen a malheureusement coïncidé avec les premiers rallyes des Gardes rouges au collège en 1966. Comme la plupart de ses collègues, dont le jeune professeur Feng Ziyang, Shen a été humiliée par ses étudiants, battue et emprisonnée dans une remise à bicyclettes, avant d'être réexpédiée en Chine rurale pour, une fois encore, « apprendre au contact des masses ». Dans son cas, l'apprentissage consistait à ramasser des galets sur un rivage du Shandong et à les empiler un kilomètre plus loin, à l'intérieur des terres, où une autre unité de travail attendait pour transporter ces matériaux, également à pied, vers ce qui semblait être un autre secteur de la côte du Shandong. Elle a exécuté des tâches éducatives de ce genre pendant sept ans. De l'âge de trente-huit ans à la veille de son quarante-cinquième anniversaire. Pendant ce temps-là, ses enfants, de retour à Beijing chez leurs grands-parents, étaient devenus de purs étrangers ; son mari, professeur de physique à l'université Qinghua, était mort d'une pneumonie en apprenant au contact des masses dans la province du Shanxi. Malgré tout, grâce à une seconde réhabilitation, Shen a eu l'occasion d'apprendre une autre langue. Jugée trop vieille pour s'attaquer à une langue étrangère « importante », par conséquent éliminée pour l'espagnol, le français et l'italien, elle a accepté de se lancer dans l'arabe. Au début des années 1980, apparemment – je tiens tout ceci de Zhou Hong, qui est arrivée au collège en 1981 –, la secrétaire Shen était l'une des deux seules intellectuelles de Beijing à parler couramment cette langue difficile, qu'elle avait apprise seule avec des livres et des cassettes. Jusqu'à ce qu'en fait on embauchât un véritable Arabe. Qui ne pouvait se faire comprendre des experts chinois. Ni en être compris. Pas même une phrase, à peine un mot.

À la suite de quoi Shen a complètement renoncé aux langues étrangères, allant même jusqu'à affirmer n'en parler aucune – ce qui faisait d'elle, j'imagine, une linguiste non pratiquante. Le mandarin lui suffisait. Il était plus que suffisant pour la Chine. Les administrateurs de l'école, ne sachant trop quoi faire de ce professeur vétéran, l'ont nommée secrétaire d'un département. Leur choix de l'importante faculté d'anglais a été particulièrement approprié : on présumait que Shen ne parlait justement pas cette langue. Une fois, cependant, alors que le vin de riz l'avait égayée au cours d'un banquet du jour de l'An, elle a avoué devant une tablée de professeurs du département que, dans son adolescence, elle avait rêvé de consacrer sa carrière à la langue et à la littérature anglaises, après

191

avoir vu l'adaptation cinématographique des *Grandes espérances* par David Lean à l'ambassade de Grande-Bretagne, en compagnie de son père, en 1947, deux ans avant la Libération.

Une autre Adèle Guy ? Je vois des ressemblances. Même charpente menue, même bouche serrée et, incontestablement, même regard dur, intraitable. Mêmes cheveux gris clairsemés, tirés en chignon comme pour souligner les ravages de l'expérience sur un faciès humain. Leurs carrières sont parallèles et les dates, concomitantes. Ce qu'elles semblent avoir le plus en commun, cependant, les distingue de façon absolument décisive. Mère a toujours choisi de voir le monde en noir et blanc, menant une lutte de sectaire, une guerre sans prisonniers, sans morts ni blessés. Shen Yuan-fang a atteint sa majorité dans une culture en train de se définir et de définir, du même coup et dans les mêmes termes, la place de ses ressortissants. Adèle a choisi de ne pas savourer la pluralité des choses et des facettes de son moi ; la secrétaire Shen n'a jamais eu d'autre choix que de suivre la voie totalitaire imposée à l'individu et à la société. Même son apprentissage des langues est devenu une morne obligation, rien à voir avec le fait d'élargir son univers personnel, rien à voir avec la joie ou un quelconque sentiment d'appartenance – notre ciel bleu à tous. C'est ainsi que cette femme s'est crispée, sa peau, resserrée comme un étau, jusqu'au ratatinement. Et la peau d'Adèle ? Selon ses propres termes, c'est un élément tout aussi emprisonnant de sa vie. D'après elle, classe égale peau ; voilà ce qui distingue ceux qui mènent de ceux qui se font mener. Ainsi, il n'y a pas de différence notable entre la situation d'une érudite chinoise de soixante et un ans et celle de son homologue d'Outremont, au Québec. Ainsi, les travailleurs du monde entier sont unis, ne serait-ce que pour se montrer leurs chaînes.

Mais qu'est-ce que Mère connaît vraiment de la constriction, de la désillusion, de la manière dont l'histoire meurtrit les gens ? Que pourrait-elle bien connaître de l'emprisonnement ? Elle n'a pas assez souffert. Elle non plus ne pourrait jamais parler le mandarin.

— Dépêchez-vous, s'il vous plaît, lance le doyen Feng en traversant la pièce comme une flèche jusqu'à son bureau. Si occupé aujourd'hui !

Je change de chaise pour celle qui se trouve en face de lui. C'est le poste de travail du vice-doyen, le Professeur Wu, vu pour la dernière fois alors qu'il prenait l'avion pour Dallas, au Texas, en mai 1987. Ce bureau appartient toujours à l'universitaire déserteur, tout le monde m'en a avisé. Les piles de dissertations non notées, les mémos au doyen Feng – les deux hommes ne se parlaient plus depuis des années –, les notes gribouillées en vue d'une prochaine conférence sur les idiomes britanniques, même la bouteille thermos de thé spécial, que sa femme lui préparait chaque matin, tout est resté tel quel depuis trente-cinq mois, comme si Wu allait montrer le bout du nez à tout moment pour venir chercher les travaux d'étudiants diplômés depuis, foncer donner sa conférence à un groupe auquel enseigne désormais un jeune de vingt-deux ans, ou simplement récupérer son thermos pour que sa femme le lui remplisse. Soit dit en passant, madame Gao vit encore dans leur appartement du campus avec leur fils, malgré les efforts administratifs pour les évincer. Soucieux de ne pas manquer de respect, je m'assois toujours avec précaution sur la chaise du vice-doyen. Bien que le doyen Feng soit tout près, je ne vois que sa tête et ses épaules, et le signal de fumée lancé par sa cigarette. Tout ce qui se trouve plus bas disparaît derrière des gratte-ciel de documents.

— Vous voulez me parler ? demande Feng.

— Pas vraiment.

Le doyen ricane.

— C'est *vous* qui m'avez appelé.

— Ah oui ?

— Hier soir. Chez moi. Vous avez dit qu'il fallait qu'on se parle. Que c'était urgent.

— Si occupé ! répète Feng.

Il rit à nouveau. Lorsqu'il traduit l'amusement, son rire est un aboiement nerveux ; quand il trahit la frustration ou le malaise, on dirait le glapissement d'un chien auquel on a marché sur la patte. Il tire sur sa cigarette.

— D'accord, d'accord, fait-il. Je me souviens maintenant. La situation n'est toujours pas fameuse ici, vous comprenez ? Pas sécuritaire. Vous avez déjà eu des ennuis aux États-Unis ?

— Canada.

— D'accord, d'accord.

Revoyant le moniteur de télé et la cellule rose, je demande :

— Qu'entendez-vous par « ennuis » ?

— Sale affaire. Sale histoire. C't-à-dire vous êtes coincé ! C't-à-dire vous êtes foutu ! résume le doyen.

À la différence de Zhou Hong, qui laisse tomber la grammaire anglaise uniquement lorsqu'elle est bouleversée, Feng Ziyang ne parle que par abréviations. La vie, à ce que je comprends, est trop trépidante pour des phrases complètes. Son anglais est presque parfait, mais constamment haché à cause de son énervement et de sa prédilection pour l'argot américain.

— Dites-lui au sujet de Wang Hua, profère la secrétaire Shen en mandarin. Dites-lui de garder ses distances.

— Silence, fait le doyen.

La secrétaire, qui reporte des notes sur un registre, ne cille pas.

— Des ennuis ailleurs, c'est pas comme des ennuis ici, continue Feng. Ici, les ennuis sont GROS. Il fait le geste avec ses bras. Gros, et ne finissent jamais. Durent toute la vie, peut-être plus. Vous comprenez ?

— Pas vraiment, dis-je avec hypocrisie.

— Regardez-moi. Regardez ma...

Il s'arrête, martèle sa cigarette dans, j'imagine, un cendrier, sur le bureau, et palpe sa veste.

— N'auriez pas une...

Je sors un paquet de Marlboro neuf de ma poche.

— Gardez-le, dis-je en lobant le paquet par-dessus les gratte-ciel.

Feng fait un signe de tête. La secrétaire Shen jette un regard, ses yeux papillotent au-dessus de la monture de ses lunettes.

— Je suis pas encore à l'abri depuis l'année dernière. Pourrais encore perdre ma place ou me faire arrêter. Pourquoi vous croyez que je porte ces vêtements ? demande le doyen en promenant ses doigts sur le revers de son costume Mao. Confort ? Mode ? Quand le délégué politique m'a interrogé après Grand Dérangement, il a mentionné ma situation en 1966, au début de Révolution culturelle. Cet incident toujours dans mon dossier ! Quand j'ai été brutalisé par étudiants et enfermé dans cette pièce.

Il fait un geste brusque, apparemment en direction d'un réduit de l'autre côté du couloir, en face du bureau. Je demande :

— Là-dedans ?

Ses traits se contractent.

— Vous avez été emprisonné dans ce débarras ?

— De quoi parlez-vous ? demande la secrétaire, le front sillonné de rides.

— Rien.

— Cela ne le regarde pas, Feng, gronde-t-elle.

— Bien sûr, répond le doyen, aussi penaud qu'un garçon pris à faire des messes basses sur la fille qui est à côté de lui.

— Dites-lui seulement de se tenir loin de Wang Hua.

— Dites-lui vous-même, Shen Yuan-fang.

— Non, il ne comprend pas.

— Pourquoi devrais-je me tenir loin de Wang Hua ?

— Vous voyez ! dit Feng.

— Voyez quoi ?

Le doyen se tourne vers moi :

— Dites quelque chose en chinois, s'il vous plaît. Elle ne veut pas nous croire.

— Je ne parle pas du tout mandarin, lui dis-je dans cette langue.

— Je sais, répond-elle.

— Je ne comprends pas non plus ce que vous et le doyen avez dit sur Wang Hua.

— C'est un étranger, répond la secrétaire Shen à son patron. À quoi pouvez-vous vous attendre ?

Le doyen Feng allume une Marlboro. Bien qu'il ait quarante-six ans, son visage enfantin et sa silhouette sèche et nerveuse lui donnent l'allure d'un nouveau père privé de sommeil. D'un père surmené aussi : les jambes comme des pistons, la bouche crispée, l'élocution haletante, que ses étudiants imitent affectueusement. Une mèche de cheveux lui tombe sur les yeux, il tente de la dégager d'une main qui, la plupart du temps, pince une cigarette. Les chutes de cendre sont fréquentes. Une fois, il s'est brûlé le sourcil. Les capillaires éclatés sur ses pommettes, ainsi que les pattes d'oie burinées, trahissent son âge. Vu que c'est un intellectuel, même non pratiquant, il porte des lunettes cerclées de noir. Vu que c'est un intellectuel de plus de trente ans, ses verres sont aussi épais que mon petit doigt.

— Dites à, euh... quel est son nom déjà ? demande la secrétaire.

— Don.

— David.

— Je croyais que c'était quelque chose comme « Clair ».

— Ça, c'est son autre nom.

Shen enregistre le renseignement.

— Dites à peu-importe-son-nom quels sont les antécédents de Wang, parlez-lui de ses activités pendant le Grand Dérangement. Dites-lui que Wang n'est même pas...

Le mot m'échappe.

— Wang n'est qu'à moitié chinois, m'explique le doyen, toujours en mandarin. Sa mère est tibétaine.

La secrétaire fait « chut, chut », les yeux rivés sur son registre. J'examine sa peau cireuse, ses mains tachetées de mélanine, la tonsure au sommet de son crâne. Ma compassion disparaît.

— Alors ? dis-je.

Il glapit :

— D'accord, d'accord. Soyez prudent. Wang vous rend visite trop souvent. Reste trop longtemps chez vous. On le remarque. On fait des commentaires. Les gens parlent !

— Et n'oubliez pas la femme non plus, dit-elle.

— Silence !

— Quelle femme ? dis-je en élevant la voix.

— Shen dit n'importe quoi, ment le doyen.

— Il va lui attirer des ennuis, de GROS ennuis, ajoute la secrétaire Shen, empruntant le mot étranger.

— Très, très occupé, dit Feng en se levant. Dois vous demander de partir maintenant.

Je lui lance un regard furieux.

— Vous n'êtes pas un boy-scout, vous vous en sou-
viendrez ?

— Mais je suis un ami. J'*ai* des amis ici.

Cette fois, son glapissement vire au cri.

— Vous avez vu mon nouveau macaron ? demande-
t-il à la hâte. Très rare. Trois dimensions, comme dans
les films.

Les souvenirs de la Révolution culturelle font
fureur en ce moment à Beijing, une aubaine pour les
entrepôts gouvernementaux remplis à craquer, dit-on,
de millions de macarons, de bannières et de Petits
Livres rouges. Cependant, il y a presque une décennie
que le doyen Feng a commencé sa collection, alors que
ce n'était ni la mode, ni particulièrement prudent. Un
jour où il voyageait au Hunan, province natale de Mao
Zedong, il a trouvé un portrait du président qui se
branchait pour mieux illuminer les rêves des fidèles.
Il en a raffolé, mais a reculé devant le prix. En outre,
Feng était discipliné – seulement les macarons. Il en a
plus de cinquante, qu'il garde chez lui dans une boîte,
sauf sa dernière acquisition, qui trône sur son bureau,
à côté du téléphone. Je l'examine en l'orientant vers
la fenêtre : c'est bien un hologramme, la silhouette
apparaît. Le sage est assis dans un fauteuil, tel l'œil
immobile d'un ouragan pourpre et or sombre. Sur son
visage, une de ses expressions familières : détendue
mais distante, non officielle mais condescendante.
Osant la dissension. Se raillant des préoccupations
humaines. À la porte, je montre du doigt le réduit de
l'autre côté du couloir.

— Vous étiez vraiment enfermé là-dedans ?

— Une autre époque.

— Qu'est-ce qu'on vous reproche maintenant ?

— C'est une erreur, répond Feng. Les autorités
croient que je dirigeais le défilé de l'école place

Tiananmen, le 16 mai dernier. Croient que j'étais un organisateur !

— Qu'est-ce qui les porte à le croire ?

— Exactement. Le Grand Dérangement a été causé par des gangsters et des chômeurs, déclare le doyen en s'adressant aux murs. Pas des étudiants. Pas des intellectuels.

Qui a causé le « Grand Dérangement », mouvement démocratique et répression armée qui s'ensuivit ? D'après mes sources, Wang Hua et Zhou Hong, bien entendu, les coupables se sont chiffrés par millions. L'armée a tenté de prendre le contrôle de la ville. La ville s'est défendue. L'armée a tué. La ville est morte. Parmi les cadavres se trouvaient des chômeurs et des criminels. La plupart, cependant, étaient des employés et des citoyens respectueux de la loi, des dignitaires à la retraite et des adolescents confiants. Des dizaines d'étudiants de troisième cycle. Une poignée de leurs anciens professeurs. La plupart des morts étaient des Pékinois, fiers de leur ville et désireux de la protéger, outragés que l'on ait recours à des chars et à des troupes pour écraser une manifestation pacifique, bien que prolongée. « L'Armée du peuple ne tue pas le peuple ! », hurlaient-ils, mais c'était faux. Une minorité de cadavres étaient originaires de l'extérieur de la ville. C'étaient des jeunes qui s'étaient rués vers le nord, vers la capitale, pour assister à la naissance de la Chine nouvelle. Ils avaient quitté leur village, leur maison, leur chambre. Les parents étaient déchirés par la disparition d'un fils ou d'une fille, n'avaient pas vu de corps, n'avaient pas reçu de mot de confirmation. Le Grand Dérangement, toujours selon mes deux informateurs, a provoqué la disparition de deux étudiantes de premier cycle du collège. Elles n'ont jamais été déclarées mortes. Seulement portées disparues. Ne figurant plus sur aucune liste d'inscrits aux cours. Elles ont toujours leur lit au dortoir, cependant, toujours droit à leurs tickets de repas. Et des casiers encore pleins d'affaires. Vêtements, chaussures, cassettes, livres. Lettres inachevées. Courrier non réclamé.

Leurs noms sont souvent gribouillés sur des feuilles de papier qu'on épingle la nuit sur des panneaux d'affichage un peu partout dans le campus. Un soir glacial de février, je me suis trouvé parmi une foule en train d'examiner une affiche. Fait étrange, autour de moi, les bribes de conversation à voix basse portaient sur la qualité de la calligraphie. Les employés de la cantine remarquaient les radicaux hâtifs et les amples coups de pinceau. Un groupe de bibliothécaires opinaient de la tête devant l'exécution audacieuse d'un idéogramme en particulier, le jugeant tracé de main de maître. Tous convenaient que l'auteur n'avait pas tenté de se dissimuler derrière une écriture passe-partout ; le style était très personnel et identifiable. Je fixais l'affiche, moi aussi, évoquant l'art passionné de Zuo Chang, mais j'étais bien incapable d'apprécier l'œuvre à sa juste valeur. J'en saisissais néanmoins le courage. À l'approche d'un officiel du collège, les critiques se dispersèrent. Je fus le seul, jouant l'étranger, à rester pour voir l'homme enlever la feuille. Il ne la déchira pas, au contraire, il la plia soigneusement et la glissa dans un porte-documents. Les affiches survivaient rarement jusqu'à l'aube, mais aucun coupable n'avait encore été pris en train d'en poser.

Ce sont aussi les foules qui ont déclenché les six semaines de manifestations précédant le massacre, selon Wang et Hong. Tout Beijing a protesté. Pendant les journées les plus intenses, les étudiants ne constituaient qu'une fraction des manifestants, qu'une voix dans le chœur de désapprobation tonitruant. Les trois quarts des étudiants de premier cycle du collège ont défilé au moins une fois vers la Place ; la moitié des professeurs se sont joints à eux, notamment le 16 mai, le matin où le président a autorisé l'emploi d'autobus scolaires pour le transport des manifestants en ville. Le collège a marché vers l'est, longeant l'avenue Changan en direction de Tiananmen, agitant des bannières, tandis que des policiers en civil prenaient des photos de l'avant-garde. En tête du contingent, porte-voix à la main et bandeau sur le front, le doyen Feng, enroué à force d'insulter les chefs de la nation, la figure cramoisie par la chaleur, la tension et le martèlement du sang dans la nuque. Quatre jours plus tard, il a fait une dépression nerveuse, le matin où la loi martiale a été déclarée et où l'administration collégiale a commencé à émettre des communiqués démentant qu'elle ait jamais encouragé les insurgés, alors de là à leur prêter des véhicules... Trois autres chefs de département, donnant le bras à Feng Ziyang et à une phalange d'étudiants, s'étaient avancés vers la Place d'un pas téméraire, plein d'assurance. Ces jeunes ont vu leurs études sanctionnées par le chômage forcé, l'été en détention ou simplement la rétrogradation docile au campus en septembre, afin d'y subir des sessions quotidiennes de rétractation – appelées rééducation – et des tâches punitives d'entraînement militaire. Deux des chefs de département qui marchaient avec Feng ont perdu leur poste. Le troisième s'est suicidé.

Seul Feng Ziyang est toujours doyen. Tout le monde au campus est persuadé que cet homme a de la chance. Seuls quelques-uns se demandent si c'est de la chance ou de la malchance.

Sauf Wang Hua. Lui est convaincu que le doyen Feng est fou, et que les fous ont une chance extraordinaire. Les fous sont témoins d'événements terribles, victimes d'événements terribles et font aussi eux-mêmes des choses terribles, avec une impunité enracinée dans un syllogisme. Feng Ziyang est fou ; Feng Ziyang est chinois ; donc, être chinois, c'est être fou. Logiquement, être chinois, c'est aussi *être* Feng Ziyang. Quand j'ai fait remarquer cela à Wang, il s'est contenté d'acquiescer, clarifiant à peine l'affirmation. Mais Wang Hua ne dénigre pas le doyen. Pour lui, traiter quelqu'un de fou, c'est lui faire un compliment. Quand il en parle, habituellement, il a bu trop de bière.

En revenant de la réunion, je le trouve en train de regarder la télévision dans mon salon, les pieds raclant la table basse, les mains frottant une bouteille de Qingdao.

— Entre, Wang, dis-je.

— Je peux me mettre à l'aise ?

— Bien sûr.

— Tu devrais pas laisser ta clé au-dessus de la porte. Pour que tous les malfaiteurs et les mauvais éléments rentrent.

— Comme toi ?

— Je suis pas un malfaiteur. Je suis un intellectuel. Regarde-moi penser, dit Wang.

Il renverse la bouteille dans sa bouche et s'envoie la bière dans le gosier. Elle dégouline partout, lui éclaboussant les joues et le cou, tachant sa chemise.

Je m'installe à côté de lui sur le divan :

— J'ai découvert ce matin la vraie raison de ta mauvaise conduite. C'est la secrétaire Shen qui me l'a dite.

— Shen est une sorcière.

— Elle a dit que tu étais...

— Un gangster ? demande-t-il en employant le terme mandarin.

— Seulement à moitié chinois.

Il ferme les yeux.

— Seulement à moitié civilisé.

— Mais ça fait longtemps que je te l'ai dit, David.

— J'avais refusé de l'admettre. Trop choquant, ajouté-je, faisant mine de frissonner sous le coup d'une telle révélation.

— Cette moitié est Han, dit Wang qui, se traçant une ligne à la taille, pointe vers le bas : la merde et la pisse. L'autre, fait-il en remontant vers le cœur et la tête, appartient à une minorité barbare.

— Je suis de sang mêlé, moi aussi. Moitié anglais, moitié français. Également moitié catholique, moitié juif.

— L'homme est à moitié femme. Proverbe célèbre. Bien connu de tous les Chinois. Je me demande ce que ça veut dire.

J'attends.

— La grue jaune envolée jamais plus ne reviendra ! dit-il, étudiant son reflet sur la bouteille. Beaucoup de sens, j'en suis sûr. Magnifiques expressions chinoises. Mots superbes.

— Combien de bières as-tu bues, Wang ?

— Seulement la moitié.

Deux bouteilles, à peine un orteil dans l'eau. Le seuil de tolérance de Wang Hua est extrêmement élevé. Il atteint la simple exubérance avec trois ou quatre bières. Une de plus, et le voilà paillard. Son attitude devient brusquement scandaleuse à la cinquième ou sixième, après quoi son humeur, imprévisible, passe du silence renfrogné au bavardage débile, ponctué de longs accès d'inconscience, tandis que son corps est avachi sur le divan et que ses ronflements déchirent l'air.

Pas un beau spectacle. Dans ses meilleurs moments, Wang est un bel homme aux yeux en amande, aux pommettes hautes et saillantes. Ses pommettes et sa peau cuivrée permettent de l'identifier comme méridional ou, plus vraisemblablement, comme appartenant à une minorité. Jusqu'à aujourd'hui, une frange noire et graisseuse lui cachait les yeux, trait distinctif du personnage le plus antiuniversitaire, le plus apache du campus. Un personnage tout désigné pour incarner le mauvais élément du collège. Wang est cet élément-là, ou prétend l'être, ou se fiche de ce que les autres pensent de lui. Il a vingt-neuf ans. Diplômé en 1984 d'un institut qu'il abhorre, il y enseigne depuis lors le vocabulaire anglais et les « études cinématographiques » – cela consiste à insérer une cassette vidéo dans une machine –, sous la férule du doyen qu'il juge fou, à côté de collègues pour qui il a perdu tout respect à l'époque où ils étudiaient ensemble, mangeaient dans les mêmes cantines sordides, se douchaient dans les mêmes bains communautaires crasseux. Sans parler du logement. Ni du salaire. Wang a enduré ces ignominies pour une seule et unique raison : garder un permis de résidence à Beijing. Pour ne pas être réaffecté dans sa ville natale, dans la province occidentale du Sichuan. Ne pas être banni de l'un des rares endroits du pays où l'on peut trouver de la musique rock, des romans étrangers en solde et des revues new-yorkaises ou londoniennes où l'on a tout le loisir de s'absorber avant de les passer à des amis.

Wang Hua admet les incohérences de sa pensée. Il s'en délecte, preuve supplémentaire qu'il est fou, lui aussi. Beijing ne l'aime certainement pas autant que lui l'aime. Beijing considère ses pommettes et ses yeux déformés comme suspects, bien qu'ils soient l'apanage d'un jeune homme au nom de famille Han, qui parle le mandarin, et dont la garde-robe ne comporte ni les ceintures ni les tuniques *chuba* brodées qu'affectionnent les groupes officiels tibétains en visite dans la capitale. Il ne fait pas d'effort non plus pour se lier d'amitié avec la classe de Tibétains à la peau brûlée qui surgit chaque année, au mois de mai, en vue de suivre des cours de langue pendant l'été, sauf pour les initier aux obscénités mandarines nécessaires, au cas où quelqu'un viendrait à leur manquer de respect. En fait, la garde-robe de Wang est un marché aux puces de jeans déchirés, complets-veston beaucoup trop grands, tee-shirts bouffants et survêtements arborant fièrement le nom de collèges de la *Bible Belt**, plus son trophée – un blouson souvenir d'une tournée de U2, en cuir noir, portant les mots UNDER A BLOOD-RED SKY** en blason dans le dos. Ce blouson, donné par un professeur anglais qui a pris la fuite en juin dernier, est devenu célèbre non seulement dans notre campus, mais sur tout le territoire universitaire de la ville. Célèbre parmi les étudiants pour son aura étrangère et son mystérieux message. Parmi les revendeurs de vêtements pour sa valeur potentielle au marché noir. Célèbre aussi parmi les gardiens de sécurité et les espions de l'institut à cause de son originalité, si facile à repérer dans une foule, un rassemblement saisi sur vidéo.

Ce matin, Wang Hua ne porte ni blouson ni chevelure. Hier soir, il est allé voir un barbier en plein air. Il y est allé ivre et résolu. Le coiffeur lui a coupé les cheveux, puis rasé la tête. Lisse comme un œuf, luisante comme un bouddha. Je lui demande :

— Quel effet ça fait ?
— Nu.
— Les gens ont fait des remarques ?
— Pas en pleine face. Tous derrière ma tête.
— Tu veux dire : dans mon dos.
— Non, ma tête.

Son sourire est narquois. La subtilité de son anglais va jusque-là.

---

* La *Bible Belt* regroupe les États fondamentalistes du sud des États-Unis où les églises baptistes et pentecôtistes exercent une influence prépondérante. (NdT)
** SOUS UN CIEL ROUGE SANG. (NdT)

— J'ai porté la barbe pendant seize ans, dis-je en me frottant le menton. Je l'ai rasée le jour où j'ai quitté le Canada.

— Pour te délivrer de ton passé ?

— Pour avoir un nouveau look.

— Les gens ont fait des remarques ?

— Ils sont pas au courant, dis-je.

— Ah.

Le silence s'installe.

— Tu as vraiment l'air d'un prisonnier, finis-je par admettre.

Son sourire s'élargit. L'incarcération est le sujet préféré de Wang Hua. Il prétend que les prisons sont comme les boîtes chinoises : variables quant aux dimensions, infinies quant au nombre. De la couleur de la peau au langage, à l'histoire, à la propagande, la race ne définit pas, elle confine. Ne renforce pas le moi, l'annihile. Ne favorise pas tant l'épanouissement de la personnalité qu'elle ne l'écrase, comme un char écrase un mécréant. Selon Wang, les permis de résidence et les passeports, les zones économiques spéciales et les frontières nationales, même les colonies pénitentiaires et les camps de travail ne sont que des versions édulcorées de cet étouffement plus général.

— Tu veux avoir cette allure-là ?

— Les barbiers des prisons sont incompétents, répond-il. Rasent inégal. Font saigner.

Il lève sa bouteille vide.

— Tu vas peut-être à la cantine pour dîner ? demande-t-il.

Je prends deux bols à la cuisine, flanque une Qingdao fraîche sur la table pour Wang, et ferme la porte. Dans l'escalier, je fredonne la berceuse que mon prof de mandarin, étudiant diplômé en japonais, m'enseigne en ce moment. Contrairement aux escaliers de tous les bâtiments du campus, ici le palier est clair et propre, dépourvu de bicyclettes et de woks mis à refroidir. Contrairement à la plupart des couloirs du collège, celui qui mène de l'escalier à la réception est souvent ciré. Le sol est encore humide, on vient de le laver. Le foyer non plus, avec ses chaises recouvertes de peluche et ses tables basses ornées de tissu rouge, ne ressemble à aucun autre foyer du campus, et la cantine – décorée de tableaux traditionnels, avec ses assiettes de porcelaine et ses baguettes de bois laqué – est unique.

C'est le Bâtiment des experts étrangers, après tout. En tant qu'occupants du complexe, nous sommes des experts reconnus pour les langues que nous enseignons, quoique la plupart d'entre nous ne maîtrisions pas grand-chose, sauf l'art de se sentir étranger et d'agir à l'avenant. Le bâtiment est notre hôtel loin de chez nous. C'est notre retraite, un endroit où nous couper temporairement de la Chine. Les appartements sont spacieux. Le service de femmes de chambre est obligatoire. Des thermos d'eau chaude sont déposés chaque jour à la porte. La nuit, un service de blanchisserie amidonne les chemises. Toutes ces commodités ont de quoi rendre jaloux. On ne nous réserve que des traitements spéciaux. Toutefois, à part les appartements, c'est la cantine qui suscite le plus d'envie. Elle est régentée par le chef officiel des banquets de l'école et fonctionne grâce à ses serveuses officielles. On y sert le bœuf le plus maigre et les poulets les plus dodus, accompagnés du tofu et des légumes les plus frais et du riz de la meilleure qualité. Un festin trois fois par jour. Un affront trois étoiles. La cantine est réservée aux résidents. Les seuls résidents du bâtiment sont, bien entendu, des étrangers. Les invités y sont les bienvenus, à condition qu'ils se présentent au cerbère, de la police secrète, qu'ils signent le registre et remettent leur carte d'identification professionnelle pour qu'on la photocopie, et qu'en plus ils endurent l'exaspéra-tion des serveuses qui s'offusquent davantage d'avoir à servir des indigènes que des gens de l'extérieur. Peu de Chinois sont alléchés par ce contrôle rigoureux. Peu d'étrangers sont affamés par cette cuisine.

J'aime pourtant beaucoup cette nourriture et, pour une raison quelconque, elle semble m'aimer en retour. Même si je dévore comme un ogre, je me sens toujours le ventre creux. Même si je ne me soucie guère de mon tour de taille, je perds du poids. Dans le hall, je fais un signe de tête au gardien, salue quelques *régénérés* de Floride et d'Arizona – comme l'a prédit le type à Montréal, le collège a dû embaucher une demi-douzaine d'Américains l'automne dernier, tous en train de devenir chrétiens sauf un –, avant d'aller agacer les employés de la cantine. Je me moque de leur accent nasal ; ils ridiculisent mes ratés tonaux. Je raille leur uniforme, leur démarche indolente et leur perpé-tuelle mauvaise humeur ; ils se moquent de ma bedaine, de mes oreilles et de mes cheveux outrageu-sement teints. Je ne gagne jamais. Ils ne perdent jamais. Mais je reçois des portions plus généreuses de poulet et de bœuf, des bols de riz plus chauds.

De retour au foyer, je réagis calmement devant le gardien de sécurité qui désire me parler. Deng Chen en impose avec son mètre quatre-vingt-quinze, son crâne volumineux – hautes pommettes en saillie, mâchoire en escarpement – et ses yeux excavés. Une face qui change rarement d'expression. Des yeux qui ne s'éclairent jamais. Bien que son anglais soit mono-syllabique, je l'oblige à s'en servir.

— Un étudiant chez vous ? me demande-t-il.
— Pas d'étudiant.
— Wang Hua ?
— Wang Hua est professeur.
— Il est chez vous ?

Je scrute le registre sur le comptoir, comme si je pouvais réellement lire les noms.

— Est-ce que son nom est là ?

Deng se tait. Wang Hua ne s'enregistre jamais. D'autres préposés à la réception, plus tolérants – c'est-à-dire non recrutés par la police – semblent résignés à sa délinquance et lui permettent d'aller et venir. Une seule règle est inviolable : un Chinois ne peut passer la nuit dans l'appartement d'un étranger. Même Wang n'a pas traversé ce champ de mines.

— Pas de nom, admet Deng Chen.

Je confirme :

— Pas de nom dans le livre, pas de visiteur dans le bâtiment.

— Deux bols ?

— Je meurs de faim.

Dans l'appartement, je demande à Wang d'écrire les idéogrammes signifiant NE PAS DÉRANGER. Je calque sa calligraphie à ma manière et colle la feuille sur ma porte. Nous mangeons en silence, la télé encore allumée, et nos baguettes cliquettent contre la porcelaine. Il fait des commentaires, comme d'habitude : c'est dix fois meilleur que la lavasse qu'on leur sert dans les cantines des écoles. Il ne manque pas non plus de se demander tout haut si je mangerai toute ma part. Quand nous avons fini, il verse de la bière dans son bol, la fait tournoyer comme un prêtre le vin dans son calice, et porte le bol à ses lèvres. Puis il rote, deux fois. Alors, pour conclure officiellement le repas, il saisit ses baguettes et, les fixant avec la feinte concentration d'un maître de kung-fu qui va fendre une brique avec son front, les casse en deux. Curieuse et discordante coutume.

C'est l'heure de la *shoeshui*. Je cache derrière le divan une couverture et un oreiller pour Wang, qui a commencé à faire la sieste dans mon appartement quelques jours après mon arrivée. Mon ami vit dans un état de perpétuel laisser-aller, semble-t-il. Ses yeux sont toujours nébuleux. Il bâille si souvent que sa mâchoire bloque. On l'a vu s'assoupir en donnant un cours. Le problème, il me l'a expliqué en février, c'est sa chambre. Impossible de dormir chez lui. Il ne peut pas fermer l'œil à cause des ronflements de son compagnon de chambre, des claquements de portes dans le couloir, des bruits de couverts à l'étage au-dessus et des rengaines avinées à l'étage en dessous. Il ne peut pas fermer l'œil à cause des disputes dans l'allée, de la musique retentissante du dortoir voisin, du cri strident des cigales et de la clarté pénétrante de la lune. Mais ce qui l'empêche le plus de dormir, c'est le silence, surtout aux petites heures du matin, quand les agents de sécurité aiment procéder aux arrestations, alors que toutes les lumières du campus sont éteintes, toutes les portes, fermées à clé.

Un calme innocent règne en début d'après-midi dans le Bâtiment des experts étrangers. Le personnel disparaît. Les visiteurs sont éconduits. Les résidents somnolent ou sondent leur appartement à la recherche des dispositifs d'écoute électronique, et écrivent des lettres à leur famille. Que ce soit le jour ou la nuit, la police garde ses distances. Même en juin dernier, à ce qu'on m'a dit, lorsque les patrouilles de l'armée sillonnaient le campus après le massacre, on laissait cet endroit tranquille. Bien entendu, elles continuent leur surveillance incognito, ainsi que les fouineurs rétribués et les femmes de ménage fureteuses. Mais, comparée à tous les autres endroits, la résidence est une zone franche – c'est sans doute là son privilège le plus envié. « Pas tout à fait l'Empire du Milieu », a commenté une fois Wang, faisant écho au consensus d'experts étrangers à propos de notre enceinte. Ici, il dort comme un bébé.

Sauf qu'à la différence du bébé que j'ai élevé, il préfère, pendant ses siestes, la position du cadavre : sur le dos, la couverture tirée sur la figure. Avant de se couvrir les yeux, Wang me pose une question.

— J'avais l'intention d'attendre une heure avant d'aller voir Zhou Hong, lui dis-je. Ying doit m'apprendre une nouvelle chanson.

— La petite part vendredi ?

— Par le vol du matin pour Tokyo. Correspondance à Vancouver, puis direct jusqu'à Montréal. Le même itinéraire que moi, en sens inverse.

— Zhou Hong va avoir de la peine.

Je fais remarquer froidement :

— Aucune date n'a encore été fixée pour qu'elle aille rejoindre Zuo Chang et l'enfant au Canada. Elle ne peut même pas avoir de passeport si elle n'a pas reçu une sorte d'invitation de Montréal. Il faut qu'il arrange ça.

— Et il ne le fait pas.

Je hausse les épaules.

— C'est aussi une sorte d'arrangement, commente Wang.

Nous avons déjà parlé de Zuo, que Wang connaît à peine, de ses talents et de ses réalisations, de sa réputation d'ambitieux, de son apparente défection. Nous avons discuté de sa décision de faire venir sa fille d'abord, ce qui constitue une procédure inhabituelle, bien que nullement exceptionnelle. Au début, j'ai fait de mon mieux pour sous-entendre que les motifs de Zuo pouvaient être complexes. Par la suite, après plusieurs références à Suzanne, la prof à l'UQAM, j'ai appris que Wang Hua, et pratiquement tout le monde au collège, *présume* que Zuo est en train de s'organiser pour garder sa fille et larguer sa femme. La présomption dépend, Wang me l'a affirmé un jour, des antécédents et de la personnalité de chacun. Également du

211

campus, de la ville et du pays ; de la manière de vivre, de décider de son destin.

— Sais-tu ce qui arrive aux gens maltraités en Chine ? dit-il. Qui souffrent, sont blessés, et qu'on fait souffrir encore davantage ?

Je le lui demande.

— L'État s'en occupe.

— Merci, Wang.

La couverture rabattue sur la tête, il ajoute :

— La grue jaune envolée jamais plus ne reviendra !

Je ferme les doubles portes qui isolent hermétiquement le salon du reste de l'appartement. Dans le coin salle à manger, je passe une heure à corriger des examens en fumant des cigarettes. Curieux, comme je suis téméraire en ce qui concerne mon vice secret ! Peu importe le soin avec lequel je cache mon habitude – garder la fenêtre ouverte et une bombe aérosol de laque à portée de la main, reposer la cigarette sur le cendrier aussitôt après en avoir tiré une bouffée –, il y a de grandes chances pour que je sente encore la fumée et que je porte les cicatrices du toxicomane. Malgré tout, quand je me présente, j'ai l'air propre et, bien que je me garde d'être un fasciste de la santé, je montre clairement à tout un chacun que je trouve dégoûtant le fait de fumer. J'affiche avec conviction cette façade familière, et cela semble suffire à convaincre les autres de ne remarquer ni mes dents ni mes doigts, à leur faire croire que la puanteur vient d'ailleurs.

XII

La plupart des professeurs chinois habitent un complexe à l'extrémité du campus, à un demi-kilomètre de l'enceinte des étrangers. Les résidences sont laides et austères, séparées par des cours de chaume et des hangars en tôle ondulée qui étaient prévus à l'origine comme garages à vélos mais abritent désormais un débordement de familles. Chaque bâtiment a quatre entrées menant à quatre escaliers. Sur chaque palier, quatre portes dont la moitié donnent accès à des appartements de deux pièces, l'autre à des appartements d'une seule pièce. Les portes, ainsi que les escaliers et les immeubles, ont des numéros. Une famille peut loger au 8-3-7, c'est-à-dire appartement sept, troisième escalier, huitième bâtiment. Sur le mur extérieur du bâtiment se trouve le numéro correspondant. L'identification des escaliers, effacée avec le temps ou couverte de saleté, est moins visible. À part quelques exceptions, les numéros de porte ont disparu depuis longtemps. Les occupants doivent expliquer à leurs invités derrière laquelle ils habitent. Leur expliquer clairement, d'ailleurs, autrement ils risquent d'aller déranger des voisins ou bien de repartir bredouilles.

Zhou Hong habite au 12-1-9. Son immeuble est collé au mur de briques qui sépare le collège de la ville, et ses fenêtres, du troisième étage, donnent sur un boulevard bordé d'arbres, encombré jour et nuit de voitures et de camions, de pousse-pousse et de bicyclettes, de piétons et d'enfants qui jouent. Hong et sa fille vivent, travaillent et vont à l'école dans le campus ; pourtant, de leur appartement, la seule vue qui s'offre à elles est celle d'une voie de communication poussiéreuse du nord-ouest de Beijing. Bien que les Pékinois qui résident le long du boulevard contemplent le mur jour après jour, attendent leur autobus à l'extérieur des grilles du côté est, installent des éventaires de boissons sucrées et des échoppes de réparation de vélos à l'ombre du mur, qu'ils laissent leurs enfants lancer des balles contre la brique et pisser dessus, malgré cette proximité, la plupart d'entre eux n'ont jamais mis le pied sur les terrains de l'institut. Les gens ordinaires n'ont rien à faire avec les intellectuels. Aucun contact avec les étrangers. Aucune récrimination possible contre les gardiens qui surveillent les grilles le jour et les verrouillent le soir.

Après avoir traversé le campus presque désert, et laissé des hiéroglyphes avec mes semelles, je me glisse furtivement dans l'escalier. Cela importe peu, surtout pendant la journée, mais arriver subrepticement chez Zhou Hong représente toujours une petite victoire. Même si je présume que les murs ont des oreilles et les portes, des yeux, et que je n'ai aucun moyen de savoir qui est en train de faire le guet. Par contre, les départs, surtout en soirée, sont moins discrets, donc plus faciles à observer.

La musique me parvient déjà du premier palier. Musique occidentale, classique, du XIXe siècle, sûrement une cassette du paquet que j'ai remis à Zhou Hong. Ce matin-là, alors que je vacillais sous l'effet du décalage horaire et de la faim – j'avais raté le déjeuner à la cantine –, je me suis adressé à une femme au Bureau des Affaires étrangères et j'ai demandé à voir madame Zhou ; car, étant la femme de Zuo Chang, elle serait sûrement extraordinaire, avec les traits réguliers et les lèvres tirant sur le mauve de l'aristocratie Han ; de plus, avec le poste qu'elle occupait, elle serait sûrement peu accessible. Contre toute attente, c'était elle, cette femme à la peau noisette, aux traits bruts et au visage rond et aplati. Aux yeux qui n'avaient qu'une paupière. À la forte mâchoire. Elle avait un sourire charmant, un rire de jeune fille, et elle parlait un anglais étonnamment dépourvu d'expressions idiomatiques, étant donné ce que Zuo m'avait dit sur son habitude de prendre des notes. Justement, peu après m'avoir accueilli, elle transcrivait déjà mes paroles dans un petit carnet rouge assez semblable au fameux Petit Livre de Mao. Peu après l'avoir rencontrée, moi, j'étais déjà détendu et heureux, enchanté.

Quand je lui ai remis le cadeau de son mari, madame Zhou a passé la langue sur sa lèvre inférieure et rattaché ses cheveux. Puis elle a palpé les cassettes au fond du sac. « Ça me plaît beaucoup ! » a-t-elle dit en en serrant une sur sa poitrine. « Est-ce que Zuo vous a envoyé de la musique ? » ai-je demandé, l'air innocent. À l'évocation de son mari, elle s'est dégrisée. Nous nous sommes alors occupés d'autre chose.

En gravissant les marches, maintenant, j'espère en silence que les voisins du couloir n° 1 de l'immeuble n° 12 partagent son amour de la musique classique. Zhou Hong possède un magnétophone japonais de qualité. Les murs sont épais, mais les fenêtres et les portes, immanquablement mal ajustées, mal jointes, laissent filtrer en toute liberté les conversations, la musique et le bavardage de la télé. Je m'arrête sur le palier du dessous et j'écoute. Je ne suis pas mélomane, j'en conviens. Il est rare que je sois transporté par un chant ou une symphonie. Mais elle, oui, je l'ai observé, elle est transportée par la musique comme par une vague, purifiée même, selon ses propres termes. C'est quelque chose à voir. Quelque chose à ressentir, sans doute. Ça ne me déplairait pas. Pas nécessairement de vivre son expérience personnelle de la musique. Mais boire à la même source que Hong ? Me baigner dans les mêmes eaux ? Ça ne me déplairait pas du tout.

Sachant bien que j'ai une heure d'avance, je lui demande à la porte :

— Ying n'est pas encore arrivée ?

— C'est la dernière fois qu'elle peut voir ses amis.

— Elle allait bien ce matin ?

— Je ne crois pas qu'elle comprenne, admet Hong.

— Moi non plus, je ne comprends guère.

— Entrez, s'il vous plaît, je vais faire du thé.

Le 12-1-9 est un appartement d'une pièce. Une pièce, une cuisinette et un réduit-toilette, pas de balcon. D'après les règlements municipaux, le logement suffit amplement pour une famille qui a un seul enfant. Grâce à l'étoile montante qu'était Zuo Chang au département de français, cependant, le couple s'était vu promettre le premier deux-pièces qui serait libre. Un nouvel immeuble a été achevé le mois dernier. Mais, en raison de l'absence non autorisée de Zuo, le comité des logements a réexaminé la question, et le deux-pièces a été octroyé à quelqu'un d'autre.

La pièce est rectangulaire, sombre malgré une fenêtre, et le plafond me donne l'impression de n'être qu'à une dizaine de centimètres au-dessus de ma tête. Il y a un lit étroit le long d'un mur, une couchette d'enfant repliée au pied du lit. Dans un coin, une table miniature, où sont rassemblées des créatures rembourrées qui penchent la tête : pandas et poupées, lapin aux oreilles flasques. La moitié de l'espace entre le lit et le mur opposé est occupé par un meuble-bibliothèque qui monte jusqu'au plafond. Sur les étagères sont disposés un service à thé, quatre guerriers miniatures en terre cuite, des livres en chinois et en anglais, des rangées de cassettes et un petit téléviseur dont l'écran est caché par un tissu. Quand le magnétophone, perché sur une minuscule machine à laver, n'est pas en marche, il se dissimule lui aussi derrière une étoffe. Une table ronde pliante, du genre de celles dont on se sert pour jouer aux cartes dans les salles de réunion d'anciens combattants, occupe le reste de l'espace. Hong n'a que deux chaises ; les invités supplémentaires doivent s'asseoir sur le bord du lit. Comme tout ce qui meuble la pièce, cette table bon marché a l'air d'avoir été fabriquée le mois dernier. Même les vieux objets – les guerriers de terre cuite et la statue de Guanyin, déesse de la Miséricorde – sont de frustes imitations. Du reste, pratiquement tout a cette apparence au collège. Les bâtiments et leur ameublement, les appareils électroniques et l'équipement, presque tout est flambant neuf, presque tout, de la camelote.

À cause du travail de Zhou, l'appartement s'enorgueillit d'un gadget domestique rare et convoité : un téléphone. Rouge, en plastique, pareil à une version grandeur nature de celui que Barbie tiendrait pour bavarder avec Ken. Le téléphone repose sur l'étagère du bas, hautain et fier. Beau sujet de conversation pour des invités, Hong l'a admis, bien qu'il ne facilite pas particulièrement les rapports entre interlocuteurs. En ma présence, du moins, il n'a jamais sonné.

Jusqu'à l'instant où, dérangé par un bruit provenant, j'imagine, du magnétophone, je me dirige vers les étagères. Sans cela, Hong n'aurait pas remarqué le gargouillement de la sonnerie. Se hâtant vers le téléphone, elle fixe, pour une certaine raison, les œuvres d'art qui décorent les murs. Moi aussi, j'ai le pressentiment de l'identité de celui qui est au bout du fil.

Son sourire ne vacille pas. J'ai appris à ne pas tenir compte de sa bouche ni de sa voix, mais à me concentrer sur ses yeux. Quand elle est malheureuse ou perturbée, l'éclat de ses yeux disparaît, comme si son esprit avait déserté son corps. Après trente secondes de conversation, elle n'est plus là, ni pour lui ni pour moi. Je comprends un peu, au début, mais ne perçois aucune allusion à l'absence ou à la séparation, à l'amour ou à l'attachement. Il n'est question que de choses pratiques, de renseignements concernant le vol, de documents supplémentaires requis. Mais ensuite Hong se met à parler vite et à intercaler des expressions de son dialecte natal de Shanghai, que Zuo doit connaître. La ruse fonctionne : après quelques mots, je perds le fil.

Zhou Hong n'est pas une femme de Shanghai. Le cliché de beauté austère et de cynisme mondain s'applique aux natives de cette ville massive située à l'embouchure du Yangzi. Son village natal est à deux heures d'autobus, soit une journée en charrette ou à pied. « De la campagne », telle est l'expression consacrée qui, dans les centres urbains, semble s'appliquer à tous ceux qui viennent d'ailleurs. On demande rarement à ces gens-là d'épiloguer sur leurs origines. Cela ne signifie pas, d'après ce que je comprends, que rien ne se passe en dehors des villes, donc que la vie là-bas ne mérite qu'une mention rapide, désabusée, comme le résumé d'une condamnation carcérale. C'est plutôt que *tout* se passe à la campagne, tout ce qui est primordial, archétypal pour les Chinois, donc que cette façon de vivre nécessite peu d'éclaircissements. Qui va expliquer comment respirer ou faire l'amour ?

Primordial pour les autres Chinois, bien sûr, pas pour moi. Une fois, une seule fois, j'ai réussi à faire parler Hong un peu plus abondamment de son enfance « à la campagne ». Elle est née en 1954. Ses parents l'ont appelée Hong, ce qui veut dire « Rouge », mais quand elle était petite on l'appelait Hua-hong,

« Fleur Rouge ». C'était un nom répandu ; toutefois, après 1949, il a pris une nouvelle signification. Le rouge était la couleur de la Révolution ; un enfant né après la Libération était une fleur de la Chine nouvelle. À vrai dire, Fleur Rouge s'en est bien tirée dès le début. Elle est allée à l'école avec des enfants connus sous le sobriquet de Soldat Rouge, Chine Aimante, Libération et Route de Russie. Son père était enseignant ; son grand-père, agriculteur, cultivait le riz. Sa mère, qui, adolescente, chantait dans une troupe locale d'opéra, avait eu trois enfants en quatre ans, avant de mourir d'une maladie mystérieuse – sûrement de malnutrition, d'après Hong – pendant la famine de 1959-1962. La famille entière aurait péri si le père n'avait pas abandonné l'enseignement à l'école primaire, sa véritable vocation, pour devenir cadre. En tant qu'officiel du Parti, il a contribué à instruire le village sur le paradis des travailleurs. Il s'est aussi procuré des rations supplémentaires pour ses enfants. Par la suite, son passé d'éducateur a entraîné les inévitables accusations de révisionnisme. Ses pures racines paysannes lui ont épargné la persécution, mais pas l'expulsion des rangs du Parti. Comme des dizaines de millions d'autres contrevenants mineurs qu'on ne pouvait envoyer à la campagne pour apprendre au contact des masses – il y était déjà, à la campagne, et faisait déjà partie des masses –, le père de Zhou Hong s'est retrouvé ouvrier sur un chantier hydro-électrique à trois cents kilomètres en amont du village et de ses enfants. Chaque année sur ce chantier le faisait vieillir de cinq ; il y a perdu aussi l'usage de la main droite dans un accident, et n'a jamais recouvré la vue qu'il a sacrifiée à la poussière et aux éclats de pierre. Après la Révolution culturelle, il s'est remarié. Il est maintenant à la retraite.

Je me suis plaint de son résumé. Ne me parlez pas de politique, lui ai-je dit, racontez-moi votre enfance à cette époque-là et à cet endroit-là. Zhou Hong a souri, d'un air un peu indulgent peut-être, puis elle a raconté. Sa grand-mère n'avait pas les pieds bandés, mais portait un seul nom, suivant l'ancienne coutume. Elle avait les dents noires et les cheveux gris fins. La sortie favorite de Hua-hong était une visite à la ferme de ses grands-parents, pas très loin du Fleuve. Il n'y avait aucun service d'autocar dans ces terres marécageuses, pas de vraie route non plus, d'ailleurs. Ils marchaient, allaient à bicyclette ou se faisaient transporter sur des charrettes tirées par des buffles d'eau. Elle se rappelait l'air vif et la lumière du soleil, les grappes de piments rouges devant la maison, le sang coagulé d'un poulet tué dans la cour. Au village, ils habitaient une maison de bois, avec une tante en guise de mère et un grand-père veuf comme patriarche. La maison se composait de deux pièces, l'une au-dessus de l'autre, reliées par une échelle. La cuisine, un feu de charbon dehors, sur la terre battue. La toilette, une fosse briquelée, en bordure du chemin suivant. En été, la chaleur était étouffante. Des colonnes d'insectes recouvraient le seul et unique lampadaire. Le chemin était étroit, mais quand même assez large pour les bannières, les défilés et les rallyes spontanés. Elle se souvient d'avoir regardé des hommes et des femmes à la mine patibulaire, souvent de l'âge de son père, que des Gardes rouges à la démarche fière, souvent guère plus vieux qu'elle, faisaient défiler devant la maison, affublés de pancartes. En général, la *shoeshui* était impossible l'après-midi, à cause du haut-parleur installé sur le poteau. La nuit, c'étaient des « réunions » devant une boutique toute proche qui la tenaient éveillée. D'abord, son père a été envoyé au loin, et n'est revenu en visite qu'une ou deux fois l'an. Puis un de ses oncles s'est attiré des ennuis et a disparu. Mort dans un camp. Son frère aîné avait contribué à démasquer l'oncle comme réactionnaire. Elle s'est associée à ses frères et sœurs plus âgés pour dénoncer l'ancienne profession de son père.

Élève modèle, fleur de Chine, Hua-hong a joint les rangs des Gardes rouges juniors à treize ans. Elle adorait l'uniforme. Elle adorait les chants. Plus que tout, elle adorait le président Mao, qui était le soleil, la lune et les étoiles ; qui était la bonne terre ; qui était la Chine. À quatorze ans, elle a essayé de monter dans un train pour Beijing, pour participer à un rallye sur la place Tiananmen. Elle a été repoussée par des adolescents plus âgés. À la dernière tentative, elle s'est foulé une cheville sur les rails. Elle a toutefois réussi à participer à plusieurs rallyes à Shanghai. À chanter les chants, à crier les slogans et à brandir son Petit Livre rouge. Elle voulait combattre les ennemis du socialisme. Elle voulait détruire les Vieilles Idées et la Vieille Culture. Finalement, à l'âge de dix-sept ans, enrôlée dans une université où aucun cours n'avait été donné depuis des années, elle a entendu parler d'une occasion inespérée. Pour s'en prévaloir, elle a déployé tout son charme, toute son habileté, toute la ferveur et l'opiniâtreté qu'elle avait mises à apprendre l'idéologie par cœur. Elle a donc été nommée à la tête d'une brigade qu'on allait envoyer en mission spéciale, dans un endroit spécial – un cas difficile –, où l'on avait terriblement besoin d'idéaux et où il fallait abattre beaucoup de travail. C'est là qu'elle devait rencontrer son futur mari. Qu'elle allait devenir non seulement adulte instantanément, mais aussi étrangère à l'enfant qu'elle était et à son propre nom.

En 1971, Zhou Hua-hong est allée au Tibet.

Évidemment, j'en suis resté abasourdi. Évidemment, je désirais en savoir davantage. Mais son expression était devenue plaintive, et j'y ai renoncé. Une fois seul chez moi, je me suis posé à haute voix la question suivante : Est-ce que l'histoire de Hong était trop archétypale pour valoir la peine d'être racontée ? Trop semblable à un million d'autres histoires ? Depuis lors, il ne s'est pas écoulé un seul jour sans que je rumine cette atterrante éventualité.

Elle raccroche et retourne à la cuisine préparer le thé. Sa démarche est calculée, elle a les joues cramoisies.

— C'est dur, dit-elle.

— Lui avez-vous dit que j'étais ici ?

— Non.

— Pourquoi pas ?

— Je ne sais pas vraiment. Parler au téléphone ne devrait pas me mettre si mal à l'aise. C'est mon mari.

— Il essaie d'enlever votre fille.

— Quoi ?

J'avale ma salive et je répète l'accusation. Aucune vérité en rapport avec cette situation ne m'a troublé davantage que celle-ci : supposer que Zhou Hong est aussi consciente que n'importe qui de ce que son mari est en train de faire, et que, malgré tout, elle le laisse faire. Wang Hua a fait des sous-entendus dans ce sens. J'ai l'impression que le doyen Feng aussi. À mon point de vue, qu'elle le sache et qu'elle ait l'intention de ne pas réagir équivaut à admettre que tout se terminera tragiquement. Quant à moi, savoir qu'elle le sait et ne pas réagir non plus reviendrait à me soumettre à une fatalité tragique. C'est drôle, mais je ne suis plus aussi emballé de voir des histoires se terminer ainsi. Même l'hypothèse grinçante d'Ivan – une farce perpétrée par des fous – semble plus attrayante.

De nouveau, elle se rattache les cheveux et reste en suspens, les doigts pliés derrière l'oreille.

— Pas seulement ma fille, corrige-t-elle doucement.

— D'accord.

— Elle a une occasion de partir. C'est ce que tout le monde veut ici. Zuo a eu de la chance. Maintenant il la partage avec la petite.

— Mais pas avec vous ?

Je m'excuse aussitôt.

— Vous êtes charmant avec Ying, dit Hong.

— Je suis amoureux.

— Comme de votre fille ?

Je sens la chaleur me monter aux joues. Son sourire me met à l'aise.

— L'amour pour nos enfants est si facile, dit-elle. Si naturel et pas compliqué. Avec Ying, je ne m'inquiète jamais de faire une erreur ou de parler de travers. Je suis confiante, détendue. Est-ce que vous ne souhaitez pas que cela puisse être pareil avec les adultes ?

— Absolument, tout le temps.

— J'aime parler avec vous, David.

Je lui rends le compliment.

— Les Chinois trouvent souvent plus facile de parler avec des étrangers qu'entre eux, observe Hong.

Elle porte la tasse à sa bouche, pas nécessairement pour boire. Elle fait la même chose avec ses baguettes, dont elle presse le bout sur ses lèvres jusqu'à ce que la peau vire à l'écarlate.

— Pas autant de barrières. Pas autant de règles, ajoute-t-elle.

— Moins de choses en jeu ?

— Probablement, admet-elle.

— Je ne peux pas vous imaginer en Garde rouge.

Ses traits se figent.

— J'étais quelqu'un d'autre alors. Pas celle que mon père m'a appris à être. Pas la personne avec qui je faisais semblant d'être à l'aise. Je voulais seulement plaire au président Mao. Pour y arriver, je disais ou je faisais...

J'interviens :

— Je suis devenu marxiste pour plaire à ma mère. J'ai étudié pendant des années, j'ai fait partie de groupes, j'ai organisé des manifs, tout ça pour qu'elle ait une meilleure opinion de moi. Vous savez ce qui est vraiment écœurant là-dedans ? Ça n'a même pas marché. Elle a encore trouvé des raisons de ne pas être fière de son fils.

— Moi aussi, j'ai été une déception pour le président Mao.

Je la regarde. Elle rit. Soulagé, je ris aussi. Mon ventre ne tarde pas à émettre de beaux gargouillements, pour la première fois depuis que j'ai quitté Montréal. Les yeux de Hong s'agrandissent devant tant d'hilarité, jusqu'à ce qu'elle aussi, elle éclate. Deux adultes, un homme et une femme, l'un étranger, l'autre indigène, flirtant derrière des portes closes ? Le bruit s'infiltrant, sans aucun doute, par les interstices des fenêtres et les conduits d'aération, dans les autres appartements et dans les couloirs ? Guère prudent, j'en suis sûr. Totalement dénué de sens pratique.

Un bon moment, cependant.

— Hong, dis-je, espérant que les mots justes vont sortir. Je veux vous demander quelque chose depuis des lustres.

— Lustres ? Comme des lunes ?

— Depuis longtemps.

— D'accord.

Elle se penche sur la table, manifestement intéressée. Je suis malheureusement assis au bord du lit, et la sensation du tissu, surtout quand je frotte mes paumes moites dessus, suffit à me propulser des messages dans l'aine. J'implore en silence : *Allons-y, les mots.* Pendant ce temps, elle remonte les manches de sa blouse, révélant une verrue sur le bras droit. Les épaules de Carole étaient parsemées de verrues. Les après-midi d'avant Natalie où nous faisions l'amour, nus, assis sur les draps, les bras enlacés et sa main en-dessous de ma taille, je traçais le chemin familier d'une verrue à l'autre avec mes lèvres, léchant chaque saillie jusqu'à ce qu'elle luise, n'étant détourné que lorsque ses tremblements – de rire autant que de désir – me faisaient dévier de ma route. C'était une progression naturelle des épaules à ses seins, puis, lentement, couvrant chaque centimètre de peau, jusqu'à son ventre magnifique, qui est encore mon prototype de chair et de muscles, de replis et de cavités. *Dis quelque chose*, telle est l'injonction que je m'adresse, en m'efforçant de ne pas regarder le bras de Zhou Hong, de ne pas fantasmer sur son ventre. *Sors n'importe quoi.*

— Oui ? demande-t-elle.

Ses yeux brillent. Ses bras sont beaux. Se peut-il qu'une tension sexuelle aussi palpitante soit entièrement à sens unique ? Je balbutie :

— Y a-t-il une chance ?... Ce que je veux dire, c'est qu'on se connaît déjà depuis un moment et...

Il sonne encore. Le téléphone, c'est-à-dire ce machin en plastique rouge qui grésille. Pas encore ! Cette fois-ci, ni elle ni moi ne jetons de coup d'œil aux œuvres de Zuo sur les murs. Ni elle ni moi ne semblons avoir la moindre idée de l'identité de celui qui appelle. Mais la voix du doyen Feng, qui se lance dans une diatribe avant même qu'elle ait pu dire allô, tonitrue dans le récepteur. J'entends prononcer mon nom, cela me met en colère. J'entends celui de Wang Hua, cela me rend malade.

La conversation ne dure pas. Je demande :

— Comment a-t-il su que j'étais ici ?

Elle hausse les épaules, et la question refait surface :

— Le doyen veut savoir si vous avez vu Wang Hua aujourd'hui.

— Pourquoi veut-il le savoir ?

— Il y a des gens qui veulent parler avec Wang.

— Des gens ?

Le combiné toujours à la main, Zhou Hong examine une étagère de cassettes. Visage de profil, volontairement hermétique. On entend toujours la musique, belle, émouvante, mais je ne me sens pas poussé à projeter sur cette scène une lumière plus poignante ou plus romantique à cause d'Antonin Dvořák. On n'est pas dans un film, ni dans *Des gens bien ordinaires*, ni dans *Mort à Venise.* Je formule ma question suivante avec précaution :

— Si je vois Wang, qu'est-ce que je dois lui dire ?

— De toujours avoir une brosse à dents dans sa poche, chuchote-t-elle.

— Pardon ?

Elle arrête le magnétophone puis, d'une voix amplifiée par le silence étourdissant, m'annonce :

— Il faut que je retourne un moment au bureau.

Près de la porte :

— Je déteste ça ! dit-elle dans sa langue, en aparté. Je déteste ça !

Dehors, au vu et au su de la communauté, je prends mes dispositions pour venir voir Ying le matin et, à midi, pour reparler avec Hong, à grand renfort de mots et de grimaces stéréotypés, au cours d'un banquet de plus donné pour l'arrivée d'un Australien. Elle a même le sang-froid de me rappeler le concert de vendredi soir. Je lui répète qu'elle peut très bien changer d'avis, que je comprendrai. Après tout, l'avion de la petite viendra juste de décoller. Hong aura à peine eu le temps de revenir de l'aéroport et, bien qu'accablée et bouleversée, elle devra faire face à l'angoisse de se retrouver dans son appartement vide une deuxième fois, de contempler une deuxième fois sa vie rétrécie – épreuve dévastatrice, je peux le dire en connaissance de cause. Repoussant la honte, luttant contre l'apitoiement sur soi, la haine et le désir – chez moi, du moins – de commettre un acte de violence au hasard, elle sera tourmentée, aura besoin de temps pour être seule. Pour se rendre ridicule, me dis-je en plaisantant. Pour éviter de se rendre ridicule devant les autres.

Mais elle est inflexible. Elle tient beaucoup à assister à ce concert, elle en a besoin, dans le fond. Je ne lui demande pas de répéter ce qu'elle m'a raconté une fois, avec encore plus de réticences que ses souvenirs d'enfance, sur ses rapports avec la musique. Je n'ai pas besoin de le lui demander, je me rappelle sa description mot pour mot. Elle a dit que la musique l'enveloppe, la fait flotter librement hors de son corps, hors d'elle-même. Que pendant qu'elle écoute, elle échappe au temps et à l'espace, à l'anxiété et à la conscience. Que dans un tel état de bien-être, elle se croit en sécurité. La musique la détache agréablement de toutes choses et en même temps l'attache heureusement à elles : sensation de solitude, mais aussi de communion. Elle se sent meilleure en quelque sorte. Et quand la cassette s'arrête ou que le concert prend fin, elle émerge comme pure et régénérée, momentanément incapable de se souvenir de son nom, de l'endroit où elle vit. Les spectacles et les bruits ordinaires la consternent. Les rencontres ordinaires la rendent tendue. Les autres disent à Hong que c'est elle qui se comporte de manière étrange après un concert ou une heure passée à écouter une cassette : elle a tendance à fixer le ciel, à marmonner indistinctement. Les amis trouvent cela amusant ; les étrangers, bizarre.

Cela ne vous rappelle rien ? Je n'en revenais pas des similitudes entre ses réactions et mon état. Je n'en reviens pas de ma certitude que, bien que cela semble

pervers, nous parlons de la même expérience fondamentale.

Ce que je lui demande de répéter, par contre,
c'est la raison précise pour laquelle elle est si résolue
à se frayer un chemin en ville un vendredi soir pour
assister à l'une des nombreuses prestations présentées
à la Salle de concerts de Beijing. Elle le fait volontiers.
Au programme, un célèbre concerto pour violon com-
posé par deux étudiants du Conservatoire de Shanghai
en 1959. Cet *Envol des amants*, fondé sur la tradition
de l'opéra de Shanghai et sur une légende locale, mais
écrit dans le style symphonique occidental, n'a pas été
épargné par les manies tardives du président Mao.
Comme la quasi-totalité des formes musicales, sauf une
sélection d'opéras révolutionnaires, il a été interdit
pendant la Révolution culturelle. Particulièrement ir-
ritante était la synthèse des influences occidentale et
chinoise réalisée dans ce concerto : un affront à la
pureté de la race et au but idéologique. La mélodie
principale en était si mémorable, cependant, que
pendant des années les gens l'ont fredonnée dans leur
vie privée, en roulant à bicyclette et en accrochant la
lessive, en labourant les champs et en travaillant au
tour. *L'envol des amants* s'est intégré au répertoire fantôme national, que l'on pouvait goûter parallèlement
à la bibliothèque fantôme, au théâtre de l'ombre et
au musée d'art spectral. Maintenant, bien sûr, c'est une
fois de plus un exemple éclatant – au même titre que
toutes les œuvres discréditées : opéras et tableaux, livres
et pièces de théâtre, temples et jardins – de la péren-
nité de la culture nationale. Dans les boutiques, on s'arrache les cassettes venant de Hong Kong ; les billets
de concert *live* s'envolent littéralement. Préférant at-
tribuer cet engouement à la beauté de la musique,
Hong ne va pas jusqu'à admettre que ce concerto
semble chargé d'importation culturelle. Que les gens

perçoivent toutes sortes de choses dans les notes. Comme s'ils voulaient que la musique représente autre chose, quelque chose qui est à l'intérieur d'eux-mêmes : la vitalité, la tristesse, la beauté. Comme si *L'envol des amants* était censé incarner la Chine.

On dirait que je suis bon pour une morne soirée de concert. Mais une belle sortie avec elle – notre première, en réalité –, dans des circonstances qui nous rapprocheront comme jamais.

La poussière recouvre le campus comme l'insecticide, les champs. Invisible uniquement parce qu'elle est partout, enrobant tout, la poudre va continuer à former des vagues, tourbillonner et s'abattre jusqu'à ce qu'une averse l'amalgame une fois de plus à la terre. À l'intérieur, la poussière réapparaîtra comme du poivre sur la nourriture et du noir sur les gants de toilette ; elle nous chatouillera la gorge et nous fera tellement tousser qu'il sera impossible de dormir. Il faudra essuyer les assiettes et les couverts, épousseter les tables. La faire remonter en toussant et aller la cracher dans les lavabos.

XIII

Plus qu'un quart d'heure avant le couvre-feu, et Wang
Hua ne bouge toujours pas. Tout à l'heure, je lui ai
apporté de quoi manger de la cantine. Je suis aussi sorti
en tapinois par la grille ouest pour faire provision de
bière dans une petite boutique. Seule la gardienne de
sécurité en poste pour le soir m'a regardé traverser le
hall avec deux bols de nourriture ; seuls quelques étrangers m'ont vu – pitoyable poivrot – remonter l'escalier
avec une autre demi-douzaine de bouteilles. La gardienne, femme charmante, dont le petit de trois ans,
pendant que sa mère travaille, regarde la télé dans le
hall jusqu'à ce qu'il s'endorme sur le sofa, la gardienne,
donc, m'a bel et bien posé une question, mais c'était à
propos d'un mot dans un article de l'*International
Herald Tribune* qu'elle était en train de lire. Tous les
gardiens de sécurité – sauf celui de la police secrète,
j'imagine – mettent le *Renmin Bao*, conforme à la ligne
du Parti, bien en vue sur le comptoir, tandis que le
Herald Tribune ou le *South China Morning Post* de la
semaine précédente, donné par un des *régénérés*, est
dissimulé en dessous. Tous apprennent l'anglais ; tous
veulent au moins un travail plus payant en ville, au
mieux quitter le pays. Peu, si tant est qu'il y en ait,
aspirent à trouver Dieu dans leur cœur. Méfiez-vous
des cadeaux de Billy, Sue Ellen, Roy et Lavina ! Je
devrais les avertir.

Pour l'instant, Wang et moi sommes perchés sur le balcon arrière, sous un ciel sans étoiles. Le balcon avant, auquel on accède par le salon, donne sur une résidence d'étudiants. Ce rideau-là n'a pas été tiré de la journée. Mais la terrasse en ciment dépourvue de charme qui prolonge le coin repas offre une vue d'ensemble du quartier au-delà de la grille sud et un panorama détaillé de la ruelle qui longe l'autre côté du mur. Malgré toutes ses avenues triomphales du centre-ville, suffisamment larges pour les défilés révolutionnaires et les colonnes de chars, et ses vertigineuses tours à bureaux prétendant rivaliser avec celles de Hong Kong, suffisamment luxueuses pour un personnel étranger qui en a vu d'autres, la plus grande partie de Beijing, je l'ai découvert, comprend des rues flanquées d'immeubles, qui constituent eux-mêmes une façade, postérieure à 1949, derrière laquelle se dissimulent de séculaires lacis de ruelles – appelées *houtongs* – qui débouchent sur des enfilades de cours traditionnelles et s'arrêtent souvent sur d'inexplicables et irrepérables canaux. Le jour, notre venelle présente les mornes magasins d'État habituels et des étals animés : bouchers découpant des tranches de viande, vieillards fumant derrière des monticules d'arachides, femmes en costume Mao criant leurs oranges grosses comme des prunes et leurs poires grosses comme des courges. Et chacun tente de se forcer un passage : flots de bicyclettes qui font résonner leurs sonnettes, charrettes à cheval aux impressionnants chargements de moellons, enfants – presque tous des garçons – qui ajustent leurs casquettes de l'Armée rouge trop grandes en brandissant des pistolets de bois, et une voiture occasionnelle, bloquée, avec des passagers indiscernables derrière les vitres teintées.

La ruelle offre, en bref, un aperçu du vaste « là-bas » – Beijing Ouest, la Chine du Nord, le berceau de l'Asie. La partie du monde où je me trouve sera manifestement la maîtresse du prochain siècle. La Chine où je réside est peut-être la nation la plus étroitement surveillée de la planète. La ville qui m'entoure, pour l'instant, est le centre nerveux de cette nation, le cœur du colosse, l'omphalos. C'est aussi une présence fortement sensuelle – surtout olfactive – dans ma vie quotidienne. Mais cela ne me sert pas à grand-chose. J'ai toujours dû restreindre ma vision pour tenir le coup. Bien que vivre un pur mensonge s'avère carrément épuisant. Aucune énergie de reste pour personne ni rien. Uniquement vous et votre ombre. Vous et le miroir de la salle de bains.

Le balcon arrière est à l'abri des regards de ceux qui rentrent au campus par le sentier en contrebas. Seul le voisin, professeur japonais, peut voir par-dessus la balustrade en ciment. Il n'enseigne que deux jours par semaine à l'institut, cependant, et passe tout son temps avec son amant – un Chinois d'outre-mer, ironie du sort – dans un autre secteur de la ville.

Malgré tout, vu les blagues que j'ai déjà racontées sur l'endroit où pouvait bien se trouver Wang Hua, j'aurais préféré rester dans le salon. Mais il a insisté pour sortir, et on va cadenasser la porte d'entrée d'un moment à l'autre. Sur la balustrade, il y a des bouteilles de bière, un bol d'arachides vide, deux paires de pieds. Encore une fois, Wang n'a pas tenté de dissimuler sa présence sur le balcon, ni de changer de voix. Il a bu toute la journée. Moi, depuis le souper. Trois fois, j'ai dû m'excuser pour aller pisser. Lui ne s'est pas levé de sa chaise une seule fois. Le téléphone a sonné deux fois ; deux fois nous l'avons laissé sonner.

— Je crois que j'ai vraiment besoin d'un répondeur, me dis-je après le deuxième appel.

— Un quoi ?

— Une machine qui enregistre les messages. Comme ça, on peut entendre qui appelle et décider de décrocher ou non.

— On peut faire semblant de ne pas être chez soi ?

— Oui, et rappeler la personne plus tard.

— Ou ne pas rappeler ?

— Exactement.

— Si on n'est toujours pas rentré ? demande Wang.

— Oui, c'est ça l'idée, dis-je, mal à l'aise.

— Tu veux dire le mensonge !

— Le mensonge, c'est bien ça.

— Parce qu'on est bien là quand ils appellent, n'est-ce pas ? demande-t-il d'une voix candide.

— Où ça, là ?

— Chez soi. En train de regarder la télé ou d'écouter de la musique. Dans l'intimité de notre imagination et la sécurité de notre esprit. Personne ne va nous déranger en frappant à la porte ou en téléphonant. Personne ne va faire intrusion dans nos espèces de fantaisies.

— Tu comprends la technologie, Wang, dis-je pour mettre fin à la conversation.

Il écarte de ses yeux des cheveux inexistants et poursuit :

— Et il y a aussi une bande enregistrée ? Avec des voix ? Comme preuve ?

— Tu veux dire les voix de ceux qui appellent ?

— Je veux dire la preuve.

— Quelle preuve ?

— Du crime.

— Téléphoner n'est pas un crime, dis-je, la phrase résonnant dans ma mémoire.

— Ça peut l'être, répond Wang. Si nécessaire. Pour le bien de l'État. Pour le bien du peuple.

Là-dessus, il vide sa septième bouteille de Qingdao, principalement dans sa bouche.

— Presque fini, déclare-t-il.

— Je croyais en avoir acheté largement. De la bière et des cigarettes, dis-je en renversant le paquet de Marlboro au-dessus de mes yeux pour compter celles qui restent, comme les ivrognes en ont l'habitude.

— Tu fumes trop, dit Wang.

Il attrape une cigarette dans mes cheveux, où elle a atterri, et une autre dans mon col de chemise. La troisième a plongé par-dessus la balustrade. Je réplique :

— Je ne fume pas du tout. Est-ce que j'ai l'air d'un intellectuel-qui-a-été-persécuté-pendant-la-Révolution-tranquille ?

— Est-ce que j'ai l'air d'un hooligan ?

Pour toute réponse, je lui tends une cigarette rescapée. Wang se la fourre dans le bec illico. Après l'avoir mâchouillée quelques secondes, l'air indifférent, il se penche et crache le foin par-dessus le balcon. Puis il se gargarise avec ma bière. Son rictus s'épanouit, sardonique. Même dans le noir, ses yeux divaguent.

Maintenant qu'il n'a plus de cheveux, ses traits ressortent nettement. Avec ses pommettes saillantes, son nez plat, ses yeux limpides et sa peau de bébé, il pourrait facilement passer pour une femme. Une femme séduisante, qui plus est. J'évoque des images télévisées de nonnes tibétaines – ajouterais-je honteusement, car elles sont emprisonnées, battues et parfois violées par des soldats chinois –, la tête rasée pour souligner leur renoncement mais aussi, sans le vouloir, rehausser leur beauté aérienne raréfiée, sculptée, aussi éthérée que les montagnes qui les ont engendrées. Stupéfiante, cette seule pensée, vaguement reliée à Wang, me fait bander à moitié. Je serais effaré, plutôt que troublé par ma réaction, si le rapprochement n'était pas aussi ridicule. Wang Hua est un homme, à n'en pas douter, et probablement hétérosexuel. Autant que je sache – et avec tout le respect dû à Ivan pour ses théories à la mode sur l'androgynie –, moi aussi, je suis de ces êtres conventionnels. En outre, le tee-shirt taché et le pantalon flottant de Wang sont l'accoutrement des prisonniers. En attendant, son comportement est le comportement classique du Mauvais Élément – à coup sûr une affaire de gars en Chine.

— Je suis dangereux, déclare-t-il.

— Seulement affamé, on dirait.

— La bouffe était délicieuse, mais elle est finie. Les arachides étaient bonnes, mais y en a plus non plus. Et la bière était fameuse, mais y a que toi qui en as encore. Presque finie, répète-t-il de façon inquiétante.

— Allons nous asseoir dans le salon, dis-je, sans tenir compte de l'écho.

— C'est parfait sur ce balcon. On est au-dessus de la Chine. La Chine est en dessous de nous. On peut voir les gens. Eux peuvent pas nous voir. Je veux jamais partir.

— D'accord.

— Et je suis fini, poursuit-il, en faisant glisser ses pieds de la balustrade. Plus de pensées, plus d'idées. Juste la bière, la bouffe, dormir et ça...

D'un geste, il mime un acte sexuel solitaire. J'opine.

— Autrefois, j'étais pourtant vraiment dangereux.

— En juin dernier ?

— En juin dernier, j'étais con, reprend Wang. Je parle de 1967. En 1967, j'ai dirigé les révolutionnaires de mon école pendant les marches pour dénoncer la clique de Liu Shaoqi et extirper les ennemis du socialisme. On a parcouru la ville à la recherche des ennemis. Quand on les a trouvés, on a défoncé leurs maisons et brûlé leurs affaires. Quelquefois, on les a frappés avec des bâtons et des pierres, mais pas souvent. C'étaient les révolutionnaires plus âgés qui se tapaient le boulot le plus drôle : faire mal, torturer, tuer un vieillard qui avait enseigné l'histoire à mon père avant la Libération. Nous, on regardait tout ça et on criait pour encourager nos camarades. On m'a donné un macaron spécial du président Mao comme récompense.

Je demande sans raison, sauf que je suis à moitié parti :

— Comme celui du doyen Feng ?

— Il a le même, oui.

Nous restons silencieux un moment. J'entends le vent dans les branches dénudées, une radio dans un dortoir proche, un raclement de pieds sur le sentier en bas.

— J'avais six ans, dit Wang d'une voix douce, et j'étais rempli de certitude. Aussi de haine et de violence. Et j'étais dangereux !

— Quand j'avais six ans, ou un peu plus, je me couchais dans la neige sur le balcon d'en avant et je faisais semblant d'être avec mon père. On faisait des choses tous les deux, j'imagine, on était juste ensemble. C'est curieux, je me souviens un peu de lui. Pas de quoi il avait l'air, ni même de sa voix, mais de son odeur, de la sensation de ses mains serrant mes épaules... Mais c'est impossible. Il est parti quand j'étais bébé. J'ai dû inventer ces souvenirs. Sur le balcon, peut-être. C'est *ça* que je faisais probablement là-bas, dehors, à part mes crises.

— Des crises ?

— De doute, je m'empresse d'ajouter.

Personne, pas même Zhou Hong, n'a besoin d'être au courant de mon épilepsie. Je me rappelle à l'ordre : *Dessoûle.*

— Tu es saoul ? demande-t-il.

— C'est de ta faute.

— C'est la faute de la Chine, dit Wang.

Il lève les bras au ciel, comme un prédicateur.

— La vérité sort de la bouche des enfants.

— Ouais.

— À dix-sept ans, y a pas de gars ou de filles laides.

— D'accord.

— Je peux rester ici ce soir ?

— C'est un autre proverbe ?

— C'est une question.

— Bien sûr, dis-je.

Mon estomac commence à tanguer. Wang laisse tomber les bras.

— Je veux jamais quitter cet appartement, dit-il. Je veux plus jamais sortir.

— Zhou Hong ne devrait pas laisser partir Ying.

— Hmm ?

— Ying est sa fille, son enfant. Zuo Chang n'a pas de droits sur la petite. Pas pour le moment. Et une fois partie, elle oubliera sa mère. Les enfants oublient. C'est pas leur intention. Mais on est relégué au passé. On est fini. On est foutu.

— Complètement foutu, dit Wang.

— On se souvient d'eux, bien sûr. De tout ce qu'on a vu et entendu, touché. Évidemment, chaque en...

Ma voix se brise. Sans blague, une fêlure d'une octave complète, premier pas fatal vers le pleurnichage. Mais je continue, en dessinant les lignes de ma main :

— Et on se désole. Pour soi-même, pour notre relation avec notre femme, pour l'enfant. Comme quand on la voit déjà construire des murs. Se sentir déjà abandonnée ; apprendre déjà à se défendre. Une carapace protectrice d'animaux en peluche, pour l'amour de Dieu. Comme si Kermit-la-maudite-grenouille allait défendre...

Soudain épuisé, je soupire. J'attends aussi, les yeux baissés, que Wang se mette à rire ou à éructer après mon discours. Une main me frôle l'épaule.

— Un mercenaire quelconque, David, lance-t-il.

— Qui a dit que j'étais...

— La semaine dernière, quand t'étais saoul aussi. J'ai dû chercher le mot dans le dictionnaire. T'as dit que tu t'étais rasé pour présenter un mirage et que tu portais des verres miroir pour cacher la vérité.

J'ai l'esprit assez lucide pour être embarrassé par le résumé que fait Wang de cette conversation qui, elle, n'est pas très claire dans mes souvenirs.

— Je suis en train de changer, je veux dire, j'ai changé.

— D'apparence ? demande-t-il.

— Te moque pas de moi.

— Je change d'apparence, moi aussi, dit-il. Même de coiffure. Pourtant, ça change rien. Ni pour la police. Ni pour la Chine. Je suis toujours moi. Toujours qui je dois être.

— Sûr. Je dis pas...

— Et t'as l'air d'être qui tu dois, toi aussi, ajoute-t-il, les yeux espiègles. Un homme bien. Un bon père.

Nous sommes coupés. Pas par un téléphone criard, au moins, mais par une chaîne qu'on passe entre les poignées des deux portes.

— Pas moyen de sortir de là, dis-je en me levant.

— Tu connais la définition d'un ami ? demande-t-il.

À la différence de ma conversation récente avec Wang, la définition que Zuo Chang m'avait donnée de ce concept brille clairement dans ma mémoire :

— Quelqu'un qui peut faire quelque chose pour vous ?

Wang sourit et secoue la tête :

— Un ami est quelqu'un qui n'a d'autre choix que de vous accompagner dans votre cellule, mais qui demande quand même la permission de rester.

— Reste, s'il te plaît, Wang, dis-je.

Le téléphone sonne encore.

Je n'arrive pas à dormir. Pas étonnant, les ronflements de Wang tiennent lieu de contrepoint discordant à la symphonie habituelle des cigales. Chose curieuse, en timbre et en inflexion, surtout quand ils enflent en crescendo, ses ronflements ressemblent à des mantras chantés par des moines avec des accents de l'Est de Montréal. L'analogie est démente mais, une fois établie, me garde sous son emprise. Quels rugissements glottiques mon imagination ne va-t-elle pas composer ! C'est comme un Forum rempli à craquer, dix-sept mille fans en robe safran murmurant continûment ; c'est comme, cela me vient tout d'un coup à l'esprit, l'appartement de la rue Clark quand j'étais petit. Qui faisait claquer l'air avec le fouet de ses ronflements, à l'époque ? À part la nuit perdue avec la serveuse du *Remys*, Masha Cloutier, il va bientôt y avoir trois ans que je n'ai pas dormi avec un autre être humain. De toute évidence, la masse étendue sur le divan n'est pas apte à me procurer la jouissance totale. Toujours est-il que Wang souffle dans sa corne du monde des rêves, et moi, à deux portes de là, dans la chambre, je ne peux faire la paix avec cette mélodie.

Dans la salle de bains, je mets les mains en cornet sous le robinet. À peine quelques gouttes, puis le filet d'eau postillonne. Les tuyaux vibrent et crissent ; l'eau s'arrête, pour ne pas revenir avant l'aube. Je me frotte la figure quand même. Puisque je ne peux m'endormir pour rêver, je retourne sur le balcon fumer l'ultime cigarette et ruminer deux rêveries récentes. La première, qui semble faire partie d'une série, se passait en français, bien qu'elle ne comportât aucun dialogue. Je suppose que j'ai *rêvé* dans cette langue, ce qui a l'air bizarre, je sais. J'étais assis à une table de cuisine, vêtu d'une simple serviette de bain. La veilleuse de la cuisinière n'arrivait pas à dissiper l'obscurité de la pièce. La porte ouverte sur le balcon ne pouvait faire circuler l'air immobile. De la ruelle montait un bruit de couverts dans des assiettes, de disputes de chats, d'un couple en train de faire l'amour. De plus loin, portées par la paisible nuit d'été, flottaient les pulsations d'une musique *live*. Une femme – Carole sans doute – sommeillait dans une chambre au fond du couloir, et sa respiration douce et régulière parvenait à mes oreilles aussi fort que le battement d'un cœur. J'écoutais la respiration et la musique tout en mangeant lentement des tranches de melon et de kiwi et des quartiers d'orange. Des flaques de jus miroitaient à la surface. Un couteau luisait faiblement sur un comptoir.

L'autre rêve, récurrent, me ramène à l'anglais – encore une fois, sans aucun dialogue – et à Beijing. Deux fois déjà, je suis parti explorer les canaux de la ville. Pendant des siècles, le réseau de palais de la capitale et des alentours était relié par voie d'eau. Chose également importante, au XIIIᵉ siècle, la ville elle-même, perchée au bord d'une steppe désertique, a été raccordée au Grand Canal, pourvoyeur vital en céréales et en denrées venues du centre de la Chine. De nombreuses voies d'eau subsistent mais ne sont plus utilisées ; elles ont été comblées ou obstruées par des déchets et des eaux d'égout. Mes deux sorties n'ont pas abouti à grand-chose ; l'eau que j'ai trouvée, quand elle n'était pas gelée, était dormante et fétide, même par ce froid. Dans mon rêve, pourtant, les canaux sont propres et l'eau, du bleu de certaines coquilles d'œufs d'oiseaux. Le ciel est haut, les cirrus s'étirent. Nu, je flotte sur le dos au fil de l'eau, les bras étendus, la visibilité restreinte par des murs de pierre. Loin de la foule, loin de la ville animée, seul au milieu des flottilles d'oiseaux et des nénuphars qui effleurent le bout de mes doigts, chatouillent mes cuisses. En apesanteur, je suis à l'intérieur et à l'extérieur de mon corps, contemplant alternativement le ciel et l'eau. Pas un bruit. N'est audible que ce qui se passe dans ma tête, seules ces voix intérieures, souvent cause de mon inquiétude. Même elles se taisent, et je glisse tout simplement.

XIV

Parmi mes habitudes de célibataire, aucune n'est plus
secrète que ma technique favorite de lavage du linge.
Les trois quarts du temps, les jours de lessive à
Montréal, je bourrais mon sac molletonné et je me
trimballais jusqu'à la laverie de la rue Saint-Viateur, où
des gars comme moi s'échangeaient des saluts et des
coups d'œil, guère plus. Parfois, cependant, la perspective d'une telle soirée me démoralisait ; j'avais alors recours à une alternative. Je laissais couler un fond d'eau
dans ma baignoire, versais une tasse de lessive, mélan-
geais et flanquais là-dedans mes slips, chaussettes, tee-
shirts et pantalons. Puis je branchais la douche et me
déshabillais. Et je dansais sur mon linge. Je foulais les
jeans et j'écrasais les chemises sous mes pieds. Fouet-
tais les chaussettes et pétrissais les slips. Quelquefois,
je me lançais dans un semblant de danse autochtone,
houps inclus ; le plus souvent, je chantais des airs qui
n'avaient aucun rapport direct avec la lessive, mais
semblaient appropriés : *Dance to the Music* de Sly and
the Family Stone et *I Feel Good* de James Brown. Ça me
faisait vraiment du bien de me sentir émoustillé, étuvé
et mouillé, quoique si Ivan ou Adèle ou – Dieu m'en
garde – Carole m'avaient pris sur le fait, je n'aurais pas
su où me mettre, encore moins, je suppose, que s'ils
m'avaient surpris en train de me masturber.
　　Imaginez alors ma joie de découvrir en Chine un
milliard d'autres personnes qui lavent leur linge de

cette manière. Même à Beijing, la majorité des citoyens le battent encore avec des bâtons, le frottent à la main et, l'été, apparemment, tapent contre les murs ou les bassines émaillées leurs chemises, leurs pantalons et leurs slips. Étant d'un naturel toujours très confiant, j'utilise rarement les machines derrière la cantine. En fait, le lendemain matin à 6 h 56, je suis debout dans la baignoire, en train de me faire masser les pieds par le linge et l'eau chaude. Apercevant l'heure, je m'éponge à la hâte et enfile un vêtement. On est mardi, la femme de ménage va frapper à la porte dans quatre minutes. Madame Chai nettoie mon appartement en premier, tous les mardis et jeudis matin. Une fois qu'elle aura frappé à la porte pour la forme, il n'y aura aucun moyen de l'arrêter, ni cris effarés, ni corps nu dans le coin repas, ni ronflements dans la chambre. Même une pancarte, même en chinois – comme celle que Wang et moi avons fabriquée hier soir – ne l'empêchera pas d'entrer.

À 6 h 58, je suis à la porte, prêt. Je l'entends en bas de l'escalier, la voilà qui commence à monter. Arrivée au quatrième, elle est à bout de souffle. Elle marmonne en farfouillant dans ses clés pour trouver la bonne. Chose curieuse, elle insère la clé et la tourne à moitié avant de frapper. Aussitôt, déclic, j'ouvre la porte, pour ainsi dire à l'instant où sa main touche le bois. Madame Chai se retrouve par terre dans l'appartement, la face ahurie, tandis que la chaîne se balance au loquet.

— Je suis malade, dis-je en mandarin, montrant la pancarte. Besoin de dormir. Pas de ménage aujourd'hui...

— Il faut que je vérifie les tentures du salon...

— Pas maintenant, s'il vous plaît...

— Mais...

— Merci, madame Chai. Je le dirai au comptoir de sécurité quand j'irai mieux. Alors vous pouvez repartir.

Trapue, avec sa face de tarte, cette femme, qui lave les planchers avec une vigueur qu'on pourrait prendre pour de la rage, s'étire pour lorgner derrière moi les portes vitrées qui mènent au salon. Je lui bloque le passage.

— Vous avez gardé vos tentures fermées hier, dit-elle.

— Merci, dis-je en la faisant reculer dans le corridor.

J'écoute un moment. Comme prévu, elle ne se dirige pas vers l'appartement du professeur Mueller, de l'autre côté du palier, elle redescend l'escalier. J'entrouvre la porte. En bas, la femme de ménage essoufflée chuchote : « Il est malade. Qu'est-ce que je peux faire ? » Une voix d'homme lui répond brusquement, alors elle raconte son histoire.

L'écriteau NE PAS DÉRANGER renforcé, et Wang Hua toujours endormi dans le salon, je m'éclipse. Un miroir déformant accroché au-dessus de l'entrée principale permet aux gardiens de sécurité de surveiller le couloir sans se lever. En revanche, on peut les y observer en train de manger, regarder la télé ou somnoler, la tête sur le comptoir, les yeux fermés sur les colonnes du *Renmin Bao*. Au fur et à mesure que je m'approche de la sortie, mon reflet s'élargit hideusement dans le miroir – cou étiré, jambes rapetissées sous un torse boursouflé – tandis que le portrait parallèle de Deng Chen subit un rétrécissement disgracieux. Deng me fixe de son regard de zombie, esquisse un geste. Avant même qu'il ait pu contourner le comptoir, j'ai franchi la porte, je suis dehors par un matin gris sans vent – parfait pour des lunettes de soleil et un col relevé.

Zuo Ying attend en bas de l'escalier du couloir n° 1, bâtiment n° 12. La perfection de l'enfant me remplit d'une mélancolie qui, je l'admets volontiers, est stéréotypée. La forme de son visage est merveilleusement belle, ses traits, sans défaut et ses yeux, couleur de chocolat au lait. Déjà la ligne des sourcils s'arque au-dessus des orbites, déjà le profil est hautain. Une qualité du regard, instantanément introverti et curieux, rappelle celui de son père. Je n'ai pas été surpris d'apprendre que, bien qu'elle ne puisse écrire que quelques caractères, ses peintures de tiges de bambou et de papillons attirent déjà l'attention. De sa mère, Ying a hérité d'un rire presque contraire à sa nature. Zhou Hong rit spontanément et facilement. Il y a plus de retenue, ou peut-être moins de conviction chez sa fille. Il en résulte de petits gloussements, avalés comme un médicament qui a mauvais goût, et des sourires si forcés qu'ils découvrent ses gencives – minuscule imperfection dans ce qui est par ailleurs une statue de porcelaine sans prix, léguée par quelque dynastie oubliée.

— Bonjour, dis-je en mandarin.

— Ma maman est en haut, répond Ying de sa voix d'hélium. Elle a dit que je vous attende ici.

— Tu veux qu'on aille se promener ?

Elle porte le survêtement que je lui ai acheté la semaine dernière. Un Mickey Mouse souriant fait la révérence dans le dos ; un Donald Duck paradant et un Goofy trébuchant rayonnent chacun en haut d'une jambe de pantalon. Les dessins sont piratés et l'ensemble est une contrefaçon bon marché. Ce cadeau allait-il être approprié ? La fillette l'a gardé sur elle cinq jours d'affilée et porte encore le haut pour dormir. Devant ce contentement obsessif, tous mes doutes se sont envolés, comme toujours avec Natalie. Oui, je les vois ensemble. Comme des amies, des sœurs. Certains jours, elles sautent à la corde sur le terrain de sports du collège ; d'autres fois, elles chahutent sur le divan dans le sous-sol de Carole. Elles lisent des livres en anglais, bavardent en chinois et jouent à la marelle en français. Je suis le gardien des deux. Pas tout seul : Carole et Zhou Hong sont là, en arrière, bras croisés, fascinées. Je joue le rôle du maître d'hôtel, je leur apporte des biscuits et des gâteaux en demi-lune, je leur cuisine des pâtes avec sauce à la viande, des boulettes de soja. Je leur donne leur bain, aux deux ensemble, et les prépare à aller au lit. D'abord, nous jouons à un jeu. Bien que je l'aie appris à Natalie quand nous habitions tous dans le Mile End, jusqu'à tout récemment, chaque fois que je suis allé à Longueuil, à n'importe quelle heure, nous y avons joué au moins une fois, avec des variantes. Je borde lentement l'enfant avec des couvertures supplémentaires que j'ajoute une par une jusqu'à ce que j'éclate de rire à la dernière et que je secoue le matelas, tandis que, de plaisir, elle rit aux éclats. Toutes les deux y ont droit, chacune leur tour. Après, je les incite à me picoter le ventre et je m'esclaffe comme un Père Noël, et elles rient tant qu'elles en restent sans forces. Ensuite, nous chantons une des berceuses que Ying a apprises de sa mère : « Les dieux sur le toit de la maison protègent du mal les pigeons / Et mon petit pigeon à moi est en sécurité dans mes bras. » Enfin, leur tête sur mes épaules en guise d'oreiller, je leur raconte une histoire ponctuée de rebondissements bizarres et de passages effrayants, mais où tout le monde finit par vivre heureux pour toujours.

Qu'est-ce qui se passe ici ? Déjà, Hong en convient, les gens du campus ont commencé à parler. Déjà, d'autres professeurs étrangers ont fait remarquer tout haut que je fourrais mon nez dans une affaire qui ne me regardait pas. Quant à moi, ma conduite ne me dérange pas ni, dans une large mesure, ma façon de penser. Il est évident que je me substitue à un autre ;

évident que j'interfère. Pas par égard pour l'enfant. Pas vraiment par égard pour la mère non plus.

Nous nous dirigeons vers le terrain de sports. Ying fredonne une chanson que je ne reconnais pas.

— Qu'est-ce que tu chantes ?

— Une chanson pour les voyages en avion, répond-elle. Ma mamie me l'a *appris*.

— Tu peux me l'apprendre ?

— Vous partez en avion ?

— Pas demain.

— C'est seulement pour...

Le mot m'échappe, mais je suppose qu'elle a dit « les voyageurs » ou quelque chose comme ça.

— Alors, tu peux la chanter ?

— Mais ça y est !

Il n'y a pas à dire, elle est différente de Natalie : elle aime moins s'amuser, elle est plus sérieuse. Nous approchons d'une rue qui traverse le campus, j'essaie de lui prendre la main. Elle file en avant, rejetant implicitement mon aide. Un camion nous dépasse en vrombissant dans un tourbillon de poussière ; le cœur manque de me sortir de la poitrine.

— Tu seras avec ton papa très bientôt, dis-je, prenant bien soin de construire ma phrase au futur.

— Il habite à Montréal.

— Je sais. J'y habite aussi.

— Non, c'est pas vrai.

— Je veux dire : j'y habitais, et j'y habiterai encore. Il se peut même que je te voie à Montréal.

— Vous habitez dans le Bâtiment des étrangers, dit Ying. Maman dit que vous parlez beaucoup de langues et que vous avez une baignoire.

Heureusement qu'une conversation récente avec la femme de ménage au sujet d'un tuyau bouché m'a familiarisé avec ce terme.

— Est-ce que mon père a une baignoire au Canada ?

— Peut-être.

— Je croyais que vous étiez son ami.

— Je suis sûr qu'il en a une.

— Bon. Je veux...

Je répète le verbe qui m'est peu familier.

— Peindre des images, précise-t-elle. Avec mes pinceaux. Comme celle-ci...

Elle montre le stencil de Goofy.

— Dans la baignoire ?

Ying suit le contour de son oreille avec son doigt, comme pour boucler les mèches de ses cheveux courts. Puis elle me fait un bref signe de tête. La maîtresse de Zuo ferait bien de se préparer à voir des aquarelles sur les bords de sa baignoire ainsi que, je l'espère, beaucoup d'autres dégâts dans sa demeure sans enfants.

— Est-ce que vous aimez Zhou Hong ? me demande la fillette.

— Pardon ?

— Mon papa ne l'aime pas. Ils vivent séparés maintenant. Ils peuvent juste avoir du respect l'un pour l'autre.

— Ce n'est pas vrai, dis-je avec emphase pour tenter de dissimuler mon trouble. Ta maman et ton papa sont toujours... Où as-tu entendu ça ?

— Tout le monde le dit.

Je veux en savoir plus, l'interroger davantage. J'attends, espérant que Ying, comme tout autre enfant de cinq ans sur la planète, ne pourra bientôt faire autrement que de se vider le cœur.

J'abandonne pour passer en revue le répertoire de verbes dont je dispose. Je connais les équivalents d'*aimer* et *haïr*, *plaire* et *déplaire*, *belle* et – grâce à la petite – *respect*. Pas grand choix, malheureusement.

— Je respecte ta maman, moi aussi, dis-je.

249

— Respecte ?

Je fais un léger signe de tête.

— Alors, personne ne l'aime, conclut-elle.

Nous voilà sur la piste de course. Tôt le matin et en début de soirée, le terrain de sports du collège est envahi par les promeneurs. Au début, cela m'a intrigué, vu que de nombreux sentiers, souvent retirés, quadrillent le campus et que les couples ou les amis y seraient plus tranquilles. Il me semblait totalement aberrant que cette piste, exposée au vent et à la pluie, dépourvue d'ombre et peu propice aux conversations intimes, attire tant de monde. Moins d'une semaine après mon arrivée, cependant, j'ai commencé à comprendre. Marcher jusqu'au terrain de sports ne nécessite aucune prise de décision. Pas de choix à faire pour occuper ses temps libres. Aucun risque à courir quant à la destination. Souvent le soir, rompu de fatigue et accablé, j'ai été séduit moi aussi par la voie de la facilité et, plutôt que d'arpenter les sentiers du campus ou – loin de moi cette pensée – les rues du quartier au-delà des grilles, j'ai abouti sur la piste. Dans ces conditions, la présence d'autres promeneurs tout aussi hébétés apportait quelque réconfort. Le cercle était bouclé, je m'en rendais compte avec amusement. Affaire intérieure chinoise.

L'ovale est maintenant désert, à part un groupe de vieux qui couvrent le sol d'écorces de graines de tournesol. Des oiseaux atterrissent tout près et s'attaquent aux graines à coups de bec, dans un va-et-vient continuel. Un soleil orange estompé est accroché dans un coin du ciel.

Ying trouve un bâton et commence à dessiner sur le sol argileux. Un de ses dessins est si intéressant que je l'interroge.

— C'est la terre, dit-elle.

— Tu sais écrire des idéogrammes ?

— Ma maman m'apprend tous les soirs avant d'aller au lit.

Je lui demande d'en dessiner un autre. Je l'observe et hasarde :

— Le ciel ?

— Bien ! acquiesce-t-elle, sans doute exactement comme sa mère. À votre tour maintenant, ajoute-t-elle en me tendant le bâton qui tient lieu de pinceau.

— À moi ?

— Vous ne savez pas écrire ?

— Pas bien. Je tente d'expliquer : Du moins, pas en chinois.

Elle fronce les sourcils :

— Comment écrire autrement ?

Je me hasarde à représenter l'idéogramme le plus simple que je connaisse. Le résultat la laisse perplexe. Là où Natalie penche la tête, Ying louche ; là où le tempérament de ma fille la pousse à parler, quel que soit le degré d'adéquation de son vocabulaire, l'enfant de Hong s'en tient à un silence ingénu, bien qu'il donne souvent l'impression d'être stratégique. Nul doute que deux des trois membres de cette famille me rendent immanquablement anxieux. La troisième n'est pas non plus sans influer grandement sur mon comportement.

Je fais une nouvelle tentative. Cette fois, Ying hoche la tête et, reprenant le bâton, juxtapose un idéogramme assorti. Je lui demande :

— Le feu et ?...

— L'eau.

— Tu écris très bien, Ying.

— J'ai seulement cinq ans.

— C'est ce que je veux dire.

— Vous avez quel âge ?

Je le lui dis.

— Alors vous devriez être bien meilleur !

Coupant court à travers le terrain pour retourner aux résidences, je fixe le couloir de Hong, dans l'espoir qu'elle est en train de nous regarder par la fenêtre de son palier. Elle n'y est pas, mais d'autres nous surveillent : des vieilles dames assises sur les bancs, des gardiens de sécurité appuyés contre les murs. Cela ne rime à rien et c'est presque impossible à dire en mandarin. D'ailleurs, cela ne me regarde absolument pas. Dès les premiers mots, je patauge :

— Je veux te dire comment les gens vivent à Montréal.

La fillette lève les yeux vers moi :

— Pourquoi vous portez ces lunettes ?

C'est une question qu'on me pose souvent.

— Je veux t'expliquer quelque chose, Ying. Sur les hommes et les femmes. L'amour et le respect. Sur ton père et ta mère. Je sais que je ne parle pas très bien. Mais tu peux m'écouter ?

Elle écoute. J'explique. Ce qui sort est haché et hypocrite, manifestement égoïste. Cinq minutes de ce charabia, et son expression n'a pas changé. Elle n'a pas compris un traître mot. Elle pense que je suis idiot.

— Ma nouvelle mère aura une baignoire dans sa maison à Montréal ? demande-t-elle en clignant lentement des yeux, comme si elle comptait chaque battement.

Dieu merci, subitement, on agrippe ma main.

Nous traversons la rue déserte ensemble.

Assis jambes croisées sur le divan, Wang Hua regarde la télévision en sifflant le fond d'une bière ouverte hier soir. La pièce pue les pieds sales. Je me dirige automatiquement vers les tentures, me ravise et décide d'entrouvrir une fenêtre. Sans brise, aucun air frais ne va rentrer dans l'appartement – seulement davantage de poussière. Une fois de plus, je m'interroge sur les techniques de dissimulation de mon ami. La télévision s'entendait deux paliers plus bas. Or, Deng Chen m'a vu partir il y a une heure. Même Elaine Mueller a ouvert sa porte, en face dans le couloir, pendant que je tâtonnais avec ma clé, pour me faire des remontrances sur le volume du son. Ses propos étaient chargés de malveillance.

L'écran montre un homme assis à un bureau, lisant un texte. À l'arrière-plan, un collage de journaux et de livres. Je demande :

— C'est quoi ?

— Un programme éducatif.

Wang a l'air encore pire qu'hier, le teint terreux, les yeux gonflés et le crâne luisant sous le chaume des cheveux.

— L'État fait la leçon aux masses sur leur accent. L'État veut que les paysans s'expriment mieux.

Il s'arrête, absorbe quelques phrases, traduit :

— Vous n'employez pas le mandarin classique. Vos mauvaises prononciations et vos dialectes nuisent à notre grande langue. Veuillez vous améliorer. Impossible de comprendre ce que vous dites !

— Tu vois !

— Maudit étranger, jure-t-il en chinois.

— Rien d'autre d'intéressant à regarder ?

— Un *soap* américain plein de Blancs séduisants, avec des belles maisons et des grosses bagnoles. Aussi des corps bronzés et d'excellentes lunettes de soleil. Ça commence à sept heures.

— Du soir ?

— C'est ça.

Le téléphone sonne.

— Six fois depuis que tu es parti. Faut absolument un répondeur.

Je décroche. Un crépitement me déchire l'oreille. Les résidents qui sont sûrs que l'interférence vient des dispositifs d'écoute bon marché hurlent souvent des insultes dans l'appareil muet. Je me contente de raccrocher. Ce matin, percevant une voix derrière le sifflement, j'ai demandé à l'interlocuteur de crier. Le doyen Feng a de bons poumons. J'ai dû éloigner le combiné de quinze centimètres. Il voulait me parler. Pouvait-il ?... Je n'ai pas compris la suite, mais je l'ai devinée, alors j'ai hurlé que j'allais le voir à son bureau. Feng Ziyang a rétorqué qu'il préférait me rendre visite chez...

— J'vous entends pas ! ai-je tonné en raccrochant brutalement.

— Faut que j'y aille, dis-je à Wang.

— Feng est fou et Shen est une sorcière, commente-t-il en rotant. Crois tout ce qu'ils te diront.

— J'ai un autre banquet à midi. Je vais te piquer de la nourriture et peut-être emprunter un magnétoscope chez le gérant du bâtiment. Certains *régénérés* ont des cassettes.

— De leur régénération ?

— De films, Wang. Une distraction saine. Un divertissement familial.

Ce disant, je remets mon manteau.

— Je suis dans un film. Avec mon blouson U2. Grande vedette. Toutes les salles de Beijing vont bientôt le projeter. Peut-être même la télé.

Un instant, je suis dupe. Puis Wang me fait un clin d'œil et un sourire narquois avant d'éructer un au revoir.

Devant la résidence, je téléscope le doyen. Feng fonce tête baissée sur le sentier. Ses semelles tracent un motif dans la poussière. Il ralentit pour ajuster son pas au mien et s'arrête quelques secondes pour analyser une étrange arabesque dans les empreintes. Sauf erreur de ma part, celles que j'ai laissées il y a une demi-heure. Même l'arabesque s'explique : je me dépêchais de retourner chez moi, l'esprit absorbé par le commentaire de Zuo Ying sur ses parents, quand j'ai failli entrer en collision avec une bicyclette pilotée par un employé des cuisines. Levant les yeux vers moi, Feng Ziyang fronce les sourcils :

— J'ai dit que je viendrais vous voir.

— C'est ce que nous avions convenu ?

— Les téléphones sont tellement mauvais ici. Pure camelote. On peut aller chez vous pour parler ?

— Restons dehors.

— Ici ? réplique-t-il, comme si je venais de proposer un pique-nique au sommet d'un volcan. Je bluffe :

— Pourquoi pas ?

— D'accord, d'accord. Wang Hua est absent depuis deux jours. On doit le trouver. Vous pouvez aider ?

— Aider ?

— Il s'agit de politique.

— Je n'enseigne pas la politique.

— Ça va barder. On ne peut plus le protéger. Je ne peux plus le couvrir. Très gros ennuis maintenant. Terribles.

— Pour qui ?

Le doyen Feng agite les bras :

— Moi. Vous. Tout le monde ! Vous comprenez ?

Je fourre les mains dans mes poches pour cacher leur tremblement, mais impossible de dissimuler mon spasme à l'œil droit.

— C'est la poussière, dis-je en me le frottant avec le poing.

Le visage toujours animé de Feng Ziyang est si déformé que, pour la première fois, moi aussi, je m'interroge sur sa santé mentale. Il ouvre la bouche pour parler, hésite et se lance :

— Vous étiez sur piste ce matin avec Zuo Ying. Elle va rejoindre son père au Canada. Les gens demandent : Qu'est-ce que l'étranger disait à l'enfant ? Des secrets à transmettre à Zuo Chang ? Peut-être qu'il faut enquêter là-dessus...

— C'est de la folie.

— Pas moi qui dis ces choses. D'autres personnes. Les mêmes qui parlent de vous et de Zhou Hong. Parlent jusqu'à ce que les ennuis arrivent. Trop graves pour être arrangés.

— Et après ?

Il s'approche, peut-être pour m'intimider, plus vraisemblablement pour empêcher des professeurs japonais qui passent d'entendre notre conversation.

— Vous êtes très sérieux ? chuchote-t-il.

De près, des touffes poivre et sel semblent jaillir de ses sourcils. Je m'efforce d'avoir l'air abasourdi.

— Ne déconnez pas pour rien, David. Pas ici. Pas maintenant.

Ma réponse fuse, hystérique, du moins me semble-t-il.

— Ma vie privée ne regarde personne. À moins qu'elle n'affecte ma façon d'enseigner.

Le doyen sort un paquet de cigarettes locales, en allume une et grimace, je suppose, à la seule pensée du goût qu'elle va avoir.

— Quand j'étais dans ce débarras, dans Pavillon des arts, il fallait que je chie devant les étudiants qui me gardaient, dit-il. Aucune permission d'aller aux toilettes. Seulement un pot, la porte ouverte, tout le monde regardait.

— Oui ?

Mon ton le convainc d'arrêter son anecdote. Il change de sujet :

— On a demandé à un célèbre écrivain chinois d'écrire histoire dénonçant féodalisme : « L'homme était perplexe. Il a qualifié la Chine de « pièce sans portes ni fenêtres ». Des gens sont endormis dans pièce. Supposez qu'il cogne sur le mur pour les réveiller. Vous êtes tous prisonniers, crie-t-il. Prisonniers, et il n'y a pas d'issue pour sortir ! Est-ce qu'il rend aux gens service si grand ? »

— Je déplore que vos étudiants vous aient enfermé.

— Je déplore que vous êtes ami avec Wang Hua.

— Allez-vous empêcher la fille de Zhou Hong de partir demain ?

C'est une éventualité à laquelle je ne suis pas sûr d'être hostile.

Le doyen recommence à protester de son innocence, mais abandonne en pleine phrase. Il se précipite dans la résidence et va droit sur Deng Chen à la réception.

XV

Aujourd'hui le banquet se limite à trois tables. À la table d'honneur ont pris place des administrateurs qui s'ennuient, des chefs de département distraits – ils ont un autre emploi, me dit-on, généralement dans une compagnie en partenariat, sont toujours pressés – et des fossiles affairés autour d'un homme à prothèses auditives et remèdes herbacés qui s'efforce de ne pas trépasser avant le dîner. À la dernière table, l'anglais règne. Les Américains dominent, avec un panachage d'Australiens et de Canadiens aux accents cocasses et provocants ou polis et traînards. S'y insère même un professeur anglais, un Londonien désabusé du nom de Clive qui, de toute évidence, est atterré par ce qu'il entend sortir de la bouche des Floridiens et des Texans, et qui est ostensiblement la risée des mêmes Yankees à cause de son élocution nasale et constipée. La conversation va bon train là-bas. La troisième table rassemble les internationalistes, les polyglottes – c'est-à-dire tous les autres. Allemands et Japonais, Espagnols et Français. Des Arabes de Damas et du Caire. Un Italien de Milan. Le professeur russe qui est souvent patraque – on l'entend pleurer du bas de son escalier – et le Nord-Coréen qui refuse, selon la rumeur, de se mêler aux capitalistes. Il s'y trouve même un gentleman indonésien, qui cumule un emploi dans trois institutions pékinoises et enseigne au collège deux matins par semaine. Du point de vue linguistique, ce groupe n'a en commun que l'anglais standard qu'apprennent les gens instruits à travers le monde. La plupart du temps, il se subdivise en factions, bien que celles-ci coïncident rarement avec la place des convives autour de la table. Il en résulte du babillage : d'un Japonais à un autre, d'un Français à un autre, d'un Allemand à un Espagnol ou un Italien. Les jours où je me sens dans la peau d'un anglophone hégémonique, soutenu par mon fac-similé plausible d'accent américain, je trouve une place parmi ceux qui parlent anglais. Les jours où je me sens moins francophone que canadien, voisin immédiat d'un carnivore grimaçant tout en bas de la chaîne alimentaire, je change de chapeau et rallie les marginaux. Là, faute de mieux, je peux laisser errer mon regard, m'abstraire ou me concentrer sur des sujets plus captivants – comme Zhou Hong à la table d'honneur.

Au professeur Moussa, d'Égypte, perpétuellement souriant, je dis *Salut* en échangeant avec lui une poignée de mains énergique. Au professeur Pitof, perpétuellement sinistre, natif du Havre mais résidant en Asie depuis l'occupation française du Viêt Nam, je donne poliment du *Bonjour, monsieur*, sans ajouter désormais *Ça va bien ?* ni *Comment allez-vous ?**, car le professeur n'a jamais l'air dans son assiette.

Pour l'instant, le banquet n'a pas meilleure allure. Le problème, c'est l'invité d'honneur, un nouvel enseignant du laboratoire de langues, venant de Melbourne. On ne l'a pas vu. Zhou Hong, dépêchée à l'aéroport à sa rencontre, n'est pas là non plus. Pire, quand elle finit par arriver, une demi-heure plus tard, elle est seule. Cramoisie d'avoir couru, visiblement en détresse, Hong fait halte près d'un écriteau dans l'encadrement

---

* En français dans le texte. (NdT)

de la porte. Avant qu'elle ait pu se ressaisir, et encore moins traverser la pièce pour rendre compte à ses supérieurs, le président du collège l'apostrophe. Elle reste figée. Il lui pose la question épineuse. Elle répond doucement en mandarin :

— On lui refuse l'entrée.

Le président, homme entre deux âges qui dirigeait une mine de charbon dans la province du Hubei il y a quelques années, et ponctue même les pensées les plus simples de « eu-hum », comme s'il avait longuement médité sur le sujet, se râcle la gorge :

— Quoi ?

— L'Australien ne peut pas rentrer, répète Hong.

Le président remonte ses lunettes sur son nez et commente :

— Eu-hum.

Subitement, le vice-président aveugle, le camarade Wu, se lève, vacille et se raccroche au bras que lui tend le doyen Feng, assis à côté de lui.

— Ridicule, fait le vieillard, repoussant l'aide de Feng. Un étranger qui ne peut rentrer au banquet ?

Les doigts joints, comme une enfant qui donne un récital de musique, Zhou Hong cligne des yeux.

— Parlez au gardien de sécurité, conseille Wu, les bajoues tremblotantes. Il le laissera entrer dans la salle.

— Pas la salle, rectifie Hong. Le pays.

— Le quoi ?

— L'Australien se voit refuser l'entrée en Chine, dit-elle d'un ton impatient, ce que je remarque avec satisfaction.

— En Chine ?

— Problème de visa.

— Vous auriez dû, eu-hum, vous assurer de tout ça, Zhou Hong, dit le président.

— Je croyais l'avoir fait.

— Apparemment, vous l'avez mal fait.

— Tout était en règle, dit-elle. À l'aéroport, tous ses papiers semblaient... (Le mot m'échappe.) Mais les officiels ont une liste, et il était dessus...

Du regard, Hong cherche l'aide du doyen Feng. Elle est toujours immobile. À présent, presque tous les yeux sont braqués sur elle, même ceux des étrangers qui n'ont pu suivre la conversation. Sans croire à la télépathie, sans un mot, je lui donne ce conseil : *Dirige-toi vers la table d'honneur, Hong.*

Feng Ziyang se lève et dit en mandarin :

— C'est regrettable. La nourriture va refroidir. On ferait mieux de manger.

— Pas encore, s'oppose le président.

— Certains étrangers peuvent nous comprendre, Wei Peng, prévient Feng, un rictus collé sur la figure.

— Nous serons plus tranquilles pour parler à table, acquiesce Hong.

— Ne vous occupez pas des étrangers.

— On ferait mieux d'en parler...

— Tout de suite !

Zhou Hong et Feng Ziyang baissent les yeux. Aussi humiliante soit-elle, l'analogie s'impose : on les traite comme des écoliers. Ce qui ne les empêche pas d'adopter sur-le-champ un comportement docile et insolent – tels des enfants brimés.

— Qu'est-ce qu'ils disent ? murmure le professeur Pitof.

Je secoue la tête. À la table anglaise, un Américain proclame son désir « d'en finir avec cette histoire ». L'air soumis, les serveuses remplissent les verres de soda et de bière, mais retardent le service des plats principaux. Les invités étrangers s'impatientent sur leurs sièges ; les invités chinois gardent une immobilité quasi artificielle.

— Sale affaire, dit le président. D'abord les ennuis avec ce professeur... Quel est son nom déjà, Feng Ziyang ?

— Hein ?

— Votre professeur. Le... (Plusieurs mots m'échappent.) Vous savez bien, celui qui a disparu.

— Wang Hua, répond le doyen.

Mon regard reste rivé sur le président du collège. Pas un cillement, pas un geste : mon attitude est celle d'un type calme et innocent.

— D'abord ce merdier, maintenant cette tuile, continue le chef du collège. L'école a l'air incompétente. Pleine de fauteurs de troubles. Toutes ces erreurs...

Je perds complètement le fil. Quand je le retrouve, on dirait qu'il s'agit d'autre chose.

— À propos, Zhou Hong, quand est-ce que votre mari revient ?

La question absorbe le peu d'air qui restait dans la salle. Même la table anglaise cesse de caqueter. Je ne veux pas aggraver la situation de Hong, mais je ne peux me retenir de la fixer, à l'instar d'une trentaine de personnes.

— Je ne sais pas, Wei Peng, répond-elle en se tirant sur le poignet droit. Il ne me fait pas part de ses projets.

— Projets ? Quels projets ? Il doit revenir à son, eu-hum, poste. Son, eu-hum, pays.

— Sa famille ?

— Oui, oui – ça aussi.

Un semblant de sourire retrousse les lèvres de Hong. Elle le fait disparaître en vitesse.

— Zuo Chang est mon ami, poursuit l'homme. Quelqu'un que j'admire, quelqu'un que je... (Les mots sont nouveaux pour moi, à moins qu'ils ne soient prononcés avec un fort accent du Hubei.) Il avait de l'avenir ici. Sur les murs de mon appartement, j'ai beaucoup de ses...

Reprenant ses esprits, le président s'assoit – s'effondre en fait – sur sa chaise. Il contemple son assiette.

— On ferait mieux de manger, propose le doyen Feng.

Obéissant à un accord tacite, les baguettes restent en suspens au-dessus des plats froids : le premier qui attaquera le banquet en subira les conséquences. À la table anglaise, un convive juge la nourriture « *jôlie*, mais pas si *jôlie* que ça », et on rit sous cape. Aucun doute : nous sommes tous des écoliers en punition prolongée à cause de nos écarts de conduite.

Zhou Hong est paralysée elle aussi. Son visage est devenu atone, et elle tire si fort sur sa main que je l'imagine se détachant avec un bruit de succion, comme un bouchon de bouteille. La colère monte en moi. Bien que je n'aie pas de stratégie précise, sauf de mettre fin à l'humiliation, je me lève. Quelques regards se tournent vers moi, dont celui, surpris et manifestement réprobateur, de Hong. Je suis sur le point de parler – j'hésite sur le choix de la langue – lorsque le vice-président aveugle, Wu Tong, se relance dans la discussion :

— Qu'est-ce qui se passe ici ? (Cette fois, il tolère que le doyen Feng l'aide à se mettre debout.) C'est ce que je veux savoir. Tout le monde est fâché, tout le monde s'en va. Aucune discipline. Aucune autorité. Quand j'étais jeune... Quand j'étais jeune...

Cette intervention me soulage tant que je ne comprends presque rien à ce qu'il dit. Quand je finis par saisir, il répète la même question, sa main libre – l'autre agrippe une canne – tendue en un geste de supplication :

— Est-ce vraiment si grave ?

Personne ne bronche. Pourtant, c'est la nature de ce silence et un certain trémoussement parmi les Chinois qui semblent lui fournir la réponse. Petite énigme qui mériterait que je m'y attarde – après tout, il ne peut voir personne se trémousser –, mais je n'en ai pas le loisir, tellement son commentaire est stupéfiant :

— À cause de ça ? demande-t-il. Ce n'était rien. L'armée s'est occupée de quelques hooligans. L'État a restauré l'ordre. Fallait que ça soit fait. Nous devrions tous être reconnaissants de...

Je reperds le fil. Frustré, je scrute le visage des profs chinois non fossiles pour combler ce qui m'échappe. Personne ne manifeste ouvertement colère ou désaccord. Ce qui ressort, cependant, c'est une neutralité frisant l'indifférence, voire le mépris. Wu Tong s'affaisse sur sa chaise. Des vieillards qui se trouvent à proximité lui touchent le bras en signe d'approbation.

Feng intervient encore, en anglais :

— Banquet terminé. Tout le monde très occupé. Au revoir !

Zhou Hong le reprend avec douceur. Il rectifie :

— D'accord, d'accord. Banquet commence. Tout le monde mange. Bienvenue !

Hong se dirige vers la table d'honneur, à grands pas mécaniques, comme si elle réapprenait le protocole. Le repas dure dix minutes. J'essaie de ne pas regarder, de ne pas avoir l'air surpris tandis qu'elle converse sur un ton enjoué avec les fossiles, rit d'un trait d'esprit présidentiel et prend même quelques bouchées de nourriture, alors qu'elle est encore écarlate et que ses pensées vagabondent. Comment pourrais-je connaître le sens ou la nature de ses pensées ? Parce qu'en ce moment, avec cette pulsation dans mon cou, j'en ai l'intuition. Pas en détail, je l'admets volontiers, mais j'en éprouve la force et la passion. Je devine les pensées de Zhou Hong aussi clairement que j'observe son attitude. Et je note que Feng aussi l'observe sans cesse à la dérobée. Comment ne pas être fasciné par une telle grâce ?

Et j'enrage en silence. J'enrage un peu comme à Montréal, mais davantage comme en février dernier, lorsque Clive, le Londonien, m'a prêté un docu-livre sur le massacre de la place Tiananmen. Intercalées dans le texte, une douzaine de photos montraient les bicyclettes écrasées et les autobus calcinés, les cadavres ensanglantés et les restes mutilés, plus la célèbre confrontation de l'avenue Changan entre un char et un jeune homme portant un sac en bandoulière. Je l'ai lu d'une seule traite, puis je suis resté étendu sur mon lit, cette nuit-là, hanté par des scènes de cauchemar. Si un général chinois s'était trouvé dans mon appartement, je lui aurais sauté dessus avec un hachoir ; si le chef suprême Deng Xiaoping s'était présenté, je l'aurais balancé par-dessus le balcon. Ma fureur n'était pas aveugle. Sans être moins sauvage pour autant, je m'empresse de l'ajouter. Elle se trouvait simplement canalisée au lieu de frapper au hasard, comme un fléau, sombre fruit des circonstances plutôt que de ma nature. Fruit également d'une nouvelle conscience politique en train d'éclore. Cette attitude et cette inquiétude étaient nées des injustices perpétrées sur des gens que je connaissais un peu, à un moment et en un lieu auxquels je pouvais – modestement – prétendre appartenir. Encore une séquelle de la vieille mentalité d'Adèle, j'imagine, décapée de ses différentes couches de malentendus et d'apitoiement sur soi qui ont finalement embourbé sa pensée. Clive m'a incité à montrer ce livre à des amis chinois. Zhou Hong s'est simplement couvert les yeux devant certaines photos. Wang Hua l'a repoussé en déclarant qu'il « attendrait le film ». Plus tard, il a admis qu'il avait déjà lu quantité d'articles et de bouquins là-dessus. Encore plus tard, il m'a confié qu'il avait aidé un journaliste américain à faire un bilan des morts en se faufilant dans les hôpitaux pour compter les cadavres, les jours qui ont suivi le massacre.

Assise à deux places de moi, Elaine Mueller essaie constamment d'attirer mon attention. Je finis par réagir.

— Ça va nous faire du tort à tous, dit-elle.

— Quoi, l'Australien ?

— Du tort à tous, répète-t-elle.

Je rétorque :

— Ça ne nous concerne pas tous.

— Notre façon d'agir chacun individuellement affecte tout le monde, énonce-t-elle avec une maladresse délibérée qui trahit sa volonté d'intimidation.

Peu s'en faut que je lui dise d'aller se faire foutre. Je me contente de répondre :

— Foutaises.

Au lieu de faire semblant de bavarder avec le professeur Moussa assis à mes côtés, je m'intéresse à la calligraphie exposée près de la sortie. Le parchemin, immense, est couvert de colonnes d'idéogrammes qui semblent émerger d'essaims d'encre noire éclaboussant le papier. Les traits sont épais et grossiers, à peine ébauchés ; dans un idéogramme particulier, constitué d'une douzaine de coups de pinceau, plusieurs caractères ont été barbouillés. La calligraphie est sommaire, à la limite, emportée, mais l'ensemble donne une impression de sérénité et de raffinement. Je reconnais les deux idéogrammes qui forment le soleil, et un autre dessin qui représente, très littéralement, une fleur. Je reconnais aussi, pour la première fois sans doute, l'indéniable qualité artistique de l'œuvre. Il est clair que Zuo Chang mérite une apologie.

Le doyen Feng annonce la fin du banquet. Tous, Chinois et étrangers, prennent d'assaut la sortie. Comme à l'habitude, Hong se plante près de la porte pour saluer les invités. J'attends que le dernier fossile se soit éloigné de son pas traînard. Je patiente encore le temps que Feng Ziyang échange quelques mots avec elle. Que dit-il ? Peu importe, ça marche : elle s'illumine et rit de son commentaire en se bouclant une mèche de cheveux.

Je m'approche, louchant sur le parchemin pour l'admirer de près.

— Mao Zedong, dit Zhou Hong.

— Pardon ?

— Cette calligraphie, c'est de lui. Un poème célèbre.

Du coup, pour une raison inconnue, une sorte de crainte m'envahit. Je voudrais réexaminer la chose. Mais Hong a déjà franchi la porte et traverse la cantine en direction du hall.

— Hong, dis-je en la rattrapant, je suis navré.

Elle se tourne vers moi et, les poings serrés, me confie :

— Je ne suis pas une enfant. Pas pour être traitée de cette manière.

Je fais un signe de tête.

— Le président ne comprend pas ce que...

Elle se mord la lèvre. À ma grande consternation, son regard s'éteint.

— Le déjeuner de Ying, dit-elle en me montrant son sac à main.

Voler de la nourriture aux banquets est une tradition collégiale. Les invités repartent avec des mouchoirs rebondis et des vestes gonflées. Les plus effrontés promettent tout bonnement de rapporter leur assiette au bureau de la réception avant le souper. Le sac de Hong sent bon.

— Elle raffole des boulettes de poisson, avoue-t-elle.

Je déplie mon mouchoir en disant négligemment :

— Wang mange n'importe quoi.

Près de la porte menant au hall, je m'efface pour qu'on la voie quitter le bâtiment seule. Mais elle s'arrête. Et je reste planté là, mal à l'aise, tandis qu'elle me scrute, comme si je briguais un emploi.

— J'aime votre cravate, dit-elle, pensant à autre chose.

— Merci.

J'attends qu'elle formule la suite. Mon intuition n'est plus aussi forte en ce moment, mais j'espère encore qu'elle va prononcer les mots dont j'ai besoin pour...

— Répondez au téléphone cet après-midi, me conseille-t-elle.

Dans le hall, au-dessus du radiateur, trois lettres m'attendent. Je suis si content d'avoir du courrier que je passe tout près de Deng Chen et m'enfonce dans un fauteuil près de la porte. Deux des lettres ont été décachetées ; la troisième, postée une semaine après les autres, a l'air intacte.

La première m'est un immense soulagement.

Le 16 mars 1990

David,

Désolé de ne pas avoir écrit plus tôt. Je me sens pas mal détaché du monde ces jours-ci. Des informateurs m'assurent que l'hiver a été dur, mais vu des fenêtres de ta/ma chambre, c'est beau – doux et silencieux, pur. Je suis un prisonnier heureux dans cet

appartement. Avec les pigeons du bord de la fenêtre.
Avec la femme triste en dessous et le couple en manque
au-dessus. Avec le téléphone qui sonne souvent, mais
auquel je ne réponds pas ; je préfère que les amis lais-
sent des messages de sollicitude. Avec ma mère qui
dépose des pots de soupe et de boulettes à condition que
je fasse comme si de rien n'était. (Gregor m'a rayé de
son testament. Le vieux salaud ne pige toujours pas !)

Et Chantal, bien sûr. Elle adore la cuisine de
Titania et a pris un peu de poids, ce dont elle avait
grand besoin. Elle m'aime, en plus, et elle est mon in-
firmière, ma sœur, mon amante en tout sauf la chair.
Mais, après tout, la chair est si trompeuse, quand il
s'agit de mesurer l'amour. La chair dit que le cœur
ment ; elle ne se connaît pas elle-même. Tu préférerais
sans doute ne pas l'entendre, mais c'est la vérité. Ou
une vérité, devrais-je dire.

Tu ne m'en aimes pas moins, n'est-ce pas ? Je
t'en suis reconnaissant. Heureusement que tu es loin
du Mile End, David. Heureusement que tu ne me
regardes pas en ce moment. Je vais te raconter une
histoire, que je ne saurais t'expliquer, d'ailleurs. (Je
sais que c'est ton dada. Tu vois comme nous sommes
toujours proches ?)

Il était une fois un vieil homme qui se mourait.
Il vivait dans une pièce avec une femme jeune et en
bonne santé. Elle s'occupait de lui. Il la considérait
avec gratitude et respect, mais avec culpabilité aussi.
Il finit par lui dire : Tu devrais me quitter bientôt.
Pourquoi ? demanda-t-elle. Parce que ma fin approche
et que toi, ta vie ne fait que commencer. Les deux états
sont irréconciliables. Presque contradictoires. Cette
pièce, poursuivit l'homme, devrait plutôt être bondée
d'autres mourants. Nous devrions nous tenir com-
pagnie. La femme se rit de ses paroles et dit : L'espace
nous appartient, nous pouvons en faire ce que nous

270

voulons. L'un en face de l'autre, voilà la configura-
tion idéale. Une pièce, voilà le seul cadre unificateur.
Il n'y a pas de contraires puisqu'il n'y a pas d'appa-
riement parfait. Rien n'est irréconciliable puisqu'on
ne peut jamais rien résoudre.

C'est gai, hein ? Oui, gai, oh là là !

Ivan

P.-S. : Carole a téléphoné. Elle a promis de me rendre
visite avec Lise. Adèle, elle entre tous, passe une fois
par semaine. J'ai plaisanté sur le fait qu'elle vient
finalement dans ton appartement maintenant que tu
n'y es plus. Elle a grogné et ouvert d'un coup d'épaule
la porte du balcon. Rudement accro à sa dose de nico-
tine !

P.-P.-S. : Ta carte de crédit est arrivée il y a quelque
temps. Veux-tu que je te l'envoie ?

Je reste perplexe devant l'absence de toute précision
sur la santé d'Ivan. Je me rappelle l'après-midi de
janvier où il a pleuré chez *Remys*, et les lattes du store
qui rayaient son visage d'ombre et de lumière, de lumière et d'ombre. Cette vision – en plus de la lettre –
me met au bord des larmes. Je me jure d'essayer de
l'appeler ce week-end.

La deuxième lettre exprime les pensées d'une
enfant dans une écriture d'adulte. Elle est en français.

Papa,

Je t'aime. Nous partons en France pour l'été.
Maman va se marier avec Jean-François, qui sent bon.
J'ai fait un masque en papier mâché à l'école. Il est la
princesse. Je voulais de la peinture verte, mais il n'y
avait que du rose. Jean-François dit qu'il y a beaucoup

de grenouilles roses. Lui et moi, on joue dans le sous-sol quand tu n'es pas là. Il a neigé hier soir. J'ai fumé un crayon de cire sur le balcon jusqu'à ce que j'aie froid. Mes mains sont devenues toutes roses aussi. J'ai éternué – atchoum !

Grosses bises,
Natalie

P.-S. : David, Natalie dit n'importe quoi. Rien n'est sûr en ce qui concerne Jean-François ou les projets pour l'été. En réalité, elle te raconte l'histoire de ses poupées Ken et Barbie. Lise avait raison : je n'aurais jamais dû lui acheter ces épouvantables créatures. (À propos, Lise te dit bonjour.) Et qu'est-ce que c'est que cette histoire de sous-sol ? Qu'as-tu donc raconté à la petite ??

Je ne peux m'empêcher de sourire en pensant à l'affaire du sous-sol. Il vaut mieux savourer cette petite victoire, et passer avec nostalgie un doigt sur l'enveloppe que m'appesantir sur les nouvelles de Jean-François et de la France – je crois ma fille, pas sa mère. En fait, je me sens étrangement calme quand je pense à ma vie à Montréal. Je crois que ça n'a rien à voir avec la distance ou l'impuissance. Ce n'est pas dû non plus à l'agitation qui règne ici. La preuve, quand je lève les yeux et que je vois le gardien de sécurité me dévisager de son regard le plus menaçant, je suis momentanément ahuri. Pourquoi Deng Chen est-il si hostile ? Pourquoi mon téléphone sonne-t-il toujours ? Pourquoi tout le monde tient-il tant à visiter mon appartement ?

La dernière lettre aussi est en français. En outre, elle est tapée, sans doute à l'ordinateur.

Le 22 mars

Cher David,

Luc et Julie Beauchemin, le jeune couple modèle qui fait sa B.A. cette année avec moi, a insisté pour que je me mette à l'informatique, et passe des après-midi fastidieux à me montrer comment rattraper mon retard technologique en ce qui concerne les disques durs et les imprimantes. Luc est convaincu qu'un ordinateur va me « libérer » pour que j'écrive mon livre. Ils pressentent que je suis un génie, une brillante universitaire qui a souffert pour ses idéaux (et du fait qu'elle est une femme, ajouterait Julie). C'est l'époque idéale pour qu'on découvre réellement qui je suis. Avec l'aide de la technologie, avec l'aide de ces charmants fascistes aux yeux brillants, je vais enfin pouvoir écrire mon chef-d'œuvre. Ce sera un ouvrage fouillé, détaillé, j'en suis sûre ; pas comme ma plaquette sur les syndicats, pas comme mes articles concis. Huit cents pages de science politique révolutionnaire, sans compter les notes. Luc et Julie se figurent que je me sens seule et abandonnée. Ils sont persuadés que j'aurais voulu les avoir pour enfants. Ils déplorent ta rupture avec Carole (oui, ils te comprennent, même toi) ; quel couple d'universitaires époustouflant vous auriez fait. Titulaires à trente-cinq ans, chefs de département à quarante. Au lieu de cela, la pauvre Adèle endure un amant incompétent (Pierre a accepté de prendre une retraite anticipée et boit plus que moi), un fils malchanceux et une petite-fille éloignée, une carrière stationnaire. Et elle fume ! La charmante Julie s'en retrousse le nez. Le beau Luc aux yeux brillants demande si j'aimerais l'accompagner sur le balcon pour prendre l'air.

Pourquoi est-ce que je me préoccupe de ces gens-là ? Ils me fascinent, j'imagine. Ils sont l'avenir, n'est-ce pas ? Et il est vrai que, oui, parfois, je me sens seule.

Ivan et son amie sont de bien meilleure compagnie. Il est très enjoué et plein de dignité. Elle est extraordinaire. Elle a lâché l'école en secondaire trois – cette province envisage l'éducation comme un cours de conduite automobile de dix semaines –, et elle peut rester assise des heures à lire un de tes textes de premier cycle. J'ai résolu de la faire entrer à l'université quand ce sera fini. J'espère que tu viendras à l'enterrement.

Désolée d'avoir à te l'apprendre, David, mais tu as connu Jacob LeClair. Pas longtemps, et tu étais très jeune, mais ton père était dans les parages pour ainsi dire jusqu'à ce que tu commences l'école. Tu le nies depuis des années. Si tu y penses bien, tu as commencé à nier que tu connaissais Jacob à peu près à l'époque où tu as établi tes quartiers d'hiver sur le balcon. Tu me posais toutes sortes de questions sur lui, et je te répondais. La semaine suivante, tu m'accusais de ne jamais rien te dire, de te priver de ton papa. Ces éclats atteignaient un paroxysme quand tu filais passer une heure dans ton cercueil de neige. Il fallait parfois que j'ouvre la porte et que je te crie de rentrer avant de te geler. Une fois, cher petit, tu t'es endormi et tu serais probablement mort si je ne t'avais tiré à l'intérieur. Cette mésaventure, plus tes cauchemars au sujet de l'accident, m'ont obligée à t'emmener voir un psychiatre. Tu avais dix, peut-être onze ans. Crois-le ou non, il a suggéré que nous ne fassions plus aucune allusion à Jacob avant que tu sois plus mûr, plus habitué à un « comportement d'adulte ». (Je me rappelle clairement l'expression.) Quelles perles de sagesse ! Le genre de dépenses que je pouvais difficilement me permettre.

Et maintenant, après tant d'années, tu ne te souviens vraiment pas ? Sauf de la marque de sa lotion après-rasage – oui, c'est bien Aqua Velva – et de son goût pour les revues de sport, surtout, tu ne te trompes pas, celles qui se consacrent à la boxe et au hockey.

Pas même de ce qui t'est arrivé à la figure ? Dans ma prochaine lettre, une biographie complète de ton glorieux père.

S'il te plaît, épargne-moi tes critiques de la Chine. Je suis contente que le fait d'être là-bas t'aide à y voir clair et à te concentrer. Je suis contente que l'expérience ait été positive jusqu'à présent. Mais n'y mêle pas le socialisme – ou du moins, pas mon socialisme à moi. (Tu sais déjà cela, pas vrai ? Essaies-tu de me narguer, mon garçon ? Serait-ce une provocation ? La Chine a vraiment un effet positif, à ce que je vois !) Telle n'est pas la vision que nous avions en 1949 pour ce pays, et tu le sais. Pour la Chine comme pour le Québec, nous ne revendiquions que les progrès les plus concrets et les plus humains : des emplois, un programme de santé acceptable, l'égalité pour les femmes, le traitement équitable des minorités et des immigrants. Nous croyions en un gouvernement collectiviste, pas en l'autoritarisme. Nous cherchions une clé pour comprendre la complexité des choses, pas pour incarcérer les citoyens. Nous n'en cherchions qu'une, je l'admets : ce fut peut-être là notre plus grande erreur. Comment protéger les idées valables de leur application démente ? Trop facile d'incriminer les idées elles-mêmes. Trop facile de traiter le paradigme prôné par des générations successives d'intellectuels de combustible pour la terreur instaurée par l'État. Il faut davantage d'équilibre, davantage de prospection. Telles furent nos passions. Telles furent nos vies.

Adèle

P.-S. : Comme cette lettre est longue. Je tombe déjà dans les excès que je critiquais autrefois.

Je reste si longtemps sur la chaise que Deng Chen surgit de derrière son comptoir et vient se planter au-dessus de moi. Je le vois, je m'aperçois aussi que la lettre va me glisser des mains, je remarque même une certaine activité devant la porte principale de la résidence, mais je suis ailleurs. Il ne s'agit pas d'une crise. C'est simplement que mon esprit est tellement saturé de bribes de souvenirs – à quel accident Adèle fait-elle allusion ? – que mon cerveau n'envoie aucun signal. Je ne parviens à faire aucun lien entre les fragments. Je ne peux réagir. Ni ne le veux : cet état est agréablement indécis et doucement sensuel. Ce qui ne m'empêche pas de me gratter les joues, qui me démangent, ni de me passer le doigt sur l'arête nasale, qui est de travers.

— Ça va ? fait Deng.

— Mmm ?

— Vous malade ?

— Non.

Il tient à la main un livre du format d'un catalogue de grand magasin.

— Question, s'il vous plaît, dit-il en se penchant vers ma chaise.

M'arrachant à ma torpeur, je débite :

— Wang Hua n'est pas sur le registre ; donc il ne peut pas être dans mon appartement. Les tentures n'ont pas besoin d'être réparées ; donc madame Chai n'a pas d'affaire à venir chez moi. D'accord ?

Le front simiesque de Deng se plisse. Vus de si près, ses yeux semblent moins vides que noyés de fatigue, et sa peau est crayeuse. Ce sont les traits d'un homme malade, je m'en rends compte avec un choc.

— Ce mot, dit le gardien, comment le dire ?

Il tient le livre ouvert. C'est une grammaire anglaise pour débutants, agrémentée de dessins de pommes et d'oranges, de chats et de chiens.

— *Vous* apprenez l'anglais ?

— Peu.

Pour la première fois en neuf semaines, il esquisse un petit sourire au lieu de l'habituel rictus affecté. Son expression douloureuse révèle des dents jaunes poussées tout de travers.

— Pourquoi ?

— Pardon ?

— Pourquoi apprendre l'anglais ?

— Pour partir.

— Quitter cet emploi ?

— La Chine.

— Vous voulez quitter la Chine ?

— Pour ma... « famille », ajoute-t-il en mandarin.

Il ne m'était jamais venu à l'esprit que Deng Chen pouvait avoir une famille. L'idée que lui aussi pouvait vouloir s'expatrier ne m'avait jamais effleuré. Des gens comme lui ne sont-ils pas du bon côté du totalitarisme ? Je lui demande :

— Des enfants ?

— Un seul. Et il poursuit, dans sa langue maternelle : C'est la loi.

— Garçon ?

— Fille.

Du coup, je suis contrit. Mais Deng Chen, percevant peut-être une ouverture, reprend sa stature normale, réintègre sur-le-champ son rôle et me demande :

— Vous êtes dans appartement cet après-midi ?

— Non.

— Alors Chai fait le ménage.

— Je veux dire oui. J'y serai toute la journée. Pas de ménage, s'il vous plaît. Je ne répondrai même pas à la porte.

— Au téléphone ?

Je ne peux m'empêcher de sourire.

— Vous répondrez au téléphone cet après-midi ? insiste-t-il.

— J'essaierai.

— D'accord.

— D'accord quoi ?

Mais Deng ne comprend pas. Ou bien, plus vraisemblablement, c'est moi. Moi qui, selon toute probabilité, mettrai du temps à comprendre, bien après que l'événement se soit produit.

Wang Hua dévore froid le butin pris au banquet et boit deux bouteilles de Qingdao. Il rote. Il casse ses baguettes. La peau grasse et blême, il continue néanmoins à refuser de se doucher ou d'emprunter des vêtements de rechange. Il en est à son troisième paquet de Marlboro depuis ce matin. Couché sur le divan, sous un nuage de fumée, il lampe sa bière, le regard rivé à l'écran de la télé et m'explique :

— J'attends que ce soient les beaux Américains.

De temps à autre, je m'assois avec lui, puis je me retire dans ma chambre pour lire et corriger des devoirs. Bien que je n'aie fumé que deux cigarettes, ma salive a un goût de nicotine. Bien que je n'aie pas touché à la bière, ma chemise sent le houblon. Malgré une journée sans excès d'aucune sorte, je suis prêt à me coucher de bonne heure pour une nuit sans rêves.

Les coups de téléphone tiennent lieu de distraction. Je réponds au moindre appel. À Deng Chen et à madame Chai, je décline poliment toute offre de nettoyage et de réparation de tentures. À madame Shen, du département d'anglais, qui me parle en mandarin, je m'excuse de ne pouvoir ni passer au bureau pour une réunion – je n'ai encore jamais été invité à ce genre de meeting – ni recevoir chez moi un étudiant de deuxième cycle, qui a toujours refusé l'aide que je lui proposais et a maintenant désespérément besoin de l'assistance du professeur David. Quand Zhou Hong appelle, elle commence par dire qu'elle rentrera plus tard chez elle ce soir, au cas où je voudrais lui rendre visite. Mon cœur bondit à l'invitation, en dépit d'un fait contraignant – bien qu'agréable à la fois : sa fille sera là aussi. Elle demande ensuite à parler à l'autre personne qui est là.

— Ça, ça me regarde, Hong, dis-je. Pourquoi vous en mêler ?

— Passez-le moi, je vous prie.

Je tends le combiné à Wang Hua. Il écoute pendant un moment puis lâche un « oui, ma'm » avec un accent similaire à celui du vieux prof texan qui enseigne avec nous. J'entends Zhou parler anglais et j'écoute avec étonnement Wang sortir des réponses simples, claires, dans le jargon de cet État américain. Quand il conclut, c'est avec un « à la prochaine » à l'intonation presque parfaite.

— Je suis impressionné, dis-je.

— Oh, la barbe !

— Où as-tu...

— Jim Johnson vient dans ma chambre une fois par semaine, répond Wang, faisant allusion au Texan. Il veut que je trouve Dieu.

— Dans ta chambre ?

— Dans mon cœur. Dans la Bible aussi. Jim m'a donné deux Bibles, une pour mon cœur, l'autre pour un ami chinois avec qui je devrais partager la bonne nouvelle. Jusqu'à présent, je n'ai trouvé personne avec qui partager la bonne nouvelle, ajoute-t-il avec un rictus. Et maintenant, j'en ai cinq dans ma chambre. Deux de lui, deux d'Américains qui ont quitté le campus pendant le Grand Dérangement et une d'un Mormon. La sienne a été envoyée par un ange.

— Qu'est-ce que t'en as fait ?

— Au début, j'ai caché les livres, comme toi, tu me caches. Les Américains m'ont dit de le faire. Ils ont dit que la vérité est dangereuse – tout comme j'étais dangereux autrefois – et que je ne devrais parler de nos conversations à aucun officiel.

Il me fait la leçon.

— Je n'en soufflerai pas mot, promis.

— Mais les Bibles sont très épaisses et solides, poursuit-il. Idéales pour certains usages.

J'attends.

— Tenir la fenêtre ouverte, dit Wang, en comptant sur ses doigts. Empêcher la porte de s'ouvrir la nuit. Poser la théière. Ah oui, et servir de cale à mon lit.

— Ça ne fait que quatre.

Il retombe comme une masse sur le divan.

— Le dernier exemplaire, je l'ai donné à la bibliothèque de notre étage.

— Vous avez une bibliothèque ?...

— La porte à côté de l'escalier, ajoute-t-il. On la sent de ma chambre.

Ravi de sa gouaille, je finis par lui demander ce que Zhou Hong lui a dit au téléphone.

— Elle m'a dit de t'emprunter une brosse à dents, répond-il en croisant les mains derrière la tête.

Le dernier appel est fatal. L'interlocuteur parle français et, sur le coup, je me mets à bafouiller. Il y a un mois, j'ai accepté de donner au département de français une causerie sur la vie au Québec. La conférence est à sept heures ce soir, et tout le monde au département, y compris le nouveau doyen, a hâte d'entendre l'accent québécois. Est-ce que le professeur LeClair aurait l'obligeance d'être à l'amphithéâtre dans une heure ?

— *Merde**, dis-je en raccrochant. J'avais oublié ça.

— T'as un cours à donner ce soir ?

— Une causerie au département de français.

— En anglais ?

---
* En français dans le texte. (NdT)

— Français, Wang. Ma deuxième langue. Ou peut-être ma première. Ça dépend. C'est pile ou face.

Wang fronce les sourcils :

— C'est quoi ton appartenance ?

— Pardon ?

— Ta race : anglaise ou française ?

— Pourquoi est-ce que tout le monde me demande ça sans cesse ?

Il hausse les épaules.

— D'ailleurs, ce sont des langues, pas des races.

Il hausse encore les épaules.

— À Montréal, Zuo Chang m'a dit de n'employer que l'anglais en Chine. Il a précisé que mon statut serait supérieur en tant qu'anglophone. Domine ou sois dominé, ça revient à ça.

— Mange ou sois mangé, fait Wang.

— C'est comme si tu parlais à un sourd.

— C'est vrai ?

— Je ne sais pas vraiment.

— C'est un proverbe canadien ?

— Anglais, vraisemblablement.

— Il faut que je trouve une traduction.

— Ça n'a pas vraiment de sens.

— Parfait pour la langue chinoise.

Fatigué tout d'un coup, je m'assois.

— Aujourd'hui, j'ai reçu une lettre de mon ami Ivan.

— Celui qui est mourant ?

— Il s'en tire, pour l'instant.

— Pas mourant ?

— Non, il s'en tire pas mal.

— Je comprends.

— Tous mes amis sont mourants, pas vrai ?

Mes paroles me surprennent. Mais Wang Hua s'est remis sur le dos, l'avant-bras replié sur les yeux. En moins d'une minute, il s'est rendormi.

XVI

L'amphithéâtre de deux cents places est à peine rempli au quart. C'est le sort d'une langue étrangère évaluée bien bas sur la liste des choix de cours avantageux. Le bâtiment a été inauguré il y a deux ans, et déjà la peinture s'écaille sur les murs, des lampes sans ampoule pendent au plafond et les fenêtres ont perdu assez de vitres pour rendre indispensables les rideaux suspendus à un fil. La plupart des sièges ont craqué et ne veulent ni s'ouvrir ni se rabattre, et le pupitre ne cesse de pencher dangereusement que lorsqu'on le cale avec un livre. On n'a pas nettoyé le tableau noir depuis des mois, et le sol est jonché de journaux et de détritus. J'ai appris qu'en principe il vaut mieux donner une conférence le jour, quand la lumière naturelle peut compenser ; dans bien des salles, il vaut encore mieux que ce soit le matin, quand les odeurs des toilettes toutes proches n'ont pas encore eu le temps de se répandre dans les couloirs.

Le crépuscule a envahi l'amphithéâtre et l'air empeste. Tandis que je salue le chef du département de français, ne sachant encore trop ce que je vais dire, je m'aperçois que je n'ai pas permuté mes processus mentaux de l'anglais au français. Un préambule, trahissant une grammaire escamotée, et truffé d'anglicismes à demi avalés, prend mon hôte par surprise. Je n'en suis pas moins alarmé. Avant que je m'en rende compte, me voici devant une assemblée pleine d'attentes, d'exigences et – si les expériences passées se vérifient – d'inconstance. La foule me semble en outre étrangement estompée ; il me vient finalement à l'esprit d'ôter mes verres fumés.

Sans me soucier de faire semblant de m'inspirer de notes, je me lance : – Un jour on a demandé à deux écrivains canadiens d'écrire en collaboration une histoire sur leur pays. L'un vivait dans les Prairies, terre plate où les gens parlent anglais, et l'autre au Québec, contrée de rivières et de vallées où les gens parlent français. Les écrivains ont refusé de considérer le projet. « Comment pourrai-je collaborer avec quelqu'un qui écrit en français ? » demanda l'écrivain des Prairies. « Comment pourrai-je travailler avec un anglophone ? » dit celui du Québec. « Et d'ailleurs, ajouta celui des plaines de l'Ouest, je suis canadien, et fier de l'être ». « Et je suis québécois, et j'en suis fier, moi aussi », dit l'autre.

Je sens le français qui revient. Une longue pause, pas pour fouiller dans mon vocabulaire ou mes temps de verbes, juste pour donner à mon esprit au moins une phrase d'avance sur mes paroles, et je poursuis :

— Alors, ils ont décidé de rentrer chez eux et d'écrire chacun une histoire, puis de les mettre côte à côte dans un livre. Ils ont exigé que le livre soit moitié français, moitié anglais, avec des pages de couleurs différentes et des caractères d'imprimerie différents. L'écrivain des Prairies a pondu l'histoire d'une fermière solitaire qui trahit son mari avec un voisin et finit par provoquer sa mort. L'écrivain québécois a remis le conte d'une villageoise solitaire qui a une liaison avec un docteur et où tous deux complotent pour se débarrasser du mari indifférent. L'éditeur a demandé aux deux auteurs de fournir une introduction et il a proposé d'envoyer à chacun l'histoire de l'autre. Chacun a envoyé son introduction sans se donner la peine de lire ce que le collègue avait écrit. Dans leurs introductions, ils expliquaient pourquoi leur monde était unique et leur langue indélébile et leur sens de l'identité culturelle si pressant, si fragile, que tout cela exigeait d'eux une fidélité absolue. Ils disaient qu'ils étaient les guerriers d'une longue bataille, qu'il y aurait un vainqueur et un vaincu, que ce serait tout ou rien. Qu'ils étaient incompris, marginalisés, et parlaient au nom de tous ceux qui vivaient dans ces conditions, où qu'ils se trouvent.

Je souris de ma propre ingéniosité et laisse la parabole pénétrer les esprits avant de poser à mes auditeurs la question évidente :

— Y en a-t-il parmi vous qui connaissent une seule personne dont le comportement *ne va pas* à l'encontre de ses convictions ? Dont la nature humaine n'est pas complexe ? Et qui, pourtant, vingt fois, cent fois, va défendre des convictions plutôt que des comportements, des principes plutôt que des expériences ?

La question n'est peut-être pas si évidente. Assurément, le nouveau doyen du département de français, un jeunot à la crinière et aux lunettes inévitables, aux mains vierges de nicotine, ne semble pas troublé par mes réflexions. Du moins est-il toujours assis, et attentif. J'entends déjà les murmures révélateurs des étudiants. Si je n'y remédie pas tout de suite en lançant une blague ou une expression idiomatique ou, mieux encore, une comparaison flatteuse entre la Chine et l'Occident, d'ici cinq minutes, la salle sera vide et j'aurai, comme on dit, perdu la face.

Ce que le professeur David ne voudrait pas. Ni ne veut, en quelque sorte. Pourtant il – je – ne fais qu'aggraver la situation. *Passons à autre chose*, dis-je,

---

* En français dans le texte. (NdT)

content qu'une expression française ait jailli spontanément au lieu d'un anglicisme.

— Je viens de Montréal, ville d'environ trois millions d'habitants. Je pourrais en parler, mais, dans l'ensemble, tout ce que je dirais resterait très général. Par contre, je peux parler du quartier où j'habite. Il s'appelle Mile End et il est plein de gens et de langues du monde entier. Mon épicier, Firoz Velji, parle un dialecte hindi chez lui, mais l'anglais et le français au magasin. Au café que je fréquente, le propriétaire est italien. Il insulte ses serveuses en napolitain. Il sait aussi assez d'espagnol pour parler avec les gars du Guatemala qui traînent dans la salle de billard. La femme qui habite en dessous de chez moi, Lena Buber, est née dans une région de la Roumanie que l'Union soviétique a annexée plus tard. Sa première langue est le yiddish, sa deuxième, probablement le roumain. En fait, elle ne s'en souvient plus vraiment ! Et puis il y a aussi des hassidim dans le voisinage. Il s'agit d'une secte juive qui ne...

Je continuerais volontiers à parler, mais ça ne sert à rien. Les étudiants qui ne bavardent pas avec leurs copains sont en train de ranger leurs livres et de faire la queue de chaque côté de l'estrade, jusqu'aux portes de sortie. Ils évitent mon regard. Les professeurs, au moins, me font un signe de tête en se sauvant. La salle est devenue si sombre que je ferais aussi bien de porter mes verres fumés. Lorsqu'un rideau ondoyant à une fenêtre voltige jusqu'à terre, donnant le signal d'une invasion de parachutistes fantômes, sans parler d'une tempête de poussière, l'amphithéâtre se vide. Même le doyen exhibe ostensiblement sa montre et quitte les lieux.

Un concierge est planté devant le bâtiment, une chaîne argentée à la main. Non, on ne va pas me fouetter pour ma prestation ; en réalité, cet homme a hâte de s'enfermer pour la nuit. J'écoute le cliquetis des chaînons contre les poignées de porte tout en remontant la fermeture éclair de mon blouson sur le trottoir. Vers la fin de la causerie, j'ai recommencé à penser en français, mes pensées se formulaient instantanément en mots. D'autres mots, évidemment, mais c'étaient aussi d'autres pensées, qui n'avaient rien à voir avec les ruminations fiévreuses des dernières semaines. C'est un répit si agréable que je me cramponne à cette langue aussi longtemps que je le peux. Ayant à peine traversé la moitié du campus pour rentrer chez moi, je suis déjà en train d'anticiper la confrontation avec Deng Chen – il était encore à son poste quand je suis parti, c'est-à-dire longtemps après la fin de sa journée de travail –, et une autre conversation décousue avec Wang Hua et, sur une note plus gaie, la perspective d'une heure avec Hong et Ying. Rien que de l'anglais ; rien que des affaires préoccupantes, angoissantes. Avant que le français ne disparaisse, je savoure le moment de l'allégorie, celui où la facilité d'expression a atteint son apogée, c'est-à-dire celui où, je m'en suis rendu compte, j'ai parlé conformément à une mélodie qui avait surgi dans ma tête. Cette musique était en fait la cadence du québécois et, en l'entendant à nouveau après si longtemps, j'ai trouvé la mélodie obsédante et belle – la langue de ma ville, la modulation de mon nom.

Une voiture est garée devant ma résidence, le moteur au ralenti, une vitre teintée entrouverte pour laisser sortir la fumée de cigarette. Dans le hall d'entrée, pas de gardien. Tandis que je monte l'escalier, des voix me parviennent du haut. Sur le palier du troisième, je jure, et je me mets à gravir les marches deux par deux. La première chose que j'aperçois, c'est le haut du torse d'Elaine Mueller qui a entrouvert sa porte. Dans sa hâte de rentrer, Mueller prend son chandail dans le chambranle. Une langue de laine rouge reste coincée. La vision est si comique qu'elle me déride. Mais ma porte NE PAS DÉRANGER est ouverte, elle aussi, et les voix viennent de là.

Deng Chen est le seul intrus sans uniforme. Les bras croisés, il est appuyé au mur attenant à la salle de bains et affiche un sourire resplendissant de mépris. Deux flics du campus en habits kaki pendouillants se tiennent à un mètre en retrait, par respect – ou crainte de lui. En me voyant, ils grimacent d'embarras. Je demande :

— Une autre question de grammaire anglaise ?

— Dites-lui de sortir, répond Deng en mandarin.

— Quoi ?

Il montre la porte.

— Vous êtes de la sécurité publique ? dis-je en chinois.

— C'est pas de vos affaires.

— Vous êtes dans mon appartement.

— Vous êtes en Chine.

— Je vais appeler quelqu'un, dis-je, l'air menaçant.

— Qui ?

— Je connais des gens.

— Je connais les gens que vous connaissez.

— Sortez ! dis-je, lui faisant front. « Front » est le mot approprié, car, bien qu'il n'ait pas la taille d'Ivan, Deng Chen me dépasse quand même. À mon grand étonnement, je redresse les épaules, plante les mains sur mes hanches et le défie plus ou moins de lui casser la figure. Ce n'est pas du bluff : mon commutateur de rage est ouvert, je suis branché sur la violence. Deng essaie de ne pas avoir l'air ébranlé, mais ses bras retombent. Un sourire arrogant s'épanouit sur sa face.

— Vous, sortez ! rétorque-t-il.

— J'habite ici.

— Ainsi que...

— Fou ! lance une voix.

Nos regards changent de direction. J'appelle :

— Wang ?

— Viens dans mon bureau, s'il te plaît.

— Est-ce que tu crois vraiment...

— Apporte de la bière et des cigarettes.

Je me tourne vers Deng Chen, qui hausse les épaules :

— Il doit partir avec moi.

Posée sur le bord de la table de la salle, une cigarette répand sa cendre sur le tapis. Je la prends au passage, avec une bouteille de bière. Je jette un coup d'œil au téléphone, mais Deng Chen a raison : il *connaît* les gens que je connais. Je reviens dans le coin repas, où le cerbère et Wang échangent des insultes à travers la cloison. Plusieurs jurons me sont familiers, grâce aux leçons de Wang. J'ordonne dans les deux langues :

— Reculez ! Si vous enfoncez la porte, je vais...

Contraint de l'intimider, je brandis la bouteille, et inonde de bière ma manche de chemise. Même les flics du campus hennissent devant le tableau.

La salle de bains a l'envergure d'un petit ascenseur. Il n'y a pas de fenêtre et les bouches d'aération, plutôt que de l'air frais, diffusent les bruits intimes des appartements situés aux étages inférieurs. Le néon au-dessus du miroir bourdonne ; la nuit, le radiateur résonne. Wang est assis sur le siège ouvert des toilettes. Avant de lui passer la bouteille, j'en prends une lampée ; avant de lui refiler la cigarette, j'en pique une bouffée. Je lui demande :

— Comment ils sont entrés dans l'appartement ?

— Je les ai fait entrer.

Il se passe une main sur le crâne, un raclement à vous donner la chair de poule.

— Quelqu'un a frappé, j'ai répondu. C'est seulement quand j'ai ouvert la porte et que j'ai vu la tête de Deng Chen que j'ai pensé : Wang, tu es idiot ! Idiot et fou ! Trop tard.

Du bord de la baignoire, je me laisse glisser par terre, appuie les coudes sur les genoux et joins les mains. Bien que j'aie – évidemment – déjà passé quelque temps dans cette pièce, je n'ai jamais été frappé par une caractéristique de la décoration ambiante. Cette révélation me démolit. Lisant dans mes pensées, ou se rappelant peut-être mon histoire d'arrestation injustifiée, Wang dit tout haut :

— Salle très rose.

— Amen, dis-je, promenant un doigt sur le mur. Si j'avais un canif, on pourrait graver nos initiales et la date sur la tuile.

— Hooligan, dit Wang.

— C'est la Chine qui m'a rendu comme ça.

Il sourit. Je m'efforce d'en faire autant. Avant de lui demander :

— Qu'est-ce que t'as fait, Wang ?

— Fait ?

— Pourquoi ils t'arrêtent ?

— Acheté de la soupe à la tomate.

— Je plaisante pas...

— Bon, dit-il en jetant un regard autour du réduit. David veut une réponse sérieuse. On m'arrête pour avoir trahi...

Devinant le fil de sa pensée, je l'interromps :

— Je veux dire l'année dernière. Avant le 4 juin. La nuit du 4 juin. Les jours qui ont suivi...

Mais il ne se laisse pas détourner de son idée.

— Mon père a passé un an dans une cellule comme celle-ci. Il était professeur au collège de notre ville. Ma mère, tibétaine, enseignait aussi. En 1966, on l'a enfermé dans une cabane derrière notre immeuble. Mais avant, on l'avait battu et forcé à défiler à travers les rues avec des insultes épinglées sur ses vêtements. La plupart du temps, il était seul, il y avait juste un garde étudiant dehors. Quelquefois, on mettait des poulets avec lui dans la cabane.

Avec plus de lassitude que je ne voudrais, je lui demande :

— Qu'est-ce qu'il avait fait, lui ?

— De ma chambre, je voyais la cabane, répond Wang.

Il fixe le carrelage d'un regard atone.

— Chaque soir, avant d'aller au lit, je me penchais sur le balcon et je regardais le toit. Chaque jour, au lieu d'aller à l'école, ma sœur et moi, on restait devant le poulailler-prison à écouter les critiques adressées à mon père. Pendant huit heures, y compris la pause du déjeuner et la *shoeshui*, des étudiants, des collègues et de vieux amis l'injuriaient et l'accusaient de crimes contre le peuple.

— Ça a dû...

— Ils ont découpé un trou dans la porte pour observer le criminel pendant sa rééducation. Il devait rester debout toute la journée, tête baissée, mains derrière le dos. Quand les gens parlaient, il opinait de la tête. Quand ils ne parlaient pas, il gardait le silence... Mon père était obligé de pisser et de chier dans la cabane. L'odeur était infecte. Quand il faisait chaud, les gens se protégeaient. Mais, avec un mouchoir sur la bouche, leurs critiques n'étaient pas claires.

Wang se couvre la bouche et crie :

— *Waabushaa, shhrr buh shhrr, Jongwua !*

Entendant le mandarin déformé, Deng Chen nous demande de sortir. À l'unisson, nous lui disons d'attendre.

— Mais je croyais que tu étais un héros révolutionnaire, dis-je, puisqu'on t'a remis un macaron de Mao pour avoir dénoncé Liu Shaoqi.

— J'en étais un.

— Comme fils d'un contre-révolutionnaire ?

Employer ce mot, même par dérision et en traduction, me met à la torture. Le vocable est grotesque, mais là n'est pas la raison de mon malaise. Plus inquiétante est la facilité avec laquelle j'attribue maintenant de tels qualificatifs. Tout se passe comme si l'impropriété mutuellement reconnue, même kitsch, du vocabulaire n'empêchait d'aucune manière sa résistance vive ou son importation. On peut débiter des absurdités vicieuses en Chine, tout le monde conviendra que ce sont de vicieuses absurdités et pourtant, curieusement, prendra l'accusation au sérieux. Comme si, au lieu de mériter un gage, parce qu'on a mis le pied sur la fente qui jalonne de place en place la bordure du trottoir, on se cassait bel et bien la figure. Ou, comme dit la chanson, que l'on pendouillait pour de bon Pierre et sa Jeannette avec.

Wang vide sa bière.

— Quand l'école a rouvert l'année suivante, j'étais un enfant de Mao Zedong...

Il se repasse la main sur la tête.

— Un mois avant son arrestation, mon père m'avait emmené jusqu'à un village dans les montagnes Shaluli, près de la frontière tibétaine. Comme anthropologue, il étudiait là-bas une minorité ethnique. Pendant quatre heures, nous avons marché en suivant la pente des collines. Le ciel était toujours immense, sans murs ni plafond, immense et pur, blanc et bleu, gris et blanc. Jamais aucun barbouillage de rouge ou de jaune, comme en ville. Jamais aucune cheminée d'usine, aucun bâtiment. Rien qu'un ciel pur, et mon père et moi seuls avec tout cet espace. Tout ce silence. Toute cette...

Il ouvre largement les bras, comme si sa mémoire projetait cette perspective sur le mur.

— Sécurité ? dis-je, examinant aussi la surface carrelée.

Émergeant de derrière la plinthe, un insecte commence l'ascension des tuiles. Il a une carapace lie-de-vin et de multiples pattes. Malgré tous ses attributs, il n'avance pas très vite.

— Quoi ?

— Comment tu te sentais là-bas avec ton papa – protégé. En sûreté, si on veut. Et j'ajoute, l'air embarrassé : Le monde tel qu'il devrait être, mais comme il n'est presque jamais.

— Peut-être, fait Wang.

Sans raison, il tend le bras et me presse l'épaule. Sans la moindre raison, je rougis. Notre proximité physique est extrême : nos genoux se frôlent quand nous bougeons, la lumière crue nous grossit les pores du visage, et nous ne sentons ni l'un ni l'autre la poudre pour bébé. Tout d'un coup, je veux sortir de là, absolument.

— Un après-midi, mon père et moi avons quitté un tout petit village de montagne, poursuit-il. La terre était dure et sans arbres. Le vent était fort et le ciel changeait sans cesse : nuages, soleil, nuages. Là où il n'y avait pas de sentier, des fanions de prière indiquaient le chemin. Pendant des heures, nous n'avons fait que monter et descendre, monter et descendre, jusqu'à la nuit. Je me rappelle comme j'étais effrayé d'être si loin du village, si près des précipices et des animaux sauvages. Mon père s'est fâché contre moi : « Il n'y a personne ici. De quoi avoir peur ? »

Un coup sec à la porte, nous sursautons tous les deux. Deng Chen lance une nouvelle sommation. Je remarque alors que le verrou n'est pas mis. Je me lève et le pousse, avant de grimper dans la baignoire et de m'accroupir à la manière des hommes qui se tiennent de l'autre côté des grilles du collège.

— Aucun livre n'était autorisé dans la cabane, dit Wang, sauf *Les Œuvres complètes* de Mao Zedong, qu'il avait déjà lues. On le laissait sortir uniquement pour les débats publics, au stade de la ville. Ça n'était pas reposant pour mon père. C'est contre lui qu'on s'acharnait, tu comprends. Je suis entré une fois dans la prison...

Ses yeux s'éclairent. Je fixe devant moi l'orifice d'écoulement et le robinet, les parois en porcelaine tourterelle. Une aquarelle de Goofy serait du meilleur effet sur l'un des murs. Donald sur l'autre. Quant à Mickey Mouse, un portrait ressemblant occuperait tout le fond de la baignoire. Avec son sourire pincé, ses oreilles.

— Comment devenir un héros révolutionnaire ? demande Wang d'une voix éteinte. Dénoncez un ennemi de classe ! On m'a donné un discours à apprendre par cœur. J'ai ouvert la porte de la cellule et j'ai accusé mon père de révisionnisme à la Liu Shaoqi et de collaboration avec les ennemis du socialisme. Je suis resté avec le criminel une seule minute. Deux fois, j'ai oublié...

— Wang, dis-je.

— Deux fois, j'ai oublié les mots. Les deux fois, mon père, qui m'avait écouté quand j'apprenais le discours par cœur, m'a soufflé la phrase manquante : « Continue, fils, il a dit la tête basse, fais ce qui est bon pour la Chine. »

Wang Hua s'essuie le nez avec sa manche. Il s'étire jusqu'au mur et, de la paume, écrase l'insecte imprudemment immobilisé à la hauteur de ses yeux. Il n'en reste qu'une tache d'encre.

— C'est bien de mettre quelqu'un comme moi en prison, résume-t-il.

— Tu étais un gamin.

— Nous sommes tous les enfants de Mao.

Il se lève brusquement. Craignant qu'il n'aille se rendre, je m'extirpe de la baignoire. Une foule de pensées m'assaille. Je veux l'assommer d'un coup de poing, mettre ses vêtements et me faire arrêter à sa place par Deng Chen, qui n'y verra que du feu. Je veux l'embrasser sur les deux joues et lui dire de ne pas s'inquiéter, que tout ira bien. Qu'il me soit au moins permis de le regarder. Comme j'ai essayé de le faire avec Ivan ; comme je me doute que je vais bientôt tenter de le faire avec Zhou Hong. Et de voir cet homme frêle, aux épaules étroites, aux bras comme des baguettes d'adolescent, aux pommettes et à la peau de belle femme, aux yeux trop clairs d'adulte qui se croit condamné et – bien entendu – au crâne lisse de résident du goulag chinois.

Mon ami, Wang Hua.

— Je peux t'emprunter ça ? demande-t-il en désignant ma brosse à dents sur le bord du lavabo.

— Elle est à toi.

Expirant à fond, il tire le verrou.

— Attends ! dis-je. L'autre jour, j'ai trouvé un proverbe dans un livre : « Le ciel est le couvercle d'un cercueil et la terre, le fond. On peut s'enfuir à cinq mille kilomètres, on sera toujours dans un cercueil. »

— C'est comme si tu parlais à un sourd, répond-il sans rater un seul accent tonique.

Il ouvre la porte toute grande et se jette droit dans les pattes des deux flics.

— Bonne coupe de cheveux, lui dit Deng Chen.

Depuis le balcon, j'observe les hommes pousser Wang Hua à l'arrière de la voiture ; l'un d'eux guide sa tête dans l'encadrement de la portière. Deng Chen embarque aussi. Le long de la balustrade, il reste d'hier soir une demi-douzaine de bouteilles de bière vides. Tandis que la voiture remonte en marche arrière l'allée qui mène à la route principale du campus, je la bombarde de bouteilles. Les trois premières explosent en atterrissant avec un crépitement d'arme à feu. À la quatrième seulement, je calcule correctement la trajectoire. La bouteille claque fort sur le capot sans se casser. Les freins crissent, mais, dans l'obscurité et le tourbillon de poussière, je perds la voiture de vue. Quand elle revient en hoquetant en première vers l'entrée, j'inspire un grand coup. Saisi de fureur et de peur, j'empoigne la dernière bouteille vide et dévale l'escalier. Heureusement qu'Elaine Mueller n'est pas sur le palier cette fois-ci.

Le portier de nuit, Li Duan, se tient dans l'encadrement de la porte, en maillot de corps et boxer-short. Il aperçoit dans ma main la bouteille retournée – faisant office de matraque, j'imagine –, tourne les yeux en direction des morceaux de verre au bord de l'allée, puis recule d'un pas. Je m'enquiers de l'auto disparue. Le vieil homme indique la grille nord. Je lui demande :

— Où est-ce qu'ils l'emmènent ?

— Emmènent qui ?

— Vous savez bien.

— Je ne suis que le portier de nuit, réplique-t-il.

De retour à l'appartement, je compose le numéro du doyen Feng. Quelqu'un décroche, mais la communication se perd au milieu des parasites. Le téléphone de Zhou Hong sonne occupé. Cinq fois, j'essaie de la joindre. Sur mon bureau, j'assemble quatre feuilles de papier machine avec du ruban gommé, en m'efforçant de rester calme, de bien peser mes actes. Sur les feuilles, j'écris, d'abord en anglais, ensuite en français : « WANG HUA A ÉTÉ ARRÊTÉ À 21 H 45 LE 3 AVRIL

1990. » J'ai l'intention d'ébaucher, à l'aide du diction-naire, une version rudimentaire en mandarin, mais en fin de compte je m'en remets aux autres pour traduire. N'ayant qu'un stylo noir sous la main, je repasse dix fois, vingt fois sur les lettres. À chaque coup de stylo, les nouvelles lignes dévient inévitablement, presque intentionnellement, de leur forme originale, les lettres deviennent plus décidées, plus personnalisées sans doute. Je fabrique deux autres affiches bilingues que j'étale ensuite sur ma table basse. Au bout d'un mo-ment, je constate ce qui manque. J'inscris « DAVID LECLAIR » au bas de chacune, laissant tomber l'inepte « professeur ».

Li Duan est en train de verrouiller le bâtiment pour la nuit quand je réapparais dans le couloir. Voyant l'étranger dément approcher, le portier ôte la chaîne et me tient la porte. Le collège est pâle sous une lune mince, obscurcie par les nuages. Seuls le clic des cade-nas et le cliquetis des chaînes troublent le silence. Les chambres sont toutes plongées dans le noir ; les chaînes stéréo, qui normalement hurlent jusqu'à minuit, se sont tues. L'annonce que quelque chose de grave s'est produit a déjà parcouru tout le campus à la vitesse des télécopies. Toute activité a brusquement cessé, un calme si intense s'est abattu que les bruits accidentels sont amplifiés. Tout indique qu'un message a été lancé.

En parcourant les sentiers, je commence à com-prendre que le renseignement sur Wang Hua que je veux diffuser n'aura rien d'une nouvelle – tout le monde est déjà au courant, apparemment –, mais sera plutôt le témoignage initial, du moins le premier, sinon le seul geste de protestation signé.

Et il faut que je me couche. J'ai mal dormi la nuit dernière ; la journée a été longue. Je n'ai pratiquement rien mangé à midi ni ce soir. Un engourdissement ré-vélateur irradie mes bras et mes jambes. Je sens le vertige me gagner tout le corps, tel un gamin qui s'acharne à faire tourner une toupie. Je devrais fermer les yeux et ralentir les battements de mon cœur. Je devrais être au lit et ne penser à rien, faire le vide.

Sur le panneau d'affichage jouxtant la principale cantine des étudiants, je repère un espace vide, sors quatre punaises de ma poche et épingle une affiche. Je répète l'opération sur le panneau proche de la grille ouest, ainsi que sur la porte menant au Pavillon des arts. Pendant que je suis en train d'accrocher ma dernière affiche, des voix se rapprochent, et je file me planquer derrière un buisson de lilas. Une patrouille passe ; les têtes des jeunes hommes se profilent au clair de lune. Ils déambulent en riant, la casquette rejetée en arrière et les mains dans leurs poches démesurées. Si je ne me trompe, l'un de ces gardiens était dans mon appartement il y a une heure. Sa nonchalance est trompeuse.

Je me heurte à deux autres patrouilles en route vers le secteur réservé aux employés chinois. Les deux fois, je les évite ; dans les deux cas, mon œil intérieur appréhende la terre qui bascule et le précipice imminent. Le bâtiment n° 12 se dresse droit devant moi, et à présent mon seul but est de l'atteindre, peut-être de me recroqueviller dans un coin frais de l'escalier de Hong, devant sa porte. À mon avis, ça suffira pour ce soir. J'avance, et j'entends les cigales, je sens l'odeur du désert, mais je hume aussi, pour la première fois, l'éclosion du printemps – la terre qui dégèle, les plantes et les fleurs prêtes à éclore. Des accords de musique colorent l'air. Avant d'arriver à la porte, j'en ai la certitude : elle est en train d'écouter une cassette – du Schubert, je crois –, elle est éveillée, elle attend.

Mais l'entrée est verrouillée de l'intérieur. J'aperçois un cadenas par une fente entre la porte et le chambranle. Les résidences des employés ne sont jamais fermées à clé. Ces bâtiments n'ont pas de portier ; autant que je sache, les résidents n'ont la clé d'aucun cadenas. Ce qui signifie que les gens sont ou bien enfermés dehors pour la nuit, ou bien – fait encore plus inquiétant – emprisonnés à l'intérieur. Par qui ? Et pourquoi ? Lancer un caillou dans sa fenêtre m'obligerait à sortir du campus et alerterait les gardiens à la grille. Retourner à mon appartement pour lui téléphoner, et puis ressortir, signifierait deux rencontres supplémentaires avec le portier de nuit. Même un moment de répit dans son couloir, parmi les bicyclettes et les ordures, la poussière et les odeurs, est exclu.

Anéanti, je m'effondre, le dos au mur. Le besoin que j'ai de parler avec elle est lancinant. En silence, je commence : *Partons cette nuit. Avant qu'il arrive autre chose. Avant qu'ils viennent vous chercher vous aussi. À Hong Kong. Au Japon. Un mari et sa femme avec leur fille. Quoi de plus naturel ?* Ne me parlez pas de pigmentation de la peau, ni de traits raciaux immuables, ajouterais-je. Ne me parlez pas des verrous aux portes des bâtiments, ni des gardiens de sécurité aux grilles ; ne vous cassez pas la tête pour m'expliquer la raison d'être de passeports et de visas émis pour garder les citoyens à l'intérieur d'un pays, et non faciliter leurs voyages à l'étranger. Ne me parlez pas d'une frontière nationale hérissée de barbelés et de caméras de surveillance orientées vers l'*intérieur* de la clôture. Et, je vous en prie, ne me parlez pas du Schubert ou du Dvořák que vous mettez pour vous consoler ; de cette musique qui dévale l'escalier jusqu'au dernier palier, s'infiltre sous la porte verrouillée derrière laquelle je suis accroupi, pour me baigner moi aussi, dissoudre la poussière et la saleté, refouler les bruits, tel un vaisseau, un vase où nous pouvons boire ensemble un liquide frais et doux. Permettez-moi plutôt de vous dire le feu qui me ronge l'aine, la fureur qui ravage mon âme et le piteux état de mon esprit. Vous dire ce qui va se produire ici, sagesse ou folie, farce ou tragédie. À quel point je suis terrifié et ragaillardi, triomphant et honteux. Désolé, Hong, mais on va vers la catastrophe. Qui va nous faire terriblement réfléchir. Nous obliger tous deux à détourner les yeux.

XVII

Le lendemain matin à six heures, je prends ma douche et je m'habille. Une heure plus tard, je compose son numéro. Elle est debout, j'en suis sûr. L'avion de Ying part à midi. C'est l'unique raison pour laquelle j'essaie une deuxième fois. Le téléphone gargouille aussitôt. Convaincu que ce n'est pas Hong, je compte les coups en faisant bouillir de l'eau dans la cuisine : cinq, six, sept. Je bois du café et je fume des cigarettes sur le balcon. Le téléphone sonne tous les quarts d'heure et s'arrête toujours après sept coups. Finalement, à huit heures pile, j'enfile la veste de cuir ajustée que j'ai découverte, sans grande surprise, au fond de ma penderie, tard hier soir, et je descends l'escalier. Dans le miroir du couloir se profile la silhouette du gardien de nuit, Li Duan, toujours à son poste une heure après que Deng Chen aurait dû le relever. Le vieil homme est assis au fond de sa chaise, les mains jointes, le menton sur la poitrine. Je m'arrête à la porte vitrée, j'entends un ronflement déchirer l'air, je sors.

Les gens me dévisagent pendant que je traverse le terrain en direction du Pavillon des arts. Leur air intimidé s'estompe vite, et je ne discerne en eux ni malveillance ni colère. Je souris en retour à ceux que je reconnais, fais un signe de tête aux autres. La porte d'entrée principale du Pavillon, habituellement ouverte le jour, est encore fermée, comme pour mieux mettre mon affiche en évidence. Quelqu'un a rajouté des idéogrammes sous les mots. J'hésite une seconde.

— Traduction en mandarin classique, dit un étudiant, sans ralentir le pas.

Une douzaine de collègues s'entassent dans le bureau du département d'anglais. Mon arrivée suspend conversations et gestes. Tout le monde s'écarte sur mon passage. Tous les yeux sont rivés sur le blouson. J'en éprouve un plaisir mitigé par l'appréhension qui me raidit l'échine. Le doyen Feng est en train de composer un numéro de téléphone. Me voyant, il raccroche et renvoie tout le monde. Les professeurs passent à côté de moi à la queue leu leu, dociles, beaucoup se retournent pour me jeter un dernier coup d'œil. La secrétaire Shen chasse le dernier traînard.

— Grave, hein ? dis-je.

Le doyen glousse. Je lui demande :

— Savez-vous où est Wang Hua ?

— Arrêté.

— Oui, mais où est-ce qu'on l'a emmené ?

— Arrêté ! répète Feng, désignant des deux mains un endroit – peut-être un espace – au-delà de la porte. Pas besoin d'en savoir davantage.

— Je veux...

— Pourquoi portez-vous son blouson ?

— Il me va.

— Wang Hua est fou, affirme le doyen. Et vous aussi, vous êtes fou.

Feng Ziyang, qui n'a probablement pas pris un coup, essaie de s'envoyer une cigarette directement du paquet dans le bec. Comme cela m'est arrivé il n'y a pas si longtemps, le contenu s'éjecte et s'éparpille, en grande partie sur son bureau. Fronçant les sourcils, le doyen porte une main devant sa bouche pour camoufler une contraction soudaine. Que l'homme puisse avoir effectivement conscience de ses tics – et peut-être même de son désarroi extrême – est ahurissant. Je m'installe au bureau de Wu, le vice-doyen déserteur, les doigts joints en forme de flèche.

— Regardez cette pièce, poursuit-il. Regardez-moi. Regardez-vous, professeur canadien résident. Cacher un Chinois dans votre appartement. Coller des affiches. Fou !

Je hausse les épaules.

— Boy-scout ?

Je le reprends :

— Ami.

Il secoue la tête. La secrétaire Shen l'apostrophe en mandarin :

— Feng Ziyang, vous vous ridiculisez.

— Comment ? riposte-t-il, blessé.

Je réclame une cigarette. Il m'en lance une par-dessus les gratte-ciel de papiers, ainsi qu'une boîte d'allumettes.

— Mais il ne fume pas ! fait remarquer Shen à son patron.

Je renchéris en chinois :

— Les intellectuels fument rarement.

Je craque une allumette, souffle par bouffées l'odeur infecte du magnésium.

— C'est mauvais pour votre santé, vous savez, me dit la secrétaire dans sa langue.

Elle me gratifie d'un regard empreint d'une sollicitude maternelle.

— Je me sens très mal, dit le doyen. Peux pas dormir la nuit. Maux de tête tous les jours. Et des coups juste ici, de chaque côté de...

Il se tapote les tempes, répandant la cendre sur sa joue.

— Faites-lui ôter le blouson, dit la secrétaire Shen. Nous sommes tous mortifiés. Il ne comprend pas ?

— Voici ce que je comprends, dis-je en mandarin. Un professeur de votre département a été... Je passe à l'anglais : Quel est le mot pour « arrêté » ?

— Continuez en anglais, soupire le doyen. Elle peut très bien suivre.

— Ah oui ?

— Shen apprend l'anglais toute seule depuis quarante ans. Mais en secret. Pas pour s'en servir. C'est fou, hein ?

La secrétaire fusille Feng du regard, mais son expression est moins virulente qu'elle ne l'aurait probablement voulu. Quand, par-dessus la monture de ses lunettes, ses yeux farouches se tournent vers moi, tels des ballons gonflés à l'air chaud, je décèle dans ses prunelles une intention colérique inhibée par la souffrance, sinon le chagrin.

— Wang Hua a été arrêté, fanfaronne-t-elle. Bon débarras. C'était un fauteur de troubles. Il n'était pas à sa place ici.

— Et moi ? dis-je.

Son visage manque de se décomposer. Elle baisse les yeux sur les papiers qui couvrent son bureau.

— J'ai un fils en Amérique, dit-elle doucement. Puis elle continue, lentement, dans un anglais clair : Université d'Indiana, à Bloomington. Ça fait neuf ans qu'il est parti.

— Neuf ans ?

— Un doctorat prend du temps.

Je regarde le doyen Feng, attendant qu'il parle. Il me regarde à son tour.

— Son anglais est parfait maintenant, poursuit-elle. Je l'ai fait parler au téléphone avec son oncle. Il parle excellent, vrai, pas vrai, doyen Feng Ziyang ?

Mon regard va et vient de l'un à l'autre.

— Votre fils doit vous manquer, lui dis-je en chinois.

—Je suis secrétaire, répond-elle en anglais. Mon garçon sera médecin ou avocat.

— Ou professeur ?

Le silence s'installe. Les bureaux sont placés sous une immense fenêtre à croisillons qui diffuse de plus en plus de clarté à mesure que la matinée avance. Bien qu'il soit encore tôt et que le ciel soit couvert, un rayon traversant l'un des carreaux supérieurs passe au-dessus de nos têtes. Des filets de fumée et des grains de poussière tourbillonnent frénétiquement dans ce rai de lumière. Les murs beiges, qu'on dirait arrosés d'un feu d'artillerie, et les chaises de bois empilées dans un coin sont plongés dans l'obscurité. Sur une petite table, un thermos cabossé et un service à thé, avec un vase, dont les fleurs sont renouvelées par Shen tous les jours.

— Peut-être que je conduirai un taxi, dit le doyen Feng. Les chauffeurs de taxi gagnent deux mille yuans par mois à Beijing. Organisent leur horaire. Ne s'attirent pas d'ennuis.

Pour ce qui me semble être la millième fois, je demande :

— Qu'est-ce que Wang a réellement fait ?

Il jette un coup d'œil à la porte fermée et murmure :

— Fait des films. De manifestations et de loi martiale. Du massacre... hum, du Grand Dérangement. Lui et ses amis ont emprunté des caméras vidéo à équipe américaine de télé et filmé des choses.

— Des choses ?

— Des étudiants en train d'installer Statue de Déesse place Tiananmen. Armée défilant sur Changan. Tirant sur les foules. Faisant arrestations sur les sentiers... Comment saurais-je ?

— Vous n'avez pas vu les vidéos ?

—Je suis professeur d'anglais ! dit Feng.

305

Son sourire manque de se muer en cri. Shen vient à la rescousse :

— On nous l'a dit.

Je tire sur la cigarette locale, dont l'odeur s'apparente à celle d'ordures qui brûlent, mais dont le goût est supportable. Attrapant un brin de tabac sur ma langue, je demande :

— Comment est-ce que la police l'a découvert ?

— Ceci, répond le doyen.

Il s'étire au-dessus du bureau et attrape le blouson de Wang.

— Des espions partout prennent photos et font vidéos des manifestants et fauteurs de troubles. Beaucoup montrent homme portant ce blouson, avec mots anglais dans le dos.

Il me fait signe de me retourner.

— UNDER A BLOOD-RED SKY, lit Feng avec un hochement de tête. Ça veut dire quoi ?

— Rien.

— D'accord.

Je réfléchis avant de poser la question suivante :

— Est-ce que le professeur allemand m'a dénoncé hier soir ?

— Quoi ?

— Elaine Mueller. Est-ce qu'elle a mouchardé à la sécurité du campus que Wang était dans mon appartement ?

— Je suis professeur d'anglais !

— Allez-vous être arrêté, vous aussi ?

C'était aller trop loin. Feng confirme la transgression.

— Le Grand Dérangement a été causé par voyous et criminels, déclare-t-il. Pas intellectuels. Wang Hua n'était jamais membre acceptable de corps professoral. Ses actes ne représentent pas département ou collège.

— D'accord, dis-je en me levant, moi aussi.

La secrétaire Shen me touche le bras.

— Sale affaire, dit-elle d'une voix douce.

— Et il ne faut pas que j'aggrave la situation ?

— Zhou Hong, dit la femme.

— Comment s'appelle votre fils ?

Elle me dit son nom.

— Si je le vois en Amérique, je lui dirai bonjour pour vous et pour son oncle.

Dans le couloir, je demande au doyen si je peux encore lui dire un mot. Rien ne me fait plus peur à présent, et je marche ostensiblement vers le débarras où sont entreposées les fournitures, pour qu'on soit tranquilles. Feng hésite à me suivre, comme un élève envoyé au bureau du directeur. Je ferme la porte.

Il ajuste ses lunettes, et ses yeux décrivent des cercles en parcourant les étagères remplies d'examens et de travaux d'étudiants de premier cycle, les boîtes de papier à photocopie qui bloquent partiellement l'unique fenêtre étroite. Nous nous éclaircissons la gorge tous les deux. Je finis par tousser sèchement dans un mouchoir, pas à cause de la cigarette mais de l'air lui-même, qui me fait l'effet d'une sorte de palimpseste poussiéreux. Je demande :

— Y avait-il une fenêtre à l'époque ?

— Recouverte avec du journal. Une fois, j'ai arraché le papier. J'ai été battu pour ça.

En ouvrant les bras en croix, je peux me soutenir aux deux murs.

— Combien de temps avez-vous été emprisonné ?

— Rééduqué.

— Un mois ? Un an ?

Le doyen Feng s'assoit sur une boîte.

— Où ont-ils emmené Wang ?

— Je suis prof...

Je répète ma question.

307

Avec un soupir, il tire un stylo de sa poche et griffonne quelque chose dans le coin d'un vieil examen. Il arrache la page.

— Donnez ceci à chauffeur de taxi, dit-il. Peut-être il vous emmènera, peut-être pas.

— Je suis désolé.

— D'accord, d'accord.

Je veux conclure sur une note plus agréable :

— J'apprécie ce que vous avez fait pour Zhou Hong hier au banquet.

— Je ne l'ai pas fait pour vous.

— Bien sûr que non. Je veux dire...

Il m'interrompt :

— Il n'est jamais nécessaire d'humilier quelqu'un. Wu Tong et le président du collège ne comprennent pas ça. Leur génération ne comprend pas l'humiliation comme nous.

— Croyez-vous vraiment que Wang est coupable d'un crime ?

— Il est sur bande vidéo. Je ne peux rien faire pour lui.

— Mais vous, croyez-vous qu'il a fait quelque chose de mal ?

Il me demande de bien vouloir partir. Je m'exécute, mais je m'attarde en haut des marches, attendant que Feng émerge du débarras. Au bout de cinq minutes, la porte ne s'est pas encore rouverte, je m'en vais.

La station de taxi la plus proche se trouve devant un hôtel près du zoo, à un kilomètre au sud du collège. S'y rendre à pied n'est pas de tout repos et, d'ailleurs, il y a longtemps que je n'ai pas marché aussi loin du campus. Les trottoirs sont des quais de métro bondés, les rues, des terrains de stationnement archicombles. Sur les pistes cyclables, ce ne sont qu'enchevêtrements de roues et de rayons, de coudes et de jambes. La poussière décolle de la route et des accotements sans herbe ; elle est balayée et lancée dans le vent par des nettoyeurs de rues en chapeau de mitron et masque chirurgical ; la poussière étouffe les jeunes arbres nouvellement transplantés et recouvre les buissons déjà rabougris. Le premier chauffeur de taxi jette un coup d'œil sur l'adresse, puis remonte sa vitre sans commentaire. Le deuxième examine attentivement le papier comme pour l'enregistrer mentalement. Lorsqu'il me le rend, je suis prêt.

— Emmenez-moi à côté, dis-je.

— Vous parlez chinois ?

— Emmenez-moi près de là-bas, et je marcherai.

— Pas moyen.

— C'est loin ?

— Pas mal, répond-il.

— Laissez-moi à un kilomètre. Indiquez la bâtisse, ou même juste la rue.

— La quoi ?

— Mon mandarin est si mauvais, dis-je.

— Non, non, insiste-t-il. Il est excellent, pour un étranger.

— Il faut que je travaille encore beaucoup.

— Vous vous débrouillez bien.

— Montrez-moi juste la bâtisse, d'accord ? De loin. Personne ne saura comment je suis venu.

Le taxi roule d'abord vers le nord-ouest, puis plein nord en direction de la Grande Muraille à Badaling. Ce n'est qu'une fois installé sur la banquette arrière que je me rappelle ce qu'il y a dans la poche du blouson de Wang : le macaron hologramme de Mao, volé sur le bureau du doyen Feng ce matin. Je ne sais absolument pas pourquoi je l'ai pris. Ce que j'ai l'intention d'en faire, si tant est que j'en fasse quelque chose, est un mystère plus grand encore.

Le paysage évolue rapidement. Nous voilà déjà dans la zone semi-rurale qui entoure la capitale, avec ses usines et ses ateliers, ses champs cultivés et ses serres, ses immeubles en briques rouges qui bordent les grand-routes. L'anonymat de tout ce qui n'est pas la ville même de Beijing déclenche en moi une réaction classique. Je décroche, et laisse défiler les magasins et les chantiers de construction, les étals de boissons gazeuses et les éventaires, les embouteillages et les enchevêtrements de bicyclettes, et les gens, tous vêtus de façon terne, tous petits, aux cheveux noirs, tous pressés ou entraînés par la bousculade ; l'œil absent, quasi indifférent, je laisse défiler ce monde dur, étranger. À deux reprises, à cause de travaux de voirie, le taxi est dévié sur l'accotement cahoteux et doit s'arrêter. Je suis alors un animal en cage offert aux badauds. Les gens du coin, la bouche ouverte figée en un rictus éteint, entourent le véhicule pour contempler le spectacle. Ils sourient et me montrent du doigt. Me traitent de démon étranger, sans vouloir m'insulter, et se moquent de mes traits grotesques. Pour eux, mon monde n'est pas dur, mais étranger, et leur curiosité, au mieux, va de soi.

Mes pensées voguent vers Hong et Ying qui sont à l'aéroport, à l'autre bout de la ville. Font la queue pendant une heure à l'enregistrement. Font la queue pendant une autre demi-heure à la douane. Se font cuisiner par un agent qui regarde leurs papiers de travers, les déclare incomplets. Zhou Hong qui demande à être admise dans la zone réservée aux passagers – sa fille n'a que cinq ans, après tout –, se voit naturellement opposer un refus, réclame évidemment un téléphone pour appeler un officiel haut placé à l'aéroport, et se fait fatalement éconduire avec un haussement d'épaules irrité. Ying, les yeux écarquillés, craintive, qui serre la main de sa mère. Hong qui déniche la personne dont le siège sera voisin de celui de la fillette, l'amadoue et explique d'un ton enjoué qu'elle est retenue par son travail, mais qu'elle rejoindra Ying et son père au Canada avant l'été – l'automne, au plus tard. Qui dit ce mensonge assez fort pour que l'enfant l'entende et puisse le croire, et pour que les passagers de la salle d'attente l'entendent, n'y croient pas un seul instant et puissent considérer Hong différemment, de façon moins inquisitrice, avec moins de pitié. Hong qui se rattache les cheveux et se passe la langue sur la lèvre inférieure. Ying qui fait semblant de s'attacher les cheveux et étudie en louchant le mouvement de sa langue sur ses lèvres. La peur qui le dispute à l'excitation chez l'enfant au moment du premier appel pour l'embarquement. Le désespoir qui le dispute à la détermination chez la mère au moment où les gens se précipitent vers la porte menant au tunnel. Ying qui refuse de partir. Hong qui insiste. Ying en pleurs. Hong les yeux secs. Qui reprend contact avec le passager du siège voisin et supplie, sans mot dire, l'homme – la femme, avec un peu de chance – de prendre la main de la fillette après l'avoir détachée de la sienne, doigt par doigt. Qui dit : Tout ira bien, Ying ; ton père t'attendra de l'autre côté ; les étrangers seront gentils pendant le voyage. Qui insiste pour qu'elles se quittent, l'exhorte : Vas-y, sois courageuse. Et puis reste à l'entrée du tunnel à regarder l'enfant descendre les quelques marches, une, deux, trois, quatre, disparue. Hong, sur la pointe des pieds pour un ultime regard, avant de se retourner pour voir qui observe la scène, qui demande à un agent de bord si on peut regarder l'avion par une fenêtre et se fait répondre non. Qui reprend un couloir sans fin jusqu'au terminal principal, obsédée par la pensée : *J'abandonne mon bébé dans un tunnel ! Je la quitte, elle va en mourir !* Qui a mal aux joues à force de sourire. Sent l'envie de vomir lui monter à la gorge. Un pas à la fois. Inspire, expire. Facile.

Je devrais être avec elle. Avec elles. Je devrais être en train de dire au revoir à ma fille.

Le taxi s'est arrêté. Le moteur tourne au ralenti et le chauffeur étire le cou pour m'activer. Sur la banquette, le macaron attire son regard. Déjà sa mine se renfrogne ; il voit le sourire du président, et ses traits se contractent de peur. Nous sommes stationnés sur le bas-côté d'une route bordée de colonnes de saules. À quatre cents mètres au nord se dresse une grande enceinte aux murs de briques surplombés par des arbres. La route semble finir à la grille de l'enceinte. La pointant du doigt, le chauffeur me dit la somme à payer – le salaire mensuel d'un professeur chinois – et me supplie de me dépêcher. Le taxi a déjà presque fait demi-tour avant que j'aie eu le temps de refermer la portière.

Si je cherche à faire de la publicité pour le cas de Wang Hua, il aurait été avisé que j'avertisse par téléphone une équipe de télévision occidentale. Si je cherche à faire mes preuves auprès de Zhou Hong, il aurait été prudent que je l'informe de mon projet. Si toutefois, dans mon subconscient, j'aspire à être arrêté pour mes péchés – cette affaire de culpabilité collective dont je voulais parler à Ivan après mon arrestation à Montréal –, ou tout simplement à retourner au Canada neuf mois plus tôt que prévu, alors donner l'assaut à une prison chinoise est sans doute une stratégie transcendante.

Des têtes surgissent des portes à mesure que je remonte la route sous des nuages effilochés et un soleil diaphane. Me fiant au seul week-end que j'ai passé hors de Beijing en mars, je m'attends à être suivi, tel le joueur de flûte de Hamelin, jusqu'à la grille. Mais dans ces parages, la curiosité innocente n'existe évidemment pas, et j'arrive à l'enceinte sans la moindre escorte de badauds. Les murs de briques atteignent cinq mètres et la grille est deux fois plus élevée que celles du collège. Au lieu d'une barrière, une clôture métallique s'ouvre et se referme électroniquement pour filtrer les véhicules. Devant elle se tiennent deux gardes armés. Dans une guérite est assis un troisième planton, qui lit le journal. Le calme est sinistre, et la menace, aussi palpable que la terre dans la campagne nocturne. Je compte les caméras : une perchée de chaque côté de la grille, plus une au-dessus de la guérite.

Sans se presser, le planton au journal vient jusqu'à moi :

— Êtes-vous avec...

Je ne comprends pas ce mot.

— Presse ? Télévision ?

J'explique :

— Je veux voir un ami.

Cet homme trapu, qui malgré tout semble flotter dans son uniforme et sous sa casquette, est troublé par ma réponse.

— Vous ne faites pas partie des médias ?

— Je suis professeur.

Il assimile le renseignement, puis ordonne :

— Fichez le camp !

— Pardon ?

— C'est une zone réservée. Aucun Occidental n'est admis ici. Aucun Chinois non plus. Fichez le camp, ou bien...

À nouveau, je ne peux suivre à cause de son accent. Par contre, je saisis la substance des propos qu'il tient pour donner des directives aux autres gardes, qui approchent.

Je réprime un sourire.

— Je veux voir un ami. Est-ce que je peux parler à quelqu'un ?

— Vous n'avez pas d'ami ici, répond-il, moins cinglant. Retournez à votre hôtel.

— Je suis professeur, redis-je en nommant l'école. Mon ami aussi est professeur. Il est arrivé ici hier soir. Je veux le voir.

Au signal, les gardes s'avancent. Contrairement à la plupart des agents de sécurité qui circulent en ville, ce sont deux adultes à la mâchoire serrée et au regard menaçant bien entraîné. L'un d'eux s'approche si près que je sens l'infecte odeur de graisse de l'arme automatique qu'il tient contre sa poitrine. Ma colère devant cette intimidation se mêle à une nouvelle expérience de la peur. J'ai envie de pousser le type. Mes intestins se relâchent. J'articule avec peine :

— Il s'appelle Wang Hua. Il n'a rien fait. Je veux lui parler.

Toute trace d'amabilité feinte disparaît chez le garde en chef. Il répète l'ordre en y ajoutant – je présume – une menace d'arrestation. Je m'empare de ce mot inconnu pour les narguer. Je déduis de leur expression que mes paroles sont incohérentes. Mais je ne peux rien dire d'autre, et il me faudrait du temps pour réfléchir.

Soudain, la route se met à trembler. Je me retourne et vois un camion militaire vrombissant remonter la route vers la grille. Le canon d'un fusil m'est brusquement braqué sur l'estomac et me force à reculer. Dans son emportement, le garde me flanque par terre, et je reste là, sur le derrière, à moins de deux mètres du passage du véhicule. Le camion de transport de troupes kaki s'arrête en hoquetant, presque à mes pieds.

Ouvrant les yeux, j'examine l'arrière. La toile est baissée, mais non fixée, et s'écarte mollement à cause de la brise ou d'un mouvement de l'intérieur. Je fixe la bande noire au centre de la bâche et tends l'oreille pour percevoir des voix. Seul me parvient le bruit du moteur au ralenti. Il y a de grandes chances que le camion soit vide ou plein d'autres gardes. Mais supposons que ce soient des prisonniers ? Supposons que l'un de ces prisonniers soit...

En un clin d'œil je suis sur pied, m'essuie les mains sur les cuisses. Un pan de la bâche se gonfle, ne demandant qu'à être retendu. Je marche droit dans sa direction et...

Le camion fait une embardée. Devant lui, les sentinelles se sont écartées ; la grille s'ouvre.

Sous l'emprise de je ne sais quel démon, je suis le véhicule jusqu'à une ligne gravée dans l'asphalte par le montant d'une barrière coulissante. Cette ligne, évidemment, est LA ligne. Franchissez-la, et tout change. Pour la première fois, je ferme les yeux à demi, et m'estime content de pouvoir examiner la prison avant de faire un geste. La route est bordée d'un côté par une clôture grillagée, de l'autre par des immeubles ordinaires. Il y a un terrain de jeux et une cour pavée. Des arbres et des bancs. À trente mètres, se dresse une petite tour d'enceinte et, au-delà, un autre bâtiment. Je remarque de nombreuses clôtures qui délimitent des enclos et canalisent les piétons dans certaines directions. Je distingue aussi beaucoup de poteaux de bois hérissés de caméras pivotantes et de haut-parleurs à la langue pendante. Pas de fils de fer barbelés, toutefois, ni de patrouille. Personne en vue, mon regard ne croise pas âme qui vive. Avec un certain choc, je me rends compte que cette enceinte pourrait passer pour celle d'un campus universitaire. Et moi, pour un Pékinois, à rester planté là près d'une grille à contempler comme un ahuri cet endroit exotique, périlleux.

Deux sentinelles me poussent du canon de leur fusil. Encore une fois, j'atterris sur le derrière. Quand le garde en chef grimace un sourire, ses deux jeunes acolytes l'imitent. J'en fais autant, toujours par terre.

— Je veux parler à quelqu'un. Je ne partirai pas avant.

— Je pourrais vous arrêter.

— Bien.

Le garde me dit que je suis fou. Mais il retourne quand même à la guérite et décroche un téléphone. Je me place de façon à bien être dans le champ des trois caméras et j'enfonce les mains dans mes poches pour cacher le séisme qui secoue mon système nerveux. Cinq minutes plus tard, une porte d'acier s'ouvre près de la grille, et un homme d'un certain âge en costume Mao apparaît. Il a l'air ratatiné de nombreux Chinois âgés, et une expression que l'on associe souvent en Occident à la sagacité : des yeux à demi enfouis sous des sourcils broussailleux, une peau quasi translucide, des cheveux gris et raides. Son sourire, néanmoins, révèle des dents si blanches, si régulières, qu'elles doivent être artificielles. Pendant une minute, il parle dans une langue qui me semble être le mandarin. Pour des raisons que je ne peux sonder, sinon que son accent vient de la Chine profonde, je ne comprends à peu près rien.

— Je parle un peu français, dit l'homme dans cette langue. Serait-ce acceptable ?

— Vous parlez français ?

— Une erreur de jeunesse, répond-il avec un haussement d'épaules tout ce qu'il y a de plus français.

— Votre accent est bon.

— Le vôtre est prononcé.

— Je viens du Canada.

— Vous voulez dire Québec ?

— Exactement, dis-je, éberlué. Je veux dire Québec.

Il se rapproche.

— Comment puis-je vous aider ? demande-t-il d'un ton instantanément civil et complaisant.

— Êtes-vous le gardien ?

— Je suis le directeur.

— Le directeur ?

— C'est ça.

— N'est-ce pas une prison ?

— Qui vous a dit ça ?

— C'est bien ça ?

— C'est un endroit où les gens restent.

— Ils sont obligés de rester ?

— Personne n'essaie de partir, répond-il.

— Mais est-ce qu'ils pourraient ?

— Je ne vous suis pas, ment-il.

— Est-ce que les gens qui restent ici pourraient partir s'ils le voulaient ?

— Il vaut mieux rester.

— Alors, c'est une prison.

— C'est vous qui le dites, fait l'homme en haussant encore les épaules.

Dès l'instant où je l'ai abordé, je n'ai senti émaner de lui que du pouvoir, ressenti que de la terreur. J'ai aussi abandonné tout espoir d'aboutir à quelque chose. Mes raisons de m'obstiner sont purement égoïstes : c'est devenu un test. Soucieux d'employer son vocabulaire, je lui demande :

— Qu'est-ce qu'ils ont fait de mal, les gens qui restent ?

— Rien, que je sache. Avez-vous des renseignements que vous aimeriez partager avec nous ?

— Je veux voir un ami qui a été amené ici hier soir. Il s'appelle Wang Hua.

— Ça ne me dit rien.

— Il est professeur à... (Je nomme le collège.)

— Je connais cette école, répond l'homme. Ma fille aînée a étudié le japonais là-bas. Pourtant, ce professeur...

— Il a été arrêté à cause du massacre de juin dernier.

— Quel massacre ?

Je rectifie promptement :

— Le Grand Dérangement.

Il fait un signe de tête.

— Il porte ceci sur les bandes vidéo que la police a filmées de lui, dis-je en exhibant le blouson.

— Je vois. Et est-ce que ce professeur portait également ceci sur les bandes vidéo ? demande-t-il en pointant le macaron de Mao, que j'ai épinglé sur le revers.

— Ça, c'est une idée de moi.

— Pas fameuse non plus.

J'ai les joues brûlantes. Mon audace est un château de cartes : un simple souffle et elle va s'écrouler. Le directeur ne me quitte pas des yeux.

— Mon ami a le crâne rasé.

— Oh ?

— Et il est tibétain, dis-je, jouant mon va-tout.

La seule réaction de mon interlocuteur est de se dandiner d'un pied sur l'autre. Pas d'yeux révulsés, pas de toux nerveuse. Est-ce que je m'illusionne ? Je ne crois pas. Je crois qu'il est au courant.

— Désolé de ne pouvoir vous aider, dit-il en me prenant le bras. Ce n'est pas un endroit pour vous. Je me demande comment vous avez même pu trouver cette adresse.

— Une supposition chanceuse.

— Voulez-vous que j'appelle un taxi ?

— Je peux marcher.

— Bien, hum... Quel est votre nom, déjà ?

Je réponds.

— Je suis allé à Montréal une fois, dit-il. Il y a trois ans, pour une conférence. Très belle ville. Très tranquille.

J'ajoute :

— Pas trop de monde.

— Et tant de neige ! fait-il en souriant.

Le carrefour où le taxi m'avait déposé me semble être à cent lieues. Ma progression est entravée par un vent si violent que je peux prendre appui sur lui. En temps normal, je marcherais le dos tourné à de telles bourrasques. Mais pas question de regarder par-dessus mon épaule. Même le grondement terrifiant d'un véhicule – un autre camion de l'armée – approchant par derrière ne réussit pas à me faire me retourner. Être changé en statue de sel est une chose ; continuer à regarder une prison qui n'en est pas une, remplie de prisonniers qui n'en sont pas, dont un ami qui n'en est sans doute plus un, est autre chose. Malgré les maisons et les boutiques, la route est déserte. À part une ville de dix millions d'habitants juste au sud, le panorama se compose d'arbres et de champs, et d'un ciel vaste, infini. Un sentiment non tant de désolation que de contingence m'envahit. Je ne parle pas précisément de ma marche précipitée le long de cette route. Je ne pense pas exactement non plus à l'arbitraire implicite dans le fait qu'un jour j'ai rencontré Wang Hua, ou pu connaître Zhou Hong et Ying, ou que j'ai atterri à cet endroit précis, à ce moment précis. Je pense au « fait », si vous voulez, qu'au-dessus de nous il y a le ciel, les étoiles, le soleil et la lune, en dessous, les arbres, les plantes, la terre et les océans, et que ce sont là les composantes solides, ordonnées de l'univers. Nous, par contre, nous sommes de perpétuels accidents du sort et de la destinée ; le sens que nous attribuons à notre vie est personnel, et résulte de notre imagination plutôt que de la nature. Non qu'il soit moins important pour autant, je m'empresse de le dire, mais c'est uniquement une création de l'esprit. Les tremblements de terre surviennent effectivement. Celui qui m'a secoué il y a un quart d'heure, tout comme celui qui va probablement me secouer encore ce soir, ne se produit que dans ma tête. Difficile de concevoir un espace plus évanescent.

Wang aimerait ces réflexions. Après tout, c'est un homme qui réside fort heureux au pays de son imagination souvent délirante. Deux fois, il m'a parlé d'un rêve. Bien que récurrent, il reste inachevé, perpétuellement interrompu par un compagnon de chambre ou une clameur dans le couloir. Voilà où il en est resté : *Il marche le long d'un sentier dans une vallée. Rencontre une belle Tibétaine qui, sans aucune parole, lui demande de l'accompagner. Elle montre une pente menant à une crête. Au-delà de la crête se dresse une montagne couronnée de neige. Plus loin se profilent d'autres pics, d'autres pentes. Une ligne de stûpas, chacun orné d'un fanion de prière raidi au vent, jalonne le chemin. En silence, ils se donnent la main et se mettent en route.*

Wang croit qu'il est question du suicide dans ce rêve. Je ne trouve pas, mais, après tout, ce n'est pas moi qui hante ces lieux. Avec déférence, je termine le rêve à sa place : *Wang et la femme gravissent une pente gravelée abrupte. Le vent leur écorche les joues et leur brûle la peau, mais remplit aussi leurs oreilles de musique. Le tournoiement des oiseaux les étourdit. Un ciel mouvant dérobe la terre sous leurs pas. Toujours ils se tiennent la main, s'arrêtant parfois pour calmer leur respiration, synchroniser les battements de leur cœur. Au sommet de la crête, il y a un bois, qu'ils traversent. De l'autre côté, l'air est plus subtil et le sentier, vertigineux. Ils continuent leur ascension, les jambes étrangement légères, et leur vision se voile tandis que les nuages s'inclinent pour les étreindre. Leurs pensées se raréfient – aussi inutiles que la parole, que les mots. Le soleil se couche en contrebas. La lune emmêle leurs cheveux. Une autre crête surgit de la brume et, au-delà, un autre pic couronné de neige. Ils vont bientôt atteindre la crête. Il va bientôt faire nuit.*

J'ai à peine franchi la grille du campus que je tombe sur une étudiante qui se rend au Pavillon des arts, pour le cours du professeur David. L'étudiante est brillante et volubile ; je dois avoir l'air hébété. Nous marchons ensemble vers la salle. Toujours accrochée à la porte principale, mon affiche est couverte de messages, la plupart en anglais, en japonais ou en allemand, avec les arabesques de la calligraphie arabe en bas dans un coin. Je m'arrête dans des toilettes âcres pour m'asperger la figure. Heureusement, il n'y a pas de miroir.

— Le cours sera bref aujourd'hui, lancé-je en m'appuyant si fort sur le pupitre qu'il manque de basculer. Exercice de traduction simultanée. Je vais vous raconter une histoire en anglais et vous allez la transcrire en chinois. Ce soir, vous la retraduirez. Lundi matin, je vais – ou quelqu'un d'autre va – ramasser votre travail et mettre toutes les histoires ensemble pour bâtir un immense conte.

Pendant que les étudiants fourragent pour trouver un stylo et du papier, j'observe mes mains jointes en O et mes doigts trapus.

— Un homme et une femme habitent une ferme en Chine du Nord. Il s'appelle Lu et elle, Zhimei. Un jour, Lu doit s'en aller à la guerre. Il est parti depuis de nombreuses années. Alors Zhimei, qui a le cœur pur, croit que son mari est mort et elle se remarie. Lu, malade, revient de la guerre et, tard un soir, surprend Zhimei et son nouveau mari. C'est l'hiver et la neige monte à mi-corps. Il la voit au lit avec quelqu'un d'autre et repart aussitôt dans la tempête qui fait rage. Des villageois le découvrent le lendemain matin, à moitié mort de froid. Or, à cause de son allure qui a changé – cheveux longs, joues creuses –, ils ne le reconnaissent pas. Ils le prennent pour une femme. L'aubergiste du village consent à le recueillir. Zhimei, qui est une bonne personne, a l'intention d'aller rendre visite à la pauvre femme dès que la neige aura fondu. Mais Lu meurt, et on l'enterre dans une grotte dans la montagne non loin de là.

J'entends des murmures, des bruissements de papier. Je demande :

— Trop vite ?

Comme d'habitude, personne ne répond. Je contemple une mer de têtes penchées et de figures placides. Évidemment, personne ne se mouille. Je continue à examiner mes mains.

— Peu avant sa mort, Lu confie à l'aubergiste sa véritable identité. Lui fait jurer le secret. Mais, après une semaine de tourment, l'aubergiste n'y tient plus. Elle traverse les champs par un soir étrange ; un halo double encercle la lune, le ciel est rouge sang. Apprenant la nouvelle, Zhimei, en sanglots, court vers la montagne et supplie la grotte de s'ouvrir. Le roc ne veut pas bouger. Alors elle fait monter vers lui un chant triste et beau. La pierre s'écarte. Zhimei pénètre dans la grotte et saute dans la tombe. Quelques instants plus tard, deux papillons s'envolent, les ailes enlacées, amants par-delà la mort.

Entrelacées comme mes doigts en ce moment. Tressées comme mes pensées avec les siennes.

— Z'avez compris ?

Les murmures et les bruissements de papier reprennent de plus belle, et on assiste à quelques départs hâtifs de mines renfrognées. Pas de visages souriants. Pas de fans du professeur David aujourd'hui. J'annonce :

— Le cours est fini.

XVIII

Après un bref repos, sans sommeil à cause du gargouillement impitoyable du téléphone, je prends une douche froide, mange un peu de pain et de confiture, et fais mes valises – par mesure de précaution. À 17 h 45, en veston et cravate, le visage rasé de frais et les cheveux présentables, je descends l'escalier, le blouson de Wang sur l'épaule.

Un homme que je n'ai encore jamais vu est assis au bureau de la sécurité. Il porte des verres fumés.

Comment puis-je être si sûr que je l'aime ? À cause des palpitations de mon cœur au son de sa voix, de l'élan qui anime mon pas à la seule évocation d'elle. À cause du sourire qui s'épanouit sur mon visage lorsqu'elle sourit ; du rire que je ne peux réfréner quand elle rit, même si la blague n'est pas drôle. À cause du bonheur que je ressens lorsqu'elle a l'air heureuse ; du chagrin qui m'accable avant même qu'elle ne m'ait laissé entrevoir ses ennuis. À cause du fourmillement de mes idées pour l'amuser ; du reflux de mes soucis quand nous sommes ensemble. À cause de mon étonnement devant sa perception du monde, devant sa nature dépourvue de la gravité qui abat la majorité des êtres, exempte de la tristesse préventive qui estropie la vie. À cause du lustre de sa chevelure, de la muscade de sa peau ; de ses yeux de hibou et du velouté de sa lèvre supérieure.

Surtout, parce que je n'ai rien ressenti de tel depuis que j'ai rencontré Carole il y a dix ans. Ce qui veut dire, je crois, que finalement c'en est bien fini de Carole. Ce qui, en soi, signifie que je suis un organisme uniquement capable des enchaînements vitaux les plus rudimentaires : une mort avant une naissance, une fin avant un commencement. Une parabole pour enfants. Une mélodie folklorique.

Elle attend devant son immeuble. Le concert n'a lieu que dans une heure et demie, mais le centre-ville est à douze kilomètres, et il nous faudra prendre deux autobus pour y arriver. Hong remonte son escalier en courant avec le blouson de Wang. Chose curieuse, elle me demande de rester en bas. Des traces de mascara ne parviennent pas à masquer ses yeux rougis. Des silences prolongés ne peuvent cacher l'impatience de sa voix.

— Très insensé, David, dit-elle à l'arrêt de bus.

— Je pensais que ça valait la peine d'essayer.

— Pour qui ?

Je lance :

— Vous ?

— Je ne crois pas.

— Moi alors.

— Il va y avoir des conséquences.

— Je suis désolé. (Mon instinct me dicte de ne pas être sur la défensive ce soir, de ne pas mentir.) C'était égoïste et inapproprié. Peut-être même destructeur.

Elle fait une pause, se rattache les cheveux.

— Les gens sont stupéfaits, dit-elle avec un rire nerveux.

— Il n'y a pas de quoi.

— Certains pensent que vous êtes fou. D'autres disent que vous êtes courageux, que vous êtes un bon ami pour Wang Hua.

— Wang a été arrêté. Je n'ai rien pu faire pour lui hier soir ni ce matin. J'aurais dû être à l'aéroport avec vous et Ying. Ç'aurait été utile. Ç'aurait fait de moi un bon ami.

Un autobus arrive.

— Vous ne pouviez rien faire pour nous non plus, dit Hong.

Son ton ne présage rien de bon. Peu importe la soirée pour l'instant : elle va avoir besoin de ses forces pour affronter l'autobus articulé qui s'arrête devant nous dans un crissement à nous ébranler la carcasse. Nous n'avons guère le choix : ou bien nous nous agglutinons pour nous frayer un chemin dans la marée humaine qui afflue aux portes arrière et profitons d'une vague pour embarquer, ou bien nous repérons un intrépide qui pousse et tentons de nous faufiler à sa suite jusqu'à la première marche. Concrètement, la première stratégie équivaut à un contact physique suffocant, la seconde, à une tentative pour ainsi dire vouée à l'échec. Les deux comportent incommodité et humiliation, mais une seule garantit le transport. L'expérience m'a appris à renoncer à l'espoir de voir arriver un autobus vide, comme par miracle, deux minutes plus tard. Bien sûr, un autobus peut apparaître en avance, et être moins bondé, mais entre-temps des dizaines de nouveaux voyageurs auront surgi des allées, des immeubles et – on le dirait parfois – littéralement de l'air.

Je n'ai pas de cœur au ventre pour ce genre d'épreuve, et il est fréquent que je rate mon embarquement trois ou quatre fois de suite avant de me résigner à marcher jusqu'au zoo pour héler un taxi. Cette fois ne fait pas exception, et je m'en remets à Hong pour suggérer une nouvelle tactique. Je scrute la foule derrière, de chaque côté, devant. Au milieu des corps arc-boutés et des membres qui fouettent, elle est là, poussant des deux mains le dos d'un vieillard dont les pieds ne touchent plus terre. Zhou Hong nous a ouvert une brèche, aussi éphémère que l'espace créé par un gardien de but pour son arrière lancé à toute vitesse. Avisant son expression, je joue des coudes pour m'y glisser. Le marchepied est accessible. Je grimpe avec précaution. Mais pour m'aider, on me pousse dans le dos à mains ouvertes, et je suis précipité vers l'avant. Pendant quelques instants, le flot qui nous soulève se heurte à une résistance, et nous risquons fort de nous faire refouler. Cela rend mesquin même quelqu'un comme moi, et je me sers – d'après les normes locales – de mon physique de sumo pour fendre la cohue. Ho ! hisse ! Hong et moi, nous nous retrouvons brusquement non seulement en haut des marches, mais à l'intérieur. Nous et le vieillard. Nous et une centaine d'autres personnes. La porte se ferme en claquant, s'ouvre pour éjecter quelques demi-rentrés, claque encore, s'ouvre brutalement à moitié, puis se referme pour de bon. Il n'est pas rare de voir les autobus de Beijing rugir le long des rues avec des bras et des jambes coincés entre les bandes de caoutchouc des portes. Il est moins courant, mais pas rare du tout, d'apercevoir une tête faisant le trajet à l'extérieur du véhicule. Ce qui se passe près des portes en ce moment, impossible de le voir. Dans ce grouillement, je ne distingue que des crinières noires couronnant des faces huileuses. À ceux qui m'entourent, je souris et dis bonjour. Certains me rendent un salut, d'autres un rictus. D'autres sont trop choqués par ma présence et détournent le regard. Hong et moi échangeons quelques mots en anglais, ce qui déclenche des petits gloussements, et nous nous prenons la main une fois. Du moins, j'espère que c'est la sienne que je saisis momentanément. Parce qu'elle, je ne la vois pas. Seul un bras – je reconnais son chemisier – dépasse de la mêlée.

Le trajet est interminable. À chaque arrêt, on assiste à une démonstration surréaliste de sélection naturelle. À chaque arrêt, l'impossible se produit : plus de gens montent qu'il n'en descend ; l'air étouffant resserre son étau ; un coude qui me rentrait dans les côtes explore mon appendice. Je ferme les yeux et fredonne une chanson. Je compte jusqu'à cent en anglais, en français, en mandarin. Finalement, j'entends le chauffeur couper le moteur, et je sens les premiers frémissements du flot qui va nous expulser.

Hong est déjà sur le trottoir.

— Ça n'était pas si terrible, dis-je.

Le trajet suivant l'est, par contre. Une fourmilière humaine pullule autour du terminus du zoo. Des enclos, conçus pour la canaliser vers les portes avant et arrière, jouent leur rôle jusqu'à ce qu'un autobus apparaisse ; alors la horde monte à l'assaut, forçant le chauffeur à écraser des gens ou à s'immobiliser bien avant l'endroit prévu. Je refuse de m'y agglutiner et j'empêche Hong de le faire. Nous nous retrouvons donc parmi les derniers à embarquer et ne parvenons pas à aller plus loin que le marchepied. Quand la porte s'ouvre à l'arrêt suivant, nous faisons face à une populace bien déterminée à entrer coûte que coûte. Hong contre les assaillants à coups d'invectives et de regards furibonds. Je me cramponne de toutes mes forces.

— Là, oui, c'était terrible, dit-elle, quand nous nous retrouvons dans la rue.

La salle de concert se trouve à un kilomètre à l'ouest de la place Tiananmen. Puisque nous sommes en avance et que nous avons besoin de nous dégourdir les muscles, je suggère que nous y allions tranquillement en nous promenant le long de l'avenue Changan. Bien que je sois déjà sorti du campus avec Zhou Hong, nous n'avons jamais déambulé dans un secteur de la ville aussi éminemment observable, aussi sensible, politiquement parlant. Je remarque les regards inquisiteurs et m'assure que nos bras ne s'effleurent pas. Elle ne se laisse apparemment pas démonter par le fait que nous attirons l'attention, mais elle agrippe son sac des deux mains et arbore un sourire figé. Le ciel est toujours plombé et la température, chaude pour le début d'avril. Je transpire dans mes vêtements. Hong s'est habillée de façon plus réaliste : pantalon noir léger qui lui arrive au-dessus de la cheville, chemisier rose ouvert à l'encolure. Elle porte un lainage plié sur le bras.

— Je devrais mieux connaître ces lieux, dis-je, tandis que nous passons devant Zhongnanhai, le palais gouvernemental, où des miliciens armés montent la garde au-dessus d'une rangée de lions de marbre.

— Je ne devrais pas les connaître aussi bien, répond-elle.

Ce que je devrais savoir sur ce quartier de Beijing est facilement accessible, je suppose, pourvu que je ne demande rien, et amplement évident, pourvu que je sache où regarder. En dépit du solipsisme que je me suis forgé, une certaine connaissance des lieux s'est insinuée à la manière dont certaines mélodies se fixent dans la mémoire sans qu'on le veuille, signe que l'air doit en être saturé. Je devrais savoir, par exemple, qu'il me faut observer les murailles pourpres de la Cité interdite pour voir les marques de balles sur les briques, examiner l'asphalte de l'avenue Changan comme un site archéologique pour découvrir les traces des autochenilles, sentir réellement sous mes pieds place Tiananmen les cannelures laissées sur la chaussée – et dans la mémoire collective d'un quart des citoyens de la terre, peut-être – par des chars grossiers et meurtriers. Peut-être est-il plausible que je ne sache pas exactement ce qui est arrivé ici, et dans les rues avoisinantes, le 4 juin, l'an dernier. On n'en parle pas, ou du moins pas assez fort pour qu'une personne comme moi l'entende. Mais je devrais savoir davantage quel était l'aspect de la Place, et de la ville, au cours des semaines qui ont précédé. Je devrais pouvoir recréer la scène. Tiananmen, moitié Woodstock, moitié gare routière. La déesse de la Liberté fixant le portrait de Mao. Retranchés dans la Maison du peuple, les dignitaires fixant les protestataires. Les étudiants affluant en ville pour prolonger la fête. Des grévistes de la faim évacués à toute allure vers l'hôpital entre deux haies de chaînes humaines. Des familles se promenant sur la Place décorée de bannières pour observer, des hommes pour photographier les insurgés. Des vendeurs d'esquimaux faisant de bonnes affaires. Des boîtes de poulet frit Kentucky jonchant le sol. Un soleil brûlant, des averses brutales. D'étranges clairs de lune, des cieux étoilés. Et le cœur du centre-ville, je devrais aussi garder à l'esprit la façon dont il a fonctionné pendant cette période-là. Ni police, ni autorités, apparemment, aucun responsable. Un village d'affiches apparues la nuit, d'attroupements et d'orateurs discutant aux carrefours, et des journaux rapportant exceptionnellement les nouvelles. Une population qui soudain parlait franc, se montrait imprudente et, au dire de tous, que de mémoire d'homme on n'avait jamais vue d'aussi bonne humeur. Un esprit civique. Amical. Une ville un instant libérée. Une ville un instant prise de folie.

Ce que Zhou Hong sait de ce quartier de Beijing est, je suppose, poignant et douloureux. Mais est-ce secret pour autant ? Je n'ai jamais essayé de le savoir. Et cela, malgré l'allusion énigmatique de Zuo Chang, en novembre dernier, aux activités « follement téméraires » de sa femme pendant le Grand Dérangement, malgré le récent commentaire de Wang Hua sur le fait que Hong était à la fois sa seule véritable alliée et quelqu'un dont le sort serait si différent du sien que, dans le fond, ils n'avaient que peu de chose en commun.

Nous nous arrêtons au coin de l'avenue Changan et de la rue qui longe le côté ouest de la Place. À notre gauche se trouvent la Porte de la Paix céleste, le portrait de Mao, un macaron sur le revers de sa veste, et les murs extérieurs de la Cité interdite ; à notre droite se dresse la Maison du peuple. Nous sommes séparés de l'immensité de Tiananmen – qui, contrairement à la majorité des places du monde occidental, est dénuée de verdure et pourrait passer pour une aire de lancement – par de larges boulevards ondoyant sous le flot des véhicules. Un passage souterrain conduit les piétons au centre officiel de la Chine, au point à partir duquel toutes les distances sont mesurées, toutes les horloges, réglées. Pour un centre, il est curieusement vide. Pour un cœur battant, il est étrangement silencieux. Quelques dizaines de promeneurs passent vite sur l'asphalte ; compte tenu des dimensions, on dirait des fourmis sur le tarmac de Cap Canaveral. Au milieu de la Place, près du mausolée de Mao, un homme lance un cerf-volant rouge. Il monte haut, bien plus haut que l'obélisque, bien au-dessus des édifices, mais reste en dessous de la courbe des nuages. Hong ne semble pas avoir envie de descendre l'escalier.

— Je n'aurais pas dû venir ici, dit-elle subitement, les yeux rétrécis par la lumière. Feng Ziyang a frappé à ma porte très tard ce soir-là, il était minuit passé, pour dire qu'il avait trouvé un chauffeur de taxi qui acceptait de nous conduire en ville. Nous allions chercher des étudiants pour les convaincre de revenir au campus. Feng était si bouleversé que je me suis inquiétée pour sa sécurité. Voilà pourquoi j'ai accepté.

Elle serre son sac plus fort. Je veille à ce que nous restions à un bon mètre de distance. J'opine de la tête toutes les deux, trois secondes : j'espère passer pour un touriste qui bénéficie d'une visite guidée personnelle des splendeurs de la Chine impériale et de la République populaire.

— Feng est une bonne personne, ajoute-t-elle. Il se préoccupe de ses étudiants, il aime sa famille. Ying l'appelle « vieil oncle ».

Cette première allusion à la fillette nous fait taire. Un malaise s'ensuit. Je demande à Hong :

— Avez-vous secouru quelques étudiants ?

Elle secoue la tête.

— Nous avons été séparés presque dès le début. Trop sombre et trop de confusion. Les gens couraient et criaient. Des bruits de fusillade et de véhicules militaires.

— Ici ?

— En arrière, vers la salle de concert. Je me suis retrouvée dans un *hutong* derrière la rue Xidan. Les soldats chassaient les gens des grandes avenues, et je me suis cachée dans une maison. (Elle fait une pause pour rattacher ses cheveux ébouriffés par les bourrasques qui facilitent l'ascension du cerf-volant.) Au début, j'ai cru que la maison était vide. Dans l'obscurité, j'étais aveugle, et la pièce était silencieuse. Puis une voix m'a parlé, une voix de vieille femme. Je lui ai dit mon nom et je me suis excusée. Elle m'a demandé ce qui se passait dehors. Ensuite elle m'a servi du thé. Je suis restée avec elle jusqu'au matin, alors je n'ai vu que des autobus brûlés et des camions de l'armée. Aussi des tanks et des soldats alignés là-bas – elle indique une barrière invisible en travers de l'avenue Changan – pour que personne ne voie la Place.

Quelques personnes se sont arrêtées pour nous regarder. Son expression, et peut-être la mienne, sape la vraisemblance de la visite guidée. Sans la toucher, je nous fais faire demi-tour, tourner le dos à Tiananmen et revenir sur le boulevard.

— Je n'ai rien fait de brave, dit Hong. Pas secouru d'étudiants, aidé personne. Les petits-fils de la femme étaient sortis pour combattre l'armée. L'un travaillait dans une usine et l'autre attendait depuis deux ans qu'on lui attribue un emploi. Son mari a été tué par les Japonais.

Je lui demande sans raison :

— Et son fils ?

— Il ne soutenait pas les étudiants. Elle croyait qu'il passait la nuit à boire avec des amis.

Il me vient à l'esprit que Hong a peut-être envie d'aller sur la Place, comme vigile silencieuse. Bien que le concert commence dans un quart d'heure, je le lui demande.

— Jamais plus, répond-elle. Pourtant, j'aimerais rendre visite à la vieille femme un jour. Pour voir si ses petits-fils sont sains et saufs.

Devant la salle de concert, j'essaie d'élucider un point. Poser la question révèle un manque de tact, voire de la présomption de ma part. Heureusement, Hong me coupe la parole avec la réponse souhaitée :

— Ziyang et moi sommes protégés par le collège. Les autorités ont demandé la liste de tous les enseignants qui ont franchi les grilles du campus le 4 juin. Nos noms ont été omis.

— Et Wang Hua ?

— N'a pas eu autant de chance, dit Hong en mouillant sa lèvre inférieure avec sa langue.

— Ce n'est pas votre faute.

— Bien sûr que non.

La salle de concert est difficile à décrire. Du point de vue architectural, le bâtiment ne porte pas d'empreinte culturelle ; il pourrait tout aussi bien se trouver à Montréal ou à Bombay. Sur les murs du couloir et de l'escalier, des portraits de compositeurs occidentaux ; à la mezzanine, un kiosque vend du Coca-Cola tiède et des cassettes bon marché de Beethoven et de Mozart. L'amphithéâtre proprement dit, avec son sol incliné et son balcon en retrait, est étroit et sombre. Encadrant la scène, des réflecteurs ont été suspendus pour améliorer la diffusion du son. Pas un siège, en fait pas une marche qui ne soient occupés par des gens en train de jacasser. Pour revendiquer nos sièges au balcon, Hong a maille à partir avec un couple d'usur-pateurs qui s'y sont installés sans billets. Une ouvreuse tente de les chasser de la salle, mais y renonce, voyant qu'une bagarre va s'ensuivre. Le couple va rejoindre les dizaines de resquilleurs installés dans les allées. Les visages sont animés et le murmure monte et descend par vagues. Tous les faciès sont Han. Je suis le seul Occidental à ne pas être accroché sur un mur. Je n'ai jamais vu un groupe de Chinois – y compris, malheu-reusement, mes propres classes – aussi animé. Hong aussi parle vite et tambourine sur son sac. Elle darde des regards autour de la salle. Ses joues s'empourprent.

Je suis heureux pour elle. Pour nous aussi. Chose encore plus étrange, je suis également partagé entre le désir de faire n'importe quoi pour continuer à la rendre heureuse ce soir – comme un homme épris – et celui de faire le nécessaire pour agir à ma guise – comme un individu qu'Ivan qualifierait de « vrai trou du cul ». La coexistence de ces impulsions m'amène à me demander si je ne suis pas devenu fou.

Les lumières sont encore allumées quand le chef d'orchestre, un homme aux cheveux argentés revêtu d'une queue-de-pie qui lui allait peut-être lorsqu'il pesait cinq kilos de moins, apparaît par une porte la-térale, passe en toute hâte à côté de l'orchestre en train de s'accorder, et se dirige vers l'estrade. Les applau-dissements dispersés se sont déjà tus. Cette réaction de la foule n'a pas dû lui échapper, car il lève son bâton tout en grimpant sur son perchoir et, sans fanfare ni avertissement, le concert commence. Zhou Hong, qui garde le programme rédigé seulement en mandarin, chuchote que la première œuvre est une symphonie de Haydn. Détail aussi superflu que le fait qu'elle parle à voix basse. Autour de nous, les mélomanes écalent des arachides et boivent bruyamment des sodas. Les conversations se poursuivent sur le même ton ; les ouvreuses règlent des chicanes de billets à coups de semonces et d'insultes. Pour ce que l'auditoire s'en soucie, la scène pourrait encore être vide, le chef d'orchestre pourrait être encore dans sa loge, en train de s'évertuer à rentrer dans sa queue-de-pie. Ce n'est pas que l'on se désintéresse de Joseph Haydn ; on l'a tout simplement rayé de la carte.

Avant même que le chef ait eu le temps de se retourner, encore moins de saluer, les applaudissements s'estompent. Les regards se braquent sur moi, qui continue à battre des mains pendant cinq bonnes secondes.

— Ça n'a pas vraiment transporté l'auditoire, fais-je remarquer.

Hong penche la tête. Je m'explique :

— La musique ne leur a pas plu.

— Les gens sont venus pour l'autre morceau, répond-elle en sortant un carnet et un stylo de son sac. Elle écrit « transporté » sur une page et remplit d'idéogrammes la page opposée.

De but en blanc, je lâche une remarque qui me trotte dans la tête depuis quelque temps :

— Ce qui est drôle à propos de ce carnet, c'est que vous employez rarement des idiotismes dans la conversation. Votre anglais est excellent, mais simple et net.

Surpris, je vois Hong, presque soulagée, acquiescer d'un signe de tête.

— Ils n'ont pas l'air correct quand je les dis. Je parais mal à l'aise, pas naturelle.

— Mais vous continuez pourtant à prendre des notes ?

— Peut-être qu'un jour ce sera différent.

J'aimerais qu'elle me parle du programme. Désignant un groupe de caractères imprimés, je lui demande :

— Quels signes veulent dire l'envol ?

— Le concerto porte un nom différent en chinois. Le titre anglais est vraiment plus beau*.

Je ne sais pourquoi, mais je suis déçu.

Hong trace deux idéogrammes dans la marge. Intéressées par cette activité littéraire, les têtes de nos voisins se tournent vers nous.

— Cela représente un papillon, dit-elle. Le premier associe une feuille, des générations et un ver. Les ailes du papillon ressemblent à une feuille pliée. Les papillons, comme les feuilles, se transforment.

— Et le ver ?

— Pardon ?

— Vous avez parlé d'un ver ?

Elle examine la calligraphie. Je me penche assez près pour sentir dans ses cheveux l'odeur de shampoing. Je pose ma main sur l'accoudoir.

— Ce radical – elle le montre du doigt, bien que je ne regarde même pas – se retrouve dans la plupart des noms d'insectes et de petites bestioles.

— Et les amants ?

Hong esquisse deux autres idéogrammes. Le premier, complexe, le second, simple comme un tipi.

— Seulement deux caractères là aussi.

— Un à un est la configuration idéale, dis-je, songeur.

---

*   *Butterfly Lovers.* (NdT)

Elle rougit en se demandant tout haut ce que je veux dire.

Les musiciens sont revenus par petits groupes pendant que nous bavardions, et voici le chef d'orchestre qui fait son entrée, accompagné du soliste. Il a droit à des applaudissements prolongés, sourit, mais les battements de mains sont destinés au jeune homme qui le suit. Âgé de vingt-cinq ans à peine, le violoniste arbore une queue-de-pie qui galbe sa minceur. Ses cheveux mi-longs ont été mis en place au séchoir, et il porte deux bagues à la main qui tient l'archet. Captant la lumière d'un réflecteur de la sonorisation, les bagues lancent des éclairs au plafond.

Près de l'estrade, le soliste s'incline devant le chef avant de caler son instrument sous son menton. L'archet est dressé, tel un sabre qui, en s'abaissant, va donner le signal d'une bataille.

— Très célèbre musicien, chuchote Hong en mandarin. A étudié à New York et Tokyo.

Abandonnant tout espoir, ma main ouverte se referme. Et va finalement rejoindre sa partenaire, là où il faut, emprisonnée entre mes cuisses.

L'Envol des amants commence. Sur fond de harpe, la flûte fait son entrée. Puis c'est au tour du violon solo, qui expose le thème principal avec douceur. Je le reconnais tout de suite, en partie parce que Zhou Hong le fredonnait, en partie à cause des séances de madame Chai dans l'escalier avec son balai à franges, et en partie, bien sûr, parce qu'il ressemble à tant d'autres airs traditionnels chinois. Je n'en reviens pas d'avoir pu entendre les toutes premières notes du concerto. Silence total dans la salle qui a cessé de respirer. Pas un chuchotement, pas un raclement de pieds, pas un toussotement. Des rangées complètes sont penchées en avant. Les squatters des allées et les ouvreuses méprisantes, les gamins qui ont couvert Haydn en froissant leurs papiers de bonbons, tous sont immobiles et attentifs. J'observe les physionomies et suis d'abord frappé par leur concentration, qui me rappelle les rangées de cadres éreintés par les caméras au cours des reportages de réunions de partis diffusés tard le soir. Ceux de la télé, toutefois, ont les yeux caves. La plupart des gens qui m'entourent, même vus de biais et dans la pénombre, rayonnent sous l'emprise de la musique. Mes connaissances musicales sont trop limitées pour que j'expose la construction de l'œuvre. *L'Envol des amants* raconte l'histoire de deux jeunes gens nés sous une mauvaise étoile, m'a expliqué Hong un jour, leur séparation forcée – tous deux avaient été promis en mariage à quelqu'un d'autre – et leur ultime réunion tragique, mais dans une langue que j'ignore encore. La structure est simple et la mélodie plaintive, dénuée d'amour, semble si inviolable que la partition ne s'en écarte que brièvement. Certains passages sont clairs, d'autres sombres. Au milieu retentit un tonnerre orchestral, avec cordes appuyées, cuivres et percussion. Puis le lyrisme reprend avec la voix du violoncelle et le chant du violon solo, dont le balancement des talons à la pointe des pieds s'est interrompu dès que le chef a levé sa baguette. *L'Envol des amants* ne semble pas difficile du point de vue technique – les changements dramatiques relèvent de l'émotion plus que du timbre –, mais il exige manifestement du jeune homme qu'il éprouve cette émotion, du moins dans une certaine mesure. Bien que la salle de concert de Beijing soit archibondée, l'auditoire est peu nombreux. J'ai toutefois l'impression que le violoniste comprend sa mission : jouer aussi pour des myriades de gens qui ne sont pas présents en chair et en os, peut-être même pas en vie, mais sont néanmoins partie prenante et intégrante de ce concert. J'ai le sentiment que cette œuvre est autant affaire de résonance que de son, de mémoire que de musique.

Malgré tout, je m'attends à ce qu'elle se termine par une explosion orchestrale. Le finale, cependant, s'achève dans un murmure encore plus feutré que l'ouverture. Le violon se retire plus qu'il ne s'estompe : je continue à entendre la mélodie – et il en est ainsi, j'imagine, pour chaque personne dans la salle – long-temps après que les vibrations se sont tues. Ce son, ou cet après-son, me donne la chair de poule. C'est un silence vibrant, éternel, qui ne ressemble à rien de ce que j'ai entendu auparavant. Il s'en faut de peu que je me gratte les oreilles pour m'assurer qu'elles ne sont pas bouchées.

Autour de moi, un millier de personnes habitent ce silence avec plus de confiance. Je n'ai pas la moindre idée de ce que la foule pense, et même, pense-t-elle ? Je ne saurais pas non plus expliquer le fond de ma pensée. Une image que j'avais vaguement en tête du-rant le concert s'impose, une image toute simple, celle de l'eau. Qui goutte dans un parterre, coule dans un ruisseau. Murmure sur des galets, mugit entre des rochers. Sa précipitation. Son implacabilité. Ses couleurs aussi, variant avec la lumière et l'ombre, le vent.

Et les pensées de Zhou Hong ? Son visage est dé-tendu. Son sourire, paisible. Pendant une bonne partie du concert, elle serrait les accoudoirs, mais à présent ses mains reposent dans son giron, les doigts entrelacés. De toute évidence, c'est un moment spécial, intime. Que je ne trouble pas.

Puis ce sont les applaudissements et, à mesure qu'ils s'amplifient et quand le violoniste revient saluer une troisième fois, en compagnie du chef maintenant rassuré et rayonnant, je commence à me dissocier de l'enthousiasme général. Les réactions de l'auditoire m'apparaissent trop stéréotypées, trop programmées. Je trouve *L'Envol des amants* triste, aigre-doux et, qui plus est, sentimental. Il est évident que l'on appuie sur des boutons émotifs, évident que l'on évoque des clichés culturels.

Pendant que nous faisons la queue pour sortir, baignés dans le calme quasi extatique de la foule, je critique la musique. Hong se contente de me demander si j'ai aimé le concert, d'abord en chinois puis, se reprenant, en anglais, et moi, qui ne tiens pas compte qu'elle me questionne plus par politesse que par curiosité, je suis assez stupide pour lui répondre.

— La musique nous affecte profondément, répond-elle d'une voix blessée. Ce « nous », tic verbal courant chez les étudiants, je ne l'ai jamais entendu dans sa bouche.

— Je suis sûr que oui, dis-je. Et je l'ai pas mal aimée. J'ai juste trouvé certains passages un peu...

Elle m'interrompt :

— Que le concert soit excellent, ou bon, ou juste passable n'a aucune importance pour nous – je veux dire pour moi. Il nous fait penser à la morosité de la vie. De nos vies. En plus, il...

Nous sommes de nouveau dans la rue. La nuit est tombée, et Hong enfile son lainage.

— Oui ?

— Il nous relie aux choses, poursuit-elle. Nous insuffle de la passion et un sentiment d'importance.

— Bien sûr.

— Si la musique peut faire ça, elle doit être magnifique.

Je suis de son avis.

— Qu'est-ce que ça peut me faire s'il n'est pas aussi célèbre que Haydn ? demande-t-elle, manifestement courroucée. Et exténuée. Et moi, je suis un idiot.

Qui ne va pas tarder à être congédié pour la soirée, pour toute la durée de son séjour. Je hasarde :

— Haydn ne signifie rien.

— Vous n'êtes pas convaincu de ce que vous dites.

Me formant une opinion sur-le-champ, je me récrie :

— Mais si. La qualité, c'est important, mais ce n'est pas la raison pour laquelle les gens aiment une chanson ou bien écoutent un conte maintes et maintes fois.

Elle ne dit rien. Je poursuis :

— La légende de Roméo et Juliette n'était pas moins universelle lorsqu'elle était connue seulement en Italie. Tout est local. Tout parle de vous et de moi et de tout un chacun.

Ma réflexion arrête le cours de ses pensées. Elle retrouve même le sourire.

— Comme l'histoire de Liang Shanbuo et Zhu Yingtai, ajoute-t-elle.

Ces noms ne me disent rien et je le lui avoue simplement. Mais cela aussi, c'est une erreur. Et une grave, apparemment. Je rattrape Hong peu avant l'arrêt de bus et lui demande :

— Est-ce que vous ne pensiez pas à Ying pendant *L'Envol des amants* ?

— Quand je pleurais ?

— Vous pleuriez ?

Elle file en avant et cette fois je reste à la traîne. Le dernier autobus arrive. Nous serons les derniers à monter, encore une fois, et paierons pour notre passivité. Comment ai-je pu ne pas m'apercevoir qu'elle pleurait pendant le concerto ? À présent, ses larmes ne m'échappent pas, malgré les efforts qu'elle fait pour rendre son visage hermétique. Le réverbère n'est d'aucune utilité. La lune, par contre, est un véritable réflecteur. Telle une cruche, elle verse un flot de lumière argentée sur la ville et sur nous. Et je remarque les larmes qui brillent sur ses joues.

Son air absent pendant les deux trajets d'autobus qui nous ramènent au campus ne m'échappe pas non plus. Il fait sombre dans le bus – les autobus publics n'ont pas d'éclairage intérieur – et le bruit des sièges et des panneaux brinquebalants, sans parler de la boîte de vitesses qui semble s'arracher du moteur chaque fois qu'une vitesse est enclenchée, rend toute communication impossible. Et c'est aussi bien, d'ailleurs, car Hong n'est pas vraiment à côté de moi. Elle est partie là où *L'Envol des amants* l'a emmenée. Là où la musique la transporte. Loin d'ici, loin du moment présent ; loin de ses soucis, peut-être loin de moi. De mon regard de jeune chiot et de mon avidité embarrassante. De la décision que je la force à prendre, au moment où elle a le moins besoin d'une telle pression.

XIX

— Que désirez-vous pour votre fille ?

— Natalie ?

Elle fait un signe de tête.

— Qu'elle passe en toute sécurité à l'âge adulte, je pense. (Je m'assois pour réfléchir.) Que rien de grave ne lui arrive. Pas d'étrangers qui l'attirent dans leur voiture. Pas de professeurs qui lui disent qu'elle est bête. (Je fais une pause.) Qu'elle ne soit pas marquée définitivement par ce qui s'est passé. Qu'elle continue à croire en ses parents, aux adultes. En moi.

— Pourquoi ne croirait-elle pas en vous ?

Sa question me fait monter les larmes aux yeux.

— Les raisons habituelles, je pense, dis-je avec reconnaissance pour l'éclairage tamisé.

Sincèrement étonnée, Hong me demande :

— Vous croyez que vous devez mériter son amour ?

— Est-ce que ce n'est pas comme ça que ça marche ?

Elle ne répond rien.

— Je sais que je dois changer pour garder Natalie. Être quelqu'un d'autre. Quelqu'un qu'elle peut admirer. Mais c'est pareil avec les adultes... (Je m'arrête, compte jusqu'à dix, me racle la gorge.) C'est les jugements que j'ai du mal à accepter. Les gens qui décident si on est assez bon ou si on a une chance de le devenir un jour. Il me manque toujours quelque chose.

343

Comme si j'étais handicapé. Comme si je ne pouvais même pas noter un nom et un numéro de téléphone. (Puis, à part moi : *M. J. Kapinsky. Code régional 201. 374-1900.*)

Je ne la regarde pas. Je n'ose même pas observer l'appartement à la dérobée. Son appartement, devrais-je ajouter : le domaine privé de Hong, que l'on pourrait s'attendre à trouver complètement sens dessus dessous – vêtements épars, vaisselle sale –, mais qui en fait est propre et ordonné. Même la famille d'animaux en peluche de Ying, deux pandas, un lion et une souris, est sagement alignée sur le petit lit déplié. À la grille ouest, le gardien nous a bien vus nous arrêter au sentier menant à son immeuble, l'a bien vue me tendre la main – sa main ! –, nous a bien vus marcher comme un couple jusqu'au premier escalier. Maintenant, il ne reste plus qu'un quart d'heure avant le couvre-feu ; la résidence, comme le reste du campus, est morte ; l'air embaume la terre nocturne. Il est clair que je vais nous attirer de GROS ennuis. Que je vais envenimer la situation.

Hong est debout dans l'encadrement de la porte de la cuisine. Officiellement, elle attend que l'eau bouille. Officieusement, elle se tient aussi éloignée que possible du lit, et de moi. Mais en entrant, elle a également feint de ne pas voir l'interrupteur et préféré allumer une bougie au milieu de la table, comme pour entamer les préparatifs d'un souper tardif. Le magnétophone reste sous son voile. Bien que différent de celui de la salle de concert, le silence est aussi étonnant. La fenêtre est fermée et les cigales, frileuses, se sont tues. Pas un bruit. Nous sommes dans une chambre scellée, où seuls le grincement d'une chaise et le sifflement d'une bouilloire, hormis le battement de nos cœurs, troublent le silence. Dans l'obscurité, on distingue les œuvres de Zuo Chang. Coups de

344

pinceau rigoureux et caractères austères, synonymes d'un art intransigeant et d'une vision impitoyable. Cela me rappelle les murs d'un tombeau Qing que j'ai visité à l'extérieur de Beijing. À peine visibles dans une lueur de confessional s'alignaient des colonnes d'idéogrammes sculptés qui se rapportaient aux Écritures bouddhistes. Ce soir, toutefois, je me sens mal à l'aise avec la calligraphie de Zuo. En plus de réduire la pièce de moitié, cette écriture a le caractère menaçant des graffiti. Pire, les mots, à mon avis, n'ont aucun sens. Du burlesque. Du babillage.

— Et vous, que désirez-vous pour Ying ?

C'est comme si je lui avais donné un coup de poing dans l'estomac. Pliée en deux, Hong se retient au chambranle.

— Je veux qu'elle soit avec sa mère ! sanglote-t-elle.

Je vais vers elle.

— Je l'ai laissée partir, ajoute-t-elle en mandarin. Je l'ai laissée s'en aller !

Je tends les mains. Qu'est-ce que j'attends pour être son soutien ? Qu'est-ce que j'attends pour...

Elle est dans mes bras.

— Elle devrait être avec sa mère, répète Hong dans un souffle.

La serrant fort – de toutes mes forces, en fait –, je réagis. D'abord sans mot dire : de ma bouche sort un son drôlement proche du *cou cou* des pigeons sur le rebord de ma fenêtre dans le Mile End. Je m'en suis à peine remis qu'une phrase m'échappe :

— Ça ira, lui dis-je à l'oreille. Nous en avons seulement la garde, de toute façon.

Nous ne nous arrachons pas nos vêtements. Je ne le pourrais probablement pas ; elle ne le voudrait sûrement pas. Nous nous déshabillons à côté du lit, plions nos habits sur une chaise et nous glissons sous la couette. Je bande dès le début et je bute contre elle. Nos baisers sont trop forcés, ensuite trop timides. Je la touche trop tôt, elle, pas assez. Étonnamment, son corps est celui d'un jeune garçon : épaules larges et poitrine menue, hanches étroites et jambes maigres. Cela fait des années que le mien n'a pas été aussi mince, mais il doit faire à Hong une étrange et désagréable impression. Nous n'avons ni l'un ni l'autre les muscles fermes. Nous n'avons ni l'un ni l'autre dix-sept ans. Pendant les premières minutes, je crains de mourir, tel un plongeur en eau tiède et profonde qui ne peut refaire surface pour respirer. Un spasme me parcourt la peau. Des cataractes m'envahissent les yeux. Dès que le moment semble approprié, je vagabonde de ses seins jusqu'à son ventre, qui est tout ce que j'escomptais : doux et ondulé, le nombril délicieux. En moins de temps que je l'aurais jamais cru, Hong me prend dans sa main, puis dans sa bouche. Les images se brouillent. Les pensées tournoient. Pour une fois, la dislocation n'est pas présage de malaise. Pour une fois, c'est seulement un abandon. Son cou est mince. Sa cage thoracique fait saillie, cependant que son visage, vu d'abord de profil puis de dessus, est irréprochable. Je la contemple – je nous contemple – à la lumière des amants et suis reconnaissant. Et je transpire et gémis et, oui, murmure en français. Elle emploie le mandarin. Heureusement, aucun nom n'est mentionné.

Après, nous pouvons somnoler. Le temps passe assurément. Ce n'est pas que le bruit ait augmenté, que la lune ait diminué entre les rideaux, ou que la calligraphie se soit estompée sur les murs. Tout est toujours là. Nous sommes toujours là, coupés du monde, protégés. À vrai dire, pas tout à fait : d'où je suis, couché, le menton sur son épaule, une main sur son ventre, je vois le téléphone sur une étagère. Si je m'asseyais, la lumière du couloir filtrant sous la porte me piquerait les yeux.

— Votre séduction est complète, dit Hong.

— Ma quoi ?

— Wang Hua m'a dit vos intentions.

— Ah oui ?

Elle sourit.

— Il dit que vous désirez passer pour un homme méritoire qui prend ce qu'il veut.

Je rectifie à contre-cœur :

— Mercenaire.

— Pardon ?

Je répète le mot et l'explique. Ma définition fait sensation. Hong en tremble de rire.

Je finis par lui demander ce qu'il y a de drôle.

— Ce n'est pas vous, cette personne-là, David.

— Vous en êtes sûre ?

Je n'ai pas voulu que ma question soit menaçante. Mais elle se raidit entre mes bras.

— Pas vous ? demande-t-elle.

Si, non serait la réponse exacte. Impossible à dire, évidemment. D'ailleurs, Hong n'a pas l'air d'exiger de réponse. Elle se tortille jusqu'à ce que je la relâche, puis s'assoit en tirant la couette sur ses seins. Hanche contre hanche, nous logeons à peine dans le lit. Le mur est un bloc de glace contre mon dos.

— Zuo ne reconnaîtrait pas la femme que je suis devenue. Il dirait que je suis loin de la fille qu'il a épousée. Peut-être même de la femme qui lui a donné une fille.

— Il ne sait rien.

— Il sait tout, reprend-elle. Son regard se fixe sur l'armoire en face et sur les parchemins qui l'entourent. Zuo est devenu mon mari au Tibet. J'avais dix-sept ans et lui vingt. Puni pour avoir peint dans le style traditionnel, il a été envoyé à ma brigade de travail. J'étais sa patronne.

Elle se rattache les cheveux. J'en profite pour réfréner une agitation soudaine. Mon regard se dirige aussi vers les œuvres d'art. Elle continue :

— C'était un endroit étrange. À deux cents kilomètres de Lhassa et mille mètres de plus en altitude. Pas de village ni de route. Rien que des bergers qui gardaient leurs yacks, et des montagnes. De magnifiques montagnes de tous côtés. Nous étions dans la vallée.

Je la questionne.

— Pour cultiver du blé, répond-elle, avec une gaieté forcée. Le président Mao désirait augmenter la production de blé. On a envoyé des brigades dans les endroits reculés pour travailler la terre. Des cadres de Chengdu nous ont donné un manuel d'instructions pour faire fonctionner un générateur, plus les livres de Mao. Rien d'autre. Le sol était peu profond et l'air, raréfié. Il ne poussait pas grand-chose là-bas, sauf de l'orge, qui était interdit. Deux filles de ma brigade sont mortes le premier hiver. Une autre s'est enfuie. On l'a retrouvée au printemps. Elle avait essayé de franchir la montagne.

— Était-elle belle ? dis-je, évoquant des images qui ne m'appartiennent pas, mais que je cherche à m'approprier.

— Qui ?

— Je veux dire le Tibet – était-il beau ?

— Très beau, répond-elle dans un soupir. Mais j'avais très hâte de retourner chez moi.

— Avez-vous rencontré beaucoup de Tibétains ?

— Presque pas.

— Même pas ?...

— J'ai eu la chance d'être envoyée assez loin des villes et des villages. C'était déjà assez compliqué d'être responsable d'une brigade et de vingt autres Gardes rouges. Je ne voulais pas impliquer des gens innocents...

Zuo Chang m'a aidée. C'est grâce à lui que nous avons survécu.

Chaque fois que j'entends son nom, mon agitation augmente. Sa calligraphie est devenue une provocation. Elle se moque de Hong, et de moi. Je m'entends demander :

— Quel genre d'aide ?...

— Il critiquait ouvertement le Parti, même Mao Zedong. Il était très téméraire et insouciant. Au début, j'ai pensé le dénoncer. Ensuite, j'ai commencé à comprendre qu'il essayait de m'impressionner. Il fleuretait.

Je ne la reprends pas sur l'erreur de prononciation.

— Il était beau et intelligent, dit Hong en serrant la couette à deux mains. C'était aussi un Pékinois. Je manquais de maturité. Ce qu'il disait de la Chine et du Parti semblait vrai – j'aurais pu le penser moi-même si j'avais su comment. J'ai subi son influence.

— Vous êtes tombée amoureuse de lui ?

— Zuo et un autre mauvais élément, un écrivain de Wuhan, étaient les deux seuls membres de la brigade qui avaient un peu l'expérience de la vie. Ils nous ont empêchés de mourir de faim ou de froid. Il m'a sauvée.

— Vous l'aimiez ?

Ma question l'agace.

— Je le respectais comme partenaire et comme camarade, répond-elle avec raideur. Il était fort et puissant, mais aussi doux et gentil. Avec moi d'abord, ensuite avec Ying. C'est un bon père, David. Un homme bon.

— Ne pleurez pas.

— Pendant trente-huit ans, sa vie ne lui a pas appartenu. Maintenant, c'est possible. Maintenant, sa vie à elle sera meilleure aussi.

Qu'il aille se faire foutre avec sa force ! Qu'il aille se faire foutre avec sa bonté ! Je lui demande :

— Vous ai-je dit comment mon mariage a pris fin ?

Elle secoue la tête.

Je m'installe plus confortablement. Nos jambes se frôlent, nos épaules se touchent.

— Il y avait beaucoup de raisons, naturellement, dis-je, toutes légitimes. La plupart de ma faute. Je n'étais pas un très...

— Arrêtez ! s'écrie-t-elle.

— Arrêter quoi ?

— Vous ne savez pas ?

J'admets ma confusion. Elle m'adresse un regard où se mêlent la sympathie et la pitié. Je la reconnais, cette expression, elle me rappelle les disputes avec Carole et, comme de juste, je suis démonté. Hong me fait signe de continuer. Je suis bien inspiré de laisser tomber la phrase que j'avais commencée.

— Ce qui a mis le point final, ç'a été la mort de notre chien. Potemkine était un Labrador noir, très amical, plutôt stupide. Carole, ma femme, était déjà retournée au travail et moi, j'écrivais ma thèse et je gardais le bébé. Un après-midi, j'ai emmené Natalie au parc avec le chien. Quand elle s'est endormie dans sa poussette, je me suis couché dans l'herbe. Le chien s'est enfui à toute vitesse vers la route. Un camion l'a frappé... (J'ajoute doucement :) Elle aimait cet animal à la folie.

— Est-ce qu'il était attaché avec... (Elle mime une laisse.)

— Je me suis endormi, et il s'est sauvé. (Je m'arrête après avoir dit le mensonge répété si souvent que je dois me remémorer ce qui s'est passé en réalité.) Sauf que je ne me suis pas vraiment endormi. J'ai perdu conscience pendant un petit moment – soixante secondes, au max – et Potemkine est parti à l'aventure.

— Perdu conscience ?

— J'ai un problème, une maladie, sans doute. Des fois, je ne suis plus là. Ce n'est rien de grave. J'arrive à maîtriser la situation.

— Vous prenez des médicaments ?

J'explique mon histoire médicale et je résume :

— Carole a soutenu que l'accident est arrivé par ma faute. D'après elle, si je n'avais pas pris le médicament, c'était que je ne voulais pas changer ou m'améliorer. Que je m'en remettais au destin, que je me contentais d'être passif devant les événements, au lieu de les prendre en main.

— Pas un homme méritoire ?

— Pas un homme méritoire, j'en conviens.

Elle se rattache les cheveux.

— Est-ce une raison valable pour briser une famille ? demande-t-elle.

Je devrais accepter ses condoléances. Être tout simplement d'accord. Au lieu de quoi je réplique :

— Il n'y avait pas que ça.

Le téléphone sonne. Pour moi, la sonnerie n'a plus rien d'un gazouillement ni d'un gargouillement ; on dirait plutôt des clous qui crissent sur un tableau.

— Ne répondez pas, dis-je.

Elle se lève.

— Laissez...

Zhou Hong, nue, décroche. Je lâche un juron et me tourne vers le mur. Ce geste lui laisse un peu d'intimité. Du coup, je me retrouve à quinze centimètres d'une œuvre encadrée de Zuo Chang.

La conversation n'en est pas une. Quelqu'un vitupère à l'autre bout du fil ; Hong encaisse les insultes. À part quelques « d'accord » et « je comprends », et un « votre position est délicate », elle garde le silence. Cela dure cinq minutes. Puis le gueulard raccroche. Elle ne se donne pas la peine de dire, pour sauver la face, au revoir à la ligne coupée.

— Le président du collège, fait-elle. Il pense que vous devriez...

Je la fais reculer dans la cuisine et me déchaîne, mettant en pièces la calligraphie de son mari. Les feuilles de papier de riz, retenues par du ruban gommé, n'offrent aucune résistance : en quelques secondes, les voilà transformées en boules froissées et rubans qui voltigent. Je ne suis pas mécontent du résultat, mais c'est un jeu d'enfant. Les parchemins sont plus coriaces : je les arrache d'un coup sec, mais ne réussis qu'à les sectionner. Deux calligraphies encadrées sont protégées par des vitres. J'hésite à asséner mon poing en plein milieu. Il me semble que me couper me ferait du bien. Mais je crains que Hong ne puisse le supporter.

Alors pourquoi est-ce que j'exige qu'elle revienne dans la salle et, lui prenant la main – son visage est blanc comme craie, son regard, vide –, pourquoi est-ce que je la tire, pour ainsi dire, jusqu'au petit lit de Ying ? Pourquoi donc est-ce que je vocifère contre l'absurdité d'avoir gardé ouvert le lit de la petite et ses animaux en peluche bien alignés dessus ? Oui, pourquoi – pourquoi, mon Dieu ? – est-ce que je lance les pandas et le lapin contre les murs, pourquoi est-ce que je referme ce petit lit avec une précipitation telle que je me prends le doigt dans la charnière – il est ouvert, oui, il saigne – ?

Parce que j'ai une crise. Comme aucune de celles dont je me souviens. Une attaque qui dépasse tout ce que j'aurais pu imaginer. En pleine diatribe au sujet du petit lit, j'ai eu ce que les médecins appellent une aura, un tremblement sensoriel bizarre, comme lorsque les lumières d'une maison vacillent avant une panne. En principe, il faudrait voir l'aura comme un survoltage dans un courant électrique, c'est-à-dire comme un avertissement. Fermer l'ordinateur ; arrêter ce qu'on est en train de faire. Chercher des bougies et des allumettes ; se coucher et faire le vide. Autant qu'il m'en souvienne, je n'ai jamais eu d'aura, ou du moins pas de cette force. En d'autres termes, je suis conscient que la crise se prépare. J'en suis conscient, et ne fais rien pour l'éviter. Je balbutie :

— Hong.

Elle me ramène vers le lit :

— Êtes-vous...

— Je ne vais pas l'empêcher, dis-je. Désolé.

Quand je reviens à moi, je suis étendu en sous-vêtements sur le couvre-lit. Elle est perchée au bord du matelas, en robe de chambre. Ses joues sont sèches et ses cheveux, peignés. Dressé sur les coudes, j'examine la pièce dans la pénombre : tout a été rangé et, à présent, les murs sont nus. Même la calligraphie encadrée, que je n'ai pas détruite, n'est plus là. Le petit lit de Ying est ouvert. Mais les animaux en peluche ont disparu.

Dehors, il pleut. J'entends le bruit des gouttes sur les fenêtres et les murs. Ce n'est pas un bruit envahissant. Rien, je le décrète, ne peut violer notre espace. Personne ne peut nous atteindre dans cette retraite. Je m'assois auprès d'elle. Le tissu sous mes jambes est chargé d'électricité statique. Les odeurs me montent au nez. La faible lumière est animée de particules de poussière. Même ma peau semble dynamisée, presque fourmillante. Je sursaute lorsque Hong cherche à me prendre la main. Quand elle se penche pour m'embrasser sur la joue, comme le ferait une sœur ou une mère, c'est tout juste si je ne me tortille pas comme un gamin étourdi par trop de chatouillis. Assise sous la fenêtre, elle est prise dans le rai de lumière qui sépare les rideaux. Je ne m'interroge pas sur l'incongruité ambiante : un clair de lune sous la pluie ? Je contemple son visage. Et je vois une paysanne aux pommettes saillantes, au regard doux et au sourire qui, à l'instar de tous les sourires d'adultes, reflète son degré de foi dans le monde. Le sourire de Hong rejette le pessimisme ; il exprime l'honnêteté et l'ouverture. Je vois une femme de trente-six ans qui, il y a un an, avait un mari et une fille, mais se retrouve désormais seule. Et qui restera seule – non, je ne m'oublie pas – quelque temps encore.

— C'est un beau moment, dis-je.

— Je ne suis plus la même, répond-elle.

Le coup frappé à la porte n'est guère une surprise. Je me lève pour aller répondre. Hong dit que ce n'est pas la peine, que je peux les laisser frapper. Je détache doucement ma main de la sienne. Un autre coup, plus brutal, retentit alors que j'enfile mon pantalon et ma chemise et que je traverse la pièce. Malgré tout, je me sens maître de moi. Prêt à affronter ce que je vais déclencher, ce qui va m'arriver.

La pierre est roulée. Le tombeau s'ouvre. Quatre uniformes s'entassent sur le palier, devant Deng Chen et un collègue sournois de Hong, du Bureau des Affaires étrangères. Des voisins observent par derrière ; un couple d'un certain âge, ne pouvant accéder au palier, se hisse à tour de rôle sur la dernière marche pour jeter un coup d'œil. Un policier manie une caméra vidéo. Prenant garde de bien bloquer l'entrée, j'accueille les visiteurs en mandarin. Attiré par le voyant rouge qui clignote, mon regard se porte sur l'équipement. Je souris d'abord à la caméra. Puis décoche calmement mon meilleur direct à l'individu qui la tient.

XX

Je suis de retour à Montréal, et Lena Buber me raconte :

En mai 1946, dans un vieux pays foutu, nous avons embarqué sur un vieux rafiot qui devait nous emmener dans un pays encore plus vieux, dévasté il y a des milliers d'années, mais qui allait redevenir nouveau. Comme un matin de printemps. Comme un bébé emmailloté. Tous ces efforts pour loger des gens comme nous. Pour gâcher un matin de mai par une tempête de neige. Pour offrir le téton d'une grand-mère à un enfant. Vous pensez que j'ai gobé ça ? Yehiel, oui, un peu, et il m'a entraînée à sa suite, à cause de Uri, notre garçon. Laisse-le croire tout ce qui est positif, Lena, disait Yehiel. Tout ce en quoi nous ne croyions plus depuis belle lurette ; tout ce en quoi nous ne pouvions plus recommencer à croire.

Nous sommes venus par le train depuis l'Autriche, où nous attendions dans un camp depuis la fin de la guerre, en passant par Milan jusqu'à une ville portuaire italienne. Cargaison clandestine, une fois de plus. Fourgons scellés. Des boy-scouts – appelés Mossad – nous ont fourni de la nourriture, un abri, de faux papiers. Des boy-scouts nous ont tirés pour traverser la route dangereuse de l'Europe jusqu'au virage de la Méditerranée. Des personnes déplacées chargées d'en déplacer d'autres. Une auberge affichant « complet ». Je devais rire. Malgré tout, Yehiel a raconté à Uri tous les contes et légendes de notre race, de notre histoire et de notre glorieuse destinée. Des bêtises, si vous voulez mon avis. Des fables pour enfants.

Le blocus était en vigueur, et peu de bateaux réussissaient à passer. Notre route était pleine de détours et de ruses, et même le capitaine ne savait que quelques heures à l'avance où accoster. Sous le pont, nous étions comme dans une étuve et dessus, comme dans un four. Nous dormions sous la pluie et glissions dans notre vomi. Chier, pisser, se trouver un coin pour être avec leur femme – ou celle d'un autre –, tout était matière à plaisanteries pour certains. Je n'y trouvais rien à redire : c'était un badinage inoffensif pour garder bon moral. Mais pour d'autres imbéciles, il fallait absolument parler de choses sérieuses. De leur vie d'avant. De la guerre. Quand vous vous faites bousculer à gauche, à droite, où est la frontière entre amis et ennemis ? D'une façon comme de l'autre, vous vous faites mener. Vous n'êtes toujours pas maître de votre sort. Les passagers ont commencé à murmurer et même à crier jusqu'à ce qu'on les fasse taire à coups d'embrassades et de pleurs et, dans mon cas, de regards menaçants. Avez-vous jamais évité un coup de pied dans le ventre grâce à un bout de phrase ? Avez-vous jamais vu votre maison ou votre village sauvé par un discours ?

Fais attention sur ces marches, Uri. Nous faisions des recommandations à notre fils. Ne t'approche pas du pont supérieur. N'agace pas l'équipage, fiston. Ne grimpe pas là-haut !

À quatre jours d'Haïfa, l'enfant revient en boitant jusqu'à notre coin, le talon percé par un clou. À trois jours de la Palestine, ses muscles le torturent et il ne garde aucun liquide. Un docteur de Prague dit qu'il a besoin de médicaments pour combattre l'infection. À quarante-huit heures du but – le capitaine ne peut changer de cap et faire route vers

Chypre ; pas parce qu'il n'a pas de cœur ; c'est qu'aucun port méditerranéen ne veut de nous –, Uri tombe dans le coma. Réveille-toi, Uri ! Réveille-toi ! À vingt-deux heures de la Terre Promise, le tétanos emporte le petit garçon.

Pendant que nous nous préparons à toucher terre, des membres de l'équipage drapent une bannière sur le flanc du bateau : NOUS AVONS SURVÉCU À HITLER. LA MORT NE NOUS EST PAS ÉTRANGÈRE. Survécu aux nazis, mais pas à un clou rouillé ? Uri a huit ans. Moi, trente-neuf. Les Romains ont chassé les Juifs de Jérusalem en soixante-dix avant J.-C. Nous avons débarqué en 1946 pour revendiquer la restitution de la ville. Avec nos cauchemars, nos maladies et nos enfants morts. Il avait huit ans. J'en avais trente-neuf.

La photo près de mon lit a été prise quelques heures avant l'accident par un membre de l'équipage – un Juif parisien qui a émigré plus tard à New York. Je ne l'ai vue qu'en 1953. Ici, dans cette ville, dans cet appartement, j'ouvre une lettre venant de Tel-Aviv, elle est attachée par un trombone. Jusque-là, Yehiel et moi, nous n'avions que de belles images en souvenir de lui. Tout d'un coup, nous possédions une preuve incriminante ; tout d'un coup, notre culpabilité était inéluctable. (Quel crime ? Seul un boy-scout poserait une telle question.) Ils nous avaient cherchés, vous voyez ; d'autres survivants de l'exode, devenus de bons citoyens israéliens, qui aimaient beaucoup se réunir, évoquer des moments choisis de leur passé. Ils croyaient Yehiel et Lena perdus. Nous l'étions en effet. Ils croyaient que nous avions renoncé. Effectivement. À Montréal, au Canada. Avenue de l'Esplanade, dans un quartier qui s'appelle le Mile End.

Assise au bord du lit dans mon appartement, sur ses genoux le chat Max – ramené il y a quelques semaines par un Denis penaud en partance pour Toronto –, et lui tenant la main un Ivan Fodorov avunculaire, élégant dans son pyjama bleu vif et ses pantoufles roses, la tête rasée de frais et un petit sourire collé aux os ; d'une voix douce, suivant la mélodie de la langue québécoise, Chantal Mitsotakis me raconte :

Je suis allée le voir l'autre jour. C'était la première fois en trois ans. Ivan m'a forcée à y aller. Non, il m'a seulement persuadée ; la décision, c'est moi qui l'ai prise. (Ne serre pas si fort, Ivan !) Il habite toujours à Park Extension. *Ils* habitent toujours le même logement infect ; elle l'a jamais quitté. Elle a jamais protesté contre ses menteries. Autrefois, elle m'enrageait. Vous nous trahissez, Mère, je lui ai dit une fois au téléphone. Elle a cru que je voulais dire moi et mes sœurs. Ça a suffi à la faire brailler comme une pleureuse, comme si elle se jetait sur le corps d'un enfant avec ses voiles. Mais moi je voulais dire qu'elle trahissait toutes les femmes ! Seigneur, j'étais stupide... À mon avis, c'est surtout à cause de l'appartement. Quatre pièces pour deux adultes et trois enfants. Les voisins du dessous qu'on entendait se chicaner à travers le plancher. Ceux du dessus qui faisaient trembler le plafond. De chaque côté aussi, les gens mettaient leur télé trop fort, ils écoutaient de la musique jusqu'en pleine nuit. Et la chambre de mes parents, une boîte dans une autre boîte, juste assez grande pour leur lit. Qui s'engueulaient en grec. Lui frappait, elle pleurait. Surtout la nuit, longtemps après qu'on aurait dû dormir. Couchées ensemble dans mon lit – « mon » lit, puisque j'étais la plus vieille – nous, on se lamentait : Je vous en prie, papa. Je vous en prie, maman.

Est-ce que je devrais lui pardonner parce qu'il a eu la vie dure ? Parce que la vie en Grèce était pas endurable et que la vie au Québec était pas meilleure ?

Parce que même s'il a donné un nom français à sa fille aînée – mes petites sœurs s'appellent Anna et Angela –, même s'il a vite appris les deux langues officielles, s'il a suivi des cours du soir à l'UQAM au lieu de Concordia, et même s'il accrochait le drapeau du Québec sur notre balcon le jour de la Saint-Jean-Baptiste, malgré tout ça, il s'est retrouvé concierge. Une douzaine de jobs en une douzaine d'années. Des uniformes ridicules, juste du travail de nuit. Mère prétendait qu'il était pas chanceux. Lui disait qu'on lui avait menti, qu'en réalité on voulait pas d'immigrants dans ce pays. Ça se peut-il que c'était difficile de travailler avec Nick Mitsotakis, un homme comme ça, mécontent de lui, de mauvaise humeur avec tout le monde ? Ça se peut-il que, dans le fond, les gens aient pas voulu avoir ce type-là dans les parages ?

Je sais ce qui est arrivé ce soir-là. Je suis rentrée tard, j'ai senti l'odeur de viande et de cigarette qui flottait comme un voile dans l'entrée, et je suis passée devant leur chambre sur la pointe des pieds. Anna et Angela étaient encore debout, je les avais jamais vues comme ça. Anna m'a expliqué. Angie se cachait la tête dans un oreiller ; elle avait juste onze ans. J'ai bourré de linge nos sacs d'école. Angie hurlait comme une folle. Alors j'ai rajouté son vieil ourson, qu'elle prenait encore pour dormir. Je me suis même glissée dans le garde-robe du corridor et j'ai vidé son portefeuille. Je sais pas comment on a fait pour sortir sans les réveiller. Le froid nous étourdissait. L'air nous étouffait. En plein le genre de nuit qu'on peut avoir ici en janvier, brillante, presque étincelante, mais aussi sans pitié. Inhumaine. À la fin, j'ai porté Angela pendant deux blocs, jusqu'à Jean-Talon. Vous allez où ? a demandé le taxi. Un motel pas cher, j'ai répondu, à bout de souffle.

Les filles sont allées dans une famille à Dorval. Moi, j'ai vécu dans un foyer d'accueil à NDG jusqu'à l'âge de dix-huit ans. J'aurais pas dû lâcher l'école, mais j'avais besoin d'argent. Les gars, la drogue, les jobs dans des places comme *Remys*, rien que des gaffes. Un travailleur social – un homme, naturellement – a voulu qu'on se réconcilie. Même si mon père refusait d'admettre qu'il avait fait quelque chose de mal. Même si elle choisissait de le croire, lui, un violent, un fourbe, plutôt que de nous croire, nous, ses enfants. (La cicatrice au-dessus de mon œil ? Je suis tombée dans un escalier quand j'avais cinq ans.) Pourquoi est-ce qu'on aurait menti ? Comment est-ce qu'on aurait *pu* mentir pour une chose pareille ?

J'ai déprimé en retournant là-bas. Les divans et les chaises de Sally Ann, le vieux tapis, la courtepointe que ma grand-mère en Grèce avait tricotée pour nous, tout avait l'air triste et usé. Je reconnaissais l'odeur de ses cigarettes à lui et de sa cuisine à elle – aubergines et patates grillées, mon repas préféré ; j'en fais à Ivan, même s'il mange quasiment rien – et j'en revenais pas comme c'était petit, tassé dans l'appartement. Les souvenirs me rattrapaient. Y en avait qui étaient corrects : maman qui s'essuyait le front à son tablier dans la cuisine ; nous, les filles, quand on faisait *chut, chut* en essayant du rouge à lèvres dans la salle de bains ; moi, à la fenêtre de la chambre, fixant la neige qui tombait autour d'un lampadaire, en train de m'imaginer que chaque flocon représentait un enfant debout devant une fenêtre, dans une maison quelque part dans le monde. Mais je me suis rappelé aussi que j'ai été enfermée dans cette pièce pendant des après-midi au complet. Même pas le droit d'aller faire pipi. Et je me suis souvenue que toutes les trois, on était trop épouvantées pour *sortir* de la chambre quand ils se déchaînaient l'un contre l'autre. On sentait battre notre cœur. On fixait la porte, tellement on avait peur qu'elle s'ouvre. Et les fins de semaine, quand elle nous installait le matin devant la télé, le son si bas qu'on n'entendait rien, et qu'elle nous suppliait, nous implorait : Faites pas de bruit ! Le réveillez pas, les filles, le réveillez pas !

Qu'est-ce que j'aurais dû dire ? Mère – Sophie –, vous êtes pas obligée de continuer comme ça. On est pas en Grèce ; ici, le mariage, c'est pas une condamnation à la prison. Vous pouvez gagner de l'argent pour vivre seule et apprendre plus de français et d'anglais, et même aller à l'école, apprendre un métier. Ou vous pouvez venir vous installer chez moi. Je m'occuperai de vous. Vous vous sentirez bien, comme avant... Ç'aurait été des mots chargés de sens, efficaces. Des mots qui auraient pu tout changer. Mais au lieu de ça, je l'ai serrée dans mes bras, et j'ai murmuré à son oreille, pour que personne d'autre entende : Anna, Angie et Chantal VOUS AIMENT TOUJOURS. C'est ça. C'est tout. J'ai dû la soutenir. Chut, maman, vous en faites pas. Comme si on était un couple qui valsait dans le corridor. Comme si elle était mon enfant. Pourquoi est-ce que je pouvais rien dire d'autre ? Chut, maman, je répétais sans cesse, les yeux pleins de larmes. Vous en faites pas. Anna, Angie et Chantal VOUS AIMERONT TOUJOURS.

Ça ira, Ivan, je vais passer à travers. Je souris, tu vois pas ?

Après avoir promené sur mes joues ses mains douces comme une plume, comme celles d'une acheteuse palpant une étoffe, les yeux lustrés par le cognac malgré sa prétendue sobriété, et m'avoir invité à m'asseoir pendant qu'elle vérifiait que le répondeur était branché, bien que par la suite la conversation se soit arrêtée net à chaque coup de téléphone, pour qu'elle puisse évaluer chaque message, dénigrer l'un après l'autre tous ceux qui appelaient ; après bien des simagrées inhabituelles chez elle et deux Gitanes prématurément écrasées, ma mère me raconte :

Ces lettres de Chine où tu me parlais de ton père signifient quelque chose maintenant. Sans la barbe et l'embonpoint, tu lui ressembles à nouveau. Le visage large, le menton plat. Le petit sourire en coin. Même tes beaux yeux bruns, toujours de la couleur des siens, mais avec quelque chose de plus ténébreux, ont l'éclat de sa sensualité. Ton père adorait la nourriture et le soleil, le sommeil et la peau. Toucher, étreindre. Baiser aussi, pourtant qui avait du temps pour ça ? Je le taquinais : Est-ce que tu te crois en Grèce ? Est-ce que tu me prends pour Aphrodite ? Trois décennies après son départ, un quart de siècle depuis que tes traits ont rejeté leur héritage, il est revenu. À la maison, pour vieillir avec dignité. En toi, mon garçon.

Comme tu adorais cet homme. Te faire border par lui : c'était un jeu idiot qu'il avait inventé avec des couvertures pour que tu te laisses emmitoufler les nuits d'hiver. Écouter ses histoires de portes secrètes dans les placards et de trous dans la terre qui menaient à des royaumes souterrains. Je me souviens encore d'un de ces contes. Un garçon qui patine rentre dans un banc de neige. Le banc devient soudain un tunnel. À l'autre bout, il y a une salle vitrée remplie d'arbres et de plantes, d'oiseaux et de singes. La salle est un endroit magique et, au début, l'enfant est enchanté. Puis il commence à se sentir seul ; il veut retourner à la maison. Il essaie de retrouver le tunnel, mais celui-ci s'est refermé. Il essaie de trouver une porte dans la salle, mais il n'y a que des vitres et rien que du ciel bleu derrière... Je le suppliais : N'effraie pas le petit, Jacob. Il va se réveiller plus tard avec des cauchemars. Ce qui ne manquait pas de se produire régulièrement. Devine qui venait s'asseoir auprès de toi. Les pères ne s'embarrassaient pas de telles corvées familiales à l'époque. En tout cas, pas *ton* père. Aucun homme que j'ai connu depuis ne dormait comme lui. Comme une bûche. Vivant dans l'univers de ses rêves, intense, j'imagine. Tout en sciant une corde de bois.

Sauf que je n'appréciais guère ses ronflements, ni ses manières efféminées, ni son caractère. Je n'aimais pas vivre avec quelqu'un qui se pardonnait aussi facilement ses abus. Qui prétendait qu'être fort c'est être borné et que la déception justifie la faiblesse. Un homme qui a levé la main sur moi une fois et reçu mon poing dans la gorge en retour, et qui a été violent avec toi aussi, une seule fois, mais avec des conséquences beaucoup plus graves. Tu ne te rappelles vraiment pas ton séjour au Royal Vic ? Tous ces examens ? Tous ces pansements ? Oui, tu n'avais que cinq ans. Oui, ç'a été épouvantable. Jacob pleurait comme un veau, mais je l'ai quand même fichu dehors. Cette fois-là, il y est resté. Il a gribouillé une lettre de son écriture bizarre, enfantine, disant qu'il n'était pas assez bien pour moi. Que je, que nous méritions mieux que ce qu'il pourrait jamais devenir. Après cela, il n'y a plus eu que des coups de téléphone et, par la suite, seulement à Noël et à Pâques. Il donnait un autre nom, comme nous avions convenu, même si celui-là ne me plaisait pas. Te souviens-tu que tu prenais les messages d'un certain M. Kapinsky ? J'avais peur que tu reconnaisses sa voix. Chaque fois que Jacob appelait, tu tenais le récepteur comme s'il avait été en cristal. Tes épaules s'affaissaient, ta voix devenait fluette. J'ai failli te poser la question. Elle m'est venue sur le bout de la langue. Mais comment aurais-je pu ? Qu'est-ce que j'aurais bien pu vouloir savoir de plus ? Alors je restais là, assise dans le fauteuil, à secouer ma cigarette dans le cendrier, à souhaiter que mon verre ne soit pas vide. Mon verre et ma vie. Une suite de mauvaises décisions, de mots ridicules.

Tu ne savais pas que c'était lui ? C'est aussi bien.

Au milieu des années cinquante, le Parti avait été décimé par la paranoïa gouvernementale et le harcèlement policier ainsi que – incontestablement – par des querelles internes et la bêtise dirigée contre les groupuscules, si bien que l'aile francophone au complet pouvait se retrouver dans l'appartement de Lily et Gilles Houle, dans le fin fond de l'Est de la ville, pour les soupers de spaghetti du vendredi soir. Malgré tout, nous étions toujours fervents. Nous présumions toujours qu'on avait monté un coup contre Fred Rose. Nous présumions toujours que les Rosenberg étaient innocents. Les nouvelles venant de l'Union soviétique, il était facile de ne pas en tenir compte : déformations dues à la guerre froide, propagande capitaliste. Souviens-toi que c'était bel et bien une guerre, et que nous étions des fantassins. Obéissant aux ordres et faisant notre devoir, avant de dormir du sommeil du juste. (C'est faux ce que je dis là : bien sûr que nous nous sommes réveillés en sueur certaines nuits. Bien sûr, nous le savions que Staline avait été une ordure.) Dois-je réexpliquer que nous étions pour la plupart motivés non par des situations qui prévalaient aux antipodes, mais par les injustices criantes qui régnaient ici même ? Si tu savais seulement la moitié de ce qui s'est passé dans cette ville avant la guerre. Nous avions un antisémitisme de notre cru. Un fascisme gouvernemental bien de chez nous. Et ensuite Drapeau, et Duplessis, et les truands du voisinage avec leurs collets et leurs soutanes. Sans compter que la politique n'est pour ainsi dire jamais une affaire d'idées. Toujours de personnalités. Toujours de pouvoir. Nous nous disions que pour changer le monde, il fallait commencer par changer de peau. Il y a longtemps que j'ai fini par me rendre compte que les personnalités étaient immuables. Quel espoir y a-t-il alors pour le monde ?

Prends Jacob. Son dévouement au Parti était entier, même si un tel engagement était contraire à sa nature, qui n'était pas du tout sectaire et obtuse comme la mienne. C'était un juif qui répudiait son judaïsme, y compris son propre nom – Bernard Kapinsky était ton grand-père, Denise LeClair ta grand-mère, bien que tu ne les aies jamais rencontrés ni l'un ni l'autre –, et un semi-francophone qui rejetait les préoccupations des Franco-Québécois. Qui rejetait *mes* préoccupations, bien qu'il m'ait demandée en mariage et qu'il ait insisté pour que nous restions dans la faction francophone et que nous travaillions dans cette langue. Mais qui, par ailleurs, a exigé que tu sois élevé comme un anglophone. On ne parlait qu'anglais rue Clark. Il n'y aurait que l'anglais pour son garçon. Quel esprit ! Vif et diffus, aussi étonnant que déconcertant. Toutes ces qualités réunies ne suffisaient cependant pas à en faire un adulte fonctionnel. Aucune ne pouvait faire de lui un être fort ou résolu. Quand tout s'est démantibulé, il lui a été impossible de ramasser les morceaux pour repartir. Il ne lui restait qu'à écoper.

Il était pris d'une telle fureur ! Sa démence devait être chimique ou même neurologique. Pendant les pires accès, Jacob maîtrisait peu ses pensées ou ses gestes. En un sens, c'est un miracle qu'il ne m'ait giflée qu'une fois. Cette horrible nuit aura servi à verrouiller la porte d'une pièce qu'il valait mieux sceller. Selon moi, ce fut un désastre nécessaire. Je suis seulement navrée que tu te sois réveillé en plein milieu. Il était en train de dévaster l'appartement. Pas ivre, ni drogué. À jeun et le regard éteint – quand il était en colère, ses prunelles se vidaient de toute expression –, ton père asaénait un bâton de baseball sur chaque meuble d'occasion que nous avions, chaque assiette ébréchée et chaque verre qui se trouvaient dans les placards. Tous ces objets portaient l'empreinte de son – de notre – échec. De toute évidence, ça n'était que de la camelote inutile, destinée à quelque sous-sol. Toi, tu as émergé de ta chambre, encore à moitié endormi, au pire moment. Fais déguerpir le petit, Adèle, a-t-il rugi. Là encore, je me souviens de ses yeux atones : il était capable de tout. J'ai essayé de t'éloigner de son rayon d'action. J'ai vraiment essayé. Mais tu t'es mis dans la tête que je t'envoyais en punition dans un cachot. Tu criais : J'y retournerai pas ! Ne me renvoie pas là-bas !

Laisse sonner le téléphone. Et baisse le volume du répondeur. Complètement, pour qu'on ne l'entende pas. À vrai dire, je me fiche de qui appelle.

Non, ça ne sera pas lui. En 1972, un accident de voiture à Newark, au New Jersey, où il vivait depuis une dizaine d'années. Remarié, à ce qu'il paraît – nous n'avons jamais divorcé légalement –, avec deux jeunes enfants. Tous portent le nom de son père ; il ne serait jamais entré aux États-Unis autrement. Jake Kapinsky travaillait dans une manufacture et votait avec son syndicat. Il était entraîneur de l'équipe de balle molle de son fils et conduisait sa fille au Y pour des cours de natation. Les deux ont les cheveux roux, il me l'a dit une fois. Je parie que le garçon – qui doit être un jeune homme maintenant – te ressemble. Impossible que je descende pour l'enterrement. Ces listes noires des années 1950 existent toujours, je suis dessus, je le sais. C'est vrai aussi que je venais juste de quitter la rue Clark pour m'installer ici, et de rencontrer Pierre.

C'est cet imbécile de psychiatre qui m'a persuadée de te laisser dans le noir. Par la suite, tu as cessé de poser des questions et moi, j'ai arrêté de dire des mensonges. Erreur de jugement, je l'admets. Ce que j'aurais dû faire, c'est inventer une histoire et m'y tenir par la suite. Ton père parti lutter contre l'impérialisme au Viêt Nam ou organiser la révolution au Chili. Conférencier à Moscou. Conseiller militaire en Afrique. Tu as toujours cru aux histoires. Un vrai croyant. Je remarque la même chose chez Natalie : rien de tel pour empêcher cette petite de loucher que la perspective qu'on lui lise – ou mieux encore, qu'on lui dise – une histoire qui n'en finit pas.

Mon esprit à moi ne fonctionne pas ainsi. Je ne crois pas aux histoires. Je ne crois pas aux gens. Chose certaine, je ne crois plus à la révolution ni à la transformation. Adèle Guy le caméléon, vieille rétrograde clandestine. Je ne crois plus qu'aux idées. Celles qui résident dans ma tête. Ce sont mes seules amies.

Laisse sonner. Ne décroche pas. Je t'en prie.

Quand Carole m'a parlé de ton épilepsie, j'ai appelé un médecin de ma connaissance. La première chose qu'il a demandée, c'est si tu avais reçu un coup quand tu étais petit, si tu avais fait une chute à vélo ou dans un escalier. Il a expliqué que, dans de nombreux cas, surtout psychomoteurs, on pense que la maladie est déclenchée par un choc au cerveau dans l'enfance. J'ai transmis ces renseignements à Carole au téléphone. Elle m'a répondu que ton médecin avait posé la même question, mais que tu avais nié qu'un tel accident se soit produit. Cher David. Voilà peut-être à quoi tu pensais toutes ces heures dans ton cercueil sur le balcon. Tu communiais en silence avec Jacob. L'absolvais de ses péchés.

Maintenant que tu as son visage, renvoie-lui sa faute, s'il te plaît. Nous sommes tous responsables de notre vie.

Assis au *Remys*, en juillet, le lendemain des funérailles, au milieu d'étrangers pour la plupart, je me sens bizarre dans ma peau qui flotte comme un manteau trop grand d'une taille ; assis là, je regarde par la fenêtre et je vois l'endroit où se trouvait anciennement le dépanneur Velji, remplacé par une épicerie ouverte vingt-quatre heures par jour, je vois un camion de bière qui bloque partiellement la rue Bernard et une file de gens qui serpente sur le trottoir pour aller acheter des billets de loterie, et je compte les disparus. D'abord, les disparitions locales : Ivan et Firoz, Zuo Chang et sa fille Ying – que Suzanne-la-prof a balayés avec ce commentaire laconique : ont « émigré » à Toronto –, Carole et notre fille Natalie qui habitent depuis la fin du mois dernier en banlieue de Paris. Je passe ensuite aux disparitions internationales, sur lesquelles je ne dispose que de renseignements obscurs et conjecturés par-dessus le grésillement des lignes téléphoniques trans-pacifiques, et embrouillés à l'autre bout par l'hostilité et un mandarin idiomatique : le doyen Feng Ziyang a reçu un « congé de longue durée » du département d'anglais ; la fonctionnaire aux Affaires étrangères Zhou Hong n'est plus employée à l'école, mais on croit qu'elle travaille dans un collège de Shanghai (j'ai contacté une dizaine d'écoles de cette ville : aucune n'a jamais entendu parler d'elle) ; et, bien sûr, le professeur Wang Hua, individu dont plusieurs responsables administratifs, plus Deng Chen de la résidence des Experts étrangers, plus le *régénéré* du Texas, Jim – qui a qualifié le fait que je lui téléphone chez lui de tentative malveillante de compromettre son « travail » en Chine –, ont affirmé unanimement, avec une certitude fondamentale et une conviction absolue, qu'il *n'avait jamais été employé au collège*. Assis au *Remys*, en juillet, le lendemain des funérailles, tandis que dehors la chaussée gondole à la chaleur et que je sens mon corps agréablement détaché de mon esprit, comme si je dérivais en apesanteur dans un courant constant, je raconte à mon amie et sauveur depuis trois mois, une femme qui approuve mon visage rasé et mes cheveux bien peignés, va jusqu'à qualifier mon allure de distinguée, semble me voir avec candeur mais néanmoins plaisir et, surtout, dont j'apprends petit à petit que les jugements ne riment pas automatiquement avec échec personnel – je raconte à Lise Lapointe :

La veille au soir du départ de Natalie pour Paris, alors que je l'aidais à construire un mur extérieur dans son lit avec des oursons, des chats et un lapin, et que je m'efforçais de calmer son excitation et d'apaiser ses peurs, je lui ai expliqué ce qui est arrivé à sa mère et à moi.

Il était une fois un homme qui dormait tout le temps. Il s'appelait David. Il était marié avec une femme qui s'appelait Carole, et ils habitaient avec le chien Potemkine dans une petite pièce où il y avait des dessins sur les murs et une fenêtre qui donnait sur une rue étrange dans une ville étrange. Ils étaient plutôt heureux ensemble. Sauf que David dormait presque tous les jours en plus des nuits et qu'il ne voulait pas vraiment qu'on le réveille, pas même sa femme. Il se figurait que dormir était le meilleur moyen de régler les problèmes. Il se figurait que lui – et Carole – s'en trouvaient mieux. Il mettait même cela sur le compte de l'époque où ils vivaient.

Un jour, on frappa à la porte. Carole demanda à David d'ouvrir, et il l'étonna en traversant immédiatement la pièce. (David n'était pas sorti depuis très longtemps ; pas depuis qu'une mésaventure lui était arrivée.) Mais arrivé à la porte, la main sur la poignée, il hésita. Qui est là ? demanda-t-il. Un conteur, répondit une voix. Venu vous secouer, vous réveiller avec une histoire drôle, effrayante et véridique. Alors Carole l'encouragea à faire entrer le visiteur. On ferait mieux de réfléchir avant, riposta David en relâchant son emprise. Se faire réveiller par une histoire, comment cela va-t-il améliorer nos vies ? Elle trouva une réponse. Ça voudra dire que nous pourrons quitter cette pièce ensemble, dit-elle. Ça nous changera pour toujours, n'est-ce pas ? demanda-t-elle au conteur.

Peut-être, répondit la voix. Peut-être pas.

David était indécis. Supposons que j'arrête de dormir, dit-il. Vais-je aimer mon nouveau moi ? Et toi, vas-tu l'aimer ? Et supposons que nous quittions cette pièce pour de bon. Le monde n'est-il pas froid et menaçant ? Est-ce qu'il ne va pas nous rendre méchants ?

Ayez plus d'assurance, conseilla le conteur. Soyez plus hardis. Surtout, faites-vous confiance. Et à moi aussi, ajouta Carole. Et même – un peu – aux gens.

Ou alors croyez à l'histoire que je vais vous raconter, proposa la voix. Après tout, ce sera la vôtre. Le conteur leur demanda de se dépêcher de se décider. Beaucoup d'autres gens attendent que je passe les voir, dit-il.

Carole fut convaincue. Mais triste aussi, car son bien-aimé David, elle le sentait, n'était pas encore prêt. Alors elle l'embrassa sur les deux joues, tourna la poignée et franchit la porte. Potemkine la suivit. Le couloir était vide – David l'inspecta pour pouvoir mettre un visage sur cette voix –, mais Carole descendit l'escalier quand même. David resta dans l'embrasure. Pendant longtemps, il resta là, assez persuadé de ce qu'il lui fallait faire, mais encore incapable de se lancer. Conteur, murmura-t-il. Es-tu là ? Y a-t-il encore quelqu'un ?

Carole savait exactement quoi faire. Elle s'en alla et eut un bébé. Une magnifique petite fille. Ses cheveux étaient blonds comme les blés. Sa peau, douce comme le miel. Et son nom ? Son nom, comme un bonbon dans la bouche de ses parents. Son nom ? Natalie, c'était toi.

OUVRAGE RÉALISÉ PAR
LUC JACQUES, TYPOGRAPHE
ACHEVÉ D'IMPRIMER
EN OCTOBRE 1999
SUR LES PRESSES DE
MARC VEILLEUX IMPRIMEUR
BOUCHERVILLE
POUR LE COMPTE DE
LEMÉAC ÉDITEUR, MONTRÉAL

DÉPÔT LÉGAL
1re ÉDITION : 4e TRIMESTRE 1999
(ÉD. 01/IMP. 01)